Tillie Cole est originaire du nord de l'Angleterre, où elle a grandi dans une ferme, entourée des animaux recueillis par sa famille. Titulaire d'un diplôme en sciences des religions, elle a parcouru le monde en compagnie de son mari rugbyman et enseigné les sciences sociales avant de s'installer à Austin, au Texas. Elle a écrit de nombreux romans dans des genres très différents, pour les adultes et les jeunes adultes, rencontrant chaque fois un succès retentissant.

Du même auteur, chez Milady :

Hades Hangmen :
1. *Hors-la-loi*
2. *Sans foi ni loi*
3. *La Loi d'attraction*
4. *Au-dessus des lois*
5. *La Loi du silence*

Sweet Home :
1. *Sweet Home*
2. *Sweet Rome*
3. *Sweet Fall*

Les Écorchés :
1. *Ruine*
2. *Tourmente*
3. *Ravage*
4. *Révolte*

Tillie Cole

Sweet Fall

Sweet Home – 3

Traduit de l'anglais (États-Unis) par Evangéline Caravaggio

Milady

Milady est un label des éditions Bragelonne

Titre original : *Sweet Fall*

ISBN : 978-2-8112-3967-1

Bragelonne – Milady
60-62, rue d'Hauteville – 75010 Paris

E-mail : info@milady.fr
Site Internet : www.milady.fr

À toutes celles et tous ceux qui se sentent perdus,
n'ont pas confiance en eux et se sentent inutiles :
respirez, soyez forts, osez ; et, s'il vous arrive de trébucher,
relevez la tête vers les étoiles
et laissez-vous guider par leur clarté scintillante.
Vous ne valez pas moins que le reste du monde.
Vous n'êtes ni anormaux ni brisés…
Vous êtes magnifiques.

Avant-propos

Avant que vous n'entamiez la lecture de ce roman, j'aimerais vous expliquer quelque chose à propos du personnage de Lexington Hart.

Lexi souffre d'un trouble qui touche ou a touché de très nombreuses personnes… à commencer par moi.

Je ne parle que très rarement de cette période difficile de ma vie, mais il me semble nécessaire de vous donner quelques explications avant que vous ne vous plongiez dans la lecture de *Sweet Fall.*

Et donc… Allez, je me lance…

À quatorze ans, j'ai développé un trouble psychologique qui, malheureusement, m'a emportée dans des abîmes bien sombres. Il m'a accompagnée durant la majeure partie de mon adolescence, et a même refait surface sporadiquement à l'âge adulte. Je suis tombée, encore et encore, mais – fort heureusement – j'ai chaque fois réussi à me relever.

Le trouble dont il est question ici est aussi insidieux que perfide : il m'a poignardée plus d'une fois, dans le dos le plus souvent, et m'a infligé des blessures qui, aujourd'hui encore, peinent à se refermer.

Je sais désormais que j'en garderai des séquelles à vie.

Pendant des années, je l'ai affronté la rage au cœur, toujours en vain. Je ne parvenais pas à échapper à ses griffes acérées. Sans les encouragements constants et le soutien indéfectible de mes meilleurs amis, de mes parents, de mes professeurs de théâtre et de mon mari – mon petit ami alors –, je ne m'en serais probablement pas aussi bien remise.

Ce trouble, à l'époque, m'a même poussée à abandonner ma plus grande passion, la comédie musicale. Je ne supportais plus la pression que m'imposait le désir de perfection, et il m'est devenu impossible d'être en bonne santé tout en continuant à faire ce que j'aimais. Cette seule pensée m'était insupportable. Heureusement, on finit par apprendre à aller de l'avant, à trouver l'inspiration ailleurs, autrement… à exprimer sa passion sous d'autres formes.

Dans ce roman, l'histoire et les luttes intimes de Lexi s'inspirent en grande partie de ma façon de penser et de mes habitudes de cette époque, sans nul doute la plus noire de toute mon existence. Je l'ai fait de façon à vous donner le récit le plus vrai et honnête possible de la vie de ceux qui souffrent de ce trouble.

Ce roman est né de mon expérience propre, mais chacun l'affronte à sa manière. Je ne suis ni psychologue ni médecin, et ne prétends offrir à personne de conseils ou d'explications scientifiques sur ce trouble perfide. Je le répète, il ne s'agit là que de mon expérience personnelle, et elle n'a d'autre valeur que celle-là. Lexi et sa souffrance sont nées de la mienne seule.

La décision d'écrire sur ce sujet n'a pas été facile pour moi. J'ai rarement parlé de cette période de ma vie : certains membres de ma famille ont souffert à la lecture de ce roman, car ils ont enfin compris ce que j'endurais à l'époque, et ce qu'endurent aujourd'hui encore nombre de gens aux quatre coins du monde. Je m'attarde rarement sur ce chapitre de mon histoire. J'ai réussi à me libérer presque entièrement de ce démon. J'ai fait le plus dur, mais ce n'est pas le cas de tout le monde.

Ce roman, mon cinquième, a été sans conteste le plus éprouvant à écrire, mais, s'il m'a chamboulée émotionnellement, il reste aujourd'hui l'une des victoires dont je suis le plus fière : j'ai enfin réussi à briser la chaîne qui retenait captifs des sentiments que je dissimulais à mon entourage. En écrivant l'histoire de Lexi, ce personnage aussi beau que troublé, j'ai affronté sans détourner les yeux mes peurs et quelques-uns des démons qui se terraient encore dans les recoins les plus sombres de mon esprit. Je me sens plus libre à présent, plus apaisée aussi, et, rien que pour cela, le jeu en valait la chandelle.

Si ce roman aide ne serait-ce qu'une personne aux prises avec ce trouble, ou une autre à comprendre un ami ou un parent en proie à ce démon, alors cette entreprise cathartique en aura valu la peine.

En un mot comme en cent, si *Sweet Fall* peut attirer l'attention de quiconque sur le sujet, j'en serai comblée.

« *Sans plus de secrets les uns pour les autres,*
comme nous serions apaisés. »
John Churton Collins

Elle me parle au matin,
Murmure à mon lever,
Me prive de mon pain,
En mon âme enchaînée,
Me délivre des maux,
De la faim, des douleurs,
Me tire vers le haut.
Elle me connaît par cœur,
C'est mon ombre éternelle,
Une autre inéluctable,
Sœur ennemie, mortelle,
Ana, la voix coupable…

Tillie Cole

Prologue

« Chère Daisy,

Poids : 44,4 kg
Calories : 2 000

C'est la première lettre que je t'écris… Ma première entrée de journal, surtout. Comme tu m'as quittée, je ne vois pas bien à qui je pourrais me confesser. Du coup, j'ai décidé de continuer à te parler… Ma voix, désormais, ce sera le texte que je déposerai sur ces pages blanches. À défaut de nos longues conversations nocturnes, je te parlerai ici. Je te tiendrai au courant de mon poids, du nombre de calories que j'ai mangées… Comme avant, quoi.

Mais ce n'est plus comme avant, pas vrai ?

Ce n'est plus pareil, maintenant. Ce lien fragile, c'est bien peu… mais c'est tout ce que j'ai, tout ce qu'il me reste de toi, Daisy. Ma meilleure amie.

Je t'écris accablée par une chaleur caniculaire, assise à l'ombre d'un immense pin… près de ta tombe. Ta tombe, Daisy ! Comment ça a pu se finir ainsi ?

J'ai caressé d'une main le magnifique granit noir brillant de la pierre qui porte ton épitaphe. J'ai lu les mots gravés du bout des doigts : "Elle gardait pour elle ses larmes, mais partageait ses sourires."

C'était bien toi, Daisy : toujours le sourire aux lèvres, mais l'âme trop fragile pour survivre à ce monde. Jamais tu ne laissais transparaître ta douleur, chaque jour dissimulée par ta lumière. Tu portais en permanence ce masque qui trompait le monde entier, assurant que tu allais bien. Mais, chaque seconde, à l'intérieur, tu souffrais en silence.
Je le sais, Daisy, car moi aussi, ce masque, je le porte.

Tu as toujours été mon phare dans les ténèbres, mon guide infaillible. Aujourd'hui que tu n'es plus là, à mes côtés, je suis perdue… J'ignore quelle est ma place dans ce monde effrayant fait de souffrance et de cette quête constante et éprouvante de perfection.

Ce n'est pas comme ça que notre histoire était censée s'achever, Daisy : nous devions affronter la vie main dans la main, survivre ensemble. Mais, comme la pâquerette qui t'a donné ton nom, tu as lutté un temps et, trop fragile, tu t'es fanée. Trop vite.
Tu m'as demandé de vivre pour nous deux ; c'étaient tes derniers mots. D'affronter mes peurs et de chérir chaque nouveau jour. Je vais essayer, Daisy, je te le promets. Cette année, je vais essayer… Mais, déjà, des idées noires me hantent. Chaque matin, mes démons reviennent à l'assaut.

J'ignore comment me débarrasser de ces pensées terrifiantes, de *ses* mots anxiogènes.
La voix dans ma tête est si persuasive, si invasive... Il n'y avait que toi pour me comprendre, et j'ai peur que, sans toi pour me tenir la main, elle finisse par triompher. J'ai peur que, sans toi, je finisse par l'écouter et m'offre en pâture à la plus angoissante de mes craintes.

Ma Daisy... Je suis là, assise en silence dans ce cimetière trop calme, et une partie de moi ne peut s'empêcher de vouloir être avec toi, là-haut, au paradis. Je ne suis pas sûre d'être assez forte pour continuer comme ça. Alors même que je t'écris ces mots, elle me parle, me provoque, me harcèle depuis les tréfonds les plus obscurs de mon âme.

“Tu me dégoûtes... Tu fais pitié à voir”, me répète-t-elle nuit et jour, implacable, m'arrachant à mes rêves pour me pousser à déposer les armes.

Daisy, sans toi à mes côtés, j'ai vraiment peur de tomber une nouvelle fois... sans plus personne pour me rattraper. »

Chapitre premier

Lexi

États-Unis d'Amérique, Tuscaloosa, université d'Alabama

Trois mois plus tard…

Des dizaines de milliers de spectateurs battent des pieds dans les tribunes. C'est comme si un orage grondait dans l'enceinte du stade Bryant-Denny. Des odeurs mêlées d'herbe, d'air estival, de sueur et d'adrénaline s'engouffrent dans le tunnel qui mène sur le terrain.

C'est jour de match pour l'illustre Crimson Tide d'Alabama, qui ouvre sa saison contre les Mocs de Chattanooga.

Mon cœur s'affole et j'ai les mains moites. J'ajuste une nouvelle fois ma tenue carmin pour tenter d'empêcher leur tremblement. On claque des doigts devant mon visage et, lorsque je lève les yeux, je me retrouve nez à nez avec notre capitaine, Shelly Blair.

— Prête pour l'épreuve du feu ? me demande-t-elle sèchement en jetant par-dessus son épaule ses longs cheveux roux au lissage impeccable. (J'acquiesce, me redresse, et elle esquisse un sourire moqueur.) T'as intérêt, Goth Girl : quatre-vingt mille personnes dans le stade, et tu as l'air de planer… Te foire pas, compris ? Tu vas devoir prouver que tu mérites ta place dans l'équipe.

Goth Girl…

Le surnom qu'elle me donne, je le dois aux cheveux d'encre qui me tombent jusqu'au menton, à mon fond de teint presque blanc et à mes yeux cernés de khôl.

— Je vais assurer, rétorqué-je, les dents serrées.

Elle ne m'adresse en réponse qu'un bref hochement de tête et, visiblement prise de court par ma réaction, tourne les talons pour reprendre sa place en tête de notre équipe mixte de pom-poms.

— Ça va le faire, Lexilou, m'encourage Lyle, un autre membre de la formation – et l'un de nos porteurs – en me donnant un petit coup de coude, guilleret.

Il m'a fallu quatre ans pour en arriver là. Quatre ans pour oser refaire partie d'une formation. La plupart des membres de l'équipe m'ont demandé pourquoi j'avais attendu ma dernière année de fac pour intégrer l'escouade, mais je n'ai eu qu'à leur montrer mon triple axel pour atterrir directement et sans plus un commentaire dans l'équipe carmin, la meilleure, celle qui participe à tous les matchs, à l'extérieur et à domicile. L'équipe que tout le monde rêve d'intégrer en tentant sa chance dans la formation.

— J'ai la nausée, confessé-je à Lyle, stressée à l'idée de m'exhiber devant tout le corps étudiant vêtu de cette tenue plus que légère.

Il me passe sa bouteille de boisson énergisante.

— Bois un coup et reviens sur terre, ma douce : c'est à nous dans deux minutes.

Je m'exécute, puis prends une profonde respiration.

Deux minutes.

Cent vingt secondes, et ce pour quoi j'ai travaillé pendant tant d'années va devenir réalité.

Ma rééducation, tous mes efforts, c'était pour ça, et rien que pour ça.

Pour ce moment.

Pour cette chance de reprendre le dessus sur mes démons, d'affronter ma plus grande peur, de foncer tête baissée dans la tourmente de mes craintes les plus noires.

De vaincre ce qui a manqué plus d'une fois de me tuer.

Le Million Dollar Band commence à jouer. J'observe depuis le tunnel leur formation complexe, écoute les roulements de tambours, puis, sur un crescendo de la section cuivres, Big Al, l'éléphant qui sert de mascotte à la fac, traverse la fanfare et déboule sur le terrain, son entrée théâtrale électrisant la foule de plus belle.

Les supporters de la Tide sont hystériques.

Je sautille sur place, les jambes plombées par le trac, me préparant à foncer sur le terrain.

Tu peux le faire, Lex. Tu ne risques plus rien…, pensé-je, répétant mon mantra.

TU ES SÛRE DE ÇA, LEXINGTON ? TOUT LE MONDE VA TE VOIR, JUGERA TES MOINDRES DEMI-TOURS, TES MOINDRES SAUTS, TOUTES TES ACROBATIES.

Je me fige et ferme les yeux à en grimacer pour mieux exorciser la voix tristement familière qui s'immisce dans mon esprit. Il faut que je la fasse taire.

Je suis belle, j'ai l'air en bonne santé, me répété-je pour tenter de neutraliser l'effet de ses railleries. *Je suis une athlète douée : la meilleure pom-pom et gymnaste de l'équipe.*

HMM… C'EST TOI QUI LE DIS. REGARDE SHELLY : ELLE EST PARFAITE. MINCE, JOLIE… TOUT CE QUE TU N'ES PAS, EN SOMME.

La ferme ! lancé-je en esprit en me pinçant l'arête du nez, régulant ma respiration pour adoucir la douleur de ses piques.

TU ES TROP LOURDE POUR ÊTRE UNE VOLTIGEUSE. LES PORTEURS VONT SE DIRE QU'ILS SUPPORTENT UNE BALEINE… ILS VONT SE MOQUER DE TOI… TU VAS EN ENTENDRE, DES INJURES…, persifle la voix.

Tu te trompes, et je ne te laisserai pas tout gâcher ! Tu as perdu : je ne tomberai plus dans ton piège ! hurlé-je dans ma tête.

Un silence salvateur envahit aussitôt mon esprit, et j'ouvre les yeux dans un soupir de soulagement. La voix s'est tue. J'ai gagné cette bataille, même si je sais que la guerre est loin d'être terminée…

Je balaie le tunnel d'un regard circulaire et suis aussitôt soulagée : une poignée de secondes à peine se sont écoulées. Lyle m'interpelle aussitôt.

— Prête, ma douce ? me demande-t-il de sa voix la plus enjouée.

J'acquiesce, envahie par une soudaine vague d'impatience.

Je ne vis que pour ça : les jours de match.

Cette ambiance…

Ma passion.

Cela m'avait tant manqué.

J'ai soif d'y goûter à nouveau.

Au plus vite.

Lorsque Shelly rompt le rang et avance sur le terrain, la foule laisse éclater sa joie. Mes pieds sont parcourus de fourmillements impatients. Je me mets à courir, laissant mes jambes rompues aux chorégraphies me porter vers la lumière des projecteurs, sous la chaleur écrasante du soleil de l'Alabama. Le spectacle qui s'offre à ma vue accélère le rythme déjà effréné de mon cœur : les vêtements carmin et blanc de la foule, l'immense fanfare, l'escouade blanche de pom-poms adverses de l'autre côté du terrain, les chauffeuses de stade dans les tribunes, les mégaphones... La déferlante d'excitation.

Une fois au bord du terrain, je prends place pendant que Shelly lance le chant d'ouverture – « Crimson Tide ! Allez, la Tide ! Allez, la Tide ! » –, repris aussitôt à l'unisson par quatre-vingt mille personnes.

J'exécute les mouvements de danse avec une précision parfaite, chante d'une voix forte et assurée, et la réaction de la foule me porte.

Bientôt, le commentateur prend le micro et, de sa voix de stentor, annonce l'arrivée de l'équipe : la clameur dans le stade Bryant-Denny est assourdissante, et mon cœur bat au rythme des battements de pieds des supporters. Jimmy-Don – bloqueur offensif de la Tide et petit copain de ma meilleure amie Cass – sort en tête, talonné par Austin Carillo, notre receveur éloigné vedette, tatoué des pieds à la tête. Quelques secondes plus tard, le tunnel se met à cracher le reste de l'équipe, tel un dragon projetant ses flammes : la Tide est une gigantesque fratrie, soudée, unie envers et contre tout. Le dernier à débouler sur le terrain n'est autre que la superstar de toute la division, Rome « Flash » Prince, notre *quarterback*... La foule explose.

Petit à petit, les spectateurs s'apaisent, les joueurs se mettent en place, et le sifflement strident de l'arbitre annonce le début de la rencontre.

Trois heures plus tard, nous avons gagné. Carillo a marqué trois *touchdowns* et la Tide a remporté une superbe victoire sur les Mocs : nous n'aurions pu rêver meilleur match d'ouverture.

Lorsque la foule commence à quitter le stade au compte-gouttes, l'équipe de pom-poms se retranche dans le tunnel, grisée par la victoire, mais je reste seule derrière, m'attardant pour contempler la scène. Il y a quelque chose de singulier – d'apocalyptique, presque – à voir le stade soudain si calme, comme au sortir d'une catastrophe naturelle. Des gobelets en plastique rouge jonchent les tribunes, des confettis la pelouse, et une puissante odeur de bière imprègne l'air humide.

— C'est étrange, pas vrai ? lâche une voix masculine à l'accent marqué de l'Alabama.

Surprise, je lâche mes pompons sur le sol et pose une main sur ma poitrine. Lorsque j'aperçois le carmin d'un maillot, je lève les yeux vers l'inconnu, une main en visière pour mieux le voir, et en reste bouche bée…

— De… de quoi ? demandé-je d'une toute petite voix, levant un peu plus la tête pour m'assurer de l'identité du joueur qui se tient à quelques pas de moi.

Ma main m'offre assez d'ombre pour que je le voie enfin correctement : c'est Austin Carillo, receveur éloigné. Le numéro 83.

Il s'approche de moi depuis l'entrée du tunnel qui court sous les tribunes.

— Ça. Le calme après la tempête. (Il désigne le stade vide d'un geste de la main.) C'est le moment que je préfère les jours de match.

Je balaie à mon tour l'arène de la rencontre.

— Tu préfères ça à la célébration de tes trois *touchdowns* ?

La commissure de ses lèvres s'arque en un sourire presque imperceptible. Il m'est arrivé de croiser Carillo sur le campus, ces trois dernières années, et je crois que c'est la première fois que je lui trouve un air aussi chaleureux. Ce n'est pas étonnant qu'il sourie si rarement, vu son caractère… Assez proche du mien d'ailleurs : il est du genre silencieux, réservé… Secret aussi.

Austin Carillo est le *bad boy* à l'italienne de l'université d'Alabama : un mètre quatre-vingt-quinze, une peau tannée envoûtante, un visage serti de piercings, des oreilles aux lobes ornés de tunnels sombres, des cheveux bruns et des yeux d'un marron presque noir.

Je sens mes pommettes rosir : si je devais dessiner mon type de mec idéal, je crois que ça donnerait un croquis de Carillo. Cela dit, je ne veux sortir avec personne ; et, si j'en crois les rumeurs, lui non plus.

— Ouais, sans hésiter, répond-il enfin. Je rejoue tranquillement le match dans ma tête, les souvenirs encore chauds.

Ses mots trouvent un écho en moi.

— Oui, je vois tout à fait ce que tu veux dire, répliqué-je un peu bêtement en respirant à pleins poumons l'odeur de malbouffe et de gazon fraîchement tondu qui accompagne notre victoire.

Austin se retourne vers le tunnel et, sans rien ajouter, commence à s'éloigner d'un pas nonchalant. Je me concentre de nouveau sur le terrain et lâche un long soupir : j'ai réussi. Je l'ai fait. Je suis sorti indemne d'un match entier. J'ai été plus forte que la voix ; elle n'a pas pu me gâcher ce moment.

— T'auras mis du temps à te pointer, au fait ! lance soudain Carillo.

Je me retourne et le regarde droit dans les yeux.

— Qui ça ? Moi ? lui demandé-je, confuse, vérifiant alentour que je suis bien seule.

Austin m'offre un sourire délicieusement *dark* et me pointe du doigt.

— Oui, toi. On l'aura attendue, la pom-pom qui bouscule un peu les convenances… En résumé, je suis content qu'une autre bête de foire ait rejoint la bande.

Une autre bête de foire ?

Ses mots me troublent, et je le regarde filer en direction des vestiaires, incapable de rétorquer quoi que ce soit. Le cœur battant, je caresse d'une main mes cheveux d'encre, mon maquillage noir, et une sensation étrange me parcourt la poitrine…

Une autre bête de foire…

Lorsque l'équipe de nettoyage entre sur le terrain, je ramasse rapidement un brin d'herbe et l'observe. C'est ma tradition : un souvenir de chaque match auquel j'ai participé comme pom-pom… Je n'en avais plus cueilli depuis quatre ans.

Celui-ci est le symbole de ma nouvelle vie…

Je récupère mes pompons et me dirige vers les vestiaires. J'ai hâte d'arriver à la maison et de raconter tout ça à Daisy.

Chapitre 2

Austin

— Une vraie flèche, gamin ! Quatre secondes deux ta course de quarante yards[1] ! Continue à cavaler comme ça, et tu gagnes à coup sûr un ticket pour le premier ou le second tour de la *draft*, me lance le coach Cline, mon entraîneur de sprint, quand je franchis la ligne.

On a battu les Mocs il y a quelques jours, et les entraînements me gonflent déjà.

À peine ai-je eu le temps de reprendre ma respiration qu'on m'interpelle.

— Carillo ! Le coach veut te voir, *go* !

Je me redresse : depuis le bord du terrain, l'entraîneur de l'équipe défensive, Moore, m'invite d'une main à me rendre dans le bureau du coach. Je me tourne vers Cline, surpris.

— J'ai fait quoi ?

Les sourcils froncés, il secoue la tête.

— Pas la moindre idée, fiston. File, tu verras bien. Et reviens vite : on a encore du boulot.

1. Au football américain, les distances sont annoncées en yards. Un yard équivaut à un peu plus de quatre-vingt-dix centimètres.

Moins de deux minutes plus tard, je me tiens devant le bureau et toque deux fois au battant poli.

— Entre, Carillo.

Quand il n'est pas sur le terrain, le coach est vissé sur sa chaise. Je m'assois en face de lui. Perdu derrière un chaos de paperasse, il lève la tête, retire ses lunettes et se masse doucement le contour des yeux.

C'est pas bon signe, ça… Il est anxieux.

— Pourquoi vous m'avez appelé, coach ? demandé-je d'une voix méfiante.

Il pose les coudes sur le bureau, puis se penche vers moi et me regarde droit dans les yeux.

— Le doyen m'a appelé tout à l'heure.

— OK. En quoi ça me concerne, au juste ?

Trois ans que je roule pour la Tide, et je me tiens à carreau. Je n'ai rien à cacher, et encore moins au coach.

— Il y a un… problème sur le campus, et il voudrait que je t'en parle, histoire de savoir si tu sais quelque chose.

— Quel genre de problème ? demandé-je, troublé.

— Un problème de drogue, répond-il aussitôt, avant d'attendre ma réaction.

Un problème de drogue. On découvre de la drogue sur le campus et, tout de suite, on pense à moi…

— J'ai rien à voir avec ça, lâché-je d'un ton sec.

Il acquiesce.

— Toi, j'en suis convaincu…, me rassure-t-il, péremptoire.

Ma gorge se serre.

— Qu'est-ce que vous voulez dire ? Qui est dans le coup, à votre avis ?

Je le sais, bien sûr, mais je veux l'entendre de sa bouche. Je veux qu'il ait le courage d'énoncer à voix haute l'accusation qu'il porte contre mon propre sang.

— Il semblerait qu'un garçon qui te ressemble étrangement deale de la coke sur le campus. (Il soupire.) Un type qui te ressemble, Austin. On se comprend ? Je pense qu'on sait tous les deux de qui il s'agit, déclare-t-il. (J'attends et attends encore qu'il ose le formuler.) Très bien, mon garçon. Tu veux l'entendre, alors je vais le dire : Axel. Je pense qu'il s'agit de ton frère.

Je lâche un rire incrédule et secoue la tête.

— Pas vous, coach, non… Me faites pas ce coup-là, putain ! Un trou de balle se pointe sur le campus, deale de la poudre, et tout de suite vous pensez au cas social de service, sous prétexte qu'il traîne avec les Imperatori, c'est ça ?

— Aust'…

Il tente de démentir, mais je l'interromps sur un ton glacial et sans réplique :

— C'est pas lui, OK ? Il aurait jamais fait un truc pareil ! Il sait que ça me foutrait dans la merde. C'est mon frère, mon sang : on fout pas des bâtons dans les roues d'un membre de sa propre *famiglia* !

J'ai les boules, putain.

Le coach se lève et tente de m'apaiser.

— Je ne dis pas que c'est lui, Austin, mais simplement que des étudiants ont reconnu certains traits caractéristiques du gang. Le dealer a une étoile tatouée sur la joue, la même que la tienne. Tout le monde ici sait que c'est le symbole des…

— Imperatori. De mon gang.

Le coach secoue la tête, agacé, et contourne le bureau pour venir se planter devant moi.

— Je t'interdis de dire une chose pareille : tu ne fais plus partie de ce gang. Tu l'as quitté et...

— On ne quitte jamais un gang. Faudrait être bien naïf pour croire le contraire, rétorqué-je.

Il me presse l'épaule.

— Tu t'en es sorti. En venant ici. À la fin de l'année, tu seras drafté par une équipe NFL[1] et tu laisseras tout ça derrière toi.

Je baisse la tête, le temps de prendre une grande inspiration.

— Il a passé du temps en taule pour mineurs et il a sale réputation, ouais, mais chez nous, c'est la famille d'abord, OK ? Ça a toujours été comme ça. On est ritals, coach : la famille d'abord. Axel a fait des choix de merde dans la vie, mais il ne ferait pas une connerie pareille. Il ne me ferait pas ça. Pas à moi...

Le coach rive les yeux au sol de longues secondes, avant d'acquiescer.

— Si tu le dis, alors je te crois. Va dire au doyen que ce n'est pas lui et que tu ne sais rien de cette histoire, il suivra une autre piste.

Je sens la tension dans ma poitrine baisser peu à peu. Bientôt, je respire mieux.

— Austin, je sais qu'il n'y a pas de patriarche à la maison, que votre père n'a pas été tendre avec vous, que vous avez vécu l'enfer avec tes frères, et que vous faites votre possible pour offrir ce qu'il y a de mieux à votre mère ; je sais que vous manquez d'argent, aussi, Axel, Levi et toi. Mais tu as la chance de pouvoir leur offrir une vie meilleure à tous les

---

1. Ligue professionnelle étasunienne de football américain.

trois, mon garçon. Guide Levi sur le droit chemin… Et tu sais combien j'ai hâte de le voir jouer pour la Tide, celui-là !

Les mots du coach me lacèrent le cœur : une vie meilleure pour ma mère dans neuf ou dix mois, quand je toucherai mon premier gros chèque ? C'est plus de temps qu'il lui en reste, mais ça, le coach en sait que dalle…

— C'est bon, je peux y aller, coach ? me contenté-je de demander.

Il retourne s'asseoir derrière son bureau et remet ses lunettes.

— C'est bon.

Avant de sortir, je lance un regard par-dessus mon épaule, la main sur la poignée.

— J'apprécie que vous vous souciiez de moi, coach, merci pour ça, mais cette fois vous vous plantez bien comme il faut. Tous.

Il m'adresse un petit hochement de tête, mais je lis dans ses yeux qu'il n'est pas convaincu. Je sors du bureau, referme la porte et plaque le front contre le bois massif.

— Merde, mec, c'est quoi l'histoire ?

J'expire lentement, puis me retourne pour découvrir mes deux meilleurs potes, Jimmy-Don et Rome Prince, adossés au mur devant le bureau. Jimmy-Don, un ogre texan de notre ligne offensive, est probablement le type le plus adorable que cette putain de planète ait jamais porté. Rome Prince, lui, est comme un frère pour moi ; je m'entends même mieux avec lui qu'avec mes propres frangins… C'est aussi le gars le plus talentueux avec qui j'ai jamais joué au foot. Le pire, c'est qu'il est tellement humble qu'il n'a même pas conscience de son don hors-norme. Avec ses cheveux châtains et sa carrure d'athlète grec, c'est un putain d'aimant à filles, en plus. Quand on le voit comme ça, on pense que la vie l'a gâté à en gerber des roses. Mais, la vérité, c'est qu'il est comme moi : brisé jusqu'à l'os. En prime, c'est le seul type au monde qui me connaisse vraiment.

Comme je ne réponds rien à JD, ils échangent un regard et Rome fait un pas vers moi, le visage inquiet.

— Ça va, mec ?

Je me frotte les joues, paumé, et indique d'un hochement de tête à mes deux potes de me suivre dans le salon des joueurs, à l'abri des oreilles indiscrètes. Une fois à l'intérieur, Rome demande d'un geste à Jimmy-Don de verrouiller la porte derrière nous, puis nous nous affalons chacun sur un canapé.

— Alors ? me relance Rome.

La patience, c'est pas vraiment son truc. C'est en partie pour ça que je kiffe ce mec : il est brut de décoffrage. Le genre de type à pas faire chier. Jimmy-Don, lui, est aussi à la cool qu'il est costaud. Et il est putain de costaud.

— Des histoires de came. Y aurait de la coke sur le campus. Le coach pense que ça pourrait être Axel et les Imperatori.

Rome se laisse tomber en arrière, contre le dossier du canapé, et serre les dents, énervé.

— Putain, encore cette merde ? C'est pas vrai…

J'ai l'impression de connaître Rome depuis le berceau. Gosse, c'était presque comme s'il vivait chez nous : le gamin de millionnaires qui pionçait par terre dans un mobile home pour fuir un père qui se servait de lui comme punching-ball… Quand on était ados, il nous a vus, mon grand frère et moi, entrer dans le gang : j'ai cru qu'il allait exploser, genre ogive nucléaire. C'est aussi grâce à lui, en grande partie, que je me suis sorti de cette merde : il a refusé de signer chez la Tide si on ne me prenait pas avec lui. Ce type a changé ma vie… et il ne peut pas piffer Axel.

— Tu lui as dit quoi ? me demande Jimmy-Don.

C'est pas arrivé souvent depuis que je le connais, mais le colosse est sérieux au possible : pas de vannes à la con, pas de commentaires potaches. Il sait que cette merde, ça peut me foutre dedans un max. Il sait ce que ça pourrait impliquer pour ma carrière… et pour le reste de ma vie.

— C'est pas Axel, je le sais. Il me ferait pas un coup pareil. Il foutrait pas sa merde ici, et surtout pas maintenant. Il prendrait pas le risque de plomber mes rêves maintenant qu'ils sont enfin à portée de main.

Jimmy-Don lance à Rome un regard dubitatif, et ce dernier secoue la tête.

— Tu rêves, 83, putain…, lâche-t-il sèchement en m'appelant par mon numéro de maillot, une habitude qu'il a depuis qu'on est gosses.

— Rome, stop : je veux pas entendre ces conneries dans ta bouche à toi aussi, rétorqué-je, tâchant de rester le plus calme possible.

— Dommage pour toi, dans ce cas : je connais Axel depuis aussi longtemps que je te connais, toi, et ce type est un putain d'aimant à emmerdes, Aust'.

— Rome…, grogné-je.

— Tu lui dois rien, merde, enchaîne-t-il de plus belle.

Je m'affale davantage sur le canapé et rejette la tête en arrière.

— Si.

— Mon cul ! Sans ce trou de balle, t'aurais même jamais rejoint les Imperatori !

— Et sans ce trou de balle, je les aurais pas quittés non plus. Je lui en dois une, Rome, que tu le veuilles ou non.

Et il me soutient ; il me soutiendra toujours. C'est pas lui, ce bordel sur le campus. J'en mets ma putain de tête à couper !

Il lâche un rire incrédule, mais ne répond rien. Le silence qui s'ensuit ne fait qu'attiser la tension entre nous.

— Vous pouvez me laisser seul une minute, les gars ? leur dis-je, sans les regarder ni l'un ni l'autre.

Je les entends partir, claquant la porte derrière eux. Une fois seul, je rive le regard sur le tapis carmin.

Je comprends que Rome veut juste me protéger, mais il n'a pas la moindre idée de ce que c'est que d'être pauvre au point de ne pas savoir, chaque matin, si on va survivre à la journée. Comment pourrait-il concevoir qu'un gosse fouille dans les poubelles des restos pour bâillonner son putain d'estomac ? Que, quand ce gosse-là est malade à en gerber, il ne peut pas compter sur de petites pilules magiques pour le guérir… Les dealers de came couverts par une assurance maladie, ça ne court pas les rues, surtout dans un lotissement de mobile homes paumé au milieu d'un quartier dont même le ciel a oublié l'existence. Quant au fonctionnement du gang, ça doit lui passer encore plus au-dessus de la tête… Quand on en fait partie, c'est pour la vie. Il n'imagine pas combien je suis redevable à Axel de m'en avoir sorti quand j'avais dix-sept balais…

Je me penche en avant, et les larmes me montent aux yeux. Les coudes sur les genoux, la tête dans les mains, je murmure pour moi seul :

— Axel, je t'en prie… je t'en supplie : dis-moi que t'as rien à voir avec cette merde…

Chapitre 3

Lexi

— Tu vas toujours aux réunions à la fac, ma chérie ?

— Oui, papa.

— Et tes repas, ça va toujours ? Tu manges bien ? Tu ne rates pas tes rendez-vous avec le Dr Lund, rassure-moi ?

— Papa ! Je n'en ai pas manqué un seul depuis des années ! On pourrait arrêter d'aborder le sujet à chaque coup de fil, s'il te plaît ? grogné-je.

Mon père reste silencieux quelques secondes, puis reprend d'une voix douce.

— Lexi, c'est ta dernière année de fac. Tu as rejoint les pom-pom girls, et tu sais que c'est un déclencheur pour toi. Sans compter que la pression des cours est de plus en plus intense. Et puis, avec la mort de Daisy… (Mon corps tout entier se raidit.) Écoute, tu ne peux pas nous reprocher, à maman et moi, de nous inquiéter à l'idée que tu doives gérer tout ça…

— Je sais…, soupiré-je. Mais je vais bien, papa, je te le promets.

— OK, ma chérie. (Un nouveau silence.) Je suis si fier de toi…, finit-il par chuchoter. Si fier que tu aies eu le courage d'aller à la fac, d'affronter tes peurs et de reprendre le contrôle de ta vie… J'aurais tellement aimé voir ton spectacle.

L'émotion est si intense dans la voix de mon père que ma gorge se serre. Je ne l'ai pas senti aussi ému depuis ma sortie de l'hôpital.

— Je comprends, papa. Tu dois t'occuper de tes patients. C'est plus important que de venir me voir agiter des pompons.

Il pouffe.

— Oh, mes patients, c'est important, c'est sûr, ma chérie, mais rien ne me rend aussi content que de te voir agiter tes pompons, comme tu dis. Tu as ce sourire incroyable sur le visage, pendant tes spectacles… Ce sourire qui montre à quel point tu es heureuse lorsque tu vis ta passion. Cela fait bien trop longtemps que je ne l'ai pas vu, ce sourire…

— Je sais, acquiescé-je d'une voix douce.

— Tu nous appelles bientôt, OK ? Et n'oublie pas que nous sommes toujours là si tu as une sale journée.

— OK, papa. Dis à maman que je l'aime, d'accord ?

— Courage, ma chérie.

Il raccroche sur ces mots, et, quelques minutes plus tard, j'ai encore mon portable à la main. « Ce sourire qui montre à quel point tu es heureuse »… J'ignorais que mon père voyait les choses ainsi. Malheureusement, je n'arrive plus à être rassurée, par rien ni personne, lorsque la voix me tient sous son contrôle… Quand mes jours n'étaient faits que de décomptes de grammes de graisse et de privation de nourriture, de poursuite permanente d'une perfection qui ne jure que par la minceur et la beauté, je ne me souciais guère que de moi, qu'importent les mots ou la présence des autres. De moi, et de la nourriture.

Cela n'avait rien à voir avec de l'égoïsme, mon psy me l'a bien fait comprendre. J'étais malade, et cela me rendait difficile toute pensée objective. Dissocier les murmures de mon… trouble… et mes objectifs de vie, c'était trop dur.

Je hais me souvenir de cette époque de ma vie. C'est si difficile de repenser à toutes ces sensations physiques, psychiques… Ce n'est pas une question de culpabilité, de refus de regarder en arrière, mais plus une crainte de… de rechuter. Comme un appel du vide. Je sais que la tentation sera toujours présente. Je serai toujours confrontée à ce risque de rechute. J'ai fait tant de chemin, vaincu tant d'obstacles… Quand je repense à la jeune fille dévastée que j'étais à l'époque, ça me brise le cœur…

Je me laisse retomber sur la couverture de mon lit, étudie du regard le motif du plafond de ma chambre dans le foyer de la sororité, puis tourne les yeux vers le calendrier accroché au mur : ça fait plus de mille jours. Quatre ans aujourd'hui. Il y a quatre ans, on m'annonçait que j'étais officiellement guérie, et mes parents m'ont autorisée à m'inscrire à la fac. Locale, bien sûr. Jamais ils ne m'auraient abandonnée dans un État trop éloigné pour pouvoir intervenir en cas d'urgence.

Guérie. Quel mot étrange… Je sais que je ne le suis pas ; pas totalement, en tout cas. Tous les jours, je me bats pour ne pas répondre à l'appel du passé. Toutes les heures, même. Je considère toujours la nourriture comme une ennemie, l'exercice physique intense et la privation comme mes meilleurs alliés. Mais non, je ne veux pas revenir en arrière. Et ça n'arrivera pas : je suis plus forte aujourd'hui. Et puis, j'ai de nouveaux amis ; des amis qui ne savent rien de mon passé troublé. J'ai gagné le droit de vivre de nouveau et je ne l'abandonnerai pour rien au monde. Je dois continuer à aller de l'avant : ni fuite ni reddition.

TU AS PRIS DU POIDS, LEXINGTON…, m'interrompt cette voix que je tente en vain de bâillonner, cet écho venu des tréfonds de ma conscience. *JE TROUVE TES HANCHES PLUS LARGES… ET CETTE CELLULITE SUR TES CUISSES… TU CONNAIS LA SOLUTION À TOUT ÇA : LAISSE-MOI TE GUIDER. ABANDONNE-TOI À MES CONSEILS…*

Elle ne m'a jamais quitté. Elle est toujours là, à l'affût du meilleur moment pour frapper, de cet instant de faiblesse qui me verra incapable de lui résister…

Je secoue la tête pour la renvoyer à son antre d'où, j'espère, elle ne s'échappera jamais plus. Si elle continue, je sais qu'elle finira par me vaincre. Et je n'aurai plus la force de continuer… Après des années de lutte, enfin, mon démon me tuera.

On toque à la porte, et le battant s'ouvre en grand, m'arrachant à mes idées noires. C'est Cass, ma Texane blonde à moi, mon amie, celle qui s'exprime sans le moindre filtre. On raconte que tout est plus gros au Texas, et Cass ne fait pas exception à la règle. Ça ne m'empêche pas de l'envier : elle assume son poids, le vit à fond, l'arbore même avec fierté.

Dès que je la vois, je me rassois, un grand sourire aux lèvres, fidèle à mon image de fille toujours guillerette. La vérité, c'est que je suis surtout la fille qui se cache derrière son maquillage, qui s'est réinventée pour venir ici, à l'université d'Alabama, et fuir son passé. Cette « Lexi », cette usurpatrice, est la seule que mes amis connaissent vraiment.

— Yo, poulette ! Ça roulette ? lance-t-elle en entrant dans ma chambre, vêtue d'un jean orné de diamants fantaisie et de son habituel débardeur noir moulant. (Elle va immédiatement s'affaler sur le canapé en velours noir installé près du mur.) Qu'est-ce que tu fous au pieu à 17 heures ? s'étonne-t-elle, ses yeux bleus écarquillés. Oh merde, tu t'astiquais le bourgeon ? Tu veux que je te laisse ? T'as besoin d'un petit… (Elle se penche et murmure, la main en paravent.) *Sexy-Lexi Time* ?

Elle lève alors la main gauche, se met à faire frétiller son majeur comme un vibro et se lèche les lèvres de manière suggestive. Je lui lance aussitôt un coussin à la tête avec un grognement faussement agacé. Le projectile s'écrase mollement sur son visage et elle fronce les sourcils.

— OK, OK ! Mais y a pas de honte à se gâter le clito, chérie ! Je le fais minimum deux fois par jour, perso. Enfin, je le faisais avant que Jimmy-Don s'en charge à ma place… La vache, ce que ce type peut faire rien qu'avec le bout de sa langue !

— Merci pour les détails, Cass…, lâché-je avec une grimace. Tu sais où sont Al' et Molly ?

Ally est la plus belle fille que j'ai jamais vue, gâtée par l'exotisme latino hérité de sa mère espagnole. Molly, c'est notre petit génie anglais : elle vient d'arriver en Alabama pour son master. Elle est très belle, cachée sous sa masse de boucles châtain et ses épaisses lunettes d'intello. Le plus fou, c'est que notre geekette, la fille la plus réservée au monde, a réussi à hypnotiser le type le plus en vue du campus : Rome « Flash » Prince, le cousin d'Ally et *quarterback* vedette de la Tide.

— Elles bûchent, je pense, suppose Cass.

Elle change de position sur le canapé.

— C'est quoi, l'histoire entre Molly et Rome ?

— Aucune idée. Ce gars ne s'est toujours intéressé qu'à ses potes et, soudain, Molly débarque, et il n'a plus d'yeux que pour elle…

— Ça en fait jaser plus d'un en tout cas.

— Molly t'en a parlé un peu ?

Cass me décoche un regard incrédule.

— *Nope*, chérie. Elle est pas trop du genre à se confier, la miss… Mais, Rome Prince, merde ! Ce que je donnerais pour qu'il me ramone en levrette, celui-là ! (Mon regard est subitement attiré par un mouvement près de la porte.) Hé, Molly ! Salut, Al' !

Molly entre d'un pas timide, calant ses lunettes sur son nez, et Ally lui emboîte le pas en foudroyant Cass du regard.

— De quoi vous parliez ? J'ai entendu mon prénom, nous demande Molly, préoccupée.

J'avale ma salive et tourne aussitôt le regard vers Cass, affalée sur le canapé, l'air de rien.

— Heu… Eh bien, on…, balbutié-je, remerciant intérieurement mon maquillage de dissimuler mes pommettes rosies par la gêne.

Cass roule des yeux.

— On parlait de ta foufoune humide depuis que tu fricotes avec Rome Prince, alias *Mister* Je-change-les-chattes-en-robinets !

Ally reste interdite face à la vulgarité de notre amie.

— Cass, c'est mon cousin ! C'est comme un frère pour moi, putain !

— La vache, Cass, j'ai jamais entendu un truc aussi salace ! lâche Molly, les yeux écarquillés derrière ses verres de lunettes.

Cass m'adresse un petit clin d'œil complice.

— OK, je reformule : on parlait de la bonne grosse gaule que tu fous à Rome Prince. C'est mieux comme ça, Votre Majesté ?

Le visage de Molly vire à l'écarlate, et Ally lui passe un bras autour des épaules.

— Il ne se passe rien entre nous, marmonne Molly.

Même Ally semble ne pas en croire un traître mot.

— Mon cul, oui ! crache Cass.

Molly lâche ses bouquins sur ma commode et cale les mains sur ses hanches.

— Cass !

La Texane hausse les épaules.

— Blablabla, Molly. Il va ranger sa looongue limo dans ton petit garage, ça va pas tarder, écoute Mama Cass…

Molly soupire et se pince l'arête du nez.

— T'es irrécupérable, ma pauvre…, maugrée-t-elle.

— Bon, résumons : moi, j'ai mon gros cowboy de JD, Molly va cirer la canne de Flash sous peu, et Ally est trop belle pour rester seule bien longtemps. Du coup, il ne reste plus que toi, Sexy-Lexi, ma petite princesse gothique préférée, annonce Cass, penchée en avant.

Molly et Ally viennent s'asseoir près de moi sur le lit, et notre timide petite Anglaise rive le regard au plancher, sa réaction post-traumatique habituelle quand elle a affaire à Cass.

— Tu sais, Cass, les mecs, c'est pas vraiment mon truc…, commenté-je d'un air mal assuré.

Cass acquiesce et plisse les yeux, comme si elle venait de comprendre.

— Ah… Tu préfères brouter de la foufoune plutôt que pomper de la sève… Le maquillage, les vêtements chelous, le métal… Je comprends maintenant.

— Cass…

— Non, Lexi, je comprends, vraiment. J'ai vu comme tu regardes mes nibards. Pas de souci, ma fille : on va te trouver de la fouf bien moite, tu vas voir. On va commencer par l'équipe de football – l'autre foot, avec le ballon rond comme une couille –, ces chaudasses adoooorent la ch…

— Cass, la ferme, je ne suis pas lesbienne, OK ?

— OK, OK, tout doux, princesse ! Mais y a pas de honte à aimer léchouiller des clitos.

— Non mais, sans rire ! Molly, Al', vous pouvez essayer de lui expliquer ? lâché-je, exaspérée comme jamais.

Molly place sa main dans mon dos pour me réconforter, mais je cesse aussitôt de respirer, les mâchoires serrées. J'ai horreur qu'on me touche le dos.

Molly se tourne vers Cass.

— Ce que Lexi essaie de te dire, c'est qu'elle ne se sent pas encore prête à sortir avec un garçon, Cass. Laisse-la tranquille, ce ne sont pas nos histoires.

Cass se fait soudain sérieuse.

— Mais pourquoi, Lex ? Depuis que je te connais, je t'ai jamais vue avec un mec. C'est quoi, le souci ?

Je sens mes mains devenir moites et mon cœur tambouriner dans ma poitrine. Les doigts de Molly dans mon dos se raidissent : elle a perçu ma tension. Heureusement, introvertie comme elle est – peut-être plus encore que moi –, je sais qu'elle le gardera pour elle.

— Je ne me sens pas, Cass, c'est tout. On arrête d'en parler, OK ?

Cass soupire et lève les bras au ciel, mais je sais qu'elle ne dépose pas les armes. Passant à autre chose, je regarde l'heure sur mon téléphone.

Merde, je suis en retard !

Je bondis hors du lit et attrape mon sac à main.

— Ça va, ma belle ? me lance Ally, inquiète.

Je fais « oui » de la tête avec un enthousiasme singé avec expertise.

— Je… j'ai entraînement. Il faut vraiment que j'y aille, balbutié-je de façon évasive avant de farfouiller partout à la recherche de mes clés de voiture.

La vérité, c'est que j'ai rendez-vous avec le Dr Lund, mon psy. J'en ai vraiment besoin en ce moment : je recommence à m'aventurer en territoire assez sombre, ces derniers temps.

Ally fronce les sourcils.

— L'équipe de pom-poms ne s'entraîne pas aujourd'hui.

Je me fige, garde le dos tourné et tente de trouver une excuse à la hâte. Je n'aurais pas dû dire ça : Ally vient de quitter l'escouade pour se concentrer sur ses études. Elle connaît notre emploi du temps par cœur.

— Non, j… je m'entraîne juste avec Lyle. On va travailler nos figures. À plus tard, les filles !

Cass m'attrape par la main avant que je quitte la pièce.

— Tu es sûre que ça va, Lex ? T'as l'air ailleurs, ces derniers temps. T'es… bizarre.

Je me pare du sourire le plus faux qui soit, hoche la tête et revêts mon masque de jeune fille indéfectiblement pétillante.

— Mais oui, ça va, Cass… J'ai juste une vie bien remplie, en ce moment. Je vais très bien, c'est promis.

Sur ces mots, je me défile, quitte la chambre et abandonne derrière moi mon masque de normalité. Je vais devoir être moi-même pour quelque temps…

Chapitre 4

Austin

— Et là, la meuf se met à genoux et commence à baisser ma fermeture Écl…

— Bordel, Reece, tu vas la boucler ? crache Rome, l'air mauvais, en lâchant sa barre d'haltères.

Le *quarterback* de première année, son remplaçant, nous suit partout comme un putain de chiot en manque d'affection depuis quelques semaines.

— Hé, Flash, c'est ton quotidien de t'envoyer de la chatte par kilotonnes. Perso, je suis bien content de me taper tes restes. Là, je parle de la rousse que t'as sautée y a quelques mois. La bonnasse avec des nichons énormes.

Il mime une grosse poitrine.

Je secoue la tête à l'attention du gosse en guise d'avertissement silencieux : Rome est à deux doigts de lui arracher la sienne.

— Reece, va-nous chercher à boire…, lui ordonné-je.

Le première année au look de surfeur remue la tête, mais n'en file pas moins aussitôt en salle de repos.

Rome s'approche de moi, les poings serrés.

— Ce gosse, putain… Je vais le dézinguer avant la fin de l'année, lâche-t-il, les dents serrées.

— C'est un gamin, c'est tout, Rome. T'es passé par là, vieux.

Rome me dévisage, incrédule, et je ne peux m'empêcher de pouffer.

— Moi ? Aussi à la dèche que ce fion lisse ? Putain, 83, le gars se vante de se nourrir de mes restes !

Je me relève et lui donne une tape dans le dos.

— T'as jamais trop eu à te faire chier, Rome, tu peux pas comprendre. Même gosse, t'attirais les meufs comme un aimant. Cette année, pour toi, c'est premier tour de la *draft* et mariage avec un top model, pas moins.

Il grimace, peu convaincu. Je le snobe ; je ne sais pas ce qui le fout sur les nerfs, mais c'est pas mes affaires.

Mon tel vibre dans la poche de mon short, offrant à Rome un petit sursis. Je le sors et regarde l'écran.

Axel : Sur le campus pr du taf. Denny Chimes. T dans le coin ?

Mon sang se fige. Bordel, non… C'est pas lui qui deale, quand même ? Il ne peut pas me faire ça… Pas Axel. Ce salaud n'a pas intérêt à me faire ce coup-là, merde !

— Faut que je m'arrache, déclaré-je à Rome en récupérant ma serviette.

— Besoin que je t'accompagne ? me demande-t-il, les sourcils froncés.

— Nan, ça roule, mec.

Il m'attrape par le bras, m'empêchant de filer, et je lâche un soupir frustré avant de lancer un regard par-dessus mon épaule : Rome me dévisage, plein d'inquiétude.

— Gère pas cette merde tout seul, Carillo. Je suis avec toi, vieux. Hors de question qu'Axel ruine les chances de salut que t'offre la Tide. Je te laisserai pas te noyer dans ce merdier, jamais. Pas toi. Pas si près du but.

Je me passe une main dans les cheveux, dégage mon bras de son emprise et fais un pas en avant.

— Rome, arrête, OK ? Je gère.

Je ne lui laisse pas le temps de rétorquer quoi que ce soit : je file hors de la salle, dans la chaleur de la nuit. Je regarde alentour, avant de me mettre à sprinter à travers le campus vers le quartier sud. Je n'ai jamais cavalé aussi vite, je crois : il faut que j'empêche mon frère de dealer à la fac.

Deux minutes, pas plus, et j'aperçois du mouvement derrière le Denny Chimes – la grande tour du campus –, à l'ombre des arbres. Un gosse au look de camé passe près de moi à la hâte en fourrant un petit sachet blanc dans son short. Je baisse la tête pour ne pas être reconnu, mais moi, je n'ai aucun mal à identifier ce qu'il vient d'acheter : de la coke.

De la putain de cocaïne…

De la coke sur le campus, bordel de merde ! Le coach avait raison.

— Austin, t'es là, mec ! Je commençais à me dire que tu viendrais pas.

Je me rue sur mon grand frère, prêt à lui offrir un nouveau trou du cul, quand j'aperçois quelqu'un qui sort de l'ombre.

Mon sang ne fait qu'un tour…

Non… Non…

Non, non, non, non, non !

Levi.

— Hé, Austin ! me lance-t-il avec un geste de la main.

Je suis aussitôt pris de nausée. Mon petit frère – il est encore tout gosse, merde ! – trotte vers moi, son jean et son tee-shirt dix fois trop grands pour sa carrure d'ado, les poches pleines de sachets de poudre blanche... Il a la peau plus claire que moi et Axel – qui pourrait d'ailleurs aussi bien passer pour mon frère jumeau. Levi... notre petit gars, encore innocent... Celui qui avait encore une chance de rester loin du collimateur des flics et des juges.

Je savais qu'il taffait pour le gang, bien sûr, comme tous les gosses de la troupe. Mais là, on ne parle plus de jouer la vigie dans un dédale de mobile homes, de compter l'oseille ou de récupérer un colis par-ci par-là... Pas un de ces fils de pute ne m'a dit que mon petit frère s'était mis à dealer !

Je le salue d'un hochement de tête et l'attire tout contre mon torse, non sans dévisager Axel par-dessus son épaule. Celui-ci grimace et détourne le regard. Il sait que j'ai la rage, mais, le connaissant, il n'en a strictement rien à battre.

— J'ai assuré ce soir, frérot. J'ai presque assez pour le prochain traitement de maman, m'annonce Levi, empli de fierté, en se détachant de moi. (Je ferme les yeux et prends une longue inspiration pour me calmer.) Austin ? Ça roule, bro ?

J'ouvre les yeux et le rapproche de moi en empoignant son tee-shirt. Il flotte dedans.

— Depuis quand tu deales pour le gang ? grogné-je, les dents serrées.

Levi déglutit et devient livide, comme si tout son sang venait de quitter son visage. Il tourne des yeux inquiets vers Axel, qui va à la rencontre d'un groupe de types en approche. Super... D'autres gars de je ne sais quelle fraternité en quête d'un fix... qu'ils comptent acheter à mon putain de sosie, sur mon putain de campus !

Je pousse Levi à l'ombre d'un arbre : je dois me planquer. Si on me voit traîner dans l'entourage d'un dealer, on me supprimera ma bourse sur-le-champ. Déjà que le doyen ne voulait pas de moi à l'université… C'est l'insistance du coach et les conditions posées par Rome Prince qui l'ont convaincu de changer d'avis. Un type avec un casier tout droit venu de la zone ? Il aurait préféré que je reste loin de son campus…

Cette merde est l'arme qui lui manque pour me descendre.

Je vérifie que nous sommes bien à l'abri des regards et secoue Levi par le col. Honteux, il garde la tête basse.

— Levi, bordel, depuis combien de temps ils te font dealer de la coke ? sifflé-je, les dents serrées.

— J'ai commencé y a un mois…, confesse-t-il à contrecœur.

— Un mois…

Un putain de mois, bordel…

Il hoche la tête, et je prends son visage à deux mains.

— Levi, pourquoi ? Je t'avais mis en garde contre ça, merde : rendre des services à la con au gang, OK, mais ça, non ! T'es comme moi, Levi, t'es un putain de bon receveur, mais si tu veux réussir au foot, faut que tu assures en classe, que tu te concentres sur tes cours pour être accepté à la fac ! Le gang, Lev, ce putain de gang… Gio te laissera jamais te barrer ! Toi et moi, on est pris au piège à vie, maintenant…

Levi se dégage de moi et va s'adosser à un arbre derrière lui. Les bras croisés en signe de défi, il grimace.

— *Mamma* va de plus en plus mal, Aust'. L'assurance file plus rien… Si on veut calmer ses douleurs, faut qu'on raque. Elle peut même plus se déplacer toute seule et elle a pas quitté le mobile home depuis des semaines. Elle fait deux pas, ses jambes tremblent et elle s'écroule…

Les yeux de Levi se chargent de larmes, et ma gorge se serre de le voir aussi ému. Il a quatorze ans, bordel… Quatorze. Il ne devrait pas avoir à se soucier de payer les frais médicaux de qui que ce soit, de dealer de la came ou de s'occuper de la *mamma*…

— Et pourquoi j'ai pas été mis au courant, merde ? lancé-je, rageur, les mâchoires serrées à m'en faire mal.

Il baisse la tête.

— *Mamma* voulait pas qu'on te le dise. Elle dit que t'as assez de trucs à gérer comme ça. Et puis, je savais que ça te foutrait en rogne que je roule pour les Imperatori… (« Bam »… Une putain de cartouche en plein cœur…) Écoute, Aust', faut bien qu'on rentre du cash d'une façon ou d'une autre, non ? Axel pèse plus assez tout seul depuis que les Kings viennent foutre la merde sur notre territoire. Il est toujours dehors à tenter de se faire le plus de fric possible, toi, t'es là à te déchirer pour être drafté… Y a plus que moi pour gérer. Faut que je tienne mon rôle, tu vois : c'est moi, l'homme de la maison, maintenant. Et ça roule, tu sais ? Les frères du gang assurent mes arrières ; Gio surtout. C'est ma *famiglia*, mes frangins.

Deuxième cartouche en pleine poitrine… Cet enfoiré de Gio n'a jamais eu d'autres intérêts que les siens.

Je plaque Levi contre l'écorce de l'arbre.

— Ta *famiglia*, Lev ? Jamais, tu m'entends ? Si les flics viennent te serrer, tes soi-disant frangins bougeront pas le putain de petit doigt pour toi ! Ta *famiglia*, c'est moi, Lev ! C'est moi, ton frangin ! Ton sang ! *Sono io, il tuo sangue, capisci ?*

Levi me dévisage, les yeux écarquillés devant mon accès de rage. Je me plaque une main sur le crâne et tâche de respirer le plus lentement possible.

— Lev, écoute : ce n'est pas à toi de gérer tout ça. T'es notre petit gars à nous, le *bambino* qui fait la joie et la fierté de sa mère, bordel… Ax' et moi, elle sait qu'on est niqués jusqu'à l'os, mais toi… T'es son petit chouchou, merde ! Rends-la fière de toi ! Putain de merde, Levi : qu'elle soit fière de l'un d'entre nous avant qu'il soit trop tard, je t'en supplie.

Un long silence s'installe, puis Levi relève enfin la tête.

— Elle est en train de mourir, Aust'. Je serai plus le favori de qui que ce soit bien longtemps, et personne ne sera fier de moi : tout ce que je veux, c'est m'assurer qu'elle passera pas ses derniers jours à souffrir le martyre. La voir agoniser, hurler… Je tiendrai pas un jour de plus. T'es pas là, Aust', Axel non plus… Et ça me tue…

Je m'apprête à le prendre dans mes bras quand Axel brise le silence de sa voix de pitbull.

— Bouge de là si tu veux pas d'emmerdes, mec !

— Putain de merde ! craché-je en apercevant la Ford des flics qui, en pleine patrouille à quelques dizaines de mètres, file droit sur nous.

Le doyen a renforcé les forces de sécurité du campus ces dernières semaines. Je jette un regard depuis ma planque derrière l'arbre, et vois Axel qui coince une étudiante contre la paroi de la tour.

Merde, merde, merde !

La lumière des phares se rapproche : il faut que je sorte mon trou du cul de frangin de là avant qu'il soit trop tard. Levi aussi. La dernière chose dont il a besoin, c'est un casier et un séjour en taule pour mineurs.

— Arrache-toi : file dans le pick-up d'Axel pendant que je vais le chercher.

Il est à deux doigts de rétorquer, mais il sait que je n'écouterai rien de ses salades, alors il déguerpit sans sourciller et disparaît sur le campus. Je prends une dernière profonde inspiration et sors de ma planque pour me ruer en direction d'Axel : il plaque toujours la meuf contre le mur de brique.

— T'as rien vu, pétasse, OK ? Et comme t'as rien vu, tu diras rien, t'entends ou pas ? T'entends, sale conne ? T'as intérêt à fermer ta putain de gueule ! la menace-t-il, bestial.

— P… promis… Je dirai r… rien… Laisse-moi partir, j… je t'en supplie…, bafouille la fille, la voix brisée par la peur.

Faut que j'arrête Axel avant que ça aille trop loin, que j'empêche ce con d'ajouter une agression à son casier en fonte. Une fois derrière lui, j'attrape ses bras et le retourne vers moi.

— Lâche-la, Ax', putain ! lui ordonné-je.

Je jette un regard à la pauvre meuf par-dessus l'épaule de mon frangin, et deux grands yeux verts écarquillés se posent sur moi… Je me fige aussitôt.

Bordel de merde…

C'est la pom-pom de l'autre fois. Celle avec qui j'ai parlé après le match.

Je lève les yeux au ciel : quelqu'un m'en veut, là-haut, c'est certain…

Soudain, Axel se plante devant moi, le visage à quelques centimètres seulement du mien.

— Elle en a trop vu, cette pute : faut lui faire comprendre qu'elle a intérêt à rien lâcher, et faut le faire maintenant ! On peut pas prendre de risques ! siffle-t-il, les poings serrés, tandis que la pom-pom chétive se plaque plus encore contre le mur, soucieuse de regarder partout, sauf dans notre direction.

Elle chiale, bordel… Son visage pâle est barbouillé de maquillage noir…

— Elle dira rien, lâché-je en me tournant vers la fille. Pas vrai ? grogné-je presque. (La pauvre est paralysée par la peur.) Dis-lui, bordel !

Ses pleurs redoublent. Tremblante, elle bredouille :

— J… je dirai r… rien…

Enserrant le bras d'Axel, je l'oblige à me regarder.

— Les keufs sont là, faut que tu t'arraches. Je vais m'assurer qu'elle la boucle.

Axel crache aux pieds de la fille et me dégage de son chemin d'un coup d'épaule, mais j'ai le temps de l'attirer vers moi et de plaquer ma bouche à son oreille.

— Faut qu'on cause, mec, parce que t'as merdé sévère : Levi qui deale pour le gang, et dans ma fac en plus… Je te laisserai pas t'en tirer comme ça.

Axel dégage son bras en pouffant, ne prenant pas ma menace au sérieux, puis s'arrache en direction du parking. Je le regarde s'éloigner, toujours à cran. J'ai le sale pressentiment qu'une merde colossale pend au nez de mes frangins. De toute évidence, Axel s'implique de plus en plus dans les activités du gang, il prend du galon et se rapproche de Gio. Et ce con entraîne Levi dans son sillage… Droit en enfer.

Un bruissement derrière moi attire mon attention… Merde, la meuf ! J'ai failli l'oublier…

Elle tente de s'éclipser discrètement, dos au mur : à l'instant où elle voit que je pose les yeux sur elle, elle se fige comme une biche surprise dans les phares d'une voiture.

Faut que je gère ça vite, que je mette ma famille hors de danger. Coûte que coûte.

— Qu'est-ce que t'as vu ? lâché-je d'une voix glaciale.

— R… rien. Je n'ai rien vu…

Ses yeux ont l'air immenses sur son visage minuscule. Elle doit faire un mètre cinquante à tout casser…

— Mon cul ! craché-je, cinglant.

— Non, j… je te jure…

Je vois la fine peau de son cou battre au rythme de son pouls affolé. Qu'est-ce qu'elle fout seule sur le campus à une heure aussi tardive ? Moi-même, je suis ici parce qu'avec Rome, on s'impose toujours des séances de taf bonus pour soulever un peu de fonte. On bosse plus que n'importe qui dans cette équipe.

Je plaque le torse contre elle pour m'imposer, et elle hoquette, paniquée.

— T'as vu mon frère. Il faisait quoi ? Et ne me mens pas !

Je ne doute pas qu'elle sait ce qu'il trafiquait, mais j'ai besoin de l'effrayer au point qu'elle n'osera rien dire à personne, même pas à ses meilleures amies. Je dois m'assurer qu'elle restera muette comme une tombe pour ne pas risquer qu'elle répande la rumeur sur le campus.

Ses épaules s'affaissent.

— Il avait de la… drogue. Je… je crois qu'il… en vendait. Non : je suis… sûre qu'il en vendait.

J'expire lentement, contenant ma colère à grand-peine, puis jette la tête en arrière.

Putain… de… bordel… de… merde…

Je peux dire adieu à ma bourse d'études…

— Je dirai rien à personne, je te le jure… Laisse-moi juste… partir, OK ? S'il te plaît… me supplie-t-elle, sa voix fragile toujours tremblante.

Je la toise du regard : vêtue de noir de la tête aux pieds, elle n'a que la peau sur les os. Cette fille est une pom-pom née, et je ne l'ai jamais vue manquer un putain de match, à l'extérieur ou à domicile.

— Carillo, laisse-moi partir, s'il te plaît…

Je la coince contre le mur, mes bras prévenant sa fuite, et me penche à son oreille.

— Oublie ce que tu as vu ce soir, et tout ira bien, tu pourras dormir tranquille. Par contre, si tu dis quoi que ce soit à qui que ce soit – *qui* que ce soit, j'insiste –, je te promets des emmerdements comme t'en as jamais eu : t'as pas idée des gens que t'as mis en rogne. Ils sont prêts à tout pour que tu la boucles, tu m'entends ? Tout…

Elle renifle et hoche la tête, dévastée : le message est passé, aucun doute là-dessus. Je fais un pas en arrière, croise les bras et, du menton, lui fais signe de dégager.

— File. Barre-toi d'ici.

Une seconde plus tard, la pom-pom fuse à travers le campus, foulant l'herbe sèche à toute allure. Et moi, j'ai le sentiment d'être le plus gros connard que cette terre ait jamais porté. J'ai terrifié cette pauvre fille…

Dommage collatéral. C'est malheureux, mais c'est comme ça…

Plus de mille jours… Plus de mille jours que j'ai quitté le gang, que j'ai laissé le deal de came derrière moi et que je me façonne une nouvelle vie, ici à la fac.

Plus de mille jours, avant que mon passé revienne me gifler en pleine gueule.

Je me masse le front d'une main anxieuse et m'adosse contre le Denny Chimes : Axel va pas supporter qu'elle l'ait vu dealer, et il n'est pas du genre à passer l'éponge. Il ne lâche un témoin que quand il est sûr et certain qu'il ne dira rien. Les Imperatori ne tolèrent pas qu'on les balance : l'ordre, strict, vient de Gio en personne.

Je remarque au loin les gyrophares de la caisse des flics : elle se rapproche, et s'arrête pas loin de moi. Je me fige en retenant mon souffle. Alors que je m'apprête à me barrer au pas de course, un flic sort du véhicule et disparaît un peu plus loin… avant de reparaître en escortant une fille jusqu'à la voiture… C'est la maigrelette qui pourrait tous nous faire tomber !

Putain de merde !

La caisse repart…

Et je la suis au pas de course, dissimulé dans l'ombre.

Chapitre 5

Lexi

Je cours à toute vitesse, pantelante, et, après un virage, je plaque le dos contre un arbre au tronc massif et me laisse tomber au sol. Je dois faire une pause : mes jambes ne me porteront pas plus loin.

Il dealait. Ce type dealait sur le campus, comme ça, sans être inquiété ! C'est le frère d'Austin Carillo… Austin Carillo, le numéro 83 de la Crimson Tide d'Alabama et l'un des receveurs les plus prometteurs de toute la division. Austin Carillo, le *bad boy* repenti aux innombrables piercings et tatouages… Peut-être qu'il est moins irréprochable qu'il n'y paraît, finalement. Soudain, une portière claque derrière moi, et je frôle la crise cardiaque.

— Mademoiselle ? Tout va bien ?

Je plaque une main sur mon cœur battant et lâche un soupir de soulagement : c'est la police du campus.

— Oui… oui, merci. Vous m'avez surprise, dis-je, le souffle court.

Le policier s'agenouille devant moi.

— Vous êtes mademoiselle… ? me demande-t-il d'une voix traînante.

— Hart. Lexington Hart.

— Mademoiselle Hart, si vous voulez bien m'accompagner, me dit-il en me tendant la main pour m'aider à me relever.

— J'ai fait quelque chose de mal ? demandé-je, inquiète.

Il me rassure d'un sourire bienveillant.

— Rien. Nous allons juste vous raccompagner chez vous. Vous êtes trop jeune pour sortir seule à une heure aussi tardive.

Je me lève, les jambes tremblantes, et me retrouve bientôt à l'arrière de la voiture où, perdue dans mes pensées, je regarde à travers la vitre, faisant fi des crachotements et autres voix parasitées qu'émet la CB des policiers.

Cinq minutes plus tard, la voiture s'arrête devant le bureau du doyen, et ma gorge se noue.

L'officier de police se tourne vers moi, un air navré sur le visage.

— Mademoiselle Hart ? Si vous voulez bien me suivre, le doyen aimerait vous voir.

Il sort du véhicule et vient m'ouvrir la portière.

Sachant que je n'ai pas le choix, je sors du véhicule et entre dans le bâtiment à la suite de l'agent. Le doyen, qui m'attend à son bureau, m'accueille avec un sourire. Je me sens aussitôt mal à l'aise.

— Asseyez-vous, mademoiselle Hart, je vous en prie.

Je balaie la pièce richement décorée du regard, anxieuse. Comment se fait-il que le doyen connaisse mon nom ?

Il prend sur son bureau un pichet d'eau, s'en sert un verre, puis me demande d'un haussement de sourcils si j'en veux un aussi. Je décline sa proposition.

— Si j'ai bien compris, Lexington, vous étiez dans le quartier sud du campus, il y a quelques minutes. Mon agent m'a signalé que vous étiez très agitée.

Mon cœur s'emballe, et je sens une goutte de sueur glisser le long de ma nuque.

— Oui, monsieur, j'étais bien sur le campus.

— Et… y avez-vous aperçu quoi que ce soit de suspect ?

Il plante dans les miens ses yeux bleus, comme s'il essayait d'y lire quelque chose. Je me fige, incapable de savoir quoi répondre : dois-je lui dire la vérité, ou me protéger d'Austin et de son frère ?

Les avertissements de Carillo résonnent encore dans mon esprit : *« Si tu dis quoi que ce soit à qui que ce soit* – qui *que ce soit, j'insiste –, je te promets des emmerdements comme t'en as jamais eu. »*

Je fais « non » de la tête presque sans m'en rendre compte. Le doyen hausse un sourcil, surpris.

— Vous n'avez pas vu d'hommes louches sur le campus ? D'individus étrangers à l'université ? (Il se penche en avant.) De dealers de drogue, peut-être ? N'est-ce pas pour cela que vous avez fui ?

— Non, monsieur, dis-je tout bas, un tressaillement suspect dans la voix. C'est juste que j'ai peur toute seule dans le noir : je me dépêchais de rentrer chez moi.

— Et pourquoi étiez-vous donc de sortie si tard le soir ?

Je baisse la tête, embarrassée.

— J'étais à l'hôpital… Je suis suivie par un médecin à cause d'un trouble psychologique dont j'ai souffert il y a plusieurs années. Cela fait partie de ma convalescence…

Le doyen cille, donne l'impression de réfléchir à la réponse que je viens de lui donner, puis se penche de façon que moi seule puisse l'entendre.

— Si vous avez peur de ce que vous avez vu, nous pouvons vous protéger. Ce genre d'agissements est intolérable sur le campus : tout ce dont nous avons besoin, c'est d'une preuve qui nous permette d'identifier le coupable. Est-ce quelqu'un de l'université ?

J'ouvre grand les yeux et soutiens son regard.

— Je suis navrée, monsieur, mais je n'ai vu personne ce soir. Je ne sais pas trop quoi vous dire…

Je ne saurais vraiment avouer pourquoi je ne révèle pas ce qui s'est passé : l'implication d'Austin Carillo, ses menaces sans équivoque à mon égard… En tout cas, je n'aspire qu'à une chose : rentrer et laisser cette journée derrière moi. Sans compter que mes séances avec le psy m'épuisent toujours à force de remuer le bourbier dans ma tête…

— Très bien, mademoiselle Hart. Si quoi que ce soit vous revient, tenez-moi informé, je vous prie, lâche le doyen, découragé.

Je hoche la tête, et le policier du campus m'escorte à l'extérieur du bâtiment. La nuit est chaude et humide.

— Venez, mademoiselle, je vous raccompagne, me propose l'agent.

— C'est gentil mais je préfère rentrer à pied.

Il hausse les épaules, remonte dans sa voiture et s'éloigne.

M'enveloppant de mes bras, je pars en hâte en direction du foyer de la sororité.

Je suis à mi-chemin, avançant dans la lumière poussive des lampadaires, quand quelqu'un sort des ténèbres d'un bosquet pour se planter devant moi : j'étouffe d'une paume un cri de surprise et me fige, tétanisée. L'inconnu s'approche, et je distingue bientôt son visage… Austin Carillo. Ses tatouages, ses piercings, la rage dans le regard implacable qu'il m'adresse : tout me terrifie chez lui, et je fais un pas en arrière, paniquée.

— T'es suicidaire ou quoi ? crache-t-il sur un ton glacial. Je déconnais pas, tout à l'heure, quand je te disais que des malades viendraient s'en prendre à toi si tu caftais, et je te retrouve devant le bureau du doyen ? Tu te fous de ma gueule ou quoi ?

— N... non ! J'ai bien compris ton... ton avertissement : je lui ai r... rien dit ! Je te le jure ! lâché-je précipitamment, la voix tremblante de peur.

Austin ne perd rien de son air sévère, imperméable à ma détresse.

Je me tourne pour emprunter un itinéraire différent. Priant pour que Carillo ne me suive pas, je me lance bientôt au pas de course. Arrivée au foyer, je fonce droit jusqu'à ma chambre et claque la porte derrière moi.

Chapitre 6

Austin

Merde ! Merde, merde, merde et merde !

Qu'est-ce qui m'a pris de lui sauter dessus comme un putain de prédateur en la voyant sortir du bureau du doyen ? Son visage… Elle était terrifiée !

Merde !

Quelle image elle doit se faire de moi, maintenant ?

Je longe la route de campagne qui mène au lotissement de mobile homes. Les gravillons éclatent sous les roues du pick-up de Rome ; il me l'a prêté pour que je puisse passer chez moi à l'improviste.

Encore six bornes, et je serai à la maison.

Six bornes, et je retrouve le lieu où j'ai grandi.

Six bornes… et je verrai à quel point ma mère est au bout du chemin.

Je secoue la tête en passant près du panneau rouillé qui annonce « Westside Heights ». Il pendouille au bout d'une vis survivante.

Bienvenue au putain de paradis…

Trois kilomètres plus loin, je commence à apercevoir des visages connus, des gars du gang qui s'activent çà et là. Ils lèvent tous la tête, forcément… Y a que deux raisons qui peuvent pousser quelqu'un à venir se perdre ici : soit t'es du coin, soit tu cherches un fix… Ces gars savent que je pointe dans la première catégorie.

On m'accueille de discrets hochements de tête tandis que je me gare près du mobile home 23. Je bondis hors du pick-up, monte les marches quatre à quatre, toque deux fois à la porte métallique et entre.

— *Mamma ?* lancé-je en me désolant de l'état des lieux, salopés de vaisselle sale, de bouffe moisie, de seringues vides et…

C'est quoi, cette odeur infecte ?

Levi nettoie toujours la baraque – enfin, disons qu'il fait en sorte que ça reste un minimum salubre –, mais, vu la putain de déchetterie qu'est devenue la crèche familiale, il doit passer tout son temps avec le gang, aux dépens des tâches ménagères. C'est un putain de taudis… Je serre les dents, hors de moi.

— *Mamma ?* répété-je.

Un son faiblard résonne depuis sa chambre, et j'approche de sa porte décrépite, les jambes flageolantes : chaque fois que je viens, elle est un peu plus flippante à regarder…

Un bruit de verre cassé me fait sursauter et je pousse la porte pour trouver ma mère penchée, le haut du corps hors du lit et un verre brisé sur le sol. Il a dû lui échapper. Elle gémit de douleur : de toute évidence, elle n'arrive pas à se redresser.

Je me rue en avant, agrippe ma mère chétive par les bras et la replace délicatement dans son lit. Son odeur me prend la gorge… Je la redresse, l'adosse à un oreiller et grimace en lisant sur son visage combien elle souffre : elle montre les dents, et ses narines dilatées témoignent des respirations courtes et saccadées que lui impose la douleur.

Je m'assois près d'elle sur le lit, passe une main sur son front et dégage de son visage quelques mèches trempées de sueur.

— *Calma, mamma, calma…*

Je lui parle en italien, sa langue maternelle, pour l'apaiser au mieux… Elle lève sur moi ses yeux bruns et caves, et ses lèvres s'agitent en un rictus tordu. Je sais que je dois y voir un sourire reconnaissant…

— *Stai bene, mamma ?* lui demandé-je, espérant qu'elle me dise se sentir un peu mieux.

Elle ferme les yeux, incapable d'acquiescer autrement : soit elle est éreintée, soit elle souffre trop pour parler.

Je balaie la pièce du regard, aperçois ses vêtements sales éparpillés sur le plancher et de grands flacons gris alignés sur sa commode. Ma gorge et mon estomac se serrent quand je comprends ce qu'ils contiennent et d'où vient l'odeur pestilentielle qui règne ici : c'est là-dedans qu'elle pisse…

Je ferme les yeux pour me calmer et préserver ma mère d'un éclat de rage. J'ai une raison de plus de démonter le cul d'Axel.

Une caresse à peine perceptible, aussi légère qu'une plume, effleure le dos de ma main… Je baisse les yeux : c'est la paume de ma mère. Ses yeux sont noyés de larmes.

Je me penche et dépose un baiser sur son front.

— *Ti voglio bene, mamma*, lui susurré-je.

— *Anche… a te… mio caro*, me murmure-t-elle en retour.

Je lui adresse un sourire qui lui déclare toute ma fierté de la voir si courageuse face à la douleur, puis me lève et me frotte les mains.

— Je vais te chercher un verre d'eau, *mamma*. Ensuite, je nettoie la maison, puis ce sera ton tour, OK ?

— Tu es… un… si bon garçon…, parvient-elle à articuler.

Je suis tout sauf un bon garçon, et elle le sait aussi bien que moi ; mais, sur l'instant, je me sens béni de l'entendre m'appeler ainsi.

Une heure plus tard, je range la dernière assiette fraîchement lavée dans le placard et file dans la salle de bains, où je fais couler l'eau de la douche. Toutes les cinq minutes, chaque fois que je jetais un coup d'œil à ma mère, je lui trouvais un air affligé tandis qu'elle m'observait en train de nettoyer jusqu'au dernier recoin de son vieux mobile home. Cette femme est une vraie sainte… Elle mérite tellement mieux que ce mouroir insalubre…

— OK, *mamma*, c'est l'heure de la douche, annoncé-je, tâchant de ne pas prêter attention à la grimace d'humiliation qui tord son magnifique visage.

Elle ne supporte pas de ne pas pouvoir s'en charger elle-même… Avant que cette putain de maladie la plombe, Chiara Carillo cumulait trois tafs et nous offrait, à moi et mes frangins, l'amour de deux parents, notre branleur de père l'ayant quittée pour une pétasse à l'autre bout de l'État. *Mamma* nous a toujours trouvé de quoi bouffer, a tout fait pour nous empêcher de suivre un mauvais chemin et nous a évité les embrouilles dans lesquelles s'embourbaient tous les autres gosses du coin, enrôlés par les Imperatori.

Et puis, il y a sept ans, tout a changé. Pourquoi ? La SLA, voilà pourquoi. La maladie de Charcot, une… « maladie neurodégénérative des motoneurones ». En gros, une peste qui affaiblit peu à peu ses muscles. Jour après jour, heure après heure, chaque putain de minute, le démon incurable la prive d'un peu plus de liberté. Un gémissement presque inaudible s'échappe de ses lèvres, et je prends son corps frêle dans mes bras, tâchant de ne pas prêter attention aux draps souillés de sueur – entre autres choses… – et dans lesquels elle doit baigner depuis trop longtemps…

Une fois dans la salle de bains, je la place sur la cuvette des toilettes et commence à retirer sa robe de chambre sale… Une goutte d'eau m'éclabousse le dos de la main : je lève la tête et découvre ma mère en pleurs, trop honteuse pour croiser mon regard.

Une lame glacée me transperce le cœur… Je tousse pour dissimuler l'émotion qui m'enserre la gorge, vérifie la température de l'eau et soulève ma mère en silence pour la placer sous le jet. Mes sapes sont pleines de pisse et de merde… Rien à foutre. L'eau dissimule l'embarras sur son visage, tandis qu'elle s'accroche à mes épaules comme une enfant timide et terrifiée.

Après avoir douché ma mère et lavé ses cheveux, je l'enveloppe dans la dernière des serviettes propres, lui enfile son peignoir, puis l'assois sur le vieux canapé à l'agonie.

— Je vais changer les draps de ton lit, *mamma*, tu passeras une bonne nuit comme ça. J'arrive tout de suite, OK ?

Elle ferme les yeux et hoche à peine la tête. Même quelque chose d'aussi anodin qu'une douche la vide de toute énergie… Putain de maladie de merde…

J'enfile sur le matelas un drap usé mais propre, non sans avoir protégé le lit d'une alaise pour le préserver de tout éventuel accident. Je fais de mon mieux pour procéder en douce : elle ne supporterait pas de le savoir. Ce n'est pas l'incontinence, le problème, mais elle est incapable d'aller aux chiottes toute seule.

Quand je reviens dans le salon, je me fige dans l'encadrement de la porte et tente d'étouffer le profond chagrin qui me consume en voyant ma mère, la personne la plus pure que je connaisse, brisée et asséchée par cette maladie qui affaiblit ses muscles de façon inéluctable. Sept ans qu'elle y survit. La SLA, c'est dix ans pour les plus chanceux… Un vide béant s'ouvre dans ma poitrine : vu son état, je ne suis pas sûr qu'elle tiendra un an de plus…

Elle laisse échapper un râle de douleur et grimace. Je bondis presque auprès d'elle, la prends dans mes bras et la transporte jusqu'à son lit. Sitôt que je l'ai allongée sur le drap propre, elle lâche un gémissement reconnaissant. Je m'assois à côté d'elle.

— Je peux faire autre chose, *mamma* ? lui demandé-je.

Elle pose de nouveau une main sur la mienne, et je tressaille.

— *No, grazie, mio caro*, susurre-t-elle, et les larmes lui montent de nouveau aux yeux.

— *Mamma, mamma*, ne pleure pas, s'il te plaît… Je supporte pas de te voir pleurer, confessé-je d'une voix abattue que je ne me reconnais pas.

— Ils… l'ont… eu, Austin, parvient-elle à articuler.

Je grimace.

— Qui, *mamma* ? Qui a eu qui ?

Sa lèvre inférieure se met à trembloter, et elle tente de serrer ma main, sans succès.

— Levi… Ils… l'ont… eu… Tu dois… le… sauver…

Elle se met à pleurer, et un frisson glacial me parcourt l'échine. Je baisse les yeux, honteux.

— Je sais, *mamma*. Je viens de l'apprendre.

Elle lève la tête vers moi et me regarde comme si j'étais ce putain de Superman, la réponse à tous ses problèmes ;

comme si je pouvais sauver Levi. Ses yeux bruns suppliants, elle me conjure de le sortir de la merde.

—Axel… Trop tard… pour lui… Levi et toi…, vous devez vous… sortir de… là…

Soudain, elle hurle, et son dos se raidit, traversé par une douleur soudaine. Je déglutis, prends sa main dans les miennes, et nous attendons que l'assaut fulgurant soit passé.

Mamma, haletante, finit par s'apaiser un peu et tourne les yeux vers moi.

—Austin… Je suis si… fière… de toi… Promets-moi d-de sauver… Levi…

Je caresse sa main de mes lèvres, dépose un baiser sur ses doigts frêles et acquiesce.

—*Te lo giuro, mamma.* Je te le jure. Je vais trouver un moyen de le sortir de là.

Elle lutte contre le sommeil, mais ses paupières se ferment toutes seules, alors je me lève et lui embrasse délicatement le front.

—*Buonanotte, e dormi bene, mia cara*, murmuré-je.

« Endors-toi d'un doux sommeil, mon trésor… »

Ce sont les mots qu'elle murmurait chaque soir à mon oreille quand j'étais gamin. Ils avaient le pouvoir de chasser mes peurs, faisant rempart contre tous les maux du monde.

Après que les médecins lui ont diagnostiqué la maladie de Charcot, quand ses peurs sont devenues pour elle un poids trop lourd à porter, je me suis mis à les lui murmurer à mon tour. Cela la faisait sourire chaque fois : elle disait toujours que le marchand de sable gâtait davantage les enfants souriants.

Je m'approche du tourne-disque de sa grand-mère, qu'elle a rapporté d'Italie, et sors de l'étagère le vinyle usé de sa chanson favorite. Je pose le diamant sur le disque, et l'*Ave Maria* crépitant d'Andrea Bocelli s'élève dans la pièce.

Je me fige quelques secondes : cette chanson, c'est toute mon enfance. C'était la vague qui noyait les bruits de flingues quand, allongés dans nos lits, nous luttions pour nous endormir. C'était ma mère qui nous prenait par les mains à Noël et nous entraînait dans une ronde folle pour nous faire oublier qu'une fois encore, il n'y aurait pour nous ni dinde, ni farce, ni cadeaux. Cette chanson, c'est un souvenir douloureux de celle qu'elle aurait pu devenir : notre mère était soprano à l'opéra. Elle venait de Florence, et la famille de mon père, de Sicile : mes grands-parents paternels ont émigré aux États-Unis, en Alabama, dans les années 1950. Un jour, mon père est allé voir ses grands-parents et il a rencontré ma mère, alors en tournée avec sa troupe au théâtre de Vérone. Ce soir-là, quand il l'a entendue chanter, Luca Carillo est tombé fou amoureux de Chiara Stradi, de ses yeux bruns, de ses longs cheveux noirs… Elle était superbe. Quelques semaines plus tard, il l'a fait succomber : elle a abandonné sa passion, sa famille, et l'enfoiré est revenu aux US avec une bombe exotique au bras. La famille de ma mère, déshonorée, ne lui a plus jamais adressé un mot. Ce que la jeune Chiara Stradi de dix-neuf ans ignorait à l'époque, c'était que le Luca Carillo, vingt-six ans, avait un sérieux problème avec la bouteille. Elle ignorait que c'était un ivrogne doublé d'un fils de pute, qu'elle se réveillerait des années plus tard sans le moindre sou en poche, prise au piège d'un mobile home de merde perdu dans les bas-fonds, sans son mari qui aurait courageusement fui ses responsabilités, et qu'elle se retrouverait seule, sans soutien familial, ses rêves brisés, coincée avec trois petits gars à nourrir.

Cette chanson lui a toujours rendu le moral.

Cette chanson a, chaque jour, empêché sa foi de ployer sous la merde.

Cette chanson lui a insufflé quotidiennement l'énergie nécessaire pour survivre.

Et, à cet instant, je prie le ciel pour qu'elle l'apaise encore une fois…

Je recule de quelques pas pour l'observer en silence, allongée là, paisible au moins en apparence, et manque de m'effondrer en larmes en voyant, même en plein sommeil, sa lèvre supérieure s'arquer en une grimace de douleur. Je replace la couette élimée sur le corps endormi de ma mère, baisse la tête vers mes mains jointes, ferme les yeux et prie en silence.

— *Dio ti benedica, mamma.*

« Dieu te bénisse, *mamma.* »

Je récupère le linge sale, sors du mobile home et me dirige vers la laverie automatique du quartier. Comme je passe devant plusieurs membres de mon ancien gang, je baisse la tête sans prêter attention aux regards mauvais qu'ils dégainent tous à mon approche. La seule raison pour laquelle ils ne me savatent pas le cul, c'est parce que Gio m'a laissé filer en leur interdisant les représailles. Enfin, ça, et le fait qu'ils chient dans leur froc à l'idée de ce que leur ferait Axel s'ils osaient toucher le moindre cheveu de ma tête.

Arrivé dans la laverie, j'ignore le camé affalé sans connaissance sur une rangée de chaises en plastique rouge, fourre le linge dans une machine et lance un programme rapide. Adossé au mur couvert de graffiti, je tente d'étouffer la rage qui menace à tout instant de me consumer.

Comment Axel peut-il laisser *mamma* vivre comme ça ? Pendant qu'il traîne dehors avec sa soi-disant famille, à dealer de la blanche pour de l'oseille, elle pieute dans sa pisse et pue d'une semaine entière à suer de douleur… Et Levi, merde ! Il est bientôt minuit, et ce petit con n'est toujours pas rentré ! Ce qui est sûr, c'est qu'il sèche le collège. Ce qui veut dire des notes de merde, donc une croix sur le foot, donc aucune chance de décrocher une bourse d'études pour intégrer la Tide…

Je serre les poings, furieux, et mes ongles blessent mes paumes à en faire couler le sang. Ce putain de gang est une vraie malédiction, le cauchemar de ma vie… Il a corrompu Axel, moi ensuite, et maintenant Levi…

Gio…

Tout ça, c'est sa faute.

Il convoite chaque Carillo depuis le berceau : on est tous naturellement grands, baraqués… on en impose. Des recrues rêvées pour les Imperatori. Des gardes du corps parfaits pour assurer sa protection… et comme des moutons, nous l'avons suivi jusque dans le précipice. Tous les efforts de *mamma*, balayés… Elle va crever en voyant ses fils plonger droit en enfer.

— Ben putain, Carillo… Si le foot, ça marche pas, tu pourras toujours devenir femme de ménage.

Je serre les dents et tourne la tête pour découvrir qui a parlé : c'est Gio, qui se tient dans l'encadrement de la porte, un sourire médisant sur les lèvres. Telle une bonbonne de gaz percée exposée à une flamme, j'explose et, une seconde plus tard, je tacle Gio sur le carrelage poisseux et commence à rouer son visage de coups de poing.

— Fils de pute ! hurlé-je, tandis qu'il lève les bras pour se protéger.

Soudain, on me saisit les bras pour me forcer à reculer : je me libère de l'emprise de l'inconnu, me retourne vers ce connard qui m'a arrêté… et me retrouve nez à nez avec Axel.

J'ai vu rouge… et ce n'est pas fini.

Je le pousse avec violence, et il va s'effondrer sur les chaises en plastique, percutant le junkie qui, shooté à je ne sais trop quelle merde, pane à peine ce qui est en train de se passer.

Axel se relève maladroitement, le poing serré. Je lui souris…

Je t'attends, enfoiré.

J'ai besoin de le déboîter : ça fait trop longtemps que ça couve entre nous. J'en ai ras le cul de ses conneries…

— Je passe l'éponge, gamin, mais joue encore au con et je te démonte, m'avertit Axel.

Je n'ai pas le temps de le voir venir que je me prends un crochet en pleine tête et vais m'écraser contre une machine à laver. Je me redresse en me massant la mâchoire. C'est Gio, qu'Axel essaie de retenir.

— Tu viens de signer ton arrêt de mort, mon pote…, crache le chef de gang, le sang de ses gencives meurtries dégoulinant jusque sur le sol.

Je lève une main, place quatre doigts sous le menton et lui crache un « *Vaffanculo !* » acide à la gueule. Gio me regarde, les yeux exorbités, furieux qu'on ait osé lui dire d'aller se faire foutre. Hors de lui, il est à deux doigts de castagner Axel pour qu'il le lâche.

— Calme-toi, Gio, putain ! lui hurle mon frère en le poussant vers la porte.

Je commence à arpenter la pièce comme un taureau provoqué à la muleta. Je n'ai qu'une envie : tuer ce fils de pute. Je suis remonté à bloc. Furieux contre Axel, furieux contre Levi, furieux contre Gio… Furieux contre Dieu, même, putain !

La porte s'ouvre de nouveau, et Axel revient dans la laverie. Je suis à deux doigts de me ruer sur lui quand Levi débarque à son tour, un air terrifié tordant son visage d'ado. Manque de bol, je ne suis pas en mesure de faire preuve de clémence à son égard, là, tout de suite…

— Aust'…

Je brandis un poing rageur devant son visage et le menace de l'index.

— À la maison. Tout de suite !

Levi se tourne vers Axel comme pour lui demander la permission de m'obéir, ce qui ne fait que m'agacer davantage : je traverse la pièce et me plante devant lui de toute ma hauteur. Impressionné, il écarquille les yeux et bat en retraite contre la porte.

— Tu me regardes quand je te parle : pas lui, moi ! On a des putains de choses à se dire, mais pour le moment, tu rentres t'occuper de *mamma* ou je t'assomme et je te traîne dans sa piaule !

Levi s'arrache en courant et je ne le quitte pas des yeux jusqu'à ce qu'il soit rentré dans le mobile home. Je balaie la zone du regard et, comme je ne vois Gio nulle part, je claque la porte de la laverie et me retourne vers Axel.

— Première chose, je t'ai défendu devant mon coach, et je me rends compte qu'il avait raison : tu deales dans ma fac. Le doyen me colle au cul depuis que la poudreuse circule sur le campus ! Deuxième chose, j'apprends que t'as entraîné Levi dans l'enfer du gang. Mais le pire de tout, tu laisses *mamma* crever dans sa pisse, souffrir dans sa propre merde ! Sa piaule est un putain de charnier… Et tout ça pour jouer la pute de Gio !

Axel tremble de rage… Il s'empare d'une chaise en plastique et la lance avec violence contre le mur, où elle vole en éclats. Il tourne alors vers moi un doigt menaçant.

— Tu joues le grand-duc, gamin, mais t'es où, toi ? Tu coules la belle vie dans une putain de fac de riches, avec quatre-vingt mille trous du cul qui te vénèrent toutes les fins de semaine comme un messie ! Et en prime, tu te coltines des petites putes du genre de cet enfoiré de Rome Prince, des mecs plein aux as ! (Il vient se planter devant moi.) T'es où, gamin ? Ici, tous les jours, à t'occuper de *mamma*, à essuyer sa gerbe, ou le cul posé sur un canapé bien moelleux dans le foyer de ta fraternité, à boire des bières et lécher des putain de groupies de la Tide ? C'est moi qui assure la survie de cette *famiglia*, pas toi, superstar. L'oublie pas, la prochaine fois que tu viendras chier des papillons par la bouche sur le territoire des Imperatori.

Ses mots me font l'effet d'un coup de poignard en plein cœur : je recule maladroitement jusqu'à la machine à laver et passe les mains sur mon visage, dérouté. Au fond, il a raison : je fais que dalle pour les aider…

Soudain, il m'attrape par la nuque… et m'attire tout contre son torse. Il me prend dans ses bras.

Putain de merde…

Je me laisse aller dans son étreinte, pose la tête sur son épaule et reste là, contre lui, à tenter de me calmer. Je suis peut-être du genre grand et costaud, mais Ax' reste mon grand frère : il est un des rares types à en imposer face à moi.

— Écoute, gamin : que ça me plaise ou non, ta place est à la fac. T'es notre seule chance de nous sortir de cette merde… de nous faire quitter ce putain de taudis qui nous sert de piaule. Notre seule chance de vivre une vie meilleure.

Je secoue la tête, effondré.

— Putain, Axel… T'as raison, je fais que dalle pour *mamma*. Rien. Je vous laisse gérer, toi et Levi, et ça me ronge de l'intérieur.

Axel fait un pas en arrière, prend mon visage dans ses mains et m'oblige à le regarder.

— *Mamma* n'a que ton nom à la bouche, Austin : elle parle de toi, du foot, de la Tide, de son fils la superstar. Son visage s'illumine tous les samedis, quand elle te voit jouer sur sa putain de téloche. Elle parle du succès qui t'attend, répète qu'elle n'arrive pas à croire que tu puisses être son fils, que tu es bien trop talentueux… Elle dit que tu lui fais penser à elle à ton âge. (Il secoue la tête.) Nan, gamin : ta fac de richards, tu y restes, et j'hésiterai pas à t'y renvoyer moi-même d'un putain de coup de pied au cul. T'y restes, et tu décroches une putain de place en NFL.

Je recule d'un pas, puis retire ses mains de mon visage.

— Faut que t'arrêtes de dealer sur le campus, Ax', lâché-je d'un ton sans réplique.

— Je suis bien obligé : les Kings ont chopé la moitié de notre territoire. Faut qu'on étende notre réseau, qu'on aille voir plus loin. Je t'avais promis de jamais te faire chier avec ces conneries, mais ta fac, gamin, c'est une putain de mine d'or. Tous ces gosses pleins aux as prêts à lâcher des caisses de blé pour de la vieille coke coupée avec de la merde, des ecstas, de la beuh… Ils se jettent sur la première daube venue, ces culs dorés de mes deux…

— On se ressemble comme deux putain de gouttes d'eau, Ax'. On pourrait être jumeaux, merde ! Si le doyen apprend que t'es impliqué dans les deals de came sur le campus, il me foutra ça au cul. Si ça arrive, on peut tirer un trait sur la NFL et les espoirs qui vont avec…

Il marque une pause, comme s'il réfléchissait à cette éventualité.

— Je vais faire profil bas pour éviter que ça te retombe sur le coin de la gueule, promis. OK ? Tu seras écarté de tout soupçon, *te lo giuro*.

Une promesse. J'hésite une demi-seconde à lui parler de la fille que le doyen a convoquée dans son bureau ce soir, mais me ravise aussitôt, de peur de ce qu'il pourrait lui faire subir. Son visage terrifié me hante encore…

— Et pour Levi ? demandé-je, défait.

La castagne m'a lessivé, mais faut que je m'accroche : si je ploie maintenant, je n'aurai plus qu'à fermer ma gueule et à accepter la réalité de ce merdier.

Malheureusement, il hausse les épaules.

— Il reste avec moi. Dans le gang. Je veillerai sur lui.

— Faut que tu le fasses sortir de là, Ax'. Il mérite pas cette vie… Il a quatorze piges, bordel ! Il n'a ni le cran ni la personnalité de fils de pute nécessaire pour y survivre…

— On a besoin de blé, Austin. On a chacun notre taf à faire pour la *mamma*. Toi, tu joues au foot. Levi et moi, on vend de la came. Ça fait pas rêver, OK, mais si on veut pouvoir lui fournir des cachets antidouleur, faut bien qu'on encaisse du cash… C'est hors de prix, ces merdes. Je t'assure que c'est pas en dévalisant une épicerie tous les samedis qu'on va y arriver…

Le pire, c'est que, même si le tableau est à gerber, Axel a raison. Je ne vois pas d'autre moyen de nous en sortir : j'ai vu l'état de *mamma*, ce soir, et elle a besoin d'aide… S'il faut qu'on pactise avec le diable pour ça, alors…

— Bon, écoute : et si Lev ne dealait que jusqu'à… (Il détourne les yeux, contenant au mieux sa tristesse, puis s'éclaircit la gorge.) Jusqu'à ce que *mamma* ne soit plus là… Après, je lui fais quitter le gang.

— Et… tu comptes t'y prendre comment ?

Il m'adresse un sourire un peu suffisant.

— Ça a marché avec toi, non ?

Je soupire et acquiesce. C'est vrai…

Axel me pose une main sur l'épaule.

— Elle n'en a plus pour longtemps, tu sais, gamin… Je me rends compte que, Lev et moi, on n'a pas été assez présents, mais *mamma* demande une attention de tous les instants, maintenant : elle peut presque plus ni marcher ni bouffer… Putain, faut même qu'on la porte aux chiottes pour qu'elle chie un coup, Austin ! Ça craint, gamin… C'est pour bientôt. Très bientôt, merde…

D'après ce que j'en ai vu, son estimation est aussi douloureuse que réaliste.

— Dans ce cas, on va s'occuper d'elle à tour de rôle. Je viendrai entre les cours et les entraînements : je me poserai un peu avec elle, lui filerai une douche, à grailler, l'emmènerai chez le médecin. Bref, je serai là, quoi.

Axel me sourit et passe son bras de colosse autour de mon cou.

— Vendu. Et puis, ça nous fera du bien de te voir plus dans le coin. Enfin, tant que t'essaies pas de m'en recoller une, quoi…, lâche-t-il avec un nouveau sourire, avant de reprendre un air sévère. Quant à Gio… J'ai réussi à le calmer, mais le chauffe pas trop. Manquerait plus qu'il veuille te refroidir… Y a trop de trous de balle prêts à tout pour gagner ses faveurs dans le gang : ils sauteraient aussitôt sur l'occasion, et moi, faudrait que je les saigne, du coup…

Je hoche la tête à contrecœur.

Axel se met à pouffer, amusé par mon air grave, puis me frotte la tête d'une main.

— Ça m'avait manqué de voir mon petit con de frangin me coller au cul sur les terres du gang. Ça me rappellera le bon vieux temps ! Avant que tu nous lâches pour jouer les vedettes.

Je me fige à ces mots.

— J'approcherai plus du gang, Ax'. Dealer, plus jamais. Et dès que *mamma*… aura plus besoin de médocs…, ajouté-je, incapable de parler clairement de sa mort, ce mot qui m'arrache chaque fois la gorge. Dès qu'elle en aura plus besoin, on se casse tous les trois d'ici. On dit adieu à cette vie, on se range. Comment ? J'en sais rien, mais c'est le plan, *capisci ?*

Axel ne répond rien, alors nous repartons en silence jusqu'au mobile home. Pour la première fois depuis des années, les trois frères Carillo se retrouvent de nouveau sous le même toit, bien décidés à gérer la merde sans se défiler.

Chapitre 7

Lexi

« Chère Daisy,

Poids : 43,98 kg
Calories : 1 600

Je suis terrifiée.
Je ne mange pas, je ne dors pas, je n'arrive plus à suivre mon régime…

Austin Carillo est un type dangereux. Je viens de l'apprendre à mes dépens.
Je n'arrive plus à me concentrer sur quoi que ce soit.
Tu sais comme j'ai besoin de tout contrôler : là, tout m'échappe, je n'ai plus de routine. Mon nombre de calories a chuté et mon niveau d'anxiété monte en flèche. J'ai perdu du poids, aussi… le Dr Lund va être en rogne…

J'aimerais tellement que tu sois là !
Ça ne va pas. Vraiment pas… »

— Yahaa ! Bouge tes petites miches, que tu sois pas née avec pour rien ! gronde Cass depuis les tribunes de Bryant-Denny, tandis que je termine la chorégraphie qui accompagne l'hymne des supporters de la Tide.

Elle est assise à côté d'Ally et d'une Molly Shakespeare gênée au possible. Je ne peux réprimer un sourire en voyant Cass se déhancher autour d'elle en beuglant, la couvrant de baisers : Rome Prince vient de l'embrasser devant tout le stade en plein milieu du match, laissant la foule entière stupéfaite. Molly squatte seule l'écran géant, et les fans en délire l'ont désignée à son grand désarroi comme le porte-bonheur de notre *quarterback* vedette : après ce baiser, il a joué comme si Peyton Manning guidait son bras !

Maintenant, difficile de ne pas donner raison à Cass : il y a bel et bien quelque chose entre eux !

La Tide affronte les Panthers de Georgia State, et il ne reste que trois minutes dans le dernier quart-temps. On va gagner haut la main.

— Il recommence, putain…, lâche Lyle, agacé, en me donnant un petit coup de coude.

D'un hochement de tête, il désigne Austin Carillo qui, après l'entrée sur le terrain de l'équipe défensive, s'est assis sur le banc des remplaçants. J'ai bien vu que, durant le match, il m'avait fusillé plusieurs fois d'un regard furieux.

Je me fige, anxieuse, mais ne me retourne pas pour vérifier. Cela fait deux semaines que j'arrive à éviter Austin : l'équipe était en déplacement en Arkansas, et, de mon côté, j'ai fait profil bas en prenant soin de me tenir éloignée de Denny Chimes. Je n'ai aucune envie d'assister à d'autres deals de drogue… J'ai trop peur de ce qui pourrait m'arriver si c'était le cas.

— Hé, tu m'écoutes ? insiste Lyle.

— Oui, oui ! J'ai juste fait le choix de ne pas y prêter attention… Je m'en fous s'il me dévisage comme ça. C'est son problème, répliqué-je d'un ton ferme.

L'orchestre entame le morceau suivant, une mesure à quatre temps, et Shelly ordonne à l'escouade d'exécuter la chorégraphie 18. Bondissant d'un pied sur l'autre, à gauche, à droite, nous frappons des pompons au rythme des percussions.

— Non, c'est le tien, de problème ! crie-t-il. Tu connais pas son dossier ?

Je manque de trébucher et relève les yeux vers Lyle.

— Qu'est-ce que tu veux dire ? Tu sais quoi sur lui ?

Un pas en avant, et nous lançons notre jambe droite en l'air.

— ALLEZ LA TIDE !

Alors que nous entamons une nouvelle succession de bonds latéraux, poursuivant la chorégraphie, Lyle se penche pour murmurer à mon oreille.

— Je suis dans l'escouade depuis ma première année de fac, tu sais bien. Alors… disons qu'on entend des trucs de temps en temps.

— Quel genre de trucs ?

Il faut que j'en sache plus sur le passé d'Austin. J'ai entendu dire que ce n'était pas un enfant de chœur, bien sûr, mais je n'ai jamais eu droit à des détails.

— Tu as déjà entendu parler des Imperatori ? Le gang de Westside Heights ?

J'écarquille les yeux… et trébuche : embarrassée, je balaie d'un regard inquiet les rangs de pom-poms et vois Shelly qui m'observe, le regard noir. Elle grimace et me lance un « Concentre-toi ! » silencieux, les sourcils froncés.

Dès qu'elle s'est retournée, j'interpelle Lyle.

— Le gang de l'ouest de Tuscaloosa qui squatte les infos avec leurs fusillades et leur trafic de drogue ? Le gang d'Italiens ?

Lyle acquiesce, les yeux ronds.

— Celui-là même, ma vieille…

— Donc, Austin…

Perdue dans mes pensées, je manque de peu de rater mon grand écart sauté. Nous atterrissons, et Lyle reprend, comme si la figure ne lui avait pas demandé le moindre effort :

— Austin est un voyou de la pire espèce, voilà. Toute sa famille a un casier énorme : son frère a fait de la taule pour mineurs à Shelby County, je crois. Austin lui-même a quelques arrestations à son actif, ma petite Lex. Le frère de Carillo est un type vraiment dangereux et, entre nous, je pense qu'Austin ne vaut pas mieux.

Cette fois, je me fige. Totalement. J'arrête purement et simplement de danser.

Austin et son frère font partie des… oh, non… Le frère de Carillo deale pour les Imperatori ? J'ai l'impression que mon cœur a cessé de battre, et je peine à respirer.

Pourquoi a-t-il fallu que je les croise, l'autre soir ? Pourquoi est-ce que j'ai pris ce chemin-là plutôt qu'un autre pour traverser le campus ? Comme si je n'avais pas déjà assez de problèmes… Comment gérer une telle menace alors que je croule déjà sous le poids de l'angoisse depuis des semaines ?

Après un saut de mains arrière exécuté à la perfection, Lyle se rend compte que je ne bouge plus et me prend par le bras, m'attirant de la ligne centrale jusqu'au bord du terrain.

— Hé, Lex, ça va ? T'es pâle comme un linge…

J'essaie de hocher la tête pour le rassurer, mais je peine encore à respirer, l'esprit hanté par la menace d'Austin. Je comprends mieux, maintenant…

« Oublie ce que tu as vu ce soir, et tout ira bien, tu pourras dormir tranquille. Par contre, si tu dis quoi que ce soit à qui que ce soit – qui *que ce soit, j'insiste –, je te promets des emmerdements comme t'en as jamais eu : t'as pas idée des gens que t'as mis en rogne. Ils sont prêts à tout pour que tu la boucles, tu m'entends ? Tout… »*

— Lexi ! On dirait que tu vas tomber dans les pommes ! Ça va aller ? me demande Lyle, attirant l'attention d'une poignée de filles de l'escouade, qui commencent à river sur moi un regard intrigué.

Un frisson me parcourt l'échine et, comme prise au piège d'une force magnétique imparable, je me tourne vers le banc de touche de la Tide… pour le regretter aussitôt. En voyant mon visage décomposé, Austin Carillo quitte le banc de l'équipe, se plante devant la ligne de touche et me fusille d'un regard brun terrifiant, sourcils froncés et poings serrés… Il est grand, charpenté, imposant… Une incarnation du danger et de la terreur.

Son air grave seul suffit à me rappeler l'intensité de sa menace. La main de Lyle se fige sur mon bras.

— Sans rire, Lex, pourquoi est-ce que Carillo te regarde comme s'il voulait te voir morte ? Ça commence à me faire flipper, ton histoire…

Austin semble se demander ce que je peux bien raconter à Lyle et m'adresse un lent « non » de la tête. Je comprends aussitôt le message : *« Si tu dis quoi que ce soit à qui que ce soit –* qui *que ce soit, j'insiste –, je te promets des emmerdements comme t'en as jamais eu. »*

Je me redresse, fais mine d'avoir recouvré mon calme et me tourne vers Lyle.

— Tout va bien, Lyle, merci.

— On dirait pas…

J'attrape ses bras de mes mains tremblantes.

— Laisse tomber, Lyle, OK ?

Je m'en veux aussitôt : je viens de rabrouer mon seul véritable ami dans l'escouade. Tandis qu'il s'apprête à se retourner, je lui attrape la main. Ses pommettes mouchetées de taches de rousseur sont rosies par la gêne.

— Excuse-moi, je ne voulais pas te crier dessus. C'est juste…

Le coup de sifflet final m'interrompt en pleine phrase, et Lyle hausse les épaules.

— J'ai compris que tu ne voulais pas en parler, Lexi, alors je ne te dirai qu'une chose : n'approche pas ce type. C'est un vrai nid à emmerdes. Je ne sais pas ce que tu as fait pour le foutre en rogne comme ça, mais contente-toi de prier pour qu'il passe vite à autre chose.

Sur ces mots, Lyle fonce en direction de la foule de fans qui a envahi le terrain pour célébrer la victoire. Je me tourne aussitôt vers le tunnel qui mène aux vestiaires et m'y engouffre : j'ai besoin d'air. Je n'ai pas fait deux pas que j'aperçois Carillo, qui ne m'a pas lâchée du regard, impassible, tandis que ses coéquipiers le dépassent à toute allure, euphoriques d'avoir remporté le match.

Je baisse la tête, bâillonne ma peur, fends la foule de fans en liesse et pars me retrancher dans les vestiaires.

— Rome Prince organise une teuf au foyer de sa fraternité, ce soir. Ally vient de me le dire.

C'est la voix de Tanya, la vice-capitaine de l'escouade, qui s'élève depuis les douches.

— Chanmé ! T'as déjà prévenu les filles ? demande une autre pom-pom.

— J'y vais de ce pas ! J'ai trop hâte de me mettre une mine, là : les fiestas de Rome sont toujours dingues ! lance Tanya d'une voix de pimbêche écervelée, avant de quitter les douches avec son interlocutrice.

TU FAIS BIEN DE RESTER CACHÉE, LEXINGTON. MIEUX VAUT QUE TU NE TE DOUCHES PAS AVEC LES AUTRES FILLES DE L'ESCOUADE : ELLES RISQUERAIENT DE VOIR TOUS CES DÉFAUTS QUI TE RENDENT SI LAIDE. TOUTE CETTE GRAISSE, CETTE CELLULITE SUR TES CUISSES… COMMENT POURRAIENT-ELLES FAIRE AUTRE CHOSE QUE SE MOQUER, ELLES, AVEC LEUR CORPS NU SI PARFAIT, LEUR PEAU CHAUDE COULEUR DE MIEL…

Je ferme les yeux et me balance d'avant en arrière, assise sur le carrelage froid de la salle de douches, me couvrant les oreilles pour tenter de faire taire la voix qui me harcèle. Au loin, j'entends mes partenaires rire, plaisanter, discuter de leur tenue pour la fête. Je jalouse tant leur insouciance…

Quand je sors enfin de ma prostration, je n'ai pas la moindre idée du temps que j'ai passé ici à me cacher du reste de l'équipe, à fuir l'épreuve effroyable de la douche commune, qui m'obligerait à exhiber mon corps, toute cette graisse en trop… Des heures ? Une poignée de minutes ? Je ne sais pas.

Je me redresse et tends l'oreille : plus de mouvements, plus de rires, le silence… Je lâche un soupir de soulagement et me relève lentement pour ouvrir la porte de ma cabine et jeter un coup d'œil à l'extérieur. Dieu merci, elles sont toutes parties.

Je sors, retrouve le vestiaire vide baigné des senteurs tenaces de parfum, de laque et de gel douche. Je sors ma trousse de toilette de mon casier, en retire mes lingettes démaquillantes et vais prendre place devant un miroir. Pendant quelques secondes, je reste là à dévisager mon reflet : mes yeux verts cernés de noir, mon visage blanchi au fond de teint et mes lèvres écarlates, rouge sang. C'est ce maquillage gothique qui définit la nouvelle « moi ». C'est mon masque. Le retirer chaque soir est le moment le plus éprouvant de ma journée.

Ma force mentale s'estompe un peu plus à chaque coup de lingette de coton, à mesure que le noir et le blanc cèdent leur place au rose naturel de ma peau. Mon manque d'assurance resurgit peu à peu et finit par me noyer, comme chaque fois.

Je jette la lingette souillée dans la petite poubelle à mes pieds et expire lentement, fébrile : j'ai tombé l'armure… Je suis à nu.

Le regard rivé sur la porcelaine immaculée du lavabo, je m'efforce de relever la tête pour affronter mon reflet. Le Dr Lund m'a fait comprendre que c'était fondamental pour ma convalescence. À l'instant même où je me découvre dans le miroir, je suis frappée par ce même sentiment qui m'accable depuis des années : un dégoût profond qui me monte à la gorge.

La voici… Lexington. Lexington Hart. La fille faite de trop d'imperfections pour espérer un jour être belle. Tout chez elle est repoussant, de sa peau lisse à l'ignoble nébuleuse de taches de rousseur qui criblent son nez.

Elle est laide.

Elle est grosse.

NOUS POUVONS RÉGLER CELA, LEXINGTON. IL SUFFIRAIT QUE TU SUIVES MES CONSEILS : LA PERFECTION EST À NOTRE PORTÉE.

Je lutte, bataille pour ne pas écouter le démon qui me possède, les poings serrés sur le rebord du lavabo.

D'une main, je défais la fermeture Éclair de ma jupe, puis la baisse lentement le long de mes jambes. Je retire ensuite mes sous-vêtements, le haut, le bas… et me tiens là, nue, immobile, la tête basse…

Et je craque, une fois de plus.

Des larmes déferlent sur mes joues tandis que, paralysée par la honte, je garde le regard rivé sur le carrelage : faire face à la véritable « moi », c'est de loin le plus difficile.

Faire face à ce corps que tous disent guéri.

Un… deux… trois… quatre…, compté-je en esprit, rassemblant assez de courage pour affronter la vision qui m'attend aujourd'hui. Me trouverai-je plus jolie ? Plus grosse ? Plus fine ? Plus laide que je ne l'ai jamais été ?

Je relève soudain la tête et, médusée, découvre mon reflet. Les yeux ruisselants de larmes, je porte une main à ma clavicule, geste instinctif… Elle est moins dessinée, plus… potelée qu'elle ne devrait l'être. C'était la partie de mon corps que je préférais avant, saillante, ciselée… visible. Mais plus maintenant.

Plus maintenant…

Je laisse courir mes doigts jusqu'à mon bras, sous mon épaule, puis, du pouce et de l'index, je pince la chair de mon biceps… Je dois réprimer un sanglot à la vue de toute la graisse que j'y découvre.

Avant, il n'y avait là que de la peau à pincer. Mais plus maintenant…

Plus maintenant.

Un rire discret sort de nulle part, moqueur : je tourne la tête pour fouiller la pièce du regard… Personne.

Des frissons parcourent mon corps entier : c'est moi. Bien sûr que c'est moi, Lexington, ça ne peut être que moi. Il n'y a personne d'autre ici. C'est moi, face au spectacle de tout ce poids que j'ai pris, de tout ce gras…

FACE AUX CONSÉQUENCES ESTHÉTIQUES IGNOBLES DE TA GLOUTONNERIE, LEXINGTON. JE LIS DANS TES YEUX COMME TU TE HAIS…

Je me raidis des pieds à la tête.

LAISSE-MOI T'AIDER À RETROUVER TA BEAUTÉ PASSÉE, CETTE BEAUTÉ À LAQUELLE TU ASPIRES TANT… PRÊTE-MOI L'OREILLE, LEXINGTON : CÈDE-MOI LES RÊNES DE TON ESPRIT. REMETS-T'EN À MOI. AUTORISE-TOI À EMBRASSER DE NOUVEAU LA PERFECTION…

Comme contrôlée par un marionnettiste, je lève les mains et commence à compter mes côtes… Une, deux, trois, quatre, cinq, six… Des doigts, je tapote frénétiquement la peau un peu plus haut… Il y a… tant de graisse plus haut, trop de graisse ! Je devrais pouvoir décompter dix côtes, dix, pas six ! Non, non…

Je descends ensuite plus bas, jusque sur mon ventre, y palpe l'excès de gras, puis descends encore et… Non, non, non ! Mes hanches ! On ne les voit presque plus ! Elles ne sont plus saillantes et anguleuses, elles sont à peine dessinées ! Toute… cette graisse. Je suis trop grosse ! Je… je…

Non, stop ! Lutte, Lexi… Lutte ! tenté-je de me raisonner avant l'inévitable.

Pantelante, je me ressaisis juste à temps : des marques rouges tachettent mes os, là où je les ai martyrisés de mes doigts, et des veinules ont éclaté sur mon cou et ma poitrine. Mes yeux sont rouges d'angoisse, rouges d'avoir trop lutté.

Sept minutes.

Sept minutes et trente-deux secondes.

Sept minutes et trente-deux secondes avant que je puisse de nouveau bouger.

Avant que je puisse recouvrer mon souffle et respirer correctement.

Avant que je puisse renvoyer aux ténèbres la voix qui me hante et tente de me mettre à genoux.

Je me sens exténuée, comme David après sa victoire contre Goliath… Sauf que le Goliath qui me harcèle est immortel : il ne part jamais bien longtemps et ne peut être vaincu. Je n'ai que le pouvoir de l'éloigner un temps. Mais je ne veux pas non plus passer le reste de ma vie à lutter sans cesse contre lui… Alors, la détermination prend le dessus : jamais je ne le laisserai gagner.

Jamais.

J'avance jusqu'aux douches vides. La tuyauterie lâche un râle caverneux, et je laisse l'eau cascader sur le haut de mon crâne et emporter dans le siphon ma défaillance, le noir que j'ai manqué de peu de rejoindre.

Tu es belle, Lexi. Tu es forte. Tu es parfaite comme tu es, me répété-je en esprit.

Le Dr Lund m'a appris à utiliser ce genre de mantra pour rester positive et aller de l'avant. L'optimisme, c'est la moitié de la route vers la réussite, m'a-t-il assuré, et je redouble chaque jour d'efforts pour m'accrocher à cette promesse.

Je serre les poings, sens mes ongles blesser ma chair, mais je tiens le coup.

Pour la vie.

Pour moi.

Chapitre 8

Lexi

Dix minutes plus tard, je suis douchée et habillée. Sachant que la voie est libre, qu'entraîneurs et joueurs ont tous terminé leur journée, je sors du vestiaire. Mon sac pressé contre ma poitrine, l'esprit toujours à vif, vulnérable, je longe le couloir en traînant les pieds. Arrivée au milieu, un bruit tonitruant me fait sursauter au point que je manque de tomber à la renverse. Je tourne aussitôt la tête : ça vient du vestiaire des joueurs.

Mon cœur apeuré martèle mes côtes, mais, au moment où je m'apprête à fuir les lieux, un rugissement grave et déchirant résonne jusque dans le couloir et m'enveloppe tout entière… J'ignore qui souffre ce soir dans ce vestiaire, mais ce cri sonne comme le râle d'un esprit tourmenté, comme le dernier hurlement d'une âme arrachée à son corps.

La complainte mystérieuse m'attire : la souffrance attire la souffrance, comme on dit…

J'ai à peine le temps de me raisonner que j'avance en direction du vestiaire, vers cette personne peut-être plus brisée encore que je le suis, ce quelqu'un qui – pourquoi pas ? – pourrait me comprendre…

Plus j'approche de la porte, plus le fracas s'intensifie… Il y a un bref silence, puis un hurlement de pure souffrance qui se répercute, sinistre, contre les casiers métalliques. Peut-être fais-je une erreur en entrant ici : et si cette personne préférait être seule ? Oui, ce serait malvenu de ma part d'intervenir : cela ne me regarde pas.

Pourtant… je n'arrive pas à partir.

Je reste plantée là, les yeux rivés sur la porte.

Trois pas. Trois pas, et je pourrai poser une main sur la poignée, entrer dans la pièce, découvrir qui souffre à ce point et, peut-être… l'aider ?

Je serre un peu plus mon sac contre moi, mince bouclier, fais le dernier pas qui me sépare de la porte, l'ouvre… et me fige en découvrant qui se trouve dans le vestiaire.

Carillo.

Austin Carillo, le torse musculeux aux abdominaux ciselés, entièrement nu, recouvert d'une série de tatouages noirs ou colorés. Assis sur le sol, adossé au battant métallique et froid d'un casier, il est à bout de souffle, la tête dans les mains. Je l'observe sans bouger, incapable de savoir quoi faire : Carillo est en souffrance, c'est certain, mais… il me déteste. Il m'a menacée. Je suis probablement la dernière personne sur terre qu'il voudrait voir ici.

Enfin décidée, je m'apprête à partir pour le laisser en paix, mais, à peine ai-je levé un pied que Carillo tourne subitement la tête vers moi. Je me fige, pétrifiée.

La tension a zébré de sang ses yeux sombres, et sa barbe de trois jours dissimule des joues rougies par ses mains rageuses. Mais sitôt qu'il me voit, il serre les dents, hors de lui.

Merde, merde…

J'ai fait une erreur.

Une énorme erreur.

Austin plaque avec violence ses mains sur le sol et se relève d'un coup : il a beau être loin dans la pièce, son mètre quatre-vingt-quinze se dresse devant moi comme une tour menaçante. Nous nous regardons en silence, et je me mets à trembler… Il est furieux…

Il me terrifie.

C'est un membre de gang, un gars des Imperatori. La police l'a arrêté plusieurs fois. Son frère a fait de la prison… Et je me retrouve seule avec lui, seule alors qu'il déborde de rage. J'ai l'impression que sa colère se tourne tout entière contre moi, et il n'y a personne ici pour me venir en aide.

Carillo avance, mais s'arrête à quelques pas. Il se tient devant moi comme un astre flamboyant de rage pure. Il y a comme une aura d'énergie terrifiante autour de lui…

Il m'observe de ses yeux d'un brun presque noir et grimace. J'agrippe mon sac plus fort encore, mais… soudain, la tension sur son visage s'estompe légèrement. Je fronce les sourcils, troublée.

Qu'est-ce qui a pu attirer son attention comme ça, d'un coup ?

Et puis, je comprends : je ne me suis pas remaquillée. La voix a brisé si facilement mes défenses mentales que, secouée, je n'ai plus pensé qu'à rentrer chez moi, délaissant khôl et fond de teint. Soudain, une gêne extrême m'envahit : je ne supporte pas l'idée qu'il puisse me voir comme ça, si… brute, naturelle… Imparfaite. Pourquoi ? Je ne me l'explique pas : après tout, il me hait, et je ne pourrais avoir davantage peur de lui… Pourtant, cela m'importe, sur l'instant. Cela me perturbe qu'il ait vu la vraie Lexington.

Cette fille si fade et décevante.

Cette fille bardée de défauts.

— Qu'est-ce que tu fous ici, bordel ? grogne-t-il, le visage de nouveau sévère, me ramenant à la réalité.

— J… je…

Il fait un pas de plus en avant. Il est si près que je sens sa puissante odeur de musc, celle d'un match gagné dans la sueur et l'effort… Cela ne fait qu'ajouter à son côté ténébreux et sauvage.

— J-je quoi ? pouffe-t-il sèchement, sans le moindre humour. Toujours au mauvais endroit au mauvais moment, hein ? T'avais rien à foutre là-bas, l'autre soir, et t'as rien à foutre ici.

Je déglutis péniblement, apeurée, et, quand je tente de faire un pas en arrière, il m'attrape par le bras et me tire vers lui. Je lâche un petit cri d'effroi… mais il ne me fait pas mal. Pour tout dire, il m'effleure à peine. Je lève les yeux vers lui à contrecœur.

— Ton pote pom-pom, tu lui as cafté quelque chose ? siffle-t-il entre ses dents avec un calme menaçant.

Incapable d'articuler le moindre mot, je secoue frénétiquement la tête. Austin empoigne mon bras un peu plus fort et, instinctivement, j'essaie de me libérer de son emprise.

— Réponds ! Il m'a regardé tout le match comme si j'étais un putain de tueur en série !

Je prends une respiration profonde et réunis juste assez de courage pour lancer :

— Je ne lui ai rien dit. (Il se renfrogne : il n'en croit pas un mot.) Je te le promets, je ne lui ai rien dit. Je te le jure. Je n'ai rien dit au doyen quand il m'a interrogée, et Lyle… Lyle a vu que tu me fusillais du regard pendant le match, alors il m'a mise en garde contre toi, c'est tout…

Il lâche mon bras, et je le masse doucement.

Austin se passe les mains dans les cheveux et lâche un soupir soulagé sans pour autant me quitter une seule seconde du regard. Il me dévisage, et c'est comme s'il luttait intérieurement… Et puis, sans crier gare, il revêt de nouveau son masque de membre impitoyable des Imperatori.

— Je te déconseille de lâcher la moindre info sur ce que t'as vu, me menace-t-il d'une voix effilée comme une lame. Je t'ai à l'œil.

J'ignore où je puise la force de lui tenir tête, mais je m'approche soudain de Carillo : cette fois, c'est lui qui se raidit.

— Je t'ai déjà dit que je ne dirai rien, et je tiendrai parole. Je sais ce que c'est que d'avoir un secret, de savoir que quelqu'un a appris quelque chose qu'on aurait préféré garder pour soi seul. Crois-moi, je comprends ce que tu ressens. Je ne dirai rien, point. Par contre, toi, tu attires l'attention de tout le monde : c'est toi qui déconnes à me fusiller du regard comme si tu voulais me voir morte, à manquer de discrétion alors que le doyen soupçonne déjà que j'ai vu quelque chose… Commence par mieux dissimuler tes émotions.

Il reste silencieux, et son regard dur m'impose de baisser les yeux : c'est à cet instant que je découvre sur son torse nu le tatouage d'un immense crucifix, au pied duquel la mère du Christ, le visage dévasté par le chagrin, lève des yeux affligés vers son fils supplicié.

Partout, des tatouages – religieux pour la plupart – recouvrent la peau de son torse et de ses bras. Certains sont accompagnés de phrases ou de mot en langue étrangère ; de l'italien, je crois.

Austin croise ses bras musculeux et grimace de colère.

— Dégage de là, m'ordonne-t-il, glaçant.

Sans la moindre hésitation, je me retourne pour partir, mais lui lance un dernier regard courageux par-dessus mon épaule.

— Tu me fous les jetons, Carillo. J'ai peur de toi. Tu en es fier ? Je sais qui tu es, maintenant : ta famille, ton quartier. On m'a prévenue. Alors, tu peux arrêter avec tes menaces et tes regards assassins : tu es dangereux, j'ai compris. J'ai tellement peur de toi que je n'en dors plus la nuit. Je sais que tu me ferais du mal sans le moindre remords si je caftais, je ne suis pas idiote. Alors, je t'en prie… S'il te plaît, laisse-moi tranquille. Je ne parlerai jamais de ce que j'ai vu. J'ai juste besoin de savoir que tu vas me laisser tranquille.

Je ne prends pas le temps d'étudier sa réaction : je quitte le vestiaire et file à toutes jambes jusqu'au foyer de la sororité, dont je gravis quatre à quatre les marches jusqu'à ma chambre au troisième étage.

Quand je passe devant la porte ouverte de la chambre de Cass, j'entends Ally m'interpeller.

— Lexi ! Viens, beauté !

Je m'arrête net, lâche mon sac sur le sol et entre dans la pièce, parée de mon faux sourire habituel. Ally et Cass sont assises sur le lit de la Texane.

— Coucou, les filles ! pépié-je, comme si j'étais la fille la plus heureuse au monde.

— Youhou ! s'enthousiasme Ally en bondissant hors du lit pour me prendre dans les bras. Tu as été incroyable aujourd'hui, ma chérie ! Je suis tellement fière de toi !

Elle fait un pas en arrière et, soudain, écarquille les yeux.

La gêne m'envahit aussitôt : qu'est-ce qui la choque quand elle me regarde ?

— Qu'est-ce qu'il y a ? demandé-je.

— Tu es magnifique, ma chérie… Je ne t'avais jamais vue sans ton maquillage *dark*.

— Ah ouais, t'es une vraie bombe, Sexy-Lexi ! ajoute Cass qui, toujours sur son lit et en bonne *redneck* pure souche, sirote un flacon rempli de sa gnôle maison.

— Merci…, marmonné-je sans conviction en jouant nerveusement avec une mèche de mes cheveux mouillés.

Je ne suis pas belle, c'est faux. Elles disent ça pour me faire plaisir. Ally – probablement la plus belle femme de l'univers – ne sait rien faire d'autre qu'être adorable… Le souci, c'est que je ne supporte pas les compliments de façade. Je déteste qu'on me mente.

— Alors, ça roule ? leur demandé-je en allant m'asseoir sur le lit, espérant focaliser leur attention sur autre chose que mon look.

Cass me propose une gorgée de tord-boyaux, que je refuse d'un geste de la main.

— Rome organise une fiesta : on va y aller. C'est dans le foyer de sa fraternité, annonce Ally.

Une boule d'angoisse me bloque aussitôt la gorge : Austin y sera forcément. Il vit dans le même foyer que Rome. Je ne serai pas la bienvenue, là-bas.

— Je passe mon tour, les filles, je suis vraiment claquée, prétexté-je.

Cass m'interrompt en bondissant hors du lit, manquant de trébucher sitôt que ses pieds touchent le plancher.

Génial : elle est déjà à moitié saoule… En résumé, je vais passer la nuit à veiller sur elle.

— Dans tes rêves, bichette ! Tu viens avec nous ! Déjà que Molly nous lâche pour bûcher… On a tout essayé, Ally et moi, mais les mules *british* sont encore plus têtues que les autres, apparemment… Bref, hors de question que tu nous laisses tomber, toi aussi.

Ally croise les bras et sourit, amusée, en voyant Cass peiner à rester en équilibre, une main sur le bureau.

Je lève les yeux au ciel, affligée par son état.

— OK… Laissez-moi juste le temps de me préparer, acquiescé-je, avant de me lever et de me diriger vers la porte.

— Yes, Sexy-Lexi ! Va te gothiser les miches ! Ça va être épique, ce soir ! lance Cass dans mon dos.

Je ramasse mon sac de sport et rejoins ma chambre.

Épique, tu parles, songé-je. *On court à la catastrophe, surtout…*

Chapitre 9

Austin

« Tu me fous les jetons, Carillo. J'ai peur de toi. Tu *en es fier ?* »

Le commentaire de la pom-pom me hante. Je reste affalé sur mon pieu… Je me dégoûte : cette fille, dont je ne connais même pas le prénom, a peur de moi. Toute cette merde me rend dingue : *mamma* m'a toujours appris à respecter les femmes, et voilà que je harcèle cette meuf, traque ses moindres déplacements, la brutalise, même… Et tout ça pour le gang, merde ! Quelle putain de vie de merde !

La *mamma* aurait raison d'avoir honte de son fils, mais il faut bien que je protège notre *famiglia*, non ? La dernière chose dont notre mère aurait besoin, c'est que l'un d'entre nous se retrouve au trou. L'un de nous, voire plus… Comment on ferait pour veiller sur elle ?

Juste après le match, j'ai reçu un coup de fil d'Axel : *mamma* va mal. Très mal. Il l'a emmenée en consultation gratis, et le doc lui a prescrit de nouveaux médicaments. Elle a eu une de ses putain de crises, et, comme on n'a pas encore la thune pour ses médocs, Axel a dû la ramener à la maison gémissante de douleur…

Dès que les gars ont quitté les vestiaires, après la rencontre, j'ai dévasté la salle… et il a fallu qu'elle arrive, cette putain de pom-pom gothique. Elle avait plus l'air si goth, cela dit, quand elle est entrée. J'aime bien son côté goth, moi… Ça lui donne une facette *dark* qui me parle, qui nous rapproche quelque part. Sans son maquillage, elle avait l'air tellement différente… Magnifique, pour tout dire. Mon cœur a joué au con entre mes côtes quand je l'ai vue comme ça…

La galère avec elle, c'est que, ces derniers temps, elle en a trop vu et trop appris sur moi et ma famille… Je n'avais pas d'autre choix que de l'effrayer. C'est mon devoir de Carillo.

On frappe à la porte.

C'est Rome. Il entre, m'adresse un hochement de tête suspicieux et s'installe sur mon canapé. Tous les jeunes joueurs de l'équipe sont en bas à préparer la teuf. Du coup, nous, les anciens, on peut rouiller peinards en attendant les invités.

Rome chope la télécommande, allume la téloche et zappe sur SportsCenter. J'écoute sans plus d'intérêt les présentateurs annoncer les résultats des matchs NFL de dimanche dernier.

— Tu comptes me parler du coup de fil que t'as reçu après le match ? finit par me demander Rome sans quitter l'écran des yeux.

Je lance un regard dans sa direction : la tête calée sur une main, affublé de son éternel débardeur de la Tide et de son jean, il se tourne vers moi.

— Donc ? insiste-t-il.

Je m'assois au bord du lit, pose les coudes sur mes genoux et me prends la tête dans les mains, sur les nerfs. Impossible pour moi de lui parler de ma mère, c'est trop douloureux.

—Carillo… Crache le morceau, vieux. Une merde te bouffe de l'intérieur. Un souci avec *la mamma* ?

Je lâche un soupir et lève les yeux vers mon meilleur ami. Il a l'air sincèrement inquiet pour moi.

—Ouais. Son état empire.

La nouvelle le gifle en pleine gueule : il aime ma mère à en crever. Elle l'a accueilli comme un quatrième fils, lui dont la véritable mère n'a jamais voulu entendre parler. Elle s'est occupée de lui, l'a écouté quand il avait besoin de se confier et a suivi nos matchs jusqu'au dernier, sans la moindre exception.

—De quoi elle a besoin ? lâche-t-il, abrupt.

Je hausse les épaules.

—Je sais pas trop… De nouvelles pilules magiques.

—Ben, achète-lui-en. C'est quoi, l'histoire ? dit-il sans faux-semblants.

Mon cœur se serre, et je lui lance un regard noir. Il se penche vers moi.

—Austin, putain, si c'est une question de blé, tu sais que…

—Stop ! le coupé-je. Finis pas ta putain de phrase, sans déconner. Pitié. Je n'accepterai pas une putain de pièce de toi. Je sais que tu le fais par pure bonté d'âme, te bile pas, mais c'est hors de question que j'accepte.

Rome se lève et commence à arpenter la pièce de long en large.

—Bordel, Carillo, t'es vraiment têtu comme une pine ! Tu sais bien que j'ai du cash à pas savoir qu'en foutre ! Mes grands-parents m'ont laissé des millions en banque, merde : des putain de millions, 83 ! Et puis, merde, après tout ce que ta mère a fait pour moi quand j'étais gosse, je lui filerai du blé avec un putain de grand sourire. J'en ai rien à faire de cette thune ! Bordel, Austin, suffirait même que je dise « oui » à mon daron, et je dirigerais Prince Oil dans la journée. Je deviendrais un enfoiré de milliardaire !

Je m'approche de lui et pose une main sur son épaule pour qu'il arrête de s'agiter. Je lis aussitôt dans ses yeux toute sa douleur d'entendre que ma mère va si mal. Sans compter celle qu'il endure chaque jour avec son père, qui lui met la pression pour qu'il lâche ses rêves de NFL et prenne les rênes de l'entreprise familiale. Mon meilleur pote aussi trinque sévère…

On est aussi brisés l'un que l'autre, putain…

— Premièrement, tu vas pas diriger Prince Oil : tu vas te faire drafter au premier tour et devenir pro. C'est ton plan, et tu vas t'y tenir. Deuxièmement, j'ai beau être touché par le fait que tu veuilles nous filer de la thune, à moi et ma mère, c'est impossible : Axel s'y opposera. Lui, Levi et moi, on va se démerder. On va s'en sortir.

Rome secoue la tête.

— Et comment ? lâche-t-il d'un air désabusé. Grâce aux Imperatori ? C'est ça, ta réponse à vos galères d'argent ? La coke ? C'est grâce à cette merde que tu comptes t'en sortir ?

Je réprime l'accès de rage qui menace de me consumer tout entier.

— Ça, c'est pas ton problème, Flash.

Rome me plaque une main sur l'épaule.

— C'est là que tu te plantes : c'est mon putain de problème, à mes yeux. J'ai aucune envie qu'on foute mon meilleur ami, mon frère, en taule parce qu'il a dealé de la putain de blanche ! Tu vas foutre aux chiottes ta vie entière, Carillo ! Et compte pas sur moi pour t'encourager. Je supporterai pas de te voir replonger dans cette merde alors que la NFL te tend les bras à toi aussi.

Je vire sa main de mon épaule et retourne m'affaler sur mon pieu.

— Putain, mais c'est quoi, ton problème ? lâche Rome, furieux.

— Hé, je deale pas, Rome, calme-toi !

— Et Axel ? dit-il, pas dupe le moins du monde.

Je hoche la tête, et il vient s'asseoir à côté de moi sur le lit. Nos regards se perdent dans le vague, et nous restons silencieux de longues secondes…

— Et Levi aussi, maintenant…, avoué-je à contrecœur.

Rome se fige.

— Levi ? Bébé Levi et ses quatorze putain de piges ? Bordel de merde, Austin, c'est pas vrai ! Je croyais qu'il gazouillait juste en marge du gang ! hurle-t-il, hors de lui.

Il tient à mort à mon petit frère. Il rêve pour lui d'un avenir plus radieux que celui qui lui est destiné, fait de blanche et de barreaux…

— Ouais, vieux… Mon petit frère. Levi a l'âge de s'impliquer, maintenant. Axel lui fera quitter le gang quand tout sera terminé. On est des Carillo, Rome : on affronte cette merde avec la seule arme qu'on sache manier…

— L'illégalité, maugrée Rome.

Je le foudroie du regard.

— J'en ai rien à foutre, Rome, si ça évite à ma mère de souffrir le martyre. Et puis, tu sais aussi bien que moi que c'est pas pour la vie. Cent ou deux cent mille billets, et on quitte ce merdier.

Rome se tourne aussitôt vers moi.

— Je t'en supplie, Austin, putain : laisse-moi payer son traitement. Vous n'aurez rien à me rembourser, je m'en branle. Laisse-moi juste te faire ce cadeau-là… Pour elle, Carillo.

Je lui donne une tape dans le dos, la gorge nouée par l'émotion de le voir si dévoué à la *mamma* et à notre amitié.

— C'est non, mec, mais je ne suis pas prêt d'oublier ce que tu viens de faire. Personne s'est jamais montré aussi prévenant à mon égard…

J'ai peut-être l'air d'un con têtu comme une brique, mais hors de question que je tape de la thune à mon meilleur ami. Ne serait-ce qu'une putain de pièce. La *mamma* s'y opposerait, de toute façon. Elle a sa fierté… et un fils aussi obstiné qu'elle.

Nous restons tous les deux assis quelques minutes sans rien dire, et puis Rome se lève et se dirige vers la porte. La tension est enfin retombée entre nous.

— En bas dans dix minutes, vieux ? On a besoin d'un verre, toi et moi, me lance-t-il.

Je me détends un peu : on a déjà passé l'éponge, tous les deux.

— OK, mec. Au fait, l'Anglaise avec qui tu traînes…, lui lancé-je, juste avant qu'il disparaisse.

— Molly ? C'est quoi, ta question ?

— Elle se balade avec une petite goth, une pom-pom…

Rome fronce les sourcils comme s'il essayait de la remettre et, quelques secondes plus tard, son visage s'éclaire.

— OK, je vois. Et ?

J'esquive son regard.

— C'est quoi, son nom ?

Comme il ne dit rien pendant un moment, je lève les yeux vers lui et le trouve en pleine réflexion. Il finit par hausser les épaules.

— Putain, la colle… Lana ? Lucy, Lizzy… un truc du genre. Lexi ? Oui, je crois que c'est ça : Lexi. (Il esquisse un sourire.) Tu me dis pourquoi ça t'intéresse ?

Je reste de marbre et il pouffe.

— J'avais pas grand espoir, j'avoue. Allez, je me casse !

Une seconde plus tard, je me retrouve de nouveau tout seul dans ma piaule. La première image qui me vient à l'esprit, c'est le visage de cette « Lana ? Lucy, Lizzy… Lexi, peut-être ? », et toujours cette impression d'avoir été un vrai connard.

« Tu me fous les jetons, Carillo. J'ai peur de toi. »

Une heure plus tard, le foyer de la fraternité grouille de monde. Rome et moi sirotons une bière, peinards, planqués dans un coin. Mon pote a des airs de junkie en manque, à trépigner d'un pied sur l'autre à côté de moi, les yeux rivés sur la porte. Toutes les groupies qui sont venues le chauffer se sont mangé un bloc. Rome est du genre à avoir envie de tirer son coup vingt-quatre heures sur vingt-quatre, alors son désintérêt soudain pour le sexe opposé est à mourir de rire… La petite Anglaise l'a vraiment retourné…

Rome me parle de tout et de rien quand Ally, sa cousine, débarque dans le foyer avec la meuf de Jimmy-Don, Cass, déjà complètement bourrée. Je mets quelques secondes avant de me rendre compte qu'une autre fille leur emboîte le pas… « Lana, Lucy, Lizzy… Lexi, peut-être », habillée en noir des pieds à la tête : elle porte une sorte de haut noir à manches longues qui laisse entrevoir sa taille minuscule – au point que je pourrais presque la prendre dans une main –, une mini-jupe noire, des collants noirs, des talons noirs… Ses cheveux bouclent sur les côtés façon Dita Von Teese. Elle a maquillé ses yeux immenses de noir et sa bouche d'un rouge à lèvres grenat.

Putain… Ça me fout les boules, mais elle me plaît grave…

Son attention est concentrée sur Cass quand, tout à coup, elle lève ses grands yeux verts… et m'aperçoit. Nous nous regardons un instant, puis ses mots me reviennent en mémoire : *« J'ai juste besoin de savoir que tu vas me laisser tranquille. »*

Je raffermis ma prise sur ma canette de bière, me tourne subitement et fends la foule complètement saoule de joueurs de la Tide pour sortir par la porte arrière du bâtiment, dans l'air humide du soir.

— Austin !

C'est Reece. Il est assis près du brasero avec les autres *rookies*. Je salue d'un hochement de tête le *quarterback* remplaçant aux allures de surfeur australien – cheveux blonds, allure décontractée – et balance ma Corona vide à la poubelle. Dès que j'arrive devant lui, Reece me tend une autre bière, et Collins, un bloqueur de première année, bouge pour que je puisse m'asseoir.

— Ça roule, mec ? me demande Reece, un grand sourire aux lèvres.

Le gamin est cool, vraiment, mais je peux pas discuter avec lui comme avec Rome ou JD : il me faut vraiment un lien fort avant de pouvoir parler de moi et de ma vie avec quelqu'un d'autre.

Je lui pose une main sur l'épaule et hoche la tête pour lui signifier que tout va bien. Reece se retourne vers Caleb Baker, un jeune receveur, pour lui parler de Tanya, la vice-capitaine de l'escouade de pom-poms, et je les laisse à leur discussion : pas la moindre envie de papoter d'une meuf dont le seul souci d'importance est le choix du rouge à lèvres adéquat pour un lundi matin.

Je m'affale sur le banc et plonge le regard dans la nuée d'étoiles qui scintillent là-haut. Je ne m'expliquerai jamais pourquoi, quand on observe ces milliards de loupiotes, on est submergé par ce sentiment réconfortant d'insignifiance. Comme si nos galères, quelles qu'elles soient, relevaient soudain de l'anecdote ; nous ne sommes qu'une foule de microbes s'agitant sur la trame que Dieu nous a laissée pour terrain de jeu. Il y a plus à comprendre de la vie que ce qu'elle nous offre à voir.

Et puis, dès que vous détournez le regard de cette nébuleuse de diamants, toutes vos emmerdes vous reviennent dans la gueule, vous noient, vous poignardent en plein cœur et vous plantent dans les pupilles la réalité du monde.

— Qu'est-ce qu'il fout ? lâche alors Reece.

Je sens qu'on me donne un petit coup de coude dans les côtes et, quand je relève la tête, j'aperçois Rome qui sprinte de l'autre côté de la rue en direction du foyer de la sororité des filles. Reece me dévisage, l'air interrogateur, et je hausse les épaules.

Je jette un coup d'œil de l'autre côté du patio : Ally, Cass et JD rouillent près du barbec, mais je ne vois la pom-pom nulle part.

Les gars autour de moi commencent à parler de leurs plans pour les fêtes de fin d'année : c'est le clap de fin pour moi. Je fais tache dans le décor. Je ne peux pas rester là pendant qu'ils vont discuter de leur petite maison à la jolie palissade blanche et des cadeaux qu'ils partageront avec leur famille fadasse sur des airs de Noël à la con.

La magie de Noël, mon cul…

— Je me casse, lancé-je à Reece, avant de me relever et de traverser le jardin parfaitement entretenu de la fraternité pour rejoindre notre pavillon d'été.

Rome et moi sommes les seuls à avoir les clés de cet endroit : nous octroyer ce genre de privilège est un peu limite de notre part, je le concède, mais, en tant que plus vieux membres de la Tide et de la fraternité, notre verbe fait loi, ici. Comme Rome y vient de plus en plus rarement, c'est un peu comme ma dépendance, et tant mieux : j'ai terriblement besoin de m'isoler parfois. Surtout en ce moment.

J'ouvre la porte en bois et décide de laisser la lumière éteinte : quand j'allume, des étudiants bourrés y voient le signal d'ouverture d'un baisodrome, et j'ai aucune envie de gérer ce genre de conneries ce soir.

Le pavillon d'été est petit, mais assez dingue : murs lambrissés, parquets, rideaux rouges aux fenêtres, deux canapés en cuir brun, foyer ouvert, kitchenette, télé et, le diamant sur la couronne, une immense baie vitrée au plafond qui jette un halo lumineux pile au centre de la pièce. Un exemple de plus de la façon indécente dont les footeux sont traités dans cette ville. Quel joueur de foot de vingt et une piges a besoin d'un putain de pavillon d'été ? Cela dit, je passe pas mal de temps ici : je ne supporte pas ce genre de fiestas. Regarder les gars se perdre en jeux d'ivrognes et faire les coqs devant les meufs, alors que *mamma* est en train de hurler de douleur dans son putain de mobile home ou que mes frères se font peut-être canarder par les Kings, très peu pour moi…

Faut juste que je fasse profil bas jusqu'à la *draft*. C'est mon rôle dans cette pièce de merde : être recruté par une équipe pro et nous sauver tous de cet enfer.

Ça va, j'ai à peine la pression…

Le foot, c'est mon échappatoire, la réponse à mes emmerdes.

La réponse aux prières de tous les Carillo.

Je m'affale sur l'un des canapés et chope mon téléphone : Axel m'a envoyé un SMS.

> J'ai fait assez de blé pr les cachetons de mamma ce soir. Levi assure dehors, il vend bien. Mamma va mieux qu'il y a qqs heures. Elle a pu s'endormir, là. Les Carillo assurent à leur manière : on continue comme ça, Aust'.

Alors que je range mon téléphone dans ma poche, un peu ailleurs, un vacarme inimaginable éclate au-dehors : des rais de lumière quasi stroboscopiques zèbrent les murs du pavillon, et je me relève d'un bond, cours tirer les rideaux, aménageant entre les deux pans de velours un interstice suffisant pour observer la scène. Par chance, je suis assez loin du bordel, ici, et dissimulé par un bosquet d'arbres. Je ne sais pas ce qui se passe, mais je suis bien planqué.

Et puis, soudain, j'aperçois les uniformes…

Des agents de sécurité du campus, épaulés par de vrais flics, débarquent avec des clébards en laisse : des étudiants se barrent en courant, d'autres sont trop blindés pour capter ce qui se passe. Et là, je le vois : le doyen, dans son costume gris hors de prix, qui trotte sur le patio en fouillant partout d'un regard alerte.

Ce trou du cul peut pas me saquer, bordel…

Les flics alignent les étudiants, et les chiens commencent leur taf, les sniffant un par un… La brigade canine, merde ! Je panique : ces enfoirés sont en train de chercher de la came !

Quelques étudiants essaient de s'arracher, cavalent dans la rue pour fuir le raid, mais les flics les coursent… Au moment où je prends conscience de la chance que j'ai d'être venu me reclure ici, j'entends des bruits à la porte du pavillon : je ferme brusquement les rideaux et tourne la tête vers la poignée… Quel con, j'ai oublié de fermer à clé derrière moi !

Je n'ai pas le temps de traverser la pièce pour bloquer la porte, si bien que l'inconnu s'invite dans le pavillon. Je me fige. L'intrus referme le battant, s'y adosse, lâche un soupir, puis se retourne pour verrouiller la porte. Là où je suis, l'obscurité m'enveloppe : l'inconnu n'a pas pu me voir. Je distingue à peine sa silhouette, mais, en plus de son petit gabarit, je sens un parfum qui, à moins qu'un joueur de la Tide s'asperge le cul de Coco Chanel, m'assure que c'est une meuf qui vient d'entrer.

Je longe les murs obscurs le plus silencieusement possible : j'ignore qui se trouve ici, mais je dois m'assurer que cette fille ne va pas se mettre à hurler et attirer l'attention sur nous. Subir un interrogatoire du doyen à propos de la came sur le campus est la dernière chose dont j'ai besoin : ce connard pense déjà que c'est moi qui suis derrière les deals. Depuis trois ans que je suis là, dès qu'il se passe une merde à la fac, il me la fout sur le dos. Le problème, c'est que, cette fois, il aurait raison…

Pantelante, la fille tente de recouvrer son souffle. Je grimace, essaie de me concentrer pour ne pas merder, mais, quand je tends le bras vers elle, j'effleure le sien et elle commence à hurler : je réagis aussitôt, l'attrape par l'épaule, la retourne et plaque une main sur sa bouche pour la faire taire.

Comme elle lance des coups de pied et tente de me gifler, je me penche à son oreille :

— Boucle-la, merde ! Je vais pas te faire de mal, je veux juste que t'arrêtes de beugler, bordel !

Elle cesse de se débattre et essaie simplement de tirer sur mon poignet pour retirer ma main de sa bouche. Avant ça, je dois m'assurer qu'elle ne va pas se remettre à crier, à attirer l'attention de la terre entière.

— Je virerai ma main que si je suis sûr que tu risques pas de les faire rappliquer, OK ? susurré-je, m'efforçant de me montrer le moins menaçant possible.

Je ne suis pas con pour autant : un type en train de bâillonner une meuf dans un pavillon plongé dans l'obscurité, ça n'inspire pas forcément la confiance. Je sens à son souffle chaud et cadencé qu'elle tente de se calmer, et ses ongles épargnent un peu la peau de mon poignet.

— C'est bien… Maintenant, je vais compter jusqu'à trois et retirer ma main de ta bouche, OK ? Et panique pas : je répète, je te ferai aucun mal. Moi aussi, je me planque. Tu promets de pas gueuler ?

Elle lâche un gémissement discret et troublant, acquiesce, et ses cheveux délicats caressent la peau de mon cou.

— OK… Un… deux… trois…, compté-je à voix basse, avant de retirer lentement la main de sa bouche.

La fille expire soudain, s'éloigne d'un pas et se retourne face à moi. Malgré l'obscurité, je distingue ses yeux immenses d'un vert pastel, presque turquoise, rivés sur moi.

Bordel de merde.

Je connais ce regard…

Il me hante.

Comme elle perçoit mon trouble, elle se rapproche de moi. Un rai de lumière s'immisce soudain sous la porte du pavillon, baignant les lieux d'un ambre mat. Je suis assez près de la fille pour discerner son visage : c'est elle, la pom-pom, et, vu son expression, elle aussi m'a reconnu.

— Au… Austin ? balbutie-t-elle. (Elle n'a pas l'air des plus heureuse de me trouver ici. Son arrivée inopinée ne m'enchante pas vraiment non plus.) J… je ne savais pas que tu étais ici. Je voulais… éviter le doyen, c'est tout, de peur qu'il m'interroge encore. Quand j'ai vu le pavillon, j'ai décidé de me cacher là jusqu'à la fin de l'intervention… Je… je suis désolée, je vais partir, OK ? Je… j…

Je la laisse là, ignorant ses excuses bredouillantes, et vais me rasseoir en silence sur le canapé. C'est trop de stress, putain : j'ai besoin de me poser.

Du coin de l'œil, je la vois qui trépigne devant la porte, mal à l'aise. De toute évidence, elle se demande s'il ne vaudrait pas mieux qu'elle sorte, quitte à prendre le risque de tomber sur le doyen.

Je soupire et lui adresse un signe de la main.

— Autant t'asseoir, le doyen va prendre son temps. Pour toi comme pour moi, mieux vaut que tu lui échappes. En gros, t'as pas vraiment le choix : t'es coincée ici avec moi.

Son regard hésite maladroitement entre la porte et moi, une fois, deux fois, à tel point que j'ai l'impression d'être enfermé avec un personnage de cartoon.

— Je ne vais pas te faire de mal. Putain, je ne te parle même pas, si ça peut t'aider, OK ? lâché-je avec agacement, les yeux rivés sur la table basse devant moi.

La lune m'illumine à travers la baie vitrée comme un projecteur braqué sur une scène.

Quand j'entends ses talons sur le plancher, je comprends qu'elle a pris la décision de rester.

Cool. Elle n'est pas con, c'est tout à son honneur…

Le canapé s'affaisse un peu tandis qu'elle s'assoit près de l'accoudoir, les genoux serrés, raide comme un piquet, comme si elle passait le casting de Miss Bonnes Manières. Je pouffe malgré moi.

— Qu'est-ce qu'il y a ? murmure-t-elle, un peu vexée.

Je hausse les sourcils, surpris par sa bravade. Lors de nos dernières rencontres, la peur l'écrasait, la paralysait, et voilà que des cendres couvent sous la neige… Classe.

Je me tourne pour lui faire face, le bras calé sur le dossier du canapé.

— T'es assise comme si t'avais un balai de six mètres dans le cul…

La bouche lui en tombe, et je manque de peu d'éclater de rire devant son regard choqué. Elle se cale lentement sur le canapé, manifestement décidée à se détendre un peu.

Le silence reprend place entre nous, embarrassant à en crever… quand, soudain, des aboiements s'élèvent au-dehors : je bondis hors du canapé, me rue vers les rideaux et les écarte de deux ou trois centimètres pour scruter le jardin du foyer.

— Eh merde…, craché-je.

— Qu'y a-t-il ? Qu'est-ce qu'ils cherchent exactement ? me demande la fille, toujours assise.

Je ne lui réponds pas, trop occupé à observer l'arrestation d'un étudiant que je ne connais pas : les flics le menottent et l'embarquent. Le doyen défile devant la ligne de fêtards, les interroge, tandis qu'un agent brandit devant eux un petit sachet blanc.

Merde…

Même d'ici, je reconnais le paquet… Ça vient des Imperatori…

Putain !

J'entends des bruits de pas discrets derrière moi.

— Austin, qu'est-ce qu'ils nous veulent ? C'est flippant, cette histoire…

Je referme subitement le rideau et, quand je me retourne, pose le regard sur son visage de poupée en porcelaine prise de panique.

— C'est quoi, ton prénom ? demandé-je sans sommation.

La question semble la déstabiliser.

— Quoi ? demandé-je, troublé par sa réaction.

Elle agite la tête avec nervosité, et ses cheveux d'encre mi-longs dansent autour de son visage.

— C'est juste que tu… ça me perturbe, c'est tout : tu ne m'as jamais demandé mon prénom, et vu ce qui s'est passé ces dernières semaines, je ne m'y attendais pas vraiment…

Je penche la tête et la pousse à répondre d'un regard insistant. Elle déglutit, et la peau délicate de son cou s'anime…

— Lexi, me répond-elle, la voix aussi légère et fragile qu'une plume. Lexi Hart.

Rome avait raison.

J'ignore pourquoi, mais connaître son prénom me la rend plus humaine, et je me sens d'autant plus coupable d'avoir été un tel connard avec elle… Elle est si petite, si… fragile. C'est comme si, d'un souffle, je pouvais la faire voler en éclats.

Je n'arrive plus à la quitter des yeux. Debout dans la pénombre, sa silhouette éclairée seulement par la lueur bleutée et poussive de la lune, elle a des airs de fée steampunk échappée d'un bouquin. Sa peau semble aussi douce que fragile, ses cheveux sont d'un noir corbeau et ses lèvres… ses lèvres rouges… Ses yeux verts invoquent en moi des visions de bord de mer, d'océan paisible consumé par le crépuscule.

Elle est magnifique, merde…

Mon regard insistant la rend nerveuse et elle trépigne, avant de plaquer ses bras contre son ventre.

— Alors ? Il se passe quoi, dehors ?

Je me mordille la lèvre supérieure tandis que j'envisage de lui mentir… Mais à quoi bon ? Au fond, comme Rome, elle sait maintenant dans quoi je suis fourré, ce que font mes frères pour gagner leur cash et qui est vraiment Austin Carillo en dehors du terrain.

— Les chiens…, reprend-elle à voix basse, ses yeux inquiets rivés sur moi. Ils cherchent de la drogue, c'est ça ?

J'acquiesce lentement, méfiant.

Sa respiration s'accélère. Elle recule jusqu'au canapé et s'assoit sur l'accoudoir, se tordant nerveusement les mains. Puis, elle me regarde, ses longs cils noirs parant ses immenses yeux verts.

— La drogue que deale ton frère, pas vrai ? me lance-t-elle avec un putain de cran.

Instinctivement, je me mets sur la défensive et m'approche d'elle, la dominant de toute ma stature.

— C'est pas tes putain d'oignons, alors bou…

Je m'interromps et reste silencieux quelques instants. Je lève les yeux vers le ciel nocturne et dégagé, pensif : pourquoi lui cacher la vérité ? Elle a déjà compris. Elle a pris Axel en flag. Qui plus est, elle sait déjà que, si elle ne veut pas d'emmerdes, elle doit la boucler. Pourquoi me faire suer à lui mentir ? Je reprends le contrôle, desserre les poings et me retourne vers le canapé : Lexi s'est réfugiée contre un coussin et me dévisage avec effroi, comme si c'était Jack l'Éventreur qui se tenait devant elle…

« Tu me fous les jetons, Carillo. J'ai peur de toi. »

Ses mots me reviennent et me déboîtent comme un coup de pied en plein plexus. Cet Austin-là, ce n'est plus moi… Je ne veux plus de cette version de moi…

Je viens m'asseoir de l'autre côté du canapé, et Lexi ne me lâche pas des yeux, comme si elle craignait que je me rue sur elle pour lui imposer par la violence de se soumettre à ma loi. Je soupire et incline légèrement la tête dans sa direction, mais je suis incapable de la regarder dans les yeux. Je suis une vraie merde, et je ne supporterai pas de lire le dédain dans son regard…

— J'ai déconné avec toi, lâché-je sans plus d'explications.

Elle retient son souffle, surprise. Je ferme les yeux, pense au visage torturé de ma mère… J'aimerais dire à cette fille la raison pour laquelle je me suis comporté ainsi, et, plus encore, pourquoi j'ai besoin qu'elle se taise.

— C'est juste que… qu'il faut que je protège ma famille, et, à l'heure qu'il est, tu es la seule à pouvoir nous faire plonger. T'en as trop vu, Lexi. J'aurais préféré que ce soit pas le cas, je te jure : pour toi comme pour moi. On est dans la merde, et ça craint… Mais c'est comme ça, faut qu'on fasse avec.

Je l'entends soupirer longuement… Elle semble se détendre un peu, mais je n'arrive toujours pas à croiser son regard.

— C'est pour ça que tu te caches ici ? me demande-t-elle, mal assurée. (J'acquiesce à contrecœur.) Est-ce que tu… deales, toi aussi ?

Cette fois, je plonge mon regard droit dans le sien.

— Nan, putain ! Non ! Je deale pas, OK ? J'ai arrêté y a des années, contrairement à ce que dit la rumeur. Le gang, c'est fini pour moi. Je l'ai troqué contre la Tide.

Tout à coup, c'est comme si toute trace de tension ou de crainte l'avait quittée.

— Mais ton frère, par contre, ce n'est pas le cas, n'est-ce pas ? me demande-t-elle.

Je hoche la tête lentement, me réjouissant en silence qu'elle n'ait pas dit « tes frères » : elle n'a donc pas vu Levi sur le campus… OK, ça au moins, c'est cool…

— C'est fou, ce qu'il te ressemble…, reprend-elle quelques instants plus tard en désignant mes cheveux bruns et mes tatouages, s'arrêtant plus longuement sur l'étoile qui orne ma joue gauche. Ton frère… (Elle incline légèrement la tête, intriguée.) Vous êtes jumeaux ?

— Non, il est plus vieux que moi. On se ressemble, c'est tout.

— Je peux te demander pourquoi… il vit comme ça et pas toi ? m'interroge-t-elle, ses pommettes rosies par la gêne.

Elle sait qu'elle pose une question qu'elle aurait mieux fait de garder pour elle.

Je hausse un sourcil.

— Tu peux me demander, ouais, mais t'attends pas à une réponse.

Elle grimace, désarçonnée. Le silence qui suit est moins désagréable que le précédent, plutôt bienvenu, même, et j'en profite pour tendre l'oreille, à l'affût de bruits qui trahiraient la présence de quelqu'un près de la porte : les flics sont toujours au foyer, et les épais murs lambrissés du pavillon continuent d'étouffer leurs murmures sourds et lointains.

Tout ce temps, Lexi me dévisage, mais je préfère ne pas trop lui parler : aucune envie qu'elle se trouve plus impliquée dans ce merdier qu'elle l'est déjà. Je me cale sur le canapé pour essayer de me détendre, mais, au même moment, je sens Lexi se rapprocher un peu. Je fronce les sourcils et lui adresse un regard circonspect.

— Qu'est-ce que tu regardes comme ça ?

Non que je veuille jouer le cake pour l'impressionner, c'est juste qu'elle est presque sur mes genoux, là, les yeux rivés sur mon cou. Elle rougit et se met à jouer nerveusement avec une mèche de ses cheveux d'encre, attisant ma curiosité.

— C'est quoi, le blème ? insisté-je en croisant les bras.

D'un doigt frêle et gracile, elle désigne le côté de mon cou.

— Ce tatouage…, dit-elle, le regard presque coupable, son visage de poupée d'une innocence et d'une curiosité aussi pures que naïves.

— Va falloir être plus précise, commenté-je en désignant la peau couverte de tatouages au-dessus de mon col.

— Celui-ci, insiste-t-elle, en approchant l'index un peu plus.

Je la dévisage, incrédule : on ne peut pas dire que ce soit beaucoup plus clair. J'essaie de visualiser la zone, mais j'en ai une quinzaine à cet endroit…

Elle serre les dents, agacée de ne pas réussir à se faire comprendre, puis, frustrée, touche carrément mon cou du bout de son ongle verni de noir.

— Celui-ci ! Imperatori !

Je me renfrogne aussitôt, et Lexi perd son air agacé, puis baisse la main, inquiète.

Je me souviens du jour où je l'ai fait faire : j'avais quatorze ans, comme Levi aujourd'hui. Je venais de vendre mon premier gramme de coke, et j'ai pu être intronisé dans le gang. Gio a donné l'ordre à Matteo – son bras droit de l'époque – de me marquer. Sur le cou, bien visible, histoire que tout le monde sache pour qui je roulais. L'étoile sur ma joue – la *stidda* – rappelle les origines siciliennes du gang.

Ces marques étaient les preuves ostentatoires que je resterai un membre des Imperatori pour la vie.

Ça m'a fait un mal de chien, et Axel souriait comme un con pendant que l'aiguille m'écorchait la peau : je crois que ça a été le plus beau moment de sa putain de vie. Son petit frère rejoignait ce gang – sa famille – qu'il considérait comme sacré. Matteo s'est fait plomber peu de temps après par des types en bagnole : c'est là qu'Axel a pris du grade et l'a remplacé comme premier lieutenant de Gio.

Lexi s'éclaircit discrètement la gorge, m'arrachant à mes souvenirs. Je me retourne de nouveau vers elle.

— On te le tatoue à ton entrée dans le gang, lâché-je, cinglant. Interdit de le recouvrir. Il te marque à vie. Ça va, t'es satisfaite ?

Lexi baisse les yeux vers ses mains, l'air coupable.

— J'étais juste curieuse… Je n'ai jamais rencontré de membres de gang. C'est… intrigant.

Ses mots m'irritent au point que je dois me retenir pour ne pas péter un plomb.

— Petit avertissement : ta curiosité à propos des Imperatori, tu te la gardes. La vie au sein d'un gang, c'est pas une sortie pique-nique ou le prétexte pour une discussion divertissante entre copines pleines aux as, pigé ?

Les lèvres rouges de Lexi se tordent en une grimace, mais, soudain, nous sommes surpris par des éclats de voix tout près du pavillon. La lumière de lampes torches fuse à travers les rideaux. Instinctivement, je m'accroupis et me planque derrière le canapé, tandis que Lexi lâche un petit couinement de panique, terrifiée par la proximité angoissante des flics. Sans réfléchir, je l'attrape par le bras, l'attire dans le coin sombre, puis, loin du halo lunaire qui éclaire la pièce, je la plaque contre moi, la bâillonne d'une main et me penche à son oreille.

— Chuuut…, grogné-je.

Elle s'apaise un peu.

— Fouillez le pavillon ! hurle quelqu'un dehors, avant que résonnent les aboiements des chiens.

Lexi, effrayée, agrippe mon jean au niveau de ma cuisse.

— Reste calme : la porte est verrouillée. Si on ne fait pas de bruit et qu'on reste planqués dans l'ombre, ils n'ont aucune raison de se dire qu'il y a quelqu'un ici, dis-je d'une voix à peine audible.

Elle acquiesce timidement.

— Ouvrez la porte ! aboie un autre homme. (C'est la voix du doyen.) Il est forcément dans le coin ! S'il y a de la cocaïne sur le campus, ce foutu voyou de Carillo est forcément dans le coup !

Je sens que Lexi relève la tête : elle cherche mon regard. Je ne baisse pas les yeux. Ce que je viens d'entendre me fout trop les boules pour que je sois disposé à faire du social… Putain, je savais que ce connard essaierait de me foutre ça sur le dos ! Trois ans qu'il attend une occasion pareille… Plus de mille putain de jours qu'il veut débarrasser son territoire, son université de la vermine italienne qui la souille…

La poignée se met à trembler dans un cliquetis nerveux, et le trou de la serrure recrache le faisceau lumineux d'une lampe qui manque de peu l'endroit où nous nous cachons. J'attire Lexi plus près de moi pour m'assurer que nous sommes parfaitement baignés par les ténèbres… et sens soudain le haut de ses fesses contre ma queue…

— Personne ici, monsieur, lance un agent au doyen.

Un soupir frustré parvient à nos oreilles.

— Il a filé, bordel ! Carillo était à cette fête : des témoins l'ont vu. Rome Prince n'est pas là non plus, ça ne peut pas être une coïncidence. Ils ont dû s'enfuir ensemble, ils sont comme cul et chemise. Je ne comprendrai jamais comment un bon gamin comme Prince peut traîner avec un fumier pareil…

Je dois invoquer toute la retenue dont je suis capable pour ne pas aller ouvrir la porte et briser le cou de cet enfoiré. Un « fumier pareil », hein ? Je vais t'en faire bouffer, connard…

— Qu'est-ce qu'on fait, monsieur ?

— Je veux une patrouille jusqu'à demain matin. S'il rapplique, on le coincera pour l'interroger. La cocaïne qu'on a trouvée ce soir sur les quatre étudiants venait des Imperatori : j'ai reconnu l'étoile sur les sachets. On a déjà eu des soucis avec les dealers de ce gang il y a cinq ans, et Carillo est notre connexion la plus pertinente avec ces racailles. C'est peut-être même ce petit con qui met du beurre dans ses épinards en fourguant leur drogue !

Bordel de merde…

Les voix des flics s'estompent tandis qu'ils s'éloignent du pavillon. Le problème, c'est qu'ils vont squatter là toute la nuit, comme le doyen l'a ordonné. En résumé, je suis coincé ici jusqu'à demain matin… et Lexi aussi. Lorsqu'ils sont trop loin pour nous entendre, je retire ma main de devant sa bouche et la pose contre le mur près de sa tête.

Elle a le souffle court… Elle est terrifiée, et ce serait difficile de l'en blâmer. Je doute qu'elle ait l'habitude de vivre en paria. Et puis, vu la façon dont le doyen a parlé de moi aux poulets, elle doit me prendre pour l'ennemi public numéro un.

— Qu'est-ce qu'on fait, maintenant ? me demande-t-elle d'une petite voix, brisant le silence.

— On va devoir attendre qu'ils quittent les environs du foyer.

— OK…, murmure-t-elle en commençant à se détacher de moi.

D'une main, je l'attrape par la hanche, une partie de la paume dans son dos, et la ramène vers moi : il faut qu'on reste ici, planqués.

Sa réaction me déroute.

— Lâche-moi ! Ne me touche pas ici ! lâche-t-elle, paniquée, son cri d'effroi imitant parfaitement celui d'un personnage de film d'horreur.

Elle m'a pris pour qui, merde ? Norman Bates ?

— Ça va, je te lâche ! craché-je, avant de lui imposer d'un geste de la boucler. Faut juste que tu restes planquée : ils pourraient se repointer si tu restes pas derrière ce canapé ! Le reste de la pièce est trop éclairé avec cette putain de baie vitrée !

L'obscurité la dissimule à mes yeux, mais je perçois ses tremblements. Qu'est-ce qui lui arrive, merde ?

Je lève les mains pour lui signifier que je n'ai aucune intention de la toucher de nouveau : j'ai aucune envie de gérer ses crises d'hystérie, là, maintenant.

Je sens la chaleur de son corps, intense, aussi palpable que si j'étais près d'un putain de radiateur portable, et, lorsqu'un rayon de lune me la révèle – à peine –, je la découvre une main sur la poitrine, comme si elle tentait de calmer son cœur affolé.

— OK… OK…, lâche-t-elle, pantelante, avant de revenir près de moi. Je reste cachée…

Cette fois, elle est face à moi et garde le regard rivé sur mes mains, comme si elle voulait s'assurer que je ne la toucherai plus. Je ne comprends rien à son délire, mais je n'ai pas la moindre intention de l'interroger à ce sujet : j'ai déjà assez de bordel à gérer pour ne pas avoir à me coltiner ses névroses de gamine *dark* et tourmentée…

Des criquets animent la nuit au-dehors et, toutes les quinze minutes, les grésillements de la radio des flics emplissent le pavillon. Ils patrouillent en bons petits toutous du doyen : la lumière de leurs lampes éclaire la pièce entière, à l'exception de notre minuscule planque derrière le canapé.

Les heures, nombreuses, défilent en silence, et je me suis allongé sur le dos pour observer les étoiles à travers la baie vitrée. Le ciel s'allume timidement d'une aube poussive qui baigne le pavillon d'une lueur orangée.

Lexi soupire près de moi.

— Tu penses à quoi quand tu regardes les étoiles ? lui demandé-je.

Elle tourne légèrement la tête et fronce les sourcils pour mieux observer le ciel. Pendant plusieurs minutes, elle le contemple, silencieuse.

— Parfois, j'essaie d'imaginer comment elles considèrent notre monde, murmure-t-elle d'une voix presque imperceptible. (Je ne croyais pas qu'elle finirait par me répondre.) Est-ce qu'on les fascine ? Les dégoûte ? Est-ce qu'elles nous observent comme nous les observons, se demandant ce qu'on pense d'elles ? Est-ce qu'elles perçoivent nos douleurs, écoutent nos complaintes existentielles ridicules avec pitié ? Ou est-ce qu'elles nous jalousent de… vivre, tout simplement ?

Sa réponse me surprend. Nos complaintes existentielles ridicules ?

— Ça t'arrive de te sentir minuscule, insignifiante, en les regardant ? lui demandé-je, curieux de connaître sa réponse.

Je la sens remuer un peu près de moi et la vois former un cadre avec ses doigts : l'œil gauche fermé, elle observe la ceinture d'Orion comme si elle était équipée d'un télescope… Et puis, subitement, elle laisse retomber ses mains sur son ventre, un air triste sur le visage.

— Je n'ai pas besoin de lever les yeux au ciel pour me sentir insignifiante, Austin. Pour ça, il me suffit de me regarder dans un miroir.

Je me tourne vers elle, happé par ses mots, et un sentiment étrange m'envahit… C'est comme si elle avait réussi… à me toucher. Quelque chose de ce genre.

Lexi bâille, ses paupières se ferment, lourdes, mais elle lutte pour rester éveillée sans jamais détourner le regard des étoiles. Et moi, je n'arrive pas à la quitter des yeux : il y a quelque chose qui m'intrigue chez cette fille. À moins que, ce qui m'attire, ce soit le fait qu'elle connaisse des choses sur moi, qu'elle sache qui je suis… Je n'ai pas besoin de faire semblant avec elle.

— Endors-toi, lui dis-je après son troisième bâillement consécutif.

Elle me regarde. La vérité, c'est qu'elle me donne envie de pioncer et que je dois rester sur mes gardes. Elle fait « non » de la tête et passe ses bras autour de sa taille, réprimant un nouveau bâillement.

Têtue comme une putain de mule, en plus…

— Lexi, dors, merde : on va finir la nuit ici, de toute façon, lâché-je sur un ton ferme, et elle ouvre grand ses yeux fatigués.

— Tu vas dormir, toi aussi, hein ? me demande-t-elle.

Je ne peux réprimer une grimace.

C'est quoi, le putain de rapport ?

— Je vais finir par pieuter un peu, je pense, ouais, dis-je dans un haussement d'épaules.

— OK, dans ce cas. Mais… (Son visage se crispe.) Mais ne me touche pas, s'il te plaît… OK ? Je… je ne supporte pas qu'on me touche… Je resterai bien cachée, c'est promis, mais… s'il te plaît, ne me touche pas.

— Je ne te toucherai pas, sifflé-je sur un ton sans réplique.

Elle croit quoi, merde, que je vais lui peloter le cul pendant qu'elle dort ? Elle me prend pour quoi, là ?

Lexi ferme les yeux et, une poignée de secondes plus tard, elle est déjà endormie, à même le plancher, en position fœtale. On dirait une fée blessée égarée dans les ténèbres…

Je ne sais pas trop pourquoi, mais je me penche vers elle. Je dois lui dire quelque chose…

— Ce n'est pas moi, tout ça, Lexi…, lui murmuré-je. Je ne suis pas l'enfoiré sans âme que tu imagines. Je voulais juste que tu le saches.

Je lâche un profond soupir et sors mon téléphone pour envoyer un SMS à Axel.

Raid coke au foyer ce soir. Poudre « I » sur des gars… Le doyen sait que c'est les Imperatori. Il me cherche pour me cuisiner. Je suis en planque. Gère cette merde en speed ! On peut pas se priver du foot…

Il me répond aussitôt.

Je gère, là. Elle a parlé au doyen, l'autre pute ? Besoin que je la fasse taire ? On peut pas prendre de risque.

La panique me prend à la gorge quand, à la lecture du message d'Axel, je tourne la tête vers Lexi. Elle est là, endormie, fragile, minuscule, et je sens comme un besoin viscéral de la protéger. Elle me rappelle *mamma*, en fait… Un agneau embarqué malgré lui dans un océan de merde.

Je balaie l'écran du pouce et réponds à la hâte.

Elle a rien dit. Je m'en suis assuré. C'est ton manque de discrétion qui nous fout dans la merde, pas elle. Gère. Vite.

J'éteins mon téléphone. Je ne suis pas d'humeur à supporter les conneries d'Axel, là, tout de suite : j'ai la rage. Je pose la tête contre le plancher froid et observe le visage de petite fée de Lexi. Sous ce maquillage, cette armure qu'elle porte en permanence, je perçois une peur authentique… Ce qui l'effraie, je n'en sais rien, mais un démon intérieur la hante, c'est certain. Je reconnais les symptômes.

Je ferme les yeux et essaie de me détendre.

Quelques minutes plus tard, je sombre à mon tour…

Quand je me réveille, le soleil brille à travers la baie vitrée, et Lexi dort toujours à mes côtés. Elle s'est retournée dans son sommeil, et le bout de ses doigts effleure les miens. C'est la première fois que je passe une nuit entière avec une meuf… Pas de méprise : j'ai eu droit à mon lot de groupies ici, mais y a jamais rien eu de bien sérieux ; rien qui justifie que la nana finisse la nuit au pieu avec moi, en tout cas.

C'est… étrange.

Je détache ma main de la sienne, et elle s'étire. Bientôt, elle ouvre les yeux et me dévisage : je vois à son regard qu'elle essaie de se rappeler ce qu'elle fait là, allongée près de moi.

Sans un mot, je me lève et vais m'assurer que la voie est libre au-dehors. Je scrute l'extérieur à travers les rideaux : tout est calme. L'horloge au-dessus du foyer indique 10 heures. La police du campus ne devrait pas être là avant une bonne heure… Les équipes tournent à 9 h 30, donc, s'il n'y a personne, ça devrait rester comme ça jusqu'à 11 heures passées. J'ai appris leur routine dès mon arrivée à la fac : les vieilles habitudes ont la vie dure.

Je sens la présence de Lexi juste derrière moi et fais volte-face. Nos regards se croisent, et je contiens tant bien que mal un petit rire : son maquillage a coulé partout sur son visage, mais, au milieu de ce brouillon, ses yeux immenses ont gardé cette même étincelle de curiosité.

— On peut partir, c'est bon ? me demande-t-elle avec nervosité.

— Ouais, c'est bon, dis-je.

Mais ni elle ni moi ne bougeons de devant la fenêtre : elle n'a pas plus envie que moi de retourner à ce qui l'attend dehors, cette réalité de merde dont nous protègent ces quelques centimètres de bois brut. Mais il faudra bien qu'on l'affronte, non ? On ne peut pas rester pour toujours planqués peinards dans ce pavillon. La vie continue au-dehors, et il nous reste de durs combats à mener, qu'on le veuille ou non.

— Lexi ? (Elle lève la tête vers moi et m'invite du regard à poursuivre.) Mieux vaut que tu gardes tes distances avec moi.

Elle pâlit et retient son souffle une seconde.

— OK, si… c'est ce que tu veux.

Alors qu'elle commence à se retourner pour partir, je veux la retenir par l'épaule, mais je me ravise subitement et ramène à la hâte ma main sur ma cuisse : elle ne voulait plus que je la touche, mais je n'y ai pas pensé sur le coup.

— Mon frère commence à me poser des questions sur toi : se parler, ne serait-ce que se trouver au même endroit, c'est trop risqué. Si tu me croises sur le campus, trace ta route sans un mot. Je ferai pareil. Les Imperatori craignent que tu aies tout raconté au doyen et…

— Je n'ai rien dit, je le jure ! Pas un mot, c'est la véri…, m'interrompt-elle, totalement paniquée, mais je la coupe à mon tour d'un geste de la main.

— Je sais, je le leur ai dit. Mais faut que tu fasses gaffe : c'est pas mon frère qui se pointera pour te faire taire, et t'as pas envie de croiser la route du psychopathe à qui le gang confie ce genre de tâches… Fais profil bas, ne sors pas sur le campus à la nuit tombée, et, si le doyen t'interroge encore à propos de la coke, ne lâche rien. À part Axel et moi, personne ne sait que tu es au courant, et je ferai ce qu'il faut pour que ça ne change pas.

Lexi m'adresse un hochement de tête angoissé et approche de la table basse pour ramasser son sac à main. Je l'observe tandis qu'elle s'éloigne, m'attarde sur son haut ajusté et la courte jupe noire qui révèlent ses bras et ses jambes si frêles et délicats…

Merde, merde ! Non…

Faut pas que je tripe sur cette meuf… Ce serait bondir droit dans les flammes. Lorsqu'elle arrive près de la porte, une question germe dans mon esprit. Je ne me l'explique pas, mais j'ai besoin d'en connaître la réponse.

— Hé, Lexi ?

Elle se retourne.

— Oui ?

Je désigne son maquillage avant de demander :

— C'est pour quoi, les peintures de guerre ?

Son visage se ferme et elle me jette un regard dur.

— Et toi, les tatouages ?

Nous nous regardons en silence, et les secondes s'écoulent, interminables. Je lis sans mal dans ses yeux que, ce maquillage, c'est un bouclier, comme mes tatouages… Mais ni elle ni moi ne sommes prêts à l'admettre.

Elle soupire et pose une main sur sa poitrine, au niveau de son cœur.

— On a tous nos secrets, Austin. Certaines personnes en ont de plus noirs que d'autres, c'est tout. T'es pas d'accord ?

Qui ne dit mot consent… et je reste silencieux.

On est d'accord…

On est putain de d'accord.

Chapitre 10

Lexi

Un mois plus tard…

« Chère Daisy,

Poids : 43,54 kg
Calories : 1 500

Je me suis vue à la télé aujourd'hui. Ils ont retransmis l'une de nos chorés pendant un match de la Tide… Je ne m'en remets pas. Quand je me regarde dans un miroir, je vois tous les défauts de cette fille en face de moi, mais là, sur l'écran… J'en ai eu la nausée, Daisy. J'avais l'air si grasse, si grosse… Trop grosse. Et cette image me hante.
Faut que je fasse gaffe à ma ligne.
Déjà, je vais limiter la bouffe. Juste quelques jours, le temps d'être présentable une fois sur le terrain. J'ai perdu un peu de poids, mais c'est pas assez.
J'ai vérifié mes côtes aujourd'hui, et je n'en ai compté que six. Je n'arrête pas d'y penser…
Six. Six, six…

Pire encore : Ally m'a prise dans ses bras tout à l'heure, et j'ai senti qu'elle me trouvait boudinée. Je ne supporte plus qu'on me touche... Si les gens continuent à m'étreindre, je crois que je vais devenir dingue. Je ne laisserai personne me toucher avant d'avoir perdu du poids.
Mon secret est bien gardé, en tout cas : je joue encore à merveille la copine pétillante, et aucune de mes amies ne soupçonne quoi que ce soit.
Quelques centaines de grammes, Daisy, et ça ira. »

— Penses-tu beaucoup à Daisy ? (Je ferme les yeux et tente de faire taire la douleur naissante au souvenir de mon amie décédée.) Réponds, Lexi, je te prie, insiste le Dr Lund.

— Oui..., acquiescé-je. Je pense à elle tout le temps.

— Tu pourrais me donner des détails ?

Je l'entends gribouiller sur son carnet. Il commente ce que je lui dis.

— Je repense à cette façon qu'elle avait de toujours sourire alors qu'elle agonisait à l'intérieur. Je repense au fait qu'elle était tout le temps là quand j'avais besoin d'une confidente, qu'elle parvenait sans cesse à me redonner l'envie de continuer. (Mes yeux se remplissent de larmes.) Et je repense à ses dernières secondes... Nous nous donnions la main et elle s'est éteinte calmement... Elle venait de me supplier de ne pas succomber au mal... De ne pas... mourir, moi aussi.

— T'arrive-t-il de jalouser sa minceur ?

Je me raidis tout entière et rive le regard sur le sol.

— Oui, susurré-je. Elle avait atteint la perfection, son poids idéal. Je la jalouse pour ça...

Le Dr Lund repose son carnet sur le bureau à côté de lui et se penche en avant, ses doigts joints en triangle devant sa bouche.

— Lexi… Comprends-tu que c'est à cause de cette importante perte de poids que Daisy est morte ? Que son cœur, trop sollicité, n'a pas tenu le coup ?

— Oui, je le comprends bien, mais votre question, c'était de savoir si je jalousais sa minceur. Eh bien, oui. J'envie le poids qu'elle faisait avant sa mort.

— As-tu eu des envies qui, concrétisées, compromettraient ta santé ? Des pensées dont il serait bon que nous parlions ?

Je fais « non » de la tête et commence à maltraiter mes ongles…

OH… TU TE METS À MENTIR, LEXINGTON. ET À TON MÉDECIN, QUI PLUS EST, RIEN QUE CELA. TU ME PRÊTES DAVANTAGE L'OREILLE, ENFIN… TU ME CÈDES UN PEU PLUS LES RÊNES DE TA VOLONTÉ. COMBIEN AS-TU PERDU CES DERNIÈRES SEMAINES ? QUELQUES CENTAINES DE GRAMMES ? JE SUIS TOUJOURS AVEC TOI SUR LA BALANCE, NE L'OUBLIE JAMAIS. MAIS TU PEUX DEVENIR COMME ELLE, TU SAIS ? LAISSE-MOI TOUT CONTRÔLER. REPOSE-TOI SUR MOI, JE TE CONDUIRAI À DESTINATION…

Une douleur fulgurante me poignarde les doigts et, quand je baisse les yeux, je remarque que j'agrippe les accoudoirs de ma chaise à m'en blanchir les jointures.

LAISSE-MOI FAIRE, LEXINGTON… AIE CONFIANCE… ENCORE QUELQUES CENTAINES DE GRAMMES, ALLEZ…

— Lexi ? m'interpelle une voix grave près de moi, me ramenant à la réalité.

Je me tourne dans sa direction et ma gorge se contracte.

— Docteur Lund, lâché-je, me rappelant soudain que je suis en pleine consultation.

— Tu as perdu du poids, lâche-t-il, abrupt. Tes capacités de focalisation se réduisent comme peau de chagrin, et cela m'inquiète.

— Non, je ne crois pas que…

— Cela se remarque aisément, Lexi. Déjà, tu es très mince : avec ce genre de corpulence, une perte d'un kilo seulement est aisément perceptible.

Soudain, la honte m'envahit et je suis incapable de croiser son regard.

— C'est juste que j'ai été très occupée, ces derniers temps, je vous jure…

OUI, LEXINGTON, CONTINUE À LUI CACHER LA VÉRITÉ : NE LUI DIS PAS QUE TU AS COMMENCÉ À RÉDUIRE LES CALORIES PARCE QUE TU TE TROUVES TROP GROSSE DANS TON UNIFORME DE POM-POM. PARCE QUE LE POIDS QU'AVAIT ATTEINT DAISY T'ATTIRE, AUSSI. ET TU AS RAISON, LEXI : OUI, TU ES TROP GROSSE. TU N'AS PERDU QUE QUELQUES CENTAINES DE GRAMMES, C'EST INSIGNIFIANT. TU DEVRAIS PERDRE UN KILO OU DEUX EN PLUS, JUSTE POUR TE SENTIR PLUS À L'AISE…

— La consultation est terminée, Lexi, mais on se voit à la séance de groupe cette semaine, n'est-ce pas ? (J'acquiesce.) J'aimerais que nous discutions de l'escouade des pom-pom girls. Tu sais que c'est le déclencheur le plus délicat à gérer pour toi. Peut-être est-ce trop pour l'instant. Je n'ai jamais été tellement pour, d'ailleurs : je ne suis pas sûr que tu sois vraiment prête pour ça.

Je hoche la tête sans rien répondre, me lève de ma chaise et fuis presque la pièce : une fois dehors, je plaque le dos au mur. Les pom-poms… Je sais que c'est mon déclencheur le plus violent et, de fait, j'ai de plus en plus peur qu'on me voie si grosse sur le terrain…

La voix a raison… et le docteur n'a pas remarqué qu'elle était là. Je… je crois. Perdre un kilo ou deux pour ne pas avoir l'air trop grosse à l'écran, ça devrait aller, niveau santé. C'est vrai que les caméras, ça donne tout de suite cinq kilos de plus… Disons que cinq, oui, ça devrait aller, histoire de contrebalancer. Cinq kilos. Après, j'arrêterai. Ce sera plus simple cette fois, en plus. Je suis bien plus décidée maintenant, plus forte mentalement : arrêter, ça ne posera pas de problèmes. Je ne risque pas de me laisser embarquer. Et puis, avec ces kilos en moins, je me sentirai mieux dans mon corps, plus confiante aussi.

Oui, ça va aller tout seul…

OUI, LEXINGTON, OUI… LAISSE-MOI TE MENER À LA PERFECTION. AVEC MOI, ATTEINDRE TES RÊVES SERA TELLEMENT PLUS FACILE…

Mon pouls accélère au rythme de mon soudain enthousiasme, et je commence à réfléchir à ma stratégie : je vais pratiquer plus de muscu, déjà. Ouais, ça devrait le faire. Un peu de jogging, plus de temps à la salle de sport. Faudrait que je limite un peu plus les glucides aussi, je pense…

Non ? interrogé-je la voix.

CE SERAIT UN BON DÉBUT, LEXINGTON, m'encourage-t-elle, et je m'autorise à baisser ma garde, à cesser de lutter, à souffler un peu…

OUI, LEXINGTON, LAISSE-MOI M'OCCUPER DE TOUT. JE TE SERVIRAI AVEC GRAND PLAISIR…

Cette trêve me fait un bien fou : cet affrontement constant m'épuise, autant que les efforts à fournir pour rester forte, pour rentrer dans le moule… Pour guérir, en somme. Chaque jour que je passe en l'absence de Daisy, la voix se fait plus forte dans mon esprit.

Je m'assure que la voie est libre et me dirige vers la salle d'attente privée, deux couloirs plus loin. J'ai besoin de m'isoler un peu, de recharger mes batteries avant de retourner au foyer de la sororité, un faux sourire placardé sur le visage pour faire bonne figure devant mes amies.

Alors que je vais entrer dans la pièce, un type déboule par la porte et commence à sprinter dans le couloir, ses lourdes bottes noires résonnant sur le carrelage. Je me tourne vers lui et mon pouls s'affole quand je le reconnais : vêtements noirs, tatouages, piercings, tunnels sombres et cheveux brun foncé.

Austin Carillo.

À peine a-t-il disparu que je sursaute : mon père vient de sortir de la salle d'attente. Vêtu de son habituelle blouse blanche, il fouille du regard le couloir quasi désert que vient de traverser Austin. Manifestement, il ne m'a pas vue observer la scène, médusée, trop occupé qu'il était à suivre Carillo disparaître au loin. Il secoue la tête, l'air attristé, se tourne pour refermer le salon privé et m'aperçoit soudain. Il hausse les sourcils, visiblement surpris.

— Lexi ?

J'ai à peine vu mes parents ces derniers mois : mon père a toujours un patient à recevoir, ma mère une robe à dessiner, et moi un cours à suivre.

— Papa ! lancé-je, contente, en me dirigeant vers lui. Je ne savais pas que tu serais là, ce soir.

Il se penche pour déposer un baiser sur ma joue.

— Moi non plus, je ne m'attendais pas à te voir, mon ange, dit-il en jetant un nouveau regard nerveux au bout du couloir.

— J'étais en consultation avec le Dr Lund : on a dû décaler un rendez-vous parce que j'ai un match à l'extérieur bientôt.

Mon père prend soudain un air inquiet et lâche un profond soupir.

— Comment ça s'est passé ?

Je dissimule mes paumes dans mes longues manches et hausse les sourcils.

— Pas trop mal, je dirais…

Mon père se rapproche.

— Tu es sûre que ça va ? me demande-t-il d'une voix plus calme. Tu as perdu un peu de poids, non ?

Je suis prise d'un soudain accès de colère.

— Je vais bien ! C'est toi qui penses que, tout ça, c'est trop pour moi. Moi, je vais très bien ! Je n'en peux plus que tout le monde me fasse des remarques ! craché-je.

La voix dans ma tête résonne soudain.

SAUF QUE CE N'EST PAS VRAI, LEXINGTON, N'EST-CE PAS ? TU REVIENS PEU À PEU VERS MOI : JE TE MANQUE… MAIS TU ME MANQUES, TOI AUSSI… J'AIMERAIS TANT QUE TU REVIENNES…

— Lexi ? murmure mon père sur un ton triste.

Je relève subitement la tête, bien décidée à l'interrompre. Je ne veux plus entendre la moindre remarque à ce sujet.

— Tu étais en consultation avec Austin Carillo ? lâché-je soudain pour changer de sujet en désignant du doigt le salon privé.

La diversion : l'arme privilégiée des anorexiques.

Mon père rougit et se balance avec nervosité d'avant en arrière. « Oui », donc.

— Secret médical, Lexi. Tu sais que je ne peux pas t'en parler.

Je hoche la tête et tourne un nouveau regard pensif vers le couloir. Mon père s'éclaircit la gorge.

— Tu connais Austin Carillo, Lexi ? Tu ne m'avais jamais parlé de lui.

La préoccupation dans sa voix me donne envie de lever les yeux au ciel. Je me doute que c'est à cause des Imperatori, mais, à bien y réfléchir, je ne suis pas si sûre qu'Austin soit le sale type que les gens craignent ici. En tout cas, il ne l'était pas dans le pavillon, et une partie de moi se plaît à penser qu'il m'a montré son vrai visage cette nuit-là.

— Je danse pour son équipe, donc… Enfin, voilà, c'est tout, dis-je. Tu sais, il joue pour la Tide : il est receveur. Mais je ne le connais pas vraiment.

Mon père lâche un soupir et se masse le front. Il est stressé. Je lui adresse un sourire d'une fierté solaire : c'est un médecin exceptionnel dévoué à ses patients. Et même, disons-le sans détour, c'est un être humain exceptionnel. Maxwell Hart, docteur en médecine, est oncologue en chef de tout le district de Tuscaloosa, un poste qu'il a obtenu au regard de sa compassion et de sa bonté d'âme infaillible. Il travaille bénévolement en dispensaire pour préserver de la souffrance les patients sans couverture maladie, et va d'hôpital en hôpital pour aider comme il le peut…

Soudain, un frisson me glace la nuque : mon père est oncologue. Cela veut dire que… Non, ce n'est pas vrai… Un membre de la famille Carillo aurait un cancer ?

— Qui…, murmuré-je, la gorge nouée.

Je regarde mon père droit dans les yeux.

— « Qui »… quoi donc, Lexi ?

— Qui est malade dans la famille Carillo ? Qui a un cancer ? demandé-je, la voix teintée de panique.

C'est étrange, mais savoir qu'un membre de la famille d'Austin est malade justifierait – au moins un peu – son comportement, voire certains de ses choix de vie à mes yeux. Son frère deale-t-il pour payer des frais médicaux ? C'est peut-être pour ça qu'il m'a menacée avec autant de violence…

Mon père m'observe, circonspect. Je le connais assez pour comprendre ce qui se passe dans sa tête : il se demande pourquoi j'ai l'air aussi perturbée. D'un geste de la main, je balaie son inquiétude et lui enjoins de me répondre. Il soupire.

— Je ne suis pas son médecin, Lexi. C'est un patient du neurologue en chef de l'hôpital, Martin Small. Martin a dû se rendre en urgence à l'autre bout de la ville, du coup, il m'a demandé de transmettre un… message à Austin de sa part.

Je l'invite à poursuivre, mais il secoue la tête et pose une main sur mon épaule. Je me fige, et il la retire à la hâte.

— Je ne peux pas t'en dire plus, ma chérie. D'un point de vue déontologique, j'ai déjà franchi une limite en te racontant ça. Changeons de sujet, tu veux ?

J'acquiesce avec un sourire compréhensif, mais au fond, je ne peux m'empêcher de penser au fait qu'Austin consulte un neurologue. Pourquoi ? Qu'est-ce qui se passe, au juste ?

— Bon, j'ai encore quelques patients à voir avant de rentrer, ma chérie. Et on ne peut pas dire qu'on habite à côté… Tu viens dîner à la maison bientôt ? Maman a hâte de te voir, tu sais…

— Promis, papa

Après un petit salut de la main, je pars dans la direction opposée…

Dans les pas d'Austin.

Je jette un coup d'œil par-dessus mon épaule : mon père a disparu. J'en profite pour remonter le couloir, traquant Carillo au pas de course : j'épie par les portes entrouvertes, fouille les salles du regard et, bientôt, arrive au bout du corridor. Ne reste plus devant moi que l'entrée d'un petit jardin, que les patients ont aménagé là pour venir se recueillir, s'isoler… ou affronter de mauvaises nouvelles. J'aurais dû y penser plus tôt… J'ai passé bien des nuits ici avec Daisy, quand nous étions toutes les deux hospitalisées.

Je pose une main sur le battant de bois et baisse la tête en relisant la citation sur le mur : « Nul n'est plus près de Dieu sur terre qu'au cœur d'un jardin – Dorothy G. Gurney ». Un dilemme me hante : je ne devrais pas interrompre Austin, mais il a l'air douloureusement seul… S'il ne va pas bien, mieux vaut que quelqu'un le soutienne, non ?

Cinq minutes plus tard, ma curiosité maladive me pousse à tourner la poignée et… le jardin est vide. Je lâche un soupir de soulagement.

Ce sanctuaire est une minuscule oasis de paix dans le désert de souffrance qu'est l'hôpital. Le souffle court, j'admire la quiétude du lieu quand, tel un ange déchu, attirant et superbe, Austin sort de derrière la fontaine au chérubin, se laisse tomber sur le petit banc en métal blanc sous le pommier et se met à se balancer d'avant en arrière, la tête dans les mains.

Ma gorge se serre… Austin Carillo est en train de pleurer. Une souffrance indicible agite ses sanglots… Je ne crois pas avoir déjà assisté à une scène si déchirante.

Je lève les yeux vers le ciel moucheté d'étoiles : ici, dans ce petit paradis, il est facile de s'imaginer hors du monde. Comme si on avait pu être transporté ailleurs, sur une terre dont la beauté vous laisserait rêveur… J'ai l'impression d'avoir été projetée à Narnia, en un lieu magique interdit aux ténèbres. Une terre où toute souffrance est bannie. Une terre d'apaisement.

Mais Austin est bel et bien pétri de souffrance. Une souffrance assassine, même, au vu de son état.

Rien ne trouble le calme nocturne, pas le moindre mouvement. Et, dans cet infime écrin paradisiaque façonné par la main de l'homme, nous avons l'air, Austin et moi, de deux imposteurs.

Et lui… lui semble dévasté, brisé, et c'est plus fort que moi, je ne peux pas le laisser souffrir ainsi, qu'importe si je commets une erreur en troublant sa retraite.

Ces dernières semaines, notre quotidien a totalement déraillé : Molly et Rome sortent ensemble, et Austin et moi avons dû passer bien plus de temps réunis que nous l'aurions voulu. Lorsque nous n'avions pas d'autre solution que de nous trouver au même endroit, nous donnions dans la politesse la plus détachée : en boîte, lors des fêtes étudiantes avec nos amis, nous simulions une neutralité désintéressée, feignant même à l'occasion une distante amitié. J'ai découvert qu'Austin était aussi bon comédien que moi : encore aujourd'hui, aucun de nos amis ne suspecte notre passé houleux. Mais en vérité, il souffle entre nous un vent plus glacial qu'un hiver sibérien.

Pour tout dire, cela m'attriste, car je crois qu'au fond, je l'aime bien. Je me suis même surprise à trouver sa présence agréable, à l'occasion, en repensant à l'épisode du pavillon, lorsqu'il me protégeait des policiers. Quand il se tenait tout près de moi, allongé sur le plancher dur et froid, sous les étoiles… Et puis, soudain, j'évoquais son frère, Axel, les Imperatori, les avertissements d'Austin… Chaque fois, alors, je m'abandonnais de nouveau au silence et à la solitude.

Je soupire, invoque tout mon courage et vais m'asseoir sur le banc à côté d'Austin. Je m'installe doucement, prends dans mes mains mes longues manches noires, comme je le fais quand je suis nerveuse… Austin ne m'a pas encore remarquée : sa souffrance est si intense qu'il n'a même pas perçu le léger grincement du banc quand je me suis assise.

Un nouveau sanglot lui déchire la gorge, et je place une main dans son dos… C'est incorrect et déplacé, intrusif aussi, mais je n'ai pas pu m'en empêcher. Quelque chose en moi me pousse à le soutenir, à être là pour lui. Austin est un dur au passé sombre, il fait partie d'un gang dangereux, mais, sous son armure de tatouages, je sens qu'il a une âme… pure. Et en détresse.

Au contact de ma paume sur son dos, il sursaute, se relève d'un bond et se tourne face à moi, les poings serrés prêts à frapper, ses bras musculeux suppliciant son tee-shirt noir ajusté. Je me protège d'un bras, mais, alors que son poing approche dangereusement de ma mâchoire, il suspend son geste…

Je baisse lentement ma garde, et Austin incline la tête sur le côté, troublé, le voile de rage quittant peu à peu ses yeux sombres injectés de sang.

— Lexi ? Bordel de m…, lâche-t-il d'une voix rauque et hachée.

Il vacille, fait quelques pas chancelants et s'effondre à genoux sur la bande d'herbe parfaitement entretenue qui s'étend devant nous. Saisie par une tristesse d'une rare intensité, je plaque une main contre ma bouche. Il semble à bout…

— Austin ? Que se passe-t-il ? murmuré-je, inquiète.

Le masque derrière lequel il cache d'ordinaire ses émotions et ses blessures a volé en éclats, et je n'ai pas la moindre idée de ce que je suis censée faire pour l'aider.

Austin n'arrive pas à prononcer le moindre mot, ni même à relever la tête, trop affligé par… la tristesse, le deuil… la peur, peut-être ? Je n'en ai aucune idée. Des larmes gouttent de ses yeux baissés, et je reste là à le dévisager, incapable de faire quoi que ce soit d'autre.

— Austin, je t'en prie, explique-moi…, l'invité-je à s'exprimer une fois de plus, surprise par le volume de ma voix dans le silence éthéré du jardin. Tu peux me parler, tu sais… Ça va aller ?

— Je ne peux pas… Je ne peux pas, Lexi…, parvient-il à grand-peine à articuler, la gorge serrée et les yeux noyés de larmes.

Comme Austin garde la tête baissée, je m'agenouille pour me mettre à son niveau. Je tends la main pour le réconforter, puis me ravise.

NE LE TOUCHE PAS, LEXINGTON. IL VOUDRA TE TOUCHER À SON TOUR, ET IL SENTIRA TA GRAISSE, LA COUCHE DE GRAS SUR TON DOS,

TES CÔTES… QUE VEUX-TU PROVOQUER D'AUTRE CHEZ LUI QUE LA NAUSÉE, EMPÂTÉE COMME TU ES?

Je ramène la main sur ma poitrine et regarde celles d'Austin, plaquées sur l'herbe verte, tandis que son dos charpenté s'agite au rythme de sanglots erratiques.

—Laisse-moi, Lexi… Laisse-moi seul…, me supplie-t-il sans même lever la tête.

Je tourne le regard vers la sortie. J'envisage une seconde de partir, mais, lorsque mes yeux se posent de nouveau sur Austin, effondré sur le sol, je reviens sur ma décision.

—Non, je reste, déclaré-je d'une voix que je ne voulais pas si autoritaire. Je trouve ça injuste que tu te retrouves seul dans ton état…

Austin lance un coup de poing rageur dans la terre meuble.

—Laisse-moi seul, Lexi, bordel! hurle-t-il.

Son accès de fureur me fait sursauter et je bascule en arrière, mon dos percutant le banc métallique. Le choc me coupe la respiration, mais je ne quitte pas Austin des yeux: je suis trop déterminée pour déposer les armes.

—Tu ne vas pas bien du tout pour que je te laisse seul, Austin, asséné-je d'un ton sans réplique. Je ne te partirai pas. Je ne veux pas t'abandonner à… ta douleur, d'où qu'elle vienne. Je ne suis pas un monstre sans cœur…

Les bras d'Austin faiblissent et ses coudes tremblent, leur force sapée par la tristesse. Et puis, soudain, il bascule, vidé… et il s'effondre, la tête sur mes genoux. Assise dans l'herbe, je me raidis tandis qu'une vague de nausée me prend à la gorge. Je lève les mains, et les larmes d'Austin imprègnent mon jean noir élimé.

Respire, Lexi… Une fois… deux fois… trois fois…, compté-je en esprit.

Il me touche. Austin Carillo me touche.

Ça va aller, Lexi…, me rassuré-je. *Il souffre. Il…*

Je me mets à trembler lorsque Austin m'enserre le dos de ses puissants bras tatoués, ses genoux s'agitant dans l'herbe jusqu'à ce qu'il puisse déposer la tête tout contre mon ventre. Je sens ses mains plaquées contre ma colonne, son souffle chaud percer le mince tissu du haut qui me sépare de lui. Il m'enveloppe entièrement… Il va le sentir… le gras… Toute cette graisse…

Mais Austin ne semble rien remarquer de mon malaise. La tristesse le dévaste comme le fait qu'il me touche me dévaste…

Je ferme les yeux, fort, comme si je souffrais, moi aussi. Lorsque je les rouvre, je remarque, là où son tee-shirt noir révèle le bas de son dos, une inscription à l'encre : « Priez pour nous, pauvres pécheurs, maintenant et à l'heure de notre mort. »

Je me focalise sur ces mots pour tenter d'oublier ce contact physique imposé, l'un de mes déclencheurs…

Respire… Une fois… deux fois… trois fois…, répété-je comme un mantra, jusqu'à ce que…

— Lexi… Lexi…, murmure Austin. (Je m'attends à ce qu'il explose, furieux, rageur, mais…) Serre-moi fort, s'il te plaît…

J'arrête de compter.

Ma nausée cesse.

Le monde autour de moi se fige.

Les mains toujours levées, je rive le regard sur les muscles tendus de son cou, écoute les sanglots étouffés qui échappent à sa gorge et, instinctivement, je plaque les paumes contre ses cheveux presque noirs. Ils ont un peu poussé, ces dernières semaines ; ça le rend moins intimidant… Ça lui va bien, je trouve.

Sitôt qu'il sent le contact de mes mains, il me serre fort contre lui, et je retiens ma respiration… Sauf que, cette fois, je m'en remets plus vite : mon corps et mon esprit semblent moins sur la défensive. Les spasmes de panique se font plus courts… Stupéfaite, je baisse les yeux et laisse courir mon regard sur la carrure invraisemblable de Carillo.

NE SOIS PAS NAÏVE, LEXINGTON. TU SAIS BIEN QU'IL TÂTE TES CÔTES : IL TE TROUVE GROSSE… IL DOIT SE DEMANDER COMMENT TU AS PU DEVENIR POM-POM GIRL POUR LA TIDE…, se moque la voix, cherchant à me provoquer.

Je me raidis, mais laisse glisser mes mains jusque sur la peau brûlante d'Austin. Il me serre de plus en plus fort.

— Lexi, me lâche pas, je t'en supplie… Me laisse pas seul avec cette merde, putain… C'est trop…

Je culpabilise de penser ainsi, mais c'est sa détresse contre la mienne… Austin penche un peu plus la tête et immerge son regard d'encre dans le mien. Malgré moi, j'acquiesce et passe les bras à son cou. Il ferme les yeux comme si le contact de ma peau lui offrait un peu de sérénité. Décontenancée par sa réaction, je caresse du pouce le contour de la petite fleur de lys rouge tatouée sur sa nuque, me demandant, perdue dans mes pensées, ce qu'elle peut représenter.

NON, LEXINGTON, NON… NE TE MONTRE PAS TROP TACTILE. IL VA PENSER QU…

Non ! hurlé-je en esprit, étouffant nette la voix vicieuse, avant de la renvoyer aux ténèbres de mon inconscient.

Je reprends aussitôt ma caresse circulaire sur la nuque d'Austin, comme si j'étais en pleine méditation. L'eau de la fontaine toute proche nous baigne d'un chant hypnotique. Un hibou l'accompagne, perché haut dans le pommier. Perdue, je tente de comprendre ce qui est en train de se passer… Je suis avec Austin Carillo. Non : je réconforte Austin Carillo dans l'enceinte de l'hôpital, l'endroit que je hais le plus en ce monde…

Au bout de longues minutes, Austin cesse enfin de pleurer et sa respiration s'apaise. Je n'arrête pas pour autant le mouvement apaisant de mon pouce : c'est ce qui me retient de succomber à la panique.

Se calant naturellement sur le rythme de ma caresse, Austin se met à laisser courir sa main le long de mon dos.

Il compte mes vertèbres ? Elles sont assez saillantes ? Est-ce que… est-ce qu'il…

— Lexi ? m'interpelle Austin d'une voix rauque, m'arrachant à ma crise de panique.

Je cesse aussitôt le mouvement apaisant de mon pouce.

— Oui ? dis-je d'une voix mal assurée.

— Ne parle de ça à personne, OK ?

Il se tourne et se met sur le dos : je vois son visage tout entier désormais, et j'ai l'impression de me perdre dans son regard… Ses yeux d'Italien ont quelque chose d'hypnotique… Je crois même capter un reflet bleu opalin au milieu de toute cette noirceur. Ses cheveux sont assez longs maintenant pour qu'une mèche ébène tombe sur son arcade mate ornée de deux épingles…

— Ce sera notre secret, c'est promis, juré-je.

Austin grimace.

— Un de plus à ajouter à la pile ?

— On cumule pas mal, oui…, soupiré-je.

Il sourit, et mon visage s'éclaire un peu : je suis heureuse qu'il parvienne à plaisanter malgré la douleur qui l'accable.

J'avoue être affreusement curieuse de découvrir la raison de son chagrin.

Sans réfléchir, je dégage de son visage une mèche de cheveux rebelle, et me raidis sitôt que je me rends compte de ce que je suis en train de faire. Je retire ma main et sens mes pommettes rosir.

— D… désolée…

Austin balaie lui-même la mèche de cheveux.

— C'est mieux comme ça ? lâche-t-il d'une voix éraillée.

Ma gorge se serre : il ne s'est jamais comporté ainsi avec moi. Il me parle presque comme… à une amie.

Je découvre sur le côté de son cou une autre fleur de lys, tout aussi fine et délicate. J'en admire les feuilles aux contours complexes.

— J'adore ce symbole. Il représente quoi, pour toi, ce tatouage ?

Le regard d'Austin se met à briller.

— C'est l'emblème de *Firenze*… Désolé : Florence, en Italie. Ma… mère vient de là-bas.

Je ne sais pas pourquoi, mais sa réponse m'attriste… Il y a comme une douleur palpable dans sa voix à l'évocation de sa mère.

Oh non… C'est sa mère qui souffre, alors ?

Je jette un rapide coup d'œil alentour, puis baisse les yeux vers Austin, décidée à détendre un peu l'atmosphère.

— Tu comptes camper sur mes genoux jusqu'au matin ? Juste pour savoir.

Je regrette aussitôt mon trait d'humour : il se redresse, embarrassé, et ses mains quittent mon dos… Je me sens étrangement incomplète, tout à coup.

Il retourne s'affaler sur le banc métallique, ses mouvements lourds de fatigue, et lève la tête vers le ciel. Ses yeux se mettent à luire.

— Ces putain d'étoiles…, maugrée-t-il.

Je lève les yeux pour tenter de comprendre ce qui l'irrite à ce point, mais n'y découvre qu'une nuit typique de Tuscaloosa. Je ne comprends pas tellement comment une nuée de boules de gaz peut avoir quoi que ce soit de contrariant, mais Austin est une véritable énigme, de toute façon : à première vue, c'est un Imperatori jusqu'à l'os, mais, sous les muscles et les tatouages, se cache un cœur dévasté par la maladie d'un proche.

Je profite de son étude attentive des étoiles pour l'observer, lui. Je l'avoue, je le trouve d'une beauté à couper le souffle : ses traits italiens, son air mystérieux, la fresque d'encre qui recouvre sa peau, ses nombreux piercings et les tunnels noirs qui parent ses lobes d'oreilles… C'est la cerise sur le gâteau, pour moi, ces tunnels : je ne sais pas pourquoi, mais ça m'a toujours fait craquer chez les garçons. De toute façon, j'ai toujours préféré les types un peu torturés… Je crois même… qu'ils m'attirent.

Je caresse l'herbe à mes pieds, en cueille un brin et le lève haut, son vert franc rehaussé par la lune.

— Qu'est-ce que tu fais là, au fait ?

Sa voix enrouée me pousse à le regarder.

Il grimace, comme si sa question le rendait nerveux. Je hausse les épaules et fais rouler le brin d'herbe entre mes doigts.

— Je suis venue voir quelqu'un, dis-je, évasive.

Je ne veux pas parler de mon psy : il risquerait de me poser trop de questions sur mon passé. Austin renifle et pose un regard quasi halluciné sur le chérubin qui orne la fontaine.

— Et toi ? Qu'est-ce que tu fais là, Austin ?

Plutôt que me répondre, il tend une main aux doigts tatoués, la place sous le filet d'eau et esquisse un sourire.

— Pourquoi il y a toujours des petits bébés grassouillets à la con sur les fontaines ? Et pourquoi ils les font toujours à poils ?

DES BÉBÉS GRASSOUILLETS À LA CON, LEXINGTON, TU AS ENTENDU ? AUSTIN REMARQUE VITE LES BOURRELETS, LES GENS TROP GROS… C'EST UN ATHLÈTE, APRÈS TOUT. UN ATHLÈTE AU CORPS CISELÉ À LA PERFECTION… CONTRAIREMENT AU TIEN. TU PENSES VRAIMENT QU'IL NE S'EST PAS FAIT LA REMARQUE QUAND IL A PASSÉ LES BRAS DANS TON DOS ? « COMMENT LEXINGTON HART FAIT-ELLE POUR ÊTRE AUSSI GROSSE ? » C'EST CE QU'IL S'EST DEMANDÉ, À COUP SÛR.

— Hé ! Lexi ! (Le contact de la main d'Austin sur la mienne m'arrache avec violence à mes angoisses ; il m'observe, l'air préoccupé.) Faut que t'arrêtes avec ça…

Un accès de panique m'envahit.

— Avec quoi ?

— Tu déconnectes total… Tu te figes et tu blêmis, les yeux dans le vague.

Je ne lui réponds pas, mais plonge mon regard dans le sien.

— Qu'est-ce que tu fais ici, Austin ? Qu'est-ce qui te rend si triste ?

Austin déglutit, et je vois sa pomme d'Adam animer la colombe aux ailes déployées tatouée sur sa gorge.

Mon sang se glace : une colombe. L'oiseau me rappelle les jours où l'on m'a placée à l'hôpital contre mon gré. Je balaie aussitôt cette pensée de mon esprit.

Austin ramène les jambes contre son torse et les entoure de ses bras comme pour se protéger.

— Ma mère est en phase terminale, confesse-t-il dans un murmure, les yeux rivés au sol. Ils l'ont hospitalisée ce soir.

— Austin…

J'aurais aimé répondre autre chose, mais l'aura qu'il dégage crée autour de lui comme un rempart de pierre : de toute évidence, il ne veut pas de ma pitié. Il est trop fier pour ça…

Austin dévisage l'herbe à ses pieds, perdu dans ses pensées.

— Une putain de blouse blanche m'a fait quitter son chevet pour m'expliquer, dans une chambre à part, qu'elle n'avait plus que quelques mois à vivre… Quelques mois, Lexi. Elle sera morte avant de me voir drafté en NFL… (Ses larmes font naître les miennes.) Je ne peux pas y retourner… Je n'arrive pas à me dire que je vais remonter dans ce putain d'ascenseur pour me caler dans sa piaule et la regarder agoniser, grimacer un sourire pour faire comme si tout allait bien, alors que je sais que, l'année prochaine, à cette même date, elle ne sera plus là.

Il lève les yeux vers moi et me dévisage comme s'il attendait une réponse, comme si je savais quoi faire, quoi dire pour le tirer de là.

— Comment je suis censé affronter ça, Lexi, hein ? Je suis censé faire comment, putain, pour m'occuper de ma mère, avoir mon diplôme, assurer sur le terrain et gérer les conneries de mon connard de frangin ?

— Qu'est-ce qu'elle a, au juste, ta mère ? demandé-je d'une petite voix, doutant qu'il me réponde.

— Une SLA, lâche-t-il, avant de comprendre à mon air incertain que j'ignore ce que c'est. La maladie de Charcot. Une maladie neurodégénérative des motoneurones, si tu veux la formule complète… En résumé, ses nerfs sont foutus. Elle peut à peine marcher et parler. Bientôt, elle ne pourra même plus lever les bras… Jusqu'à ce qu'elle ne puisse plus déglutir. Mais tu veux savoir ce qu'il y a de pire encore, avec cette merde ? C'est que ça n'affecte pas son esprit, pas le moins du monde. Mentalement, elle n'a pas changé d'un pouce, c'est juste que son corps se déconnecte petit à petit de son esprit. Tu imagines ? Tu veux parler, mais tu es incapable de bouger les lèvres ; tu veux danser, mais tu ne peux même pas lever le pied… Elle est prisonnière, Lexi, prisonnière de son propre corps, et moi, je suis censé rester là sans rien faire, à la regarder en chier… C'est pas de la putain de perversion, ça ?

Je me redresse, avance à genoux jusqu'au banc, puis m'installe à côté d'Austin. Comme je ne trouve aucun mot de réconfort, je serre sa main dans la mienne… Il tourne le regard vers nos doigts réunis, mais je reste silencieuse.

C'est incroyable, pour moi, ce que je viens d'accomplir.

Cela peut paraître étrange, mais je sais que c'est un progrès, une victoire…

Qui aurait cru qu'Austin Carillo aiderait un jour à ma convalescence ?

— Désolé de te la jouer plus chatte que couilles, là… Faut toujours que tu croises ma route quand je suis au fond du gouffre…, annonce Austin, brisant un silence devenu inconfortable.

La crudité de son langage me laisse bouche bée, mais je ris et secoue la tête.

—Aucun souci, vraiment. Et tu ne me l'as pas joué… plus chatte que… couilles, comme tu dis.

Austin me sourit… Mon cœur réalise une triple rondade entre mes côtes et, craignant la crise cardiaque, je porte une main à ma poitrine. Cette sensation inédite me choque… Je n'ai jamais rien ressenti de tel.

—Si, si. Mais bon, comme tu m'as prouvé que tu savais te faire muette comme une tombe, je sais que je n'ai pas à m'en inquiéter.

—Austin ? attiré-je son attention, nerveuse.

—Hmm ?

—Le médecin à qui tu as parlé…

Austin se retourne légèrement vers moi, sans rompre le contact de nos doigts enlacés.

—Oui ? Quoi ?

—C'est mon père.

Il serre les dents et détourne le regard.

—Putain, c'est pas vrai…

—Il ne dira rien. Il ne peut pas, de toute façon. En fait, je t'ai vu t'enfuir de la salle d'attente privée… Il ne sait même pas que je suis venue te retrouver, expliqué-je de façon à dissiper tout doute sur le professionnalisme de mon père.

Il me regarde de nouveau et se renfrogne.

—Et quand tu as dit à ton père que tu me connaissais, comment il l'a pris ?

Je rougis, embarrassée, et, quand je m'apprête à lui répondre, je referme aussitôt la bouche, incapable d'articuler le moindre mot.

Il hausse un sourcil.

—À ce point ? Dis donc…

Je pouffe malgré moi et place aussitôt une main devant ma bouche : rire ici, dans ce jardin, me gêne un peu… Par contre, je suis surprise de constater que plaisanter avec Austin m'est assez facile.

Il pouffe à son tour.

— Te bile pas… Je me doute qu'un ex-Imperatori ne compte pas parmi les amis rêvés de papa et maman pour leur fille chérie.

— Pourquoi est-ce que tu ne te définis que par rapport à ce gang auquel tu n'appartiens même plus ?

Austin me regarde droit dans les yeux.

— Parce que les gens ne voient que ça, de toute façon : il n'y a jamais personne pour gratter un peu, jeter un coup d'œil sous la surface…

Il tapote l'étoile sur sa pommette gauche et le mot « Imperatori » sur son cou.

— Tu ne peux pas les faire retirer au laser ? lui suggéré-je.

Austin se marre et jette la tête en arrière, mais il s'arrête en voyant ma grimace vexée.

— Nan, Lexi, pas possible.

— Mais tu…

— Lexi : je peux pas les faire retirer. C'est pas comme ça que ça marche…, répond-il, péremptoire, m'indiquant par là qu'il préférerait que nous changions de sujet.

Il regarde au loin, emporté sans doute par les souvenirs d'un passé bien sombre…

— Eh bien, moi, je vois plus en toi que ce que tu montres. Bien plus. Je vois un garçon qui s'occupe presque seul de sa mère, un garçon effondré de la voir si malade. Un gars qui a réussi à s'extirper de l'enfer pour se donner une chance de vivre un avenir meilleur…, murmuré-je d'une traite, presque trop vite.

Austin ne fait aucun commentaire et, par manque de courage, je baisse les yeux.

Il se lève lentement, et son regard se rive sur la porte. Pourtant, il ne bouge pas.

— Il faut que j'aille dire bonne nuit à ma mère, me souffle-t-il.

— D'accord. J'espère qu'elle se sent un peu mieux.

Je ne bouge pas de ma place. Je préfère attendre ici qu'il soit parti. La soirée a déjà été assez intense comme ça… Sauf qu'Austin ne s'en va pas. C'est comme s'il avait littéralement pris racine.

— Austin…

— Tu veux m'accompagner ? me demande-t-il soudain.

Je fronce les sourcils, totalement désarçonnée par sa demande. Devant mon silence, Austin se tourne vers moi, le regard interrogatif.

— Tu veux que je t'accompagne ? répété-je, dubitative.

— Si je te le demande, c'est probablement que j'en ai envie, non ? hasarde-t-il en se frottant la lèvre supérieure avec nervosité.

Austin est visiblement embarrassé, mais il n'a aucune envie de se retrouver seul.

Je me lève, portée par une chaleur naissante dans ma poitrine : Austin m'attend. Austin immense, Austin menaçant… et il a besoin de moi à ses côtés.

Alors, je lui emboîte le pas en silence.

Si Austin ne dit pas un mot durant notre trajet dans l'ascenseur, il ne s'éloigne jamais de moi… Je sens son eau de Cologne aux fragrances rafraîchissantes, perçois sa chaleur…

Il n'y a, entre nous, que le silence.

Le silence… Le… silence !

La voix dans ma tête n'est pas intervenue depuis un moment… C'est la première fois depuis des jours que je suis libérée de ses moqueries et invitations incessantes.

Le « ding » de l'ascenseur me fait sursauter, et les lourdes portes métalliques s'ouvrent devant nous. Je sors et pose un pied dans l'aile médicale… seule. Les portes commencent à se refermer, et j'y plaque mes mains à la hâte pour les pousser à se rouvrir : Austin se tient toujours dans la cabine, immobile… Pour la deuxième fois ce soir, mon cœur se brise devant tant de souffrance.

Je reviens me placer devant lui et pose une main hésitante sur son bras. Il braque aussitôt sur moi son regard ténébreux.

— Ça va aller ? lui demandé-je d'une voix prévenante.

Il s'éclaircit la gorge et acquiesce. Je lui souris pour l'encourager, et il me guide le long du couloir jusqu'à une porte fermée.

Qu'il n'ouvre pas.

Austin baisse la tête.

— Putain, mais qu'est-ce qui m'arrive, merde ?

Les doigts noués, indécise, je prends finalement sur moi de placer une main dans le dos d'Austin.

— Tu es sous le choc, c'est normal, vu la situation.

Il relève la tête, fait craquer son cou à gauche, à droite, puis me regarde longuement sous ses longs cils bruns envoûtants. La reconnaissance sur son visage aux traits tirés me prend aux tripes.

— Merci, Lex.

Après une dernière caresse dans son dos, je fais un pas en arrière et le laisse ouvrir lentement la porte : immédiatement, mon regard croise celui d'une femme magnifique, allongée sur l'un des lits trop étroits de l'hôpital. Mon cœur se serre.

La mère d'Austin.

— *Ciao. Stai bene, mamma?* la salue Austin en italien.

J'écarquille les yeux, surprise : sottement, je ne m'étais jamais dit qu'il parlait italien. Il venait, quelque part, de me confier un nouveau secret.

— *Sto bene… mio caro*, lui murmure Mme Carillo d'une voix à peine audible, les yeux toujours rivés sur moi.

Et moi, je reste là, hypnotisée par cet Austin inconnu qui se révèle à mes yeux. Il est beau comme ça, au chevet de sa mère… Mais je dois avouer que, plus le temps passe, plus je le trouve beau, près de sa mère ou non. Accablée par la faiblesse, elle lève une main fragile et la pose sur le bras de son fils.

— *Austin… chi è?*

Austin tourne les yeux vers la porte… et vers moi, toujours plantée là, à l'entrée de la chambre, épiant sans pouvoir m'en empêcher ce fragment de leur intimité. Il m'adresse un sourire timide.

— Lexi, *mamma*. C'est mon… amie ? (Il a prononcé ce dernier mot comme s'il attendait mon approbation, et je sens aussitôt mon cœur sourire…) Elle rendait visite à quelqu'un, et je l'ai croisée en bas. Elle m'a accompagnée jusqu'à ta chambre.

— *Vieni… qua, mia cara…*, m'interpelle Mme Carillo, et je me tourne vers Austin pour qu'il me traduise ce qu'elle vient de dire.

Austin se lève, avance dans ma direction et s'arrête au pied du lit de sa maman.

— Elle te demande de venir près d'elle, m'explique-t-il, décontenancé.

Un peu gênée, j'entre et viens me placer maladroitement près d'Austin. Il lâche un petit rire amusé et, lorsque je relève les yeux vers lui, il désigne sa mère d'un geste du menton.

— Vas-y, elle aimerait te rencontrer.

La tête basse, j'approche de la tête de lit et admire la beauté de cette femme aux longs cheveux noirs. Ils tombent dans son dos, rehaussant sa magnifique peau hâlée et ses yeux cannelle. Mme Carillo est d'une beauté à couper le souffle.

— Enchantée… de te rencontrer… Lexi…, m'accueille-t-elle d'une voix douce, rythmée par un fort accent italien.

Elle marque des pauses régulières entre les mots… Je vois sans mal que parler est pour elle une véritable souffrance, et ne peux m'empêcher de la plaindre…

— Enchantée également, madame.

— Chiara.

Je lui souris.

— Enchantée, Chiara.

— *Ah… lei è bella*, dit-elle à Austin, qui est allé se poster de l'autre côté du lit. (Elle lâche un petit rire sifflant.) *Un… piccolo folletto oscuro…*

Austin décoche à sa mère un sourire amusé et me regarde, les yeux rieurs.

— *Si. Lo è.*

Je fronce les sourcils, un peu perdue.

— Qu'y a-t-il ?

Austin secoue la tête et cache son sourire derrière sa main. Mme Carillo se tourne de nouveau vers moi.

— Tu es… dans… l'université de… mon Austin ?

Je me raidis. Lançant un rapide coup d'œil à Austin, il me suggère d'acquiescer d'un hochement de tête insistant.

De toute évidence, il ne veut pas d'une discussion sur les Imperatori dans cette pièce…

— Oui, madame. Je fais partie de l'escouade de pom-pom girls de la Crimson Tide.

Mme Carillo sourit, mais seul son côté droit s'anime. Même avec cette légère perte de contrôle musculaire, elle reste l'une des plus belles femmes que j'ai jamais vues.

— Ah… Le foot… Je suis… si fière… Austin… si doué…

Elle grimace, tente de changer de position sur le lit, et Austin se relève d'un bond pour l'aider à se tourner un peu sur le flanc.

— *Grazie… mio caro*, dit-elle, les dents serrées, avant d'incliner à grand mal la tête vers moi. *Scusami, Lexi…* Je suis fatiguée… La maladie…

— Dors, *mamma*, l'invite Austin en remontant la couverture jusque sur ses épaules. Je reviens bientôt, de toute façon.

— D'accord… Tu raccompagnes… Lexi. Il est tard… Fais attention à… elle…

— Oh non, c'est gentil, mais je vais me débrouiller, ce n'est pas la peine, dis-je. J'ai ma voiture et…

Mme Carillo lève une main tremblante vers moi, et je me tais aussitôt.

— Austin va… te raccompagner… chez toi… C'est un garçon… sérieux et… honnête… D'accord, *mio caro*? ajoute-t-elle à l'attention d'Austin.

Il me dévisage un moment, dérouté, mais adresse finalement à sa mère un sourire assuré.

— Eh bien… *certo, mamma*. Je vais la raccompagner. *Lo giuro*.

— Bon garçon… (Ses yeux se ferment, et elle poursuit dans un murmure.) *Ti voglio bene… Austin… Ciao, Lexi…* grand plaisir… de… te rencontrer… Reviens me voir… bientôt…

Et, sur ces mots, elle s'endort doucement, et je dois contenir mes larmes devant la tendresse infinie du regard qu'Austin pose sur sa mère assoupie. Bientôt, il se lève et va allumer un vieux tourne-disque dans un coin de la pièce : une larme m'échappe et roule sur ma joue lorsque les voix apaisantes de l'*Ave Maria* s'élèvent du petit haut-parleur. Austin se tourne vers moi et hausse les épaules, presque gêné.

— Ça lui redonne chaque fois le sourire…, se contente-t-il de commenter.

Je crois que c'est à cet instant précis qu'Austin Carillo a ravi mon cœur…

Il m'invite à sortir d'un geste de la main, et je m'essuie discrètement la joue. Lorsque la porte de la chambre de Chiara Carillo se referme, je me mets à trépigner, nerveuse.

— Elle t'aime bien, m'annonce Austin après quelques secondes de silence, se mordillant la lèvre supérieure.

Je ne sais pas vraiment pourquoi, mais cette idée me fait du bien.

— Moi aussi, je l'aime bien. Elle est magnifique, Austin…

Il acquiesce, mais semble incapable de parler. Je lis sur son visage ce qu'il aurait aimé me dire : « Mais elle ne sera plus là très longtemps… »

— Tu étais vraiment adorable avec elle, lui dis-je en posant une main apaisante sur son épaule musculeuse.

— Adorable ?

Il a presque l'air horrifié…

— Oui, monsieur le gros dur : adorable.

— Ah… Je vais devoir le rester encore un peu, en plus, vu ce que j'ai promis à ma mère, non ? (Il se dirige vers les ascenseurs et me lance un regard par-dessus son épaule.) Tu viens, Clochette ?

Je croise les bras.

— Clochette ? Pourquoi tu m'appelles Clochette ?

Austin appelle l'ascenseur et incline la tête sur le côté.

— Ma mère trouve que tu ressembles à une petite fée un peu *dark*. (Il me regarde droit dans les yeux, une étincelle malicieuse dans le regard.) Je suis entièrement d'accord avec elle.

J'aimerais simuler la vexation, mais ses mots m'emplissent de fierté : pour moi, « fée » rime avec « petite et mince »… Est-ce qu'Austin et sa mère me trouvent mince ?

Rien que d'y penser, j'ai l'impression d'être perchée sur des épaules de géants et de dominer le monde…

Les portes de l'ascenseur s'ouvrent.

— Tu es garée où, du coup ?

— Dans le parking, au rez-de-chaussée. Et toi ?

— Nulle part. Je prends le bus, moi. Je n'ai pas de voiture, contrairement à… certaines.

— Tu veux que je te dépose sur le campus ? proposé-je, jouant avec les manches de mon haut que j'ai tirées, une fois de plus, jusque sur mes paumes.

Austin lève une main… et, suspendues à ses doigts, je découvre mes clés de voiture. Il sourit.

— C'est moi qui conduis, donc, techniquement, c'est moi qui vais te déposer.

La bouche m'en tombe, et, lorsque je vérifie le sac que je porte en bandoulière, je le retrouve ouvert. Quand je relève les yeux, Austin sourit jusqu'aux oreilles.

— Comment est-ce que tu…

— J'ai grandi dans un lotissement de mobile homes, j'ai volé de la bouffe et du blé pour survivre pendant des années et j'ai fait partie d'un gang. Crois-moi : te faire les poches, c'était pas trop compliqué. (Il baisse les yeux vers le trousseau et secoue la tête, l'air déçu, avant de relever son regard vers moi.) Par contre, une Prius, Clochette ? Ton père est médecin, merde : t'aurais pas pu me sortir une Porsche ?

Je n'ai qu'une envie, sincèrement : lui montrer que je suis vexée… mais il me divertit trop pour que je prenne la mouche. Qui aurait cru que je m'amuserais sincèrement un jour ? Et surtout, qui aurait cru que ça m'arriverait avec Austin Carillo ?

Austin gare la voiture sur mon emplacement privé, puis coupe le moteur. Nous n'avons pas vraiment parlé durant le trajet, profitant d'un album de Lacuna Coil, l'un de mes groupes préférés, dans le silence d'un plaisir partagé.

— C'est parti, lâche Austin en sortant de la voiture.

J'ouvre ma portière et sors sur le parking.

— Je peux rentrer seule d'ici, lui lancé-je par-dessus le toit de la voiture. Pas de souci.

Austin balaie la zone du regard, et je sens une légère vague d'inquiétude m'envahir. J'ai l'impression qu'il traque d'éventuels Imperatori…

— Je te raccompagne jusqu'au foyer de la sororité.

Je hausse les épaules et vais le rejoindre sur le trottoir. En fait, je me rends compte que la perspective qu'il me raccompagne me plaît assez…

Quelques minutes plus tard, Austin tire sur ma manche pour que je m'arrête : quand je me retourne, je lui trouve un air bizarre.

— Bon, Clochette… On se voit demain soir ? lâche-t-il sans croiser mon regard.

Je me fige, interloquée.

— Se voir… demain soir ?

Il se rapproche, et je perçois son parfum si singulier, celui qui fait naître en moi des images de pluie d'été sur l'asphalte brûlant… Il m'ensorcelle.

— Oui. Toi, moi, ensemble, loin d'ici. Seuls.

J'avale ma salive, le souffle court.

— Tu me proposes un… un rencard, c'est ça ?

Austin se fige et grimace.

— Je te propose de taper la discut' avec moi demain soir. On se retrouve, on parle… comme aujourd'hui. Pas de rencard au programme, merde. C'est pas ma came.

Je doute que ce soit une bonne idée.

— Hmm… Je ne sais p…

— Je veux juste qu'on rouille un peu ensemble. Qu'on discute.

Un frisson me parcourt la nuque, et je me sens étrangement plus légère, soudain… Je sais que je suis en train de rougir.

— Oui, murmuré-je en hochant la tête. J'aimerais qu'on se retrouve demain soir.

Je ne suis pas sûre, mais j'ai l'impression qu'Austin lâche un soupir de soulagement. Il recule d'un pas, se retourne et commence à s'éloigner, marquant une dernière pause pour jeter un regard par-dessus son épaule.

— Le pavillon. Dix-neuf heures.

J'agite mes doigts nerveux contre mes lèvres, acquiesce, puis me dirige vers la porte du foyer.

Austin Carillo est le premier garçon à me proposer un… Pour tout dire, je ne sais pas vraiment comment le définir…

Mais il l'a fait.

Chapitre 11

Lexi

— Et tu vas où, pomponnée comme ça ?

Cass est calée dans l'encadrement de la porte, les bras croisés.

Je passe à mon lobe ma boucle d'oreille cloutée en argent, puis tire sur le tissu de ma longue robe noire : elle tombe jusque sur le sol, et j'aimerais qu'elle ne moule pas trop ma silhouette.

— J'ai juste une sortie avec des amis de l'escouade, lui dis-je, embarrassée de servir un mensonge aussi éhonté à ma meilleure amie.

Cass entre dans ma chambre, referme la porte et vient s'asseoir à sa place habituelle, sur le canapé.

— Oh, super…

Je lâche un soupir devant sa mine tristoune et vais me planter devant elle.

— Quoi donc ?

Elle hausse les épaules.

— C'est juste que j'ai l'impression que tu te détaches de moi depuis quelques semaines. Tu n'as pas l'air dans ton assiette ces derniers temps. (Elle étudie ma réaction, mais je garde un visage impassible.) Il t'est arrivé une tuile ?

Je secoue la tête.

— Non.

Elle se penche et se passe une main sur une joue.

— Tu ne manges plus avec nous. Genre, jamais. T'es plus jamais là, et notre petit de rayon de soleil à nous a l'air de moins en moins lumineux…

— Cass…

— T'es ma meilleure amie, Lex, ma sœur depuis presque trois ans dans cette fac, et je sais qu'il y a une couille dans le potage. Molly et Ally ont leurs délires à côté – les études, d'autres groupes de potes… –, mais toi et moi, on a toujours été collées l'une à l'autre.

La culpabilité me noue l'estomac, mais comment lui dire que la nourriture est plus que jamais mon ennemie, ces temps-ci ? Et je peux encore moins lui parler d'Austin.

Je pose une main sur sa joue.

— Je vais bien, Cass. Tu surinterprètes, je t'assure… Je suis très occupée avec l'escouade, cette année, et ce rythme-là, c'est nouveau pour toi, c'est tout. Et puis, tu as Jimmy-Don. Mais entre nous, rien n'a changé, OK ? Je te le promets.

Cass me regarde une seconde de trop à mon goût, et je crains qu'elle ait vu clair dans mon jeu. Mais, lorsqu'elle se frappe la cuisse et se relève en souriant, je sais que nous sommes rabibochées. Elle jette les bras à mon cou et m'offre un câlin d'ourse : je ferme les yeux et contiens une crise de panique. Dans un mouvement surpris, Cass se détache soudain de moi et me dévisage des pieds à la tête.

— Ben merde, ma cochonne, t'as perdu du poids, non ? Je sens tes côtes, là, merde !

J'en reste muette, et mon pouls s'accélère : elle a découvert mon secret. Elle sait !

Mais, par chance, elle balaie sa remarque d'un revers de la main et sort de ma chambre.

— Je connais un resto à burgers à se damner ! On ira te gaver là-bas bientôt. Tu fais trop de sport, ma fille. Ramollis-moi un peu tout ça, ou tu vas tomber malade !

Je reste là, plantée au milieu de la pièce, faisant mon possible pour recouvrer mon calme. Je suis passée bien trop près de la catastrophe…

Quand j'ai enfin fini de trembler, je récupère mon sac et prends le chemin du pavillon, profitant du trajet pour imaginer un moyen d'échapper à la séance burgers…

Austin m'attend devant la porte du pavillon d'été et me mène aussitôt au Dodge de Rome Prince. Dès que je monte dans le pick-up, je suis prise de nausée, frappée par la forte odeur de grillades qui baigne la cabine. Impossible que j'avale ça… Il faut que je trouve une excuse pour ne pas y toucher. Je vais dire que j'ai déjà dîné, quelque chose dans ce goût-là. Je ne peux pas manger comme ça, en face de lui…

Austin monte d'un bond dans le pick-up et grimace en voyant mon air troublé.

— Ça va ?

Je balaie une mèche de cheveux de mon visage et tente de dissimuler au mieux mon stress.

— Super. Je me demandais juste où on allait, et… oui, je suis désolée, mais j'ai déjà mangé, prétexté-je en désignant le sac de grillades à l'arrière.

Il hausse les épaules.

— Pas de souci. J'ai chopé ça parce que j'ai pas encore graillé, moi, et qu'on a de la route avant d'arriver à destination. Mais je boufferai ta part, te bile pas.

Je soupire discrètement et essaie de me détendre tandis que nous sortons du campus.

— Où est-ce qu'on va, alors ?

— À la cambrousse, se contente-t-il de répondre.

Il allume la radio, bascule sur ma station rock préférée, et les haut-parleurs se mettent à cracher *Ever After* de Marianas Trench.

— J'adore ce morceau…, murmuré-je en regardant le paysage défiler à travers la vitre.

— Moi aussi. Content de rencontrer quelqu'un qui apprécie la vraie musique, et pas cette merde de péquenauds qui te pète les oreilles où que t'ailles dans ce putain d'État…

Sa remarque me met à l'aise, m'enthousiasme, même, et je lui souris. Je ne comprends pas comment, après tout ce qui s'est passé ces dernières semaines, je peux me sentir aussi bien, ici, assise à côté d'Austin Carillo.

Mais c'est le cas.

Chapitre 12

Lexi

Une heure plus tard, au milieu de nulle part, Austin arrête le pick-up près d'une rivière et saute hors de la cabine.

— On est arrivés, Clochette.

Je scrute les environs à travers la vitre et fronce les sourcils. Arrivés ? Où ça ? Il n'y a rien, ici…

Austin ouvre ma portière, me prend par la main, me fait descendre du pick-up et me guide à l'arrière du véhicule. Là, il agrippe doucement ma taille pour me soulever, mais je sursaute et il me lâche aussitôt.

— Je peux monter toute seule, prétexté-je.

Si ma réaction l'a interpellé, il n'en montre rien. Une fois à l'arrière du pick-up, je découvre une couverture déjà dépliée. Le véhicule cahote lorsque Austin monte à son tour : il passe une main nerveuse dans ses cheveux, puis vient s'installer près de moi, le regard rivé sur un décor à couper le souffle…

— Austin… la lune. Pourquoi est-ce qu'elle est si grosse ? murmuré-je, subjuguée.

La lune orangée me semble d'une taille irréelle et d'une proximité impossible. J'ai presque l'impression qu'il me suffirait de tendre la main pour la toucher. Elle est là, immense, posée paisiblement sur l'horizon, et son reflet s'étire à la surface de l'eau jusqu'à nous.

— Je n'ai jamais rien vu d'aussi magnifique…

— C'est une super lune. Elle est au point de son orbite le plus proche de la Terre, ce soir. Mais une taille et une proximité aussi prononcées, c'est surtout une illusion d'optique.

— Comment ça ?

— Quand elle est basse sur l'horizon, elle nous apparaît gigantesque, mais, en réalité, elle n'est pas plus grosse que d'habitude, m'explique Austin.

Je le regarde et ne peux m'empêcher de ciller, déroutée.

— C'est pour ça qu'on s'est éloignés autant de la ville ? Pour la voir comme ça ?

Austin s'agite avec nervosité, visiblement gêné, et m'adresse un bref hochement de tête.

— Les super lunes sont rares : si on veut vraiment profiter du spectacle, il faut s'éloigner un maximum de la ville et de sa pollution lumineuse.

Il embrasse les étoiles d'un geste de main… Le ciel est paré de tant de joyaux, ce soir, qu'il semble ne plus y avoir de place là-haut pour les ténèbres. Partout, les étoiles flamboient. Jamais je n'ai assisté à un tel spectacle.

— Austin… C'est magnifique… Je… C'est à peine croyable, on se croirait en plein rêve…

Sentant sur moi son regard intense, je baisse les yeux, les joues rosies. Austin s'éclaircit la gorge et ouvre son grand sac de grillades.

J'entoure mes jambes de mes bras. Austin s'empare d'un énorme morceau de viande, s'adosse contre la paroi du pick-up et se tourne vers moi. Je ne peux m'empêcher de lui sourire.

— Quoi ? me demande Austin, suspicieux.

— Je ne m'imaginais pas que tu aimais ce genre de choses, confessé-je en désignant le ciel. L'astronomie. Les super lunes, les étoiles…

Il hausse les épaules, l'air gêné… mais ne commente pas plus que ça ma réponse.

— T'es sûre que t'en veux pas ? me demande-t-il en brandissant le sac bedonnant de nourriture.

Je fais « non » de la tête. Austin jette le sac sur le côté, suçote le jus de viande sur ses doigts et détourne le regard pour profiter de la vue. J'en fais autant.

— Comment va ta maman ?

Il lâche une longue expiration sifflante, puis se ressaisit.

— Toujours à l'hosto. Mais je l'ai vue, aujourd'hui, ça avait l'air d'aller un peu mieux.

— Désolée qu'elle soit malade, Austin. La vie est injuste parfois.

Austin se tourne vers moi.

— Ah oui ? Tu en as fait l'expérience, Clochette ?

Je me raidis, mes muscles tendus jusqu'au dernier, mais tente aussitôt de me calmer. Je lis à l'air intrigué d'Austin qu'il a perçu mon stress.

— Je le sais, c'est tout. Il y a parfois un gouffre entre les apparences et la réalité.

Un silence aussi inconfortable qu'éloquent pèse entre nous quelques secondes…

— Je ne te le fais pas dire, Clochette, acquiesce-t-il en s'allongeant sur la couverture. Tu devrais te foutre sur le dos, la vue est encore plus dingue quand on est couché.

Je me passe la langue sur les lèvres avec nervosité, m'allonge lentement et rive le regard sur le ciel nocturne. Austin me montre une constellation.

— La Grande Ourse.

Je regarde dans la direction qu'il m'indique de l'index et suis des yeux le tracé qu'il exécute, la main en l'air.

— C'est magnifique…, murmuré-je, perdue en plein rêve.

— La Petite Ourse, poursuit Austin, et je l'écoute, hypnotisée. Cassiopée, le Dragon…

Il continue ainsi, me guidant tel Virgile dans le complexe océan d'étoiles. Mais très vite, je délaisse le ciel nocturne pour admirer l'air insouciant et joyeux qui illumine son visage d'ordinaire si dur.

Il est superbe… et il a tellement plus à offrir que ce que j'imaginais.

Il prend une profonde inspiration et frôle mes doigts des siens… Un soupir satisfait échappe à ses lèvres charnues tandis qu'il commence à caresser le dos de ma main. Je me sens plus légère tout à coup, et plus encore lorsqu'il baisse les yeux et suit ses gestes d'un regard rêveur.

— Pourquoi est-ce que tu aimes tant les étoiles ? murmuré-je tout en essayant de réprimer les frissons intenses qui remontent le long de mon bras.

— *Niente può essere paragonato alla bellezza delle stelle*, répond-il, l'italien s'échappant de ses lèvres comme un ruban de velours…

— Qu'est-ce que ça veut dire ?

— Rien n'égale la beauté des étoiles…

Plus j'observe Austin, plus je me demande comment quelqu'un comme lui a pu rejoindre un gang… En plus d'être un sportif talentueux, il est riche de cette facette nouvelle que je lui découvre : cette sensibilité, cette poésie…

— Austin ?

— Hmm ?

— Comment tu t'es retrouvé avec les Imperatori ?

Il cesse de caresser ma main et revêt son masque dur et froid. Je pose une paume bienveillante sur son bras.

— Je ne te juge pas, c'est promis : j'essaie juste de mieux te comprendre.

Il roule sur le côté pour me faire face, et je l'imite.

— D'où je viens, peu de gosses s'en sortent, Clochette. La plupart se paient des parents qui picolent, se cament ou dealent. La chance qu'on a eue, c'est d'avoir notre mère. Elle s'est toujours démenée pour nous éviter l'enfer.

Il ferme les yeux et grimace en pensant à sa mère malade. Je pose une main sur la sienne et, un peu nerveuse, je prends ses doigts dans ma paume. Ses paupières papillonnent, et il se mordille la lèvre… Lorsqu'il la relâche, elle brille, humide…

— Mon frère Axel vit avec les Imperatori depuis toujours : il aime ça. Mais moi, j'étais différent, comme notre petit frère, Levi. (Il serre ma main un peu plus fort.) Et puis, ma mère est tombée malade… et tout a changé. On avait besoin de blé. Je me suis retrouvé à dealer pour gratter autant de fric que possible.

— Et… comment tu en es arrivé à jouer pour la Tide ?

— J'étais bon : le coach m'a recruté.

— Ce n'est pas ce que je voulais dire…, me corrigé-je.

— Je sais. Ce que tu veux savoir, c'est comment j'ai réussi à quitter le gang.

— Oui.

Il ferme les yeux et serre les dents, comme s'il revivait un souvenir…

— Grâce à Ax'. C'est lui qui m'a sorti de cette merde. Je m'en souviens comme si c'était hier : j'assurais dans la rue, au point d'impressionner le boss du gang, Gio. C'était cool parce que, du coup, on touchait plus de blé pour aider maman, mais craignos, parce que je devenais utile à ses yeux. Trop pour qu'il me laisse partir. Je venais de boucler un deal avec un groupe de camés, je m'en retournais au quartier, et Gio m'a appelé pour me convoquer dans son mobile home. « J'ai appris deux, trois trucs sur toi, Carillo… », il m'a dit, glacial. J'ai cru que j'allais crever sur place. Je me rappelle avoir regardé en direction de la porte, priant pour qu'Axel déboule pour me tirer de là. Gio me terrifiait. « Paraît que tu fais parler de toi au lycée… T'assures au foot, c'est ça ? » Il ne pouvait pas savoir que j'avais décroché une bourse : seuls les membres de ma famille étaient au courant, et Gio n'en faisait clairement pas partie. « J'ai entendu dire que la Tide t'avait offert une bourse. Tu comptais garder ça pour toi encore longtemps ? » J'ai compris que ses gars m'avaient à l'œil. J'étais devenu trop utile, et il ne me laisserait pas filer. Il a contourné la table de sa cuisine pour se planter devant moi. « Tu crois quoi ? Que tu peux te barrer comme ça, en abandonnant tes frères ? » Là, il s'est mis à rire… Il m'a littéralement ri à la gueule… « C'est pas comme ça que ça marche, mon pote. T'as prêté serment. T'es encré. Imperatori pour la vie. » Je te le dis cash, Clochette : j'ai cru qu'il allait me buter.

— Et ensuite ? demandé-je, accrochée à ses lèvres.

— Il m'a plaqué contre le mur. « Écoute-moi bien, petit con : tu crois que tu vaux mieux que moi parce que tu cavales comme une putain de gazelle ? » Il était furieux contre moi, Clochette, furieux. Trop pour me laisser partir. J'allais crever, c'était certain. Et là, je l'ai entendu : « Gio, lâche-lui les couilles, putain ! » Gio s'est figé, et j'ai senti mon cœur marteler mes côtes comme jamais. C'était la voix d'Axel… et Gio a volé en arrière. Il s'est redressé et s'est jeté sur Ax', mais mon frangin est un vrai colosse, il peut refroidir n'importe qui, c'est même pour ça que Gio le garde toujours près de lui. Mon frère… c'est un putain de tueur, Clochette, un vrai… « Tu savais que la Tide lui avait filé une putain de bourse et t'as rien dit, bordel de merde ? » lui a hurlé Gio à la gueule. Ax' s'est retourné vers moi et j'ai baissé les yeux : je crevais d'envie de profiter de cette bourse, et il le savait. Ma mère aussi en rêvait, et ça aussi, il le savait. Mais je n'avais pas la moindre idée de comment je pourrais, un jour, poursuivre ce rêve… Gio avait raison : dans cette vie – la vie de merde qu'on a tirée à la grande loterie du destin –, ce dont tu rêves, tout le monde s'en branle. Ça n'a pas la moindre importance. La seule chose qui compte, c'est de faire du blé et d'assurer les arrières de tes frangins : ce code d'honneur, c'est notre seule loi dans ce trou à rats…

Je ne sais pas quoi lui répondre : je n'arrive même pas à imaginer comment on peut vivre ainsi. Il a dû affronter tout cela uniquement pour avoir le droit de suivre des études. Pour donner une chance à ses rêves…

— Axel a entraîné Gio dehors pour qu'ils « discutent » pendant que, moi, j'attendais comme un con à l'intérieur. J'ai eu l'impression que leur « discussion » n'en finirait jamais, mais, au bout d'une éternité, la porte s'est rouverte et Axel est rentré sans Gio. Il s'est approché de moi et il a prononcé des mots irréels, inconcevables… « T'es libre, petit frère… » Je suis resté comme un con devant lui, bouche bée, et Ax' a éclaté de rire. « Le gang, c'est fini pour toi : Gio te fera pas chier. » Je lui ai demandé comment il avait obtenu le deal, ce qu'il avait promis à Gio en échange : « Pas tes affaires, gamin ». C'est tout ce qu'il a répondu. Quelques mois plus tard, j'entrais à la fac.

Je reste silencieuse, sidérée par ce qu'il vient de me confier. Ses yeux bruns scintillent tandis qu'il revit son souvenir.

— Et, il a fait quoi, alors ? Qu'est-ce qu'il a promis à Gio ?

Austin baisse les yeux.

— J'en ai pas la queue d'une idée. Ax' ne veut rien me dire. Mais je finirai par le découvrir : faut que je sache pour quoi je lui suis redevable.

Soudain, tout devient clair : c'est pour ça qu'il protège son frère en faisant tout pour dissimuler ses deals sur le campus. Il estime qu'il lui doit sa sortie du gang.

Encouragée par ma subite compréhension de la situation, je serre sa main un peu plus fort, et Austin se rassoit doucement.

— Mieux vaut qu'on file, Clochette : on a pas mal de route.

Je me lève, saute au bas du pick-up et admire une dernière fois la beauté indicible de la super lune, priant pour ne jamais l'oublier. Comme j'entends le moteur rugir, je reprends place dans la cabine et remarque les mains d'Austin figées sur le volant.

— Austin ? Ça va ?

— Je n'avais jamais… raconté tout ça à qui que ce soit, me confesse-t-il. (Ma respiration s'accélère, et il relève la tête pour la tourner vers moi.) Ça m'a fait du bien de vider mon sac… Ça me fait du bien… de te parler.

Je lâche un soupir tremblant.

— Tu peux toujours tout me dire, tu sais ? Je ne te jugerai pas et ne trahirai jamais ta confiance. Et puis, vu mon passé, qui serais-je pour baver sur le tien ou trahir tes secrets ?

Il baisse la tête et serre le volant plus fort encore.

— Ouais, Clochette… Je sais maintenant qu'avec toi, le silence est d'or… T'es une vraie perle rare.

Tout le trajet de retour jusqu'à la fac, les mots d'Austin résonnent dans ma tête : *« Tu es une vraie perle rare. »*

— Tu viens dans le Tennessee cette semaine, hein ? me demande Austin, tandis que nous marchons jusqu'au foyer.

Une fois encore, il m'escorte…

— Bien sûr : l'escouade accompagne tous les matchs, même à l'extérieur, donc…

Il me regarde droit dans les yeux et hoche la tête.

— Cool.

J'esquisse un petit sourire enthousiaste.

— Cool, oui.

Lorsque le foyer n'est plus qu'à une centaine de mètres, Austin tire sur la manche de mon haut pour m'arrêter, puis observe tout autour de lui. Il a l'air satisfait que nous soyons seuls.

— Rentre. Je reste ici jusqu'à ce que tu sois à l'intérieur, me dit-il, tandis que nous demeurons immobiles, dissimulés par une grande boîte aux lettres.

— D'accord.

Austin me dévisage une seconde de trop pour que je ne trouve pas ça suspect, puis il se rapproche, si près que je sens la menthe subtile de son souffle et la senteur de pluie qui émane de sa peau. Il me regarde droit dans les yeux, et je dois redoubler d'efforts pour ne pas perdre tout contrôle…

— Merci, dit-il, avant de baisser la tête et de s'éclaircir la gorge. Merci pour la soirée. Pour hier aussi. J'ai déconné en me laissant aller comme ça, à chialer comme un gosse…

— Inutile de me remercier, Austin. J'ai vraiment été heureuse de découvrir cette partie de ta personnalité. Tu sais, quand tu es toi-même, comme ce soir, tu n'es pas aussi effrayant que quand on te croise dans les couloirs de la fac…

Il plaque ses cheveux en arrière d'un geste un peu nerveux.

— Ça veut dire que… je te fais moins peur, maintenant ?

Je recule d'un pas, mais il m'attrape le bout des doigts. Je hoquète, saisie par le frisson qui remonte le long de mon bras.

— Il y a des semaines, tu m'as dit que… que je te foutais les jetons, me rappelle-t-il.

Je n'en reviens pas qu'il s'en souvienne… que ça lui ait rongé l'esprit…

— Tout dépend…

— De ?

— De… si tu continues à me menacer pour que je me taise… si notre amitié naissante va s'arrêter sitôt que j'aurai passé la porte du foyer…

Ma réponse le fait pouffer, et son rire grave et grondant fait naître entre mes cuisses une flamme nouvelle qui réchauffe bientôt mon ventre, puis mon corps tout entier… Vacillant soudain, je serre les jambes, surprise.

— Non, on oublie les menaces, annonce-t-il, sincère. Je sais qu'avec toi, mes secrets sont bien gardés.

— Dans ce cas, non, tu ne me fous plus les jetons. Ton frère, oui, mais pas toi, le rassuré-je.

Je ne veux plus jamais recroiser la route d'Axel, surtout depuis qu'Austin m'a dit qu'il était dangereux… mortel, même. Je prie en silence pour qu'Austin ait convaincu son frère de ne plus dealer sur le campus. Il se rapproche encore, et, à sa façon de me regarder, je me mets à trembler…

— Ax' risque de nous faire chier : il veut que les Imperatori n'aient plus à s'inquiéter de toi. Il faut qu'on garde ça pour nous, le fait qu'on se… fréquente. Qu'on parle.

— Un nouveau secret ? plaisanté-je, mon cœur léger et conquis – je l'assume – d'apprendre qu'il veut que nous continuions à nous voir.

— Un nouveau secret, répond-il, sérieux.

Je baisse les yeux.

— Donc, tu veux qu'on continue à se voir pour… discuter, toi et moi ? Tu aimerais apprendre à me connaître un peu plus ?

Voir nos pieds se rapprocher ne m'aide pas à garder mon calme…

— Ouais. Ouais, j'aimerais bien…, acquiesce-t-il, la voix légèrement assourdie.

Il se penche alors tout doucement vers mon visage : je me fige tandis que je sens la caresse rugueuse de sa joue contre la mienne. Le torse d'Austin s'anime d'une respiration intense quand ma poitrine, elle, semble prise dans un étau de stress. Des frissons me parcourent en entier et mes bras, crispés le long de mon corps, me lancent.

Paralysée par cette proximité soudaine, je ferme les yeux et sens le souffle chaud d'Austin près de mon oreille.

— *Buonanotte,* Clochette, murmure-t-il.

Ses lèvres effleurent les miennes… et il s'en va.

Lorsque je rouvre subitement les yeux, Austin est à deux pas de moi, et je peine à lire l'expression sur son visage.

— File, Clochette. Je veille sur toi jusqu'à ce que tu sois en sécurité à l'intérieur.

J'acquiesce, hébétée, me retourne, mais lance un dernier regard à Austin par-dessus mon épaule.

— Je sais que la soirée d'hier a été extrêmement difficile pour toi, mais je suis heureuse de l'avoir vécue en ta compagnie... On n'en serait pas là, sinon...

Austin hoche brièvement la tête.

— À plus tard, Clochette.

Je file à pas rapide en direction du foyer, quand Austin m'interpelle.

— Clochette ?

Je m'arrête, me retourne, et il sort de l'obscurité pour s'avancer dans la lumière lunaire. Mon cœur vacille devant cette vision d'une beauté irréelle.

— C'est pour quoi, les peintures de guerre ?

Je passe une mèche de mes cheveux coupés au carré derrière mon oreille.

— Et toi, les tatouages ?

Il dégaine un sourire blanc impeccable, secoue la tête et agite vaguement deux doigts pour me dire au revoir.

Je repars et, une fois la porte du foyer silencieux refermée derrière moi, je file en hâte jusqu'à ma chambre, le pas étrangement léger et pétillant... jusqu'à ce que je me retrouve devant le miroir et que mon enthousiasme soit aussitôt soufflé. Mon reflet est un poignard qui me frappe en plein cœur.

Ce soir, avec Austin, j'avais presque oublié tous mes soucis, ces maux que mon reflet me jette en pleine figure.

Je récupère dans ma coiffeuse mes lingettes démaquillantes et commence mon rituel : chaque nouveau millimètre de peau révélée effrite un peu plus mon assurance.

CE GARÇON, TU POURRAIS LE SÉDUIRE, LEXINGTON… MAIS, SI TU M'ÉCOUTES, IL NE T'EN AIMERA QUE DAVANTAGE. LORSQUE TU AURAS PERDU TES CINQ KILOS EN TROP, IL TE DÉSIRERA COMME AUCUNE FILLE AVANT TOI. TU IMAGINES L'EXTASE DANS SES YEUX S'IL TE VOYAIT UN BRIN, JUSTE UN BRIN PLUS FINE ?

J'écoute la voix, sens mon corps accepter avant moi… Si je perdais encore du poids, Austin serait séduit, impressionné même, c'est certain…

Cinq kilos en moins, et ma vie serait tellement plus simple…

Cinq kilos en moins… me rapprocheraient tellement de la perfection…

Chapitre 13

Austin

Neyland Stadium
Tennessee, Knoxville

On mène de dix points : les fans des Vols nous huent depuis les tribunes. Je me tourne vers la mer orange et blanc de supporters, leur souris, puis leur montre mon dos en désignant des pouces le numéro 83 sur mon maillot carmin.

Mange ça, le Tennessee ! pensé-je avec insolence.

— T'es nase, Carillo ! Dé-fense ! Dé-fense ! Dé-fense ! répondent-ils à ma taquinerie.

Je me tourne vers la ligne de touche derrière laquelle Clochette danse, sautille en croisant et décroisant les jambes, tout en agitant ses pompons. Elle rigole, la tête tournée vers moi. Je lui adresse un clin d'œil discret, et elle écarquille les yeux.

Coup de sifflet de l'arbitre : c'est au tour de l'équipe offensive d'entrer sur le terrain. Rome nous appelle et nous nous regroupons.

— Carillo, tu veux t'éclater ? lâche-t-il, le sourire jusqu'aux oreilles.

— Putain, oui, mec ! lâché-je en frappant du poing dans ma paume.

— C'est parti, dans ce cas : Denny, 83, rouge ! annonce Rome d'une voix forte. Un, deux…

— Pourquoi Carillo a l'occase d'en caser un autre ? Balance-la-moi cette fois. Il en a déjà scoré deux, et on est que sur la ligne des trente yards ! Joue la sécurité : on assure la victoire, peinards…, gémit Chris Porter, l'autre receveur éloigné, en teckel contrarié.

Je le supporte pas, ce trou de balle : il essaie de prendre ma place de receveur vedette depuis la première année. Ça lui fout les boules que Rome et moi, qui jouons ensemble depuis le berceau ou presque, ayons développé un lien *quarterback*-receveur d'une rare efficacité. Ça lui fout les boules que je sois meilleur que lui, en fait, point barre.

Rome le foudroie du regard et contracte la mâchoire.

— Ta gueule, Porter. C'est moi le boss, et j'annonce Carillo, t'as pigé ? Et puis, t'es trop lent pour ce genre d'action. Carillo et moi, on l'a fait mille fois, en plus.

Porter la ferme aussitôt, et Rome m'adresse un regard entendu : « Fais taire cet enfoiré : score ton *touchdown*, qu'il se foute sa jalousie au cul. » Je sais que c'est ce qu'il pense, parce que je pense exactement à la même chose.

Je hoche lentement la tête, et Rome esquisse un sourire. Porter restera dans l'ombre, aujourd'hui… La mienne.

— Denny, 83, rouge. Un, deux, rouge ! lance Rome une fois de plus.

Moi et les dix autres nous mettons en position pour un type de passe immortalisé par Montana et Rice des 49ers, et pour lequel Rome et moi sommes célèbres. Impossible de s'en sortir sans un lien presque mystique entre *quarterback* et receveur. Rome et moi plantons rarement cette action :

les fans l'adorent et l'attendent avec impatience, et nous ne les décevrons pour rien au monde.

Mon souffle résonne dans mon casque, tandis que je vais me poster du côté gauche du terrain. Un coup d'œil à ma droite me confirme que Rome est prêt.

— Denny, 83 ! Denny, 83 ! *Go go go !*

Au troisième « go », je me lance en plein sprint : Porter quitte sa position sur la droite du terrain et vient courir sur la même ligne que moi pour feinter mon défenseur direct et celui qui m'attendra près de la zone d'en-but. Il cavale comme un malade, tirant sur ses cuisses jusqu'à la rupture, et je sais qu'il veut essayer de prouver qu'il en a autant que moi sous le pied : le souci, c'est que je bouffe quarante yards en quatre secondes et deux dixièmes… Il n'a pas la moindre chance.

Porter commence à lever les bras pour attirer l'attention de mon défenseur : ce dernier hésite, et j'en profite pour lui échapper. Rome se rapproche du rempart que forment nos premières lignes pour le protéger, puis feinte un lancer pour dérouter le défenseur le plus en retrait.

Je pousse sur mes jambes, fonce, et Rome balance une passe de quarante yards à la spirale parfaite… qui atterrit pile dans mes mains prêtes à la recevoir. Je cavale avec le ballon sans plus personne pour m'arrêter, puis le plaque dans la zone d'en-but pour mon troisième *touchdown* de la soirée.

Les fans de la Tide s'enflamment, et je hurle, euphorique, poings serrés et tête jetée en arrière. Quelqu'un agrippe la grille de mon casque et me fait pivoter : Rome. Il m'attire contre lui.

— Un pas de plus vers la *draft*, Carillo ! Un pas de plus, bordel ! murmure-t-il à mon oreille.

Je pense aussitôt à ma mère, à Axel, à Levi, et sens mon cœur se gonfler de fierté. Un pas de plus vers la *draft*: les frères Carillo gèrent, comme prévu!

Le *touchdown* transformé, le coup de sifflet final résonne: nous avons gagné, et la Tide invaincue poursuit sa saison parfaite.

Jimmy-Don, Rome, Reece et moi nous dirigeons vers les tribunes: Rome se met bientôt à sprinter, abandonne son casque sur le sol et se dirige vers Molly, tout sourire, qui lui bondit presque dans les bras. Une seconde plus tard, ils sont seuls au monde, dans leur bulle à eux. Cass et Ally se dirigent tranquillement vers nous, et la Texane claque un énorme smack sur la face rubiconde de Jimmy-Don.

— T'as fait un super match, mon chou! hurle-t-elle en lui plantant un direct dans le bras.

Il lui répond d'une belle tape sur les fesses.

Quand Ally arrive, elle nous prend chacun notre tour dans les bras. Ally est d'une beauté hallucinante, mais c'est un peu une frangine pour nous, donc… Par contre, c'est une impression ou Reece la garde contre lui un brin trop longtemps? C'est d'autant plus suspect qu'Ally glousse à ses côtés. Rome les dévisage longuement, mais ne décroche pas de Molly pour autant.

— Elle est là! tonne Cass et, quand je me retourne, c'est pour apercevoir Lexi qui court dans notre direction.

Ça lui va bien, la tenue de la Tide, les lèvres rouges et les cheveux bouclés style années 1920…

— Coucou, tout le monde! lance-t-elle sur un ton enjoué.

Je grimace. Jamais je ne l'ai vue si pétillante, si… fausse. J'ai l'impression de me retrouver face à quelqu'un d'autre.

Cass l'attire vers elle pour la prendre dans les bras, mais Lexi lève une main pour l'arrêter.

— Je te le déconseille, Cass ! Je suis en nage, j'ai sauté dans tous les sens toute la soirée !

Cass recule et son visage d'ordinaire jovial s'assombrit quelque peu.

— Tu deviens chelou, Lex, avec les câlins, je te jure… C'est quoi, les histoires ?

Lexi balaie la remarque d'un revers de la main, mais je capte tout de même l'éclair de panique qui zèbre son regard.

— Rooh, arrête, Cass ! lâche-t-elle sur l'air de la plaisanterie, tandis que Molly et Rome nous rejoignent, refermant notre cercle improvisé.

Comme Lexi est à côté de moi, je la taquine d'un petit coup de coude, et elle esquisse un sourire presque imperceptible.

— Alors, on fait quoi ce soir ? demande Ally à la cantonade.

— On ne rentre à la maison que demain matin : on sort, répond Rome en passant un bras autour du ventre de Molly, calée devant lui.

Elle le regarde comme s'il était son tout, son univers. Il l'embrasse dans le cou, et Lexi lâche un soupir discret… Elle est jalouse d'elle. Lorsqu'elle sent que je la regarde, elle se tourne brièvement vers moi avant de baisser les yeux.

Je me sens tendu, soudain, et en colère aussi. C'est quoi, ce bordel ? Lexi en pince pour Rome ?

— Bonne idée, une sortie. Ça fait un bail qu'on n'a rien fait tous ensemble, non ? nous fait remarquer Molly avec son accent *british* à couper au couteau.

Rome acquiesce.

— C'est plié, dans ce cas : on sort.

— Jimmy-Don ! Ramène tes grosses miches sur le *dancefloor* : ta princesse a besoin d'un bon *two-step* ! hurle Cass depuis la piste de danse à son colosse assis avec nous.

Mon cowboy de pote secoue la tête et, Stetson vissé sur le crâne, va rejoindre sa meuf en éclatant de rire. Pour le coup, ils sont chouettes à voir, tous les deux : ils se marient à merveille.

— Reece ? Tu veux danser ? demande Ally au *rookie* au look de surfeur.

Reece bondit de son siège comme s'il avait le feu au cul.

— Je vais l'étrangler, ce petit con, s'il continue à coller ma cousine comme ça, menace Rome depuis l'autre côté de la table.

Je me marre : Rome se moque royalement de qui fréquente Ally, à la stricte condition que ce ne soit pas un type de l'équipe. Il n'a aucune envie d'entendre les gars papoter dans les vestiaires de ses performances au pieu…

— Laisse-le faire sa vie et viens danser avec moi, mon chéri…, lui rétorque Molly.

Comme chaque fois qu'elle lui parle, Rome se calme… Il la soulève, elle glousse, et ils filent vers la piste de danse.

— Vous venez ? nous lance Molly par-dessus l'épaule de Rome.

Lexi affiche le même masque horrifié que moi : nous secouons la tête de conserve.

— C'est pas ton truc, la country ? me demande Lexi.

— Moi, si c'est pas Korn ou Metallica, j'ai du mal…

Le rire tonnant de Cass résonne depuis la piste, et Lexi sourit malgré elle.

— Alors…

— Pourquoi tu matais Rome comme ça, après le match ? la coupé-je.

Je ne sais pas ce qu'elle comptait dire, mais là, je m'en contrefiche.

Elle blêmit aussitôt.

— Comment ?

— Sur le terrain : tu le matais, les yeux ronds comme des putain de soucoupes. Tu le kiffes, c'est ça ?

Je parle sur un ton acerbe, je l'entends bien, mais ça m'est égal.

— Non, je…

Je l'interromps de la main, puis désigne Molly et Rome en train de danser en bord de piste.

— Il ne la lâchera pour personne, jamais. Il est fou amoureux, et c'est parti pour durer jusqu'à la tombe.

Elle se renfrogne.

— Premièrement, Molly est l'une de mes meilleures amies, donc, même si Rome me plaisait, je ne risquerais jamais de gâcher sa chance de vivre une relation heureuse. Deuxièmement, Rome ne me plaît pas. Je l'apprécie beaucoup comme ami, c'est certain, mais ça ne va pas plus loin. Ce n'est pas mon genre de type.

Sa réponse m'apaise, et je grimace : ça me fout les boules d'avoir pété un plomb en imaginant qu'elle s'intéressait à un autre mec…

— Pourquoi tu les matais comme ça, alors ? lui demandé-je d'une voix moins acérée.

Un morceau de *honky tonk* cède la place à un autre, et il me prend une envie soudaine de me trancher les veines. Comment on peut écouter une merde pareille ?

— Pas parce que je m'intéresse à Rome, en tout cas. C'est juste…

Elle baisse la tête et commence à se triturer les ongles.

— Juste ? insisté-je en m'approchant.

— Que je les envie, voilà…

Je ne saisis pas tout de suite.

— Tu envies… quoi, exactement ?

— Eux ! Leur insouciance quand ils sont ensemble, leur bonheur…

— Ils sont en couple, quoi. C'est si surprenant ? Regarde Cass et Jimmy-Don, commenté-je en désignant les deux colosses en train de se déhancher sur la piste.

— Oui, eh bien, ce n'est pas donné à tout le monde d'être aussi heureux avec quelqu'un d'autre. C'est beau à voir, ce genre de lien, mais ça… m'échappe un peu.

Voilà qui est intrigant. Les yeux rivés sur la table, elle commence à prendre ses longues manches dans ses paumes.

— Je pige pas, là, tu m'expliques ? Y a jamais eu un gars pour te traiter comme il se doit ? Un ex t'a fait du mal ? C'est quoi, le truc ?

Elle tourne son regard vers moi, mais baisse aussitôt les yeux. Ses mains tremblent, et la chanson de merde qui passe échoue à étouffer son soupir défait. Comme je la sens fébrile, je m'approche un peu plus, jusqu'à ce que mon bras effleure le sien.

Je baisse les yeux vers elle.

— Tu vas me répondre ou pas ?

J'ai les nerfs à l'idée qu'un connard ait pu lui faire du mal. Clochette doit pas peser plus qu'une plume mouillée de larmes… Quand je pense qu'Axel l'a plaquée contre un mur et que je l'ai menacée… Rien qu'à ce souvenir, je grimace de honte.

— Je n'ai jamais eu de petit ami, confesse-t-elle dans un murmure presque inaudible.

Je tourne aussitôt vers elle un regard stupéfait.

— Tu n'as jamais eu de petit copain ?

Elle fait « non » de la tête.

— Mais, t'es sortie avec des mecs, à l'occase, non ? Genre, rien de sérieux ?

Même réaction.

J'ai raté un truc ou quoi ? En plus d'être douce et magnifique, cette fille a un cœur en or massif… C'est quoi, le problème ?

Lexi s'est retranchée contre le panneau qui délimite notre box, comme si elle cherchait à passer au travers. Je balaie la boîte du regard et repère nos potes de l'autre côté de la piste, toujours en train de se déhancher comme des fous.

OK, faut qu'on bouge, Clochette et moi…

Je lui attrape une main sous la table, puis la pousse à se lever.

— Austin ! Qu'est-ce que…, lâche-t-elle à voix basse, scrutant alentour d'un regard apeuré.

— On s'arrache, viens, annoncé-je en tirant sur son bras. (Elle commence par résister, mais m'emboîte bientôt le pas, et nous nous retrouvons presque à fuir la boîte au pas de course.) On se prend à bouffer ?

Elle écarquille les yeux et secoue frénétiquement la tête.

— Non, je n'ai pas envie de manger…

« Je n'ai pas envie de manger ? »

Qu'est-ce que c'est que cette réponse ? Bref… Tout ce qui m'importe, là, c'est de fuir cet enfer *redneck*.

Arrivés à l'extérieur, nous fendons la foule nocturne et je hèle un taxi dans la rue la plus proche.

— Austin, attends ! Où est-ce qu'on va ? lance-t-elle, anxieuse, en tirant sur ma main.

Je me retourne et pose les mains sur ses épaules, non sans remarquer une fois de plus son tressaillement à mon contact. C'était justement pour ce genre de trucs que je voulais qu'on se barre : je veux comprendre tout le bordel que cette fille traîne avec elle.

— Dans ma chambre d'hôtel, dis-je en levant une fois de plus la main pour arrêter un taxi qui se rapproche de nous.

— Austin, non, je… Je ne peux pas…

Elle plaque soudain une main contre son thorax, qu'elle masse avec vigueur.

Je l'attire près de moi et passe un bras autour de ses épaules.

— Hé, du calme, Clochette : je n'ai pas l'intention de te sauter. Je veux juste qu'on discute, toi et moi. Je partage ma piaule avec Rome lors des déplacements à l'extérieur, mais, comme Molly a sa chambre, je ne vais pas le voir de la nuit. On sera peinards.

Elle ouvre toujours des yeux ronds, effrayée, alors je me penche à son oreille.

— Je veux juste qu'on parle encore ce soir. J'aimerais avoir une chance de mieux te connaître. Et loin des curieux. Pas toi ?

Je sens ses épaules moins crispées tout à coup, et elle acquiesce.

— Je veux apprendre à mieux te connaître aussi, oui. Ça, tu peux en être certain. C'est juste que je n'ai pas vraiment l'habitude de me retrouver seule avec un garçon… dans sa chambre. Je suis mal à l'aise…

Son aveu me touche et je souris, puis la rapproche de moi. Lorsque le taxi s'arrête devant nous, j'ouvre la portière et nous grimpons à l'arrière.

— Envoie un SMS aux autres : dis-leur que t'es rentrée, que je t'ai raccompagnée.

Lexi s'exécute, se cale sur la banquette, et son regard se perd dans les lumières hypnotiques du Tennessee à travers la vitre. Je donnerais tout pour saisir les pensées qui tourbillonnent dans sa tête de fée tourmentée et mystérieuse… Mais j'arrive à me contrôler et à en rester là, apaisé par nos doigts encore enlacés.

Je ne peux pas m'empêcher de sourire comme un con.

Chapitre 14

Austin

Un quart d'heure plus tard, nous entrons dans ma chambre d'hôtel. Lexi se cale devant la porte fermée tandis que je file m'asseoir sur mon pieu. Elle danse d'un pied sur l'autre, nerveuse, tout en étudiant du regard la chambre et ses deux lits.

Je me penche vers le minibar et en tire un Coca.

— T'as soif ?

Lexi dévisage la canette comme si c'était un flingue, alors je baisse les yeux pour m'assurer que je n'ai pas sorti de l'alcool par inadvertance ou je ne sais quoi…

— Qu'est-ce qu'il y a ? lui demandé-je, perdu.

Elle croise les bras sur son ventre.

— Tu aurais de l'eau ? Normale, sans arômes ni rien ?

Je hoche lentement la tête, récupère dans le minibar une San Pellegrino et la lui tends. Devant son hésitation, je ne peux réprimer un petit rire.

Putain, c'est quoi, son délire ?

— Tiens, Lex. Je ne mords pas, hein…, lancé-je, tandis qu'elle reste là, immobile, presque flippante.

Elle rive les yeux au sol, le visage déserté de toute émotion… Une fois de plus. C'est de plus en plus courant, en fait : je l'ai vu faire à la fac, quand on est avec nos potes… Sur le bord du terrain, aussi, entre ses chorégraphies.

— Lexi ? l'interpellé-je en posant les boissons sur la table de chevet.

À cet instant, elle fronce ses sourcils noirs, se prend la tête à deux mains et se met à grimacer de douleur. Je me rue aussitôt vers elle : je ne sais pas où poser mes mains pour ne pas la froisser et finis par les placer sur ses bras. Elle ouvre aussitôt des yeux paniqués : elle laisse lentement glisser ses doigts tremblants le long de ses joues, puis de ses cuisses.

— Merde, Clochette, ça va ?

Sa lèvre inférieure se met à trembloter et ses yeux brillent.

— Je suis désolée, murmure-t-elle. Je suis vraiment navrée, j'ai… juste eu une dure journée. Une très, très mauvaise journée, c'est tout…

Elle répète ça deux, trois fois, totalement paumée, et je me contente de la dévisager, désarmé. Elle se tape une crise d'angoisse ? Elle est dépressive ? Putain, j'en sais rien, mais je suis en pleine panique !

Je la guide jusqu'à mon lit, sur lequel je parviens à la faire s'asseoir. Je récupère la bouteille d'eau, lui en remplis un verre et le lui tends ; lorsqu'elle a vu ce que j'y ai versé, elle a eu l'air rassurée.

Deuxième réaction étrange…

Lexi sirote une ou deux gorgées de flotte, puis revient peu à peu à elle. Elle n'en a bu qu'un quart du verre, qu'elle repose sur la table de chevet, puis elle lève vers moi un regard anxieux.

— Je suis navrée, j'ai vraiment honte…, murmure-t-elle.

Je m'agenouille devant elle.

— Tu peux m'expliquer ce qui vient de se passer ?

Elle détourne les yeux.

Je prends son menton entre le pouce et l'index et l'invite à me regarder.

— Qu'est-ce qui t'arrive, Clochette ?

Lexi tire les longues manches de sa robe noire pour recouvrir ses paumes et baisse la tête pour me fuir. Je relève son menton.

— Non, regarde-moi. Tu as été là pour moi à l'hosto, il y a quelques jours : laisse-moi être là pour toi aujourd'hui. C'est mon tour. Qu'est-ce qui t'arrive ?

Le silence s'étire, et je perds patience.

— C'est pour quoi, les peintures de guerre, Clochette ? insisté-je.

Elle secoue la tête, les yeux remplis de larmes.

— Arrête, Austin, s'il te plaît… Ne me pose plus cette question, elle me rend dingue ! (Je baisse la tête, vaincu.) Je suis fatiguée, lâche-t-elle soudain en se relevant d'un bond.

Je me redresse aussitôt et noue mes doigts aux siens.

— Allonge-toi, alors, l'invité-je en désignant le lit derrière moi.

— Non ! s'emporte Lexi de façon un peu plus abrupte qu'elle l'aurait voulu, je pense. Il faut que je retourne dans ma chambre, annonce-t-elle, ses yeux écarquillés rivés sur la porte.

Sauf que je n'ai aucune envie qu'elle s'en aille : il se passe un truc pas net, et je ne me sens pas à l'aise à l'idée de la laisser seule dans un état pareil…

Je m'approche, lâche sa main et prends son visage dans mes paumes.

— Reste avec moi. Juste… Reste, s'il te plaît. On s'allonge et on parle : faut qu'on apprenne à se connaître, non ? C'est bien ce qu'on avait dit ? Pourquoi est-ce que tu fuis comme ça ?

Je lis dans ses yeux qu'elle hésite, alors je me penche à son oreille.

— Reste avec moi. Je te fais la promesse de ne pas te toucher, si c'est ce qui te gêne. Je ne peux tout simplement pas te laisser partir dans cet état.

Alors que je lui fais cette promesse, je me rends compte, au contraire, que c'est ce que je désire le plus au monde, à cet instant : la toucher… J'en crève d'envie. Je commence à me dire que cette petite fée tourmentée m'a vraiment tapé dans l'œil…

— Si tu me promets de garder tes distances, je veux bien rester encore un peu…, murmure Lexi en réponse, et je lâche son visage avec un soupir de soulagement.

Donc, elle ne veut pas que je la touche : au moins un truc clair dans tout ce merdier.

Je contourne Lexi, monte sur mon lit, puis pose la tête sur l'oreiller, tournée dans sa direction. Elle est tellement craquante, debout au milieu de la chambre, les yeux rivés sur moi, sa robe trop large pour son mètre cinquante et des poussières, ses bottes trop grandes pour ses jambes maigrelettes, ses cheveux noirs bouclés plaqués sur ses joues dans le pur style des années 1920 et ses lèvres rouge vif agitées de tremblements nerveux…

Elle me donnerait presque l'impression d'être un monstre de conte qui tente d'attirer une jeune vierge dans sa tanière.

— Clochette, je ne te ferai rien dont tu n'as pas envie, alors viens t'allonger, sans déconner…, insisté-je d'une voix un peu trop dure à mon goût.

Elle franchit les quatre pas qui nous séparent comme si elle allait à l'échafaud, puis s'agenouille au pied du lit. Là, elle déplie les jambes sans jamais me quitter des yeux.

— Tu es bien, comme ça ?

— Oui, acquiesce-t-elle, contenant une grimace.

— Tu t'es déjà retrouvée dans le même lit qu'un type ?

Elle rougit, et je souris.

— Non, jamais. Je n'ai jamais traîné avec des garçons, en fait.

— Même pas au lycée ?

Elle devait déjà être pom-pom à l'époque, ce qui implique d'avoir toujours une nuée de joueurs au cul…

Elle baisse les yeux.

— Je suis restée chez moi, les dernières années de lycée. Je ne suis redevenue pom-pom qu'il y a quelques mois.

— Tu suivais les cours par correspondance, en gros ? Pourquoi tu as préféré bosser chez toi ?

Lexi renâcle sans le moindre humour.

— J'aurais préféré ne pas rester à la maison, Austin : je l'ai fait parce que je n'avais pas vraiment le choix. Le lycée, c'était… trop compliqué. Bosser à distance était le seul moyen pour moi de suivre une scolarité à peu près normale.

Je me rapproche un peu, intrigué.

— Tu t'es fait harceler ou un truc du genre ?

Lexi fait signe que non et triture avec nervosité un bout de fil blanc échappé du drap. Je tends une main, lui attrape l'index, mais elle évite mon regard. Elle cache un truc… et je crève d'envie de savoir de quoi il s'agit.

— Regarde-moi, Clochette, lâché-je d'une voix inflexible. (Elle soupire et relève la tête.) Tu t'es fait harceler, c'est ça ? C'est pour ça que tu n'allais plus au lycée ?

Elle ne me répond pas, alors j'attends… deux minutes, deux longues minutes sans lui lâcher la main, l'observant tandis qu'elle cherche ses mots.

— J'avais des… soucis au lycée, finit-elle par confesser.

Mais ça ne me suffit pas, je veux des détails. Je veux savoir ce qui l'a fait souffrir et, mieux encore, qui lui a pourri la vie. Je ressens le besoin étrange de protéger cette petite fée brisée… C'est étonnant pour un type comme moi, mais je ne peux pas m'en empêcher.

— Quel genre de soucis ?

Lexi ferme les yeux quelques secondes.

— Des soucis… avec mon corps, avoue-t-elle à voix basse en rouvrant les paupières. (Elle soupire.) J'avais des soucis avec mon corps.

Décontenancé, je l'observe au pied du lit. J'étudie sa silhouette gracile en me demandant comment une fille comme elle a pu avoir des soucis de ce genre. C'est un petit gabarit athlétique… une petite bombe, en vérité, peut-être un peu trop mince, mais elle a un charme singulier assez dingue…

Comme elle voit que je la détaille des pieds à la tête, elle se détache de moi, place les mains sur son ventre et se recroqueville en position fœtale, ses yeux verts écarquillés par la peur.

— Lexi ? Bordel, qu'est-ce que…

— Me regarde pas comme ça ! Je ne supporte pas qu'on me regarde comme ça ! lance-t-elle, au bord de l'hystérie.

— Hé, je te regardais pas, je…, commencé-je, les dents serrées. (Elle grimace.) OK, OK, je te regardais, mais j'essaie juste de comprendre pourquoi tu te mettais dans cet état ! Je te matais pas, Clochette, OK ? Je suis pas ce genre de connard là…

Je comprends à ses yeux fermés et à ses pommettes rosies qu'elle n'en croit pas un mot.

Je me rapproche encore, la touchant presque.

— Clochette, dis-moi pourquoi tu n'allais pas au lycée.

— Non, je ne peux pas…

— Dis-moi pourquoi tu n'allais pas au lycée, insisté-je.

— Austin, je ne…

— Bordel, Clochette, dis-moi pourquoi tu n'allais pas au lycée, merde ! tonné-je d'une voix un peu trop autoritaire.

— Parce que j'étais anorexique ! Voilà, t'es content ? hurle-t-elle en empoignant mon tee-shirt. J'étais anorexique ! J'étais anorexique…

Les larmes, trop lourdes, finissent par couler le long de ses joues.

Anorexique ?

Merde… Comment réagir face à une révélation pareille…

Elle laisse tomber le front contre mon torse et se met à pleurer : j'aimerais la prendre dans mes bras alors que je lui ai promis de ne pas la toucher. Mais ses sanglots redoublent d'intensité… et c'est plus fort que moi : je lève lentement les mains et les glisse dans ses cheveux pour la tenir tout contre moi.

Je sais que mon geste ne sera pas le bienvenu… Pourtant, elle n'a pas le moindre mouvement de recul, et ça me réchauffe le cœur.

— Chuuut, Clochette, ça va aller… C'est fini…, la rassuré-je d'une voix apaisante.

— Non, Austin. Cette merde, ça n'en finira jamais…, murmure-t-elle. Je n'ai plus l'énergie de lutter… De la faire taire ! J'en ai assez…

Je me raidis, la repousse doucement et rive mon regard dans ses yeux rougis par les larmes.

— De lutter contre quoi ? De faire taire… qui ?

— La tentation… La… voix qui m'invite à replonger… Qui veut prendre les rênes de mon esprit.

Son désespoir me brise le cœur.

— Tu veux dire que tu luttes encore au quotidien ? Comme tu parlais du lycée, je pensais que tu étais guérie maintenant…

Ses traits se figent.

— On ne guérit pas de ce trouble-là, Austin…, siffle-t-elle. Guérir… Je hais cette saloperie de mot ! Non, je ne suis pas guérie. Je ne le serai jamais… C'est affreux… ça ne cessera jamais de me poursuivre…

— Mais…

— Comme toi et les Imperatori. Tu ne les quitteras jamais vraiment. Tu as intégré le gang quand tu étais gosse, et tu resteras l'un d'eux jusqu'à la fin… Tu l'as dit toi-même. (Sa remarque me cloue sur place.) Tu te souviens de ce que tu m'as dit quand je t'ai proposé de retirer tes tatouages au laser ? « C'est pas comme ça que ça marche. » C'est pareil pour moi et la nourriture. La tentation de l'éviter est toujours là, et elle ne me quittera jamais.

Je repense à la réaction étrange de Lexi après que Cass l'a prise dans ses bras et quand je lui ai proposé à boire ; à sa façon de dévisager la canette de Coca, surtout…

— Le Coca…, murmuré-je malgré moi, et Lexi lâche un soupir amer.

— Le Coca, oui : trente-trois centilitres de soda, cent soixante calories, zéro gramme de lipides, mais quarante-deux grammes de glucides, dont quarante-deux de sucre. Si j'en bois une canette, il me faut vingt minutes de jogging intense pour l'éliminer. Sauf que je ne m'arrêterais pas là : je courrais dix minutes de plus au cas où j'aurais fait une erreur de calcul. En plus, ça me permettrait de perdre cent calories, parce qu'en gros, dix minutes de course, c'est cent calories de brûlées, et plus je brûle de calories, moins je pèse sur la balance. Et la balance, c'est ce qui dicte mon quotidien, Austin.

Abasourdi, je lâche la tête de Lexi. Ma réaction lui inspire un sourire froid et désabusé, et elle porte à sa bouche sa main gantée de sa longue manche.

— Génial, hein ? Mes journées sont rythmées par ce genre de pensées : nourriture, boissons, exercice physique... Je calcule tout, tout le temps, et ce sera le cas jusqu'à la fin de mes jours. Je déteste me laver les dents, et tu sais pourquoi ? Parce que, le dentifrice, ça doit bien contenir des calories, non ? Du coup, chaque fois, dès que j'ai reposé ma brosse, je me jette sur le carrelage froid de la salle de bains et je pars pour cinquante pompes et cinquante abdos, au cas où une poignée de calories aurait trouvé le chemin de mon estomac et compromettrait mon objectif.

— Bordel, Clochette...

C'est tout ce que je trouve à répondre à sa confession acide. Le simple fait d'avoir vidé son sac l'a lessivée...

— Bienvenue à la foire aux monstres, Austin : la troupe restera en ville toute la semaine, alors n'hésite pas à repasser..., lâche-t-elle.

Son ton ironique me fait mal. Je lui adresse un regard désolé.

— T'as raison, t'es une bête de foire..., lâché-je, abrupt.

La douleur soudaine sur son visage me saigne à blanc. Elle bondit aussitôt hors du lit, mais je l'attrape par le bras. C'est la première fois que je me rends compte de sa maigreur... Je sens l'os sous mes doigts, et bien trop peu de chair autour...

— Je t'ai dit de ne pas me toucher ! hurle-t-elle d'une voix stridente.

Je perds soudain tout contrôle : le regard accroché au sien, debout devant elle, je retire ma chemise, révélant mon torse nu.

— Que… qu'est-ce que tu fais ? me demande Lexi, pétrifiée.

Je lui attrape la main, la plaque contre mon torse et me penche tant vers elle que ma bouche effleure presque ses lèvres.

— Ouais, je t'ai traitée de bête de foire, craché-je, la faisant tressaillir, mais c'est parce que, moi aussi, j'en suis une, bordel !

Elle papillonne des cils, déroutée, apeurée, et je guide sa main le long de mon ventre, de mon torse, de mes hanches, puis juste au-dessus de ma ceinture.

Lexi rougit.

— Je suis bardé de cicatrices… Des dizaines et des dizaines de cicatrices…

Je joins son index et son majeur, puis les passe sur mes côtes, sous mon tatouage *« Day of the Dead »*.

— Un coup de surin quand j'avais quinze piges : un gars d'un gang qui m'a puni d'avoir dealé sur leur territoire.

Ses doigts tremblants caressent la boursouflure. Je guide ensuite sa main sur mon torse, puis jusque sous mon bras gauche.

— Blessure par balle à seize balais : des types passaient en caisse, ils nous ont canardés. Ça m'a niqué un bout de biceps, mais j'ai eu du cul. Un des autres gars du gang en a eu moins que moi, en tout cas.

Je sens un souffle chaud contre mon torse : Lexi, les lèvres à peine entrouvertes, n'a pu réprimer un soupir.

Je fais glisser sa main jusqu'aux courbes dessinées de mes abdos, et m'arrête juste au-dessus de mon pubis. Je reste silencieux quelques secondes, puis ferme les yeux. Je fais tant d'efforts pour contrôler ma respiration que ma nuque me fait mal : Clochette m'excite beaucoup trop, alors je dois vraiment me dépasser pour rester calme.

— Austin ? murmure Lexi.

Je rouvre les yeux et fais courir ses doigts le long de la cicatrice de dix centimètres qui file sur mon bas-ventre.

— Attaqué au tesson de bouteille par un junkie pour une ligne de coke. J'avais seize ans.

— Austin…, susurre-t-elle d'une voix à peine audible.

Une larme roule sur sa joue.

— Tu vois, Clochette : moi aussi, j'en ai souffert, des blessures. C'est juste que, les miennes, tout le monde peut les voir.

Soudain, elle me surprend en passant les bras dans mon dos et en calant sa joue contre mon torse. Je sens ses ongles s'enfoncer dans ma peau et pose précautionneusement la joue sur le haut de sa tête.

Ce parfum… Elle sent si bon…

Je me sens si bien tout à coup…

J'ignore combien de temps on reste comme ça, tels deux ados tourmentés échangeant leurs malheurs, mais ça dure assez longtemps pour que je prenne conscience d'un truc : la petite Clochette gothique m'envoûte complètement. Elle m'a touché… en plein cœur.

La révélation est si soudaine que l'émotion brouille ma raison. Sentant la chaleur de son corps contre le mien, je me penche à son oreille.

— Clochette… J'aurais vraiment besoin de t'embrasser, là…

Son corps tout entier se crispe.

— Personne ne m'a jamais embrassée… Je n'ai jamais rien… fait avec un garçon, avoue-t-elle d'une toute petite voix, comme s'il n'y avait rien sur terre de plus honteux.

Je ferme les yeux et me maudis presque de ne pas l'avoir vu venir : bien sûr que personne ne l'a jamais embrassée, ne lui a jamais fait l'amour… Elle n'a pas vu de mecs de toute sa vie d'ado, trop occupée qu'elle était à s'affamer pour rester mince.

Quel connard je fais à lui demander ça…

Et puis, soudain… je sens ses lèvres délicates caresser mon sternum.

Ma raison cède aussitôt : j'incline doucement sa tête, caresse des lèvres ses cheveux, puis sa joue…

— J'ai besoin de toi, Clochette…, murmuré-je d'une voix rauque.

Elle lève un peu plus la tête.

— Je crois… que j'ai besoin de toi, moi aussi…

J'aurais pris le temps de sourire si une impatience douloureuse ne m'avait pas poussé à goûter immédiatement ses lèvres. Je baisse la tête jusqu'à ce que nos bouches se rencontrent. Les premières secondes, je la laisse s'habituer à moi, au mouvement du baiser, mais je ne résiste pas longtemps : je passe bientôt les mains dans ses cheveux et laisse ma langue filer entre ses lèvres.

Je la sens lâcher un petit gémissement de surprise, mais elle m'agrippe les bras et, une fraction de seconde plus tard, sa langue chaude caresse timidement la mienne.

Elle a beau ne jamais avoir embrassé personne de sa vie, son baiser me rend totalement dingue. Elle est irréelle. Jamais je n'aurais pensé qu'une fille si… parfaite puisse exister.

Chaque seconde à son contact me la rend plus désirable, mais il faut que j'y aille doucement : ce n'est qu'un flocon de neige, encore fragile.

Je me dégage d'elle à contrecœur, me redresse de quelques infimes centimètres, juste assez pour capter son regard menacé par les larmes. Un accès de culpabilité m'envahit soudain : je suis allé trop loin. Elle m'a clairement fait comprendre qu'elle ne voulait pas qu'on la touche, et j'ai failli à ma promesse, esclave de mes pulsions…

— Austin…, murmure Lexi.

J'espère qu'elle lit dans mon regard comme j'ai honte, comme je suis désolé. Ses lèvres s'arquent en un sourire timide, et elle me regarde soudain comme s'il n'existait plus que moi en ce monde. Jamais personne ne m'a regardé avec tant de grâce, de confiance, et qu'elle me considère ainsi me remplit d'une humilité folle.

Quel sentiment étrange… D'ordinaire, les gens ne voient en moi que l'une des racailles ritales du gang qui souille les taudis de banlieue de l'autre côté de la ville.

Mais pas elle.

J'ignore pourquoi, merde, mais Clochette voit autre chose en moi. Une tout autre chose. Même après tout ce que je lui ai fait subir.

— Austin… merci…, murmure-t-elle et, soudain, la gêne enflamme son visage.

— Non, c'est moi qui te remercie…, dis-je, avant de déposer un nouveau baiser chaste sur ses lèvres.

Je prends l'une de ses mains, la porte à ma bouche et en dépose un second sur ses doigts.

— Reste avec moi cette nuit, Clochette. Pas de sexe, ajouté-je avec un sourire, récoltant une petite tape de vexation feinte de sa part – pas plus forte que si une plume m'avait percuté le torse. Reste avec moi… Dors à côté de moi, près de moi.

— D'accord…, acquiesce-t-elle.

Alors, je la prends par la main et la guide vers le lit, sur lequel nous reprenons nos positions de tout à l'heure. Cette fois, par contre, nos mains ne se quittent plus… Nous ne sommes plus les mêmes : notre relation, en tout cas, a changé. Mon esprit se met à turbiner… Est-ce que… nous sommes ensemble ? Finalement, je me moque un peu de la façon dont nous pourrions nommer le lien qui nous unit : je peux tout lui dire, et elle peut tout me dire. « Petit copain », « petite copine », ça ne s'utilise pas trop chez les monstres de foire… L'important, c'est qu'on vient de trouver quelqu'un qui nous comprend. Nous avons chacun exposé à l'autre nos secrets les plus noirs, et c'est comme si nous avions débarrassé nos cœurs et nos esprits de tumeurs grosses comme le poing.

— Austin ? m'interpelle Lexi en passant la langue sur sa lèvre inférieure.

— Hmm ?

Son geste sensuel me fout une gaule intenable, presque douloureuse.

— Tu veux bien… m'embrasser encore une fois ?

Je serre les poings. Je voudrais faire bien plus que ça : suçoter le bout de ses seins, lécher son clitoris, la déflorer… mais tout ça, c'est hors de question.

— Approche…, l'invité-je en la tirant par la main.

Elle se rapproche, et je passe mes mains dans son dos…

Elle se fige.

Surpris, j'ai un léger mouvement de recul.

— J'ai fait une connerie ?

Lexi lève une main et la dépose timidement sur ma joue.

— Certaines zones de mon corps sont des déclencheurs, chez moi…

— D'accord…, dis-je, même si je n'ai pas la moindre idée de ce qu'elle entend par « déclencheur ».

Elle s'assoit sur le lit et baisse les yeux vers moi.

— Mon dos. Tout entier. C'est un déclencheur. (Je hausse les sourcils, un peu perdu, et elle s'éclaircit la gorge.) Je ne supporte pas qu'on touche mes vertèbres ou l'arrière de mes côtes.

Cette douleur dans sa voix quand elle parle d'elle… Ça a quelque chose de déchirant.

— C'est la partie de mon corps que je hais le plus, alors… ça me stresse énormément.

Méfiante, elle lève vers moi un regard embarrassé, alors je l'attire doucement et l'allonge contre mon torse nu.

— Mais, je peux te toucher partout ailleurs ? Ça, c'est autorisé ? lui demandé-je en caressant son cou délicat.

— Dans les limites du raisonnable, répond-elle, pantelante.

— Je peux avoir plus d'infos ? Non, parce qu'entre nous, je crève d'envie de te toucher comme je l'entends…, rétorqué-je en caressant le tissu de sa manche.

— Je… je ne sais pas trop, en fait…, dit-elle, tandis que mon doigt s'approche de l'ourlet de sa robe.

Elle ferme les yeux, envoûtée, et ses pommettes rosissent.

— Qu'est-ce que tu ne sais pas trop ?

Cette fois, j'ai parlé d'un ton presque abrupt : il faut dire qu'elle est si près de ma queue que j'en perds le contrôle… J'arrête ma caresse et attends qu'elle me réponde.

— Je… je ne suis jamais sorti avec un garçon… À part mon dos, je ne sais pas ce qui pourrait provoquer une crise chez moi… Si ça se trouve, je vais te faire une crise d'hystérie sans crier gare…

Je prends son menton dans la main et elle niche son visage dans ma paume. Et puis, soudain, elle s'immobilise.

— Je sais déjà que je ne pourrai jamais me retrouver nue avec un garçon. Je ne serai jamais une partenaire normale au lit… Je ne serai jamais libre de faire l'amour comme j'en ai envie. Je crois que jamais je ne me sentirai assez à l'aise avec moi-même pour ça. (Elle soupire.) Fuis, Austin… Fuis loin de la fille aux mille défauts…

Elle a toujours le visage blotti dans ma paume, le regard perdu dans le vague.

— Et moi, je suis fauché comme les blés, lié corps et âme à un putain de gang qui vend de la drogue pour faire du cash, et j'ai un frangin qui ferait tout pour protéger sa bande de criminels. Ma mère est malade, et le doyen se trancherait un bras pour que je quitte son université. J'ai le corps couturé des pieds à la tête et, crois-le ou non, je n'ai connu que trois filles dans ma vie. Aucune d'entre elles n'a jamais su qui j'étais vraiment.

Elle tourne vers moi un regard intrigué.

— Tu n'es sorti avec aucune d'entre elles ?

Je hausse les épaules et caresse sa joue du pouce.

— Louisa Tripodi, peut-être… Pendant une semaine, disons. Elle a vécu à trois mobile homes du nôtre toute sa vie. Ses parents ont débarqué de Sicile, comme mon daron.

— Tu me racontes ?

— On était défoncés, et on a fini par baiser sur le carrelage de sa salle de bains. C'était ma première fois. Louisa, elle, n'était plus vierge depuis un putain de bail, déjà…

— Tu avais quel âge ?

C'est à mon tour d'être embarrassé.

— Treize ans.

Elle ouvre grand les yeux.

— Qu'est-ce qu'elle est devenue, cette Louisa… comment, déjà ?

— Tripodi.

— Oui, Louisa Tripodi.

— Elle a fait une overdose d'héroïne il y a trois ans.

Elle sursaute et grimace.

— C'est affreux…

Je hausse les épaules.

— Un macchabée de plus à Westside Heights…, dis-je, sarcastique.

Lexi se penche en avant, et sa bouche frôle presque la mienne.

— Et les deux autres filles ?

— Des coups d'un soir. Je ne les connaissais même pas. Elles savaient que je jouais pour la Tide, on a baisé, elles sont parties, et voilà : tu connais tout l'historique de ma vie sexuelle.

— Quoi ? Mais… Enfin, tu t'es vu ? s'étonne-t-elle en désignant mon torse nu. Tu es… parfait. Tu pourrais séduire n'importe quelle fille d'un claquement de doigts.

Je pouffe.

— La perfection, c'est relatif, Clochette. La beauté aussi.

Elle a une moue sceptique.

— Mes tatouages, tu les aimes, toi ? lui demandé-je.

Elle sourit.

— Oui. J'adore…, confesse-t-elle en admirant la colombe et la fleur de lys sur mon cou.

— Eh bien, ce n'est pas le cas de tout le monde, avoué-je, attisant son intérêt. (Je reprends ses doigts et les passe sur la marque disgracieuse qu'a laissée la balle sur mon bras.) Et les cicatrices ? Est-ce qu'elles te dégoûtent ?

Choquée, elle a un mouvement de recul et se met à secouer la tête avec emphase.

— Non ! Pourquoi tes cicatrices me dégoûteraient ? Ce n'est pas toi : ce ne sont que des souvenirs. Elles ne me dérangent pas une seule seconde : au contraire, elles racontent ton histoire.

Je souris à ses mots, lève les mains et enserre délicatement ses bras : elle arrête soudain de respirer et baisse les yeux, tous ses membres crispés.

— Tout comme ton poids ne me dérange pas. Il n'a rien à voir avec qui tu es. Ton poids, ta taille, j'en ai rien à foutre. Ce sont les gens qui m'intéressent, ce qu'ils sont au fond d'eux, leur vrai visage. Tu es authentique, Clochette.

À son expression, je sens que je l'ai perdue, que son esprit m'a privé d'elle… Mais, très vite, elle secoue la tête, et je la retrouve. L'égarement a été plus bref, cette fois. Et puis, me prenant par surprise, elle pose les mains sur mes joues et vient plaquer les lèvres contre ma bouche. Je couvre ses bras de caresses, prenant soin d'éviter son dos.

Mais elle ne s'arrête pas là… Ses petits seins viennent caresser mon torse et sa jambe frotte contre ma queue. Je lâche un gémissement rocailleux, et elle relève subitement la tête.

— Ça va ? me demande-t-elle, le souffle court.

— Ouais, ça va, ça va…, dis-je, les mâchoires crispées. C'est juste que je commence à être trop excité pour avoir les idées claires, là.

— Oh…, lâche Lexi en baissant les yeux.

Lorsqu'elle me voit rajuster mon jean, elle rougit et détourne le regard.

— Oh ! panique-t-elle, totalement déroutée.

Je rigole, l'invite à me regarder et, cette fois, c'est elle qui me prend la main.

— Merci, Austin…, murmure-t-elle quelques secondes plus tard.

— De ?

Dehors, un ululement apaisant s'élève dans la nuit.

Elle hausse les épaules.

— D'être une bête de foire, toi aussi ? (Elle serre mes doigts un peu plus fort.) De me donner l'impression que je ne suis pas qu'une erreur, un faux pas de la nature. De ne pas te moquer de mon manque d'expérience, aussi…

— Tu es tout sauf une erreur, Clochette. De mon point de vue, t'es même une putain d'héroïne : tu aurais pu y passer, mais tu as survécu.

— C'est justement le problème, Austin : mon combat n'est pas terminé, et rien ne dit que j'y survivrai… Je trouve… la lutte bien plus dure, ces temps-ci. J'ai l'impression que je rechute. La voix… l'anorexie, elle fait tout pour briser mes défenses. (Elle écarquille soudain les yeux et me dévisage, bouche bée.) C'est… c'est la première fois que je le dis… Je ne suis même pas sûr que je me l'étais déjà avoué à moi-même…

Je balaie d'un doigt une mèche de cheveux tombée sur son visage.

— Ce trouble, il ne t'aura pas, Clochette… Je vais m'en assurer.

Lexi hausse ses sourcils noirs.

— Et comment tu comptes t'y prendre ?

— Déjà, je te quitterai plus des yeux…

Elle glousse.

— Hé, attention, Carillo : ça ressemble affreusement à un engagement, ça…

— Appelle ça comme tu veux, Clochette. Tout ce que je sais, c'est que tu me plais et que j'aimerais te voir plus souvent. OK, je suis qu'un voyou de banlieue avec un casier long comme…

— Et moi, une vierge anorexique croquée par Tim Burton et qui ne supporte pas qu'on la touche, m'interrompt-elle.

— Si, avec ça, on n'est pas faits l'un pour l'autre…, plaisanté-je en la gratifiant d'un clin d'œil.

— Attends, ça ne peut que bien se passer !

Ce n'était qu'une vanne, mais cela ne nous empêche pas d'y réfléchir en silence. Comme elle l'a sous-entendu, une mégatonne de merde pend au nez d'un couple comme le nôtre : elle pourrait rechuter, les Imperatori pourraient me prendre en grippe et foutre en l'air mes rêves… Putain, mon propre frangin me saignerait s'il apprenait que je me rapproche de Clochette, la seule personne capable de compromettre la domination du gang sur le campus.

Le truc, c'est que, là, tout de suite, je n'ai aucune envie de penser à ce qui pourrait plomber notre histoire, pas plus qu'à mon grand frère, ma mère ou Levi. Tout ce dont j'ai envie, c'est de dormir aux côtés de ma petite fée gothique, et que nous laissions, le temps d'une nuit, nos soucis de côté.

Lexi bâille, s'installe confortablement sur le lit et ferme les yeux. Nos doigts toujours entrelacés, je savoure du regard son magnifique visage…

— C'est pour quoi, les peintures de guerre, Clochette ? murmuré-je.

Lexi prend une grande inspiration, puis expire lentement… Ses paupières restent closes tandis qu'une larme fuit ses cils noirs et coule le long de sa joue. Sa main se crispe dans ma paume.

— Parce que je hais la fille qui se cache dessous…, murmure-t-elle en confession.

Mon cœur manque un battement… Je porte sa main à ma bouche et dépose un baiser sur sa peau froide.

— Et toi, les tatouages ?

Je rive aussitôt le regard dans le sien et ses hypnotiques iris turquoise.

— Parce que je ne supporte pas de voir les séquelles de mon passé.

De nouvelles larmes emplissent ses yeux. Je me penche et dépose un baiser sur sa pommette, goûtant au sel de ses pleurs…

Et c'est ainsi que nous nous abandonnons au sommeil…

À la confiance.

Et… à autre chose, peut-être…

Chapitre 15

Lexi

« Chère Daisy,

Poids : 41,73 kg
Calories : 1 200

Hier soir, j'ai vécu le moment le plus… irréel de ma vie.
J'ai dormi jusqu'au matin à côté d'un garçon.
Oui, j'étais habillée.
Oui, j'étais maquillée.
Mais, il y a du mieux, non ? Bien sûr qu'il y a du mieux.
Il m'a embrassée, tu sais ? Austin Carillo, le *bad boy* italien, il m'a embrassée… et c'était magique. Je me sens en sécurité avec lui et, l'espace d'une nuit, je me suis même sentie… belle.
Mais, le plus fou, c'est qu'il a réussi à faire taire la voix, à assourdir ses provocations, ses tentations…
Et je crois qu'en faisant ça… il a ravi mon cœur. »

— Alors, Lexi ? Dans quelle mesure l'escouade de pom-pom girls affecte-t-elle ta confiance en toi ?

Assise devant le bureau du Dr Lund, je rive le regard sur les feuilles d'automne qui dansent dans la brise légère. Lui, pendant ce temps, commente tout sur son carnet. Le grattement du crayon sur le papier m'écorche les oreilles – *crrr crrr crrr* –, ça va me rendre dingue.

— Je dirais que ça me fait du bien, docteur Lund. C'est ma passion. Depuis toujours, d'ailleurs. Je me sens libre quand je danse.

— Certes, mais c'est sur une lame bien effilée que tu danses : tu sais que c'était ton déclencheur au lycée. Et si cela se reproduisait ? Si un autre garçon qui te plaît te dit que tu as l'air grosse en tenue de pom-pom ? Penses-tu être capable de supporter ce genre de remarques ? Te sens-tu assez forte pour essuyer sans répercussions les railleries à ton égard ?

— Oui, dis-je d'un ton sans réplique.

Pourtant, ma gorge se serre : ce qu'il décrit, c'est déjà en train de se produire… Simplement, ce ne sont pas les joueurs de foot qui se moquent de moi, mais la voix dans ma tête.

REVIENS, LEXINGTON. REVIENS AUPRÈS DE MOI : SI TU PERDS QUELQUES KILOS DE PLUS, PLUS JAMAIS TU N'AURAS PEUR DE TA TENUE DE POM-POM. TU N'AURAS PLUS À MENTIR À L'ESCOUADE COMME TU LE FERAS BIENTÔT. NOUS LE SAVONS TOUS LES DEUX. LA DANSE RÉCLAME SON DÛ, LEXINGTON…

Je tente de contrôler au mieux ma respiration et de me concentrer sur les questions sans intérêt du Dr Lund.

— Et ta vie privée ? Comment ça va ?

— Bien, dis-je, avant de me mettre à triturer le vernis noir écaillé sur mes ongles.

— Un petit ami ? Tu arrives à supporter le contact physique, maintenant, ou est-ce encore quelque chose de difficile pour toi ?

J'ouvre grand les yeux et dévisage le Dr Lund, gênée. Il se redresse, décontenancé, ses sourcils bruns relevés.

— Voilà une réaction bien singulière, Lexi. Intéressant. Peux-tu m'expliquer pourquoi cette question a suscité une réaction si marquée ?

Anxieuse, j'agrippe les accoudoirs de mon fauteuil.

— J'ai… rencontré quelqu'un, confessé-je, sentant mes pommettes rougir.

— Ah ? Quand cela, Lexi ?

— Il y a quelques mois.

Il hausse de nouveau les sourcils.

— Quelques mois ?

Je hoche la tête et observe avec appréhension la désapprobation voiler son visage.

— Nous nous sommes vus six fois ces huit dernières semaines, pas moins, et tu ne m'en parles qu'aujourd'hui ? Ce n'est pas des plus rassurant, tu sais ? Que me caches-tu au sujet de ce garçon ?

Je détourne le regard et observe, le cœur serré, deux enfants s'amuser au-dehors, sur l'aire de jeux : la fillette tente de plaquer le petit garçon au sol pour l'embrasser. Elle rayonne de confiance en elle.

Je prie pour que cette enfant ne perde jamais cette assurance, qu'elle ne se mette jamais à compter religieusement les calories avant d'avaler une cuillerée de quoi que ce soit, qu'elle ne vérifie pas sur chaque emballage la quantité de glucides, de sucres et de graisse saturée présents dans le produit. J'espère qu'elle ne dissimulera jamais sa beauté naturelle parce qu'elle en sera venue à haïr son vrai visage. Qu'elle ne paniquera pas lorsque ce même garçonnet de six ans, une fois ado, voudra l'embrasser pour lui montrer qu'elle lui plaît… Qu'elle ne laissera jamais les quolibets de celui sur qui elle a flashé la priver de son adolescence et de la moindre once de respect pour elle-même.

— Lexi, concentre-toi, je te prie, m'ordonne le Dr Lund, autoritaire, après avoir regardé par la fenêtre pour déterminer ce qui avait ainsi attiré mon attention.

Je me frotte le visage à deux mains.

— Nos débuts ont été un peu… chaotiques. Lui aussi a des soucis. En fait, ce n'est devenu sérieux entre nous qu'il y a très peu de temps. Enfin, je crois… Je ne sais pas exactement, on n'a pas vraiment parlé de ce qu'on est devenus l'un pour l'autre. Je n'ai jamais eu de petit copain ou… enfin, je n'ai jamais vécu ce que je vis avec lui, en gros, alors je ne savais pas trop quoi vous dire. J'essaie moi-même de comprendre ce qui se passe entre nous.

Depuis notre retour du Tennessee, Austin et moi nous sommes vus tous les soirs. Sans exception. Sa mère vient de sortir de l'hôpital, mais, quand Chiara y était encore, il lui rendait visite pendant que j'allais voir le Dr Lund. Ensuite, nous restions quelques heures dans le jardin, main dans la main, et nous embrassions chastement sous les étoiles.

Austin sait où il peut me toucher, désormais : nous avons découvert que mes clavicules aussi étaient des déclencheurs. Austin navigue ainsi, évitant les zones qui me posent un problème, s'assurant chaque fois que je ne ressente ni honte ni gêne.

Le Dr Lund se penche en avant et pose son carnet à côté de lui, sur son bureau. Les coudes sur les genoux, il me regarde, les mains en clocher devant la bouche.

— Tu te sens bien avec lui, Lexi ?

Je gigote sur mon siège, mal à l'aise.

— Oui. Ça n'est jamais allé trop loin, bien sûr… Disons que nous nous sommes embrassés… touchés, aussi…

— Et ? s'enquiert le Dr Lund, manifestement surpris de m'entendre parler de façon si franche.

— Ce n'était pas… facile au début, à cause de mes déclencheurs, mais je lui ai parlé de mon passé, et il respecte les limites que j'ai posées. Chaque jour, c'est un peu plus simple avec lui. Il fait peu à peu tomber mes défenses…

Le docteur se redresse soudain, et je me renfrogne.

— Qu'est-ce qu'il y a ? lancé-je, surprise par sa réaction.

Il me dévisage de son regard troublant.

— Tu lui as parlé de ton passé ?

Je hoche lentement la tête.

— Oui.

Un sourire se dessine lentement sur son visage. Le Dr Lund a tout un arsenal d'expressions : impassible, préoccupé, intrigué… mais « impressionné », jamais.

— Lexi, cela fait des années que nous travaillons ensemble, et je peux compter sur les doigts d'une main les personnes à qui tu as parlé de ton trouble depuis tout ce temps. Il y a ton père, ta mère, Daisy bien sûr, et moi. Même tes meilleures amies à l'université n'en savent rien : Cass, Molly, Ally… Pourquoi, d'ailleurs ?

Il attend patiemment que je lui réponde, et je me mets à triturer l'ourlet de ma manche.

— Parce que je ne veux pas qu'elles me considèrent comme quelqu'un de faible, confessé-je. Je ne veux pas qu'elles me voient comme une victime, qu'elles se disent qu'avec moi, elles devraient en permanence prendre garde à ce qu'elles font ou disent. Je veux qu'à la fac, je puisse être quelqu'un d'autre que Lexington Hart l'anorexique.

Il hoche la tête, pensif, comme seuls savent le faire les psychiatres. Il plaque de nouveau ses mains en clocher contre ses lèvres.

— Et ce garçon, tu le lui as dit au bout de quelques mois seulement. En quoi est-il si différent de tes autres amis ?

Je hausse les épaules et garde les yeux baissés. Je ne veux pas parler au Dr Lund de la connexion spirituelle qui me lie à Austin. Je ne veux pas lui dire que, parfois, il se trouve quelqu'un qui arrive sur les lieux du crash pour vous libérer des tonnes d'acier qui pèsent sur vous et vous étouffent, et vous tirer des décombres. Je ne veux pas lui dire qu'Austin aussi en a bavé, que nous avons ce point commun de lutter pour ne pas laisser nos démons nous mettre à genoux, même si nos propres problèmes sont aux antipodes.

Austin colore ma vie. Avant lui, elle était peinte en nuances de gris.

Il m'est devenu si précieux…

Il est mon secret. Un de plus, que je ne souhaite confier à personne.

— Je ne te demande pas, Lexi, de tout me dire à propos de ce garçon – c'est une étape très récente de ta convalescence –, mais j'aimerais que tu réfléchisses à ce que tu trouves de si différent chez ce jeune homme. Je sais que tu as pleinement conscience de l'importance de la confession que tu lui as faite, et je ne peux que m'en réjouir. (Il se redresse, se cale confortablement dans son fauteuil, et je le regarde dans les yeux : son air heureux vient de se muer en moue inquiète.) Mais cela me préoccupe également : tu viens d'accorder ta confiance à quelqu'un, de t'ouvrir à lui après des années à te retrancher derrière ton maquillage et tes tenues noires.

— Et ça vous inquiète ? Je voyais plus ça comme un progrès…

— Disons qu'il peut y avoir deux dénouements possibles à cette situation.

— Je ne suis pas sûre de vous suivre.

— Lexi, ce garçon pourrait te faire sortir de ta coquille, te valoriser et te permettre de surmonter tes craintes. Mais, il pourrait aussi t'aider à t'élever, avant de briser le socle sur lequel tu te tiens. Tu te retrouverais alors dans des ténèbres plus noires encore qu'il y a quelques années. C'est à toi de décider si ce garçon vaut ou non la peine de prendre un tel risque.

J'ai beau soupeser l'argument du docteur, je ne vois pas, en toute honnêteté, comment je pourrais me passer de parler à Austin : ces dernières semaines, je crois que je suis tombée désespérément amoureuse de lui. Il est le seul avec qui je puisse être moi-même : pas de faux-semblants, pas de comédie. Il n'y a que lui et moi quand nous sommes ensemble. Lui et moi, sans le moindre masque.

Oui : Austin en vaut la peine.

— Prends un peu de temps pour y réfléchir, Lexi. Nous en rediscuterons quand tu seras prête.

Le Dr Lund gribouille ses derniers commentaires, puis referme son carnet dans un claquement sonore.

— Très bien !

Je me lève et me dirige vers la porte, quand le docteur m'interpelle.

— Oh, une dernière chose, Lexi : si je continue à remarquer à l'œil nu que tu perds du poids, je me verrai dans l'obligation de te faire passer des examens. Un petit kilo, c'est compréhensible au vu de l'exercice physique auquel tu t'adonnes au quotidien, mais davantage, ce serait une sonnette d'alarme… Le signe que tu as repris de vieilles et mauvaises habitudes.

Je lui jette un regard noir, quitte brutalement son bureau et me dirige vers les toilettes à l'autre bout du couloir, le cœur battant. Là, je viens me placer devant un lavabo et me force à observer mon reflet dans le miroir.

J'ai perdu du poids.

Je pèse 41,73 kilos.

C'est plus de poids perdu que ne le soupçonne le Dr Lund, je pense.

J'esquisse un sourire satisfait, lève une main et laisse courir mes doigts le long de ma peau. Ma clavicule est plus dessinée, comme je l'aime ; mes pommettes, aussi, bien marquées et saillantes. Je lève ma robe ample et, faisant fi de la nausée qui me prend à la gorge lorsque je vois la graisse sur mes cuisses potelées, remarque que l'écart entre elles s'est encore accru. Il n'est pas bien large, mais il est bien là. Cet écart vaut de l'or pour moi : c'est l'indicateur le plus fiable à mes yeux de ma perte de poids. La marque de mon triomphe et de ma détermination.

Mais il est encore trop discret : il y a trop de gras sur mes cuisses. Je serre les mâchoires et les poings…

JE N'AURAIS PAS DIT MIEUX, LEXINGTON. TOUT CE GRAS… TU T'ES BIEN DÉBROUILLÉE CES DERNIERS TEMPS, MAIS TU PEUX FAIRE ENCORE MIEUX. TU LE SAIS. TU AS PERDU DU POIDS, CERTES, MAIS FAIS UN PEU PLUS D'EFFORTS, VEUX-TU ? ALLEZ : LA PERFECTION EST À PORTÉE DE MAIN.

J'agrippe le rebord du lavabo, grisée par la voix hypnotique, mais, sitôt que je me projette et imagine les semaines de privation et d'exercices qui m'attendent, le visage d'Austin m'apparaît en esprit… Et, soudain, les mots tentateurs de la voix disparaissent, purement et simplement.

Je lève les yeux vers le miroir, étudie du regard la fille au visage maquillé, la fille au masque, et redouble d'efforts pour réciter mon mantra :

Tu es belle, Lexi. Tu es forte. Tu es parfaite comme tu es…

Je répète à l'infini ces mots dictés un jour par le Dr Lund, jusqu'à ce que ma gorge se contracte : j'aimerais être forte, plus forte que ça. Pour Austin. Mais le mantra ne fonctionne pas et je n'arrive à penser à rien d'autre qu'à mon dos et au nombre de côtes que j'arrive à dénombrer sous la graisse !

Ces pensées m'obsèdent, tourbillonnent dans mon esprit à m'en donner le vertige.

Je lutte, tente de me raisonner en invoquant tout mon courage, mais je me débarrasse soudain de ma robe et me mets à compter mes côtes dans mon dos…

Une, deux, trois, quatre, cinq, six… sept… sept, sept, sept…

Sept, ce n'est pas assez, loin de là. Je devrais en compter dix : dix ! Dix côtes bien palpables et sans la moindre cellule de graisse !

Et si Austin et moi passions à l'étape suivante ? Je veux me sentir bien dans ses bras, être à l'aise avec mon corps… Je veux lui faire honneur. Et pour ça, il faut que je mincisse. Pas le choix. Il n'y a que comme ça que je serai enfin satisfaite de mon corps… Que comme ça que je pourrai enfin me résoudre à faire l'amour…

ABANDONNE-TOI À MOI, LEXINGTON. JE TE MÈNERAI À DESTINATION. QUAND NOUS AURONS ATTEINT TON OBJECTIF, AUSTIN SUCCOMBERA À TA BEAUTÉ. TU LE SUBJUGUERAS, MÊME. FAIS CE QUE TU AS À FAIRE EN SECRET, QUE PERSONNE NE SE DOUTE DE QUOI QUE CE SOIT : LE SECRET, LEXINGTON, TELLE EST LA VOIE. QUE VEUX-TU QUE LE DR LUND FASSE ? QU'IL TE FORCE À MONTER SUR UNE BALANCE ? LUI APPARTIENS-TU POUR QU'IL TE DONNE AINSI DES ORDRES ? ES-TU SA MARIONNETTE ? NON, LEXINGTON, C'EST MOI, TON MAÎTRE, ET LE DR LUND EST UN OBSTACLE : LE REMPART QUI TE SÉPARE DE LA PERFECTION.

Je relève les yeux pour affronter mon reflet, et mes yeux se chargent de larmes à ce spectacle écœurant.

Je ne mérite rien de ce qui m'arrive : je ne fais aucun effort. Est-ce une reine de beauté que je vois dans ce miroir ? Non : rien qu'une fille au visage bouffi, aux traits effacés à la gomme grasse… Elle est laide, si laide, et sa laideur saute aux yeux de tous ceux qu'elle croise !

Ma décision est prise : je vais suivre les conseils de la voix et perdre quelques kilos de plus. Après, j'arrêterai. Je n'exagérerai pas. Personne ne se rendra compte de rien. Oui, oui, ça passera sans problème inaperçu…

Je ne vois pas d'autre issue à ma détresse, de toute façon.

Et puis, ce sera plus simple ensuite. Oui, tout sera plus simple…

Tellement plus simple…

Quand je serai plus mince.

Chapitre 16

Lexi

— Comment ça, tu ne peux plus voltiger ? me hurle Shelly Blair d'une voix stridente.

J'entends Lyle siffler discrètement à côté de moi.

— Je reviens de chez le kiné et il a été catégorique : je peux toujours danser, mais je ne peux pas voltiger pendant les chorés. J'ai un muscle froissé, du coup, il ne faut pas me toucher le dos. Sans compter le trauma des atterrissages. Par contre, je peux danser seule au premier rang de l'escouade.

Des mensonges amers et pourtant si simples : ils s'écoulent de mes lèvres avec aisance, et je ne me sens pas coupable pour un sou.

BRAVO, LEXINGTON… NE LAISSE PERSONNE TE TOUCHER LE DOS, ET NE CULPABILISE JAMAIS DE MENTIR. C'EST UN IMPÉRATIF, ET TU LE SAIS : QU'EST-CE QU'UN PETIT MENSONGE SUR LA VOIE DE LA PERFECTION ?

Je me redresse et me concentre de nouveau sur notre capitaine.

— Je suis désolée, Shelly, mais c'est comme ça. Je n'ai pas le choix.

Elle gronde, ses lèvres rouges parfaitement maquillées tordues en un rictus agacé.

— Génial ! La finale du SEC approche, ensuite on enchaîne avec la finale nationale, et ma meilleure voltigeuse est HS ! Mais quelle année de merde !

Sur ces mots, elle part en trombe pour aller consulter Tanya, notre vice-capitaine, et je reste là, un peu sonnée.

— Lexi, choupinette, tu es blessée ? Pourquoi tu ne m'as rien dit ? me demande Lyle en faisant la moue, une main posée sur mon bras.

Je hausse les épaules, fais un pas de côté pour me soustraire à son contact, puis croise les bras.

— J'avais mal au dos depuis un moment : je l'ai fait examiner, et je vais devoir me ménager jusqu'à la fin de la saison. Je peux encore danser, hein : je dois juste éviter les acrobaties trop éprouvantes.

Sa moue boudeuse se fait plus attristée encore.

— Mais tu es ma voltigeuse : je ne veux personne d'autre, moi. On a dansé ensemble toute la saison… (Il fait un cercle en joignant le pouce et l'index, puis l'accroche à mes doigts.) J'en pince pour toi, copine de pompon…

La gorge serrée par un accès de culpabilité, je me pare d'un sourire aussi attendri que feint, prends la main de Lyle et la serre.

— Je suis sûre que tu vas t'en remettre.

— Hmm…, souffle-t-il en tournant la tête dans un geste exagéré. (Tout à coup, il lâche un soupir sonore, puis se retourne vers moi.) Et voilà qu'il recommence…, dit-il, l'air blasé.

— Qui ça ? lui demandé-je, suivant son regard pour voir ce qui a attiré son attention.

— Austin Carillo ne te lâche pas des yeux…

Lyle et moi nous donnons encore la main. Lorsque je cherche Austin du regard sur le terrain d'entraînement de la Tide, je le découvre debout en train de boire une bouteille de boisson énergisante, le regard rivé sur nos mains jointes.

De toute évidence, il ne voit pas forcément d'un bon œil que Lyle joue au crabe avec mes doigts…

La jalousie qui embrase le regard noir d'Austin fait naître une flamme étrange au creux de mon ventre, et je lui adresse un petit sourire pour le rassurer. Il tourne légèrement la tête vers la table à côté de lui, et je comprends qu'il me demande le rejoindre. Discrètement, bien sûr.

Je retire ma main de celle de Lyle et commence à m'éloigner, quand ce dernier m'interpelle.

— Et tu vas où, maintenant, bichette ?

— Je vais boire un coup ! lui lancé-je par-dessus mon épaule.

Lorsque j'arrive devant la table et tends la main vers une bouteille d'eau, je perçois à côté de moi une chaleur folle et envoûtante. Je baisse les yeux vers la bouteille, puis fais mine d'observer l'escouade de pom-poms qui répètent nos nouvelles acrobaties… Sans moi.

Mon cœur se brise : je suis en train de sacrifier ma passion à la balance… Malheureusement, je n'ai pas le choix. Je ne supporterai pas que les gens voient toute cette graisse sur mon dos.

— Le type qu'arrêtait pas de te toucher, rassure-moi, il est homo ? me demande Austin à voix basse, me tirant de mes errances.

Juste à côté de moi, il termine sa bouteille.

Sa question me fait rire, et je me tourne vers les tribunes en buvant une gorgée.

— Hmm… oui, il est gay. Pourquoi ? Tu es jaloux ? le taquiné-je.

Mais il reste silencieux.

Je vérifie alentour que personne ne nous regarde, puis me penche pour le regarder dans les yeux : vêtu de son tee-shirt et de son short d'entraînement rouges de la Tide, il triture l'étiquette de sa boisson, l'air renfrogné.

— Ça va ? demandé-je en approchant un peu plus.

Je sens l'odeur de sa transpiration, le voile laissé sur sa peau par les sprints, mais, plutôt que de me repousser, elle m'attire… et je m'approche encore. Je… je crois… que j'ai envie de lui.

J'écarquille les yeux : j'ai envie d'un garçon. Sauf que…

— Je crois juste que j'ai pas tellement l'habitude de me sentir jaloux, admet Austin à contrecœur.

Soudain, toutes les pensées sinistres qui menaçaient de naître en moi sont étouffées dans l'œuf : je m'inquiétais de savoir comment je pourrais un jour coucher avec lui, mais sa confession vient de me laisser bouche bée. Austin m'offre un sourire éphémère, puis renfile son masque sévère.

— Il y a autre chose qui t'embête…, dis-je.

Il jette sans ménagement sa bouteille dans la poubelle, s'empare de ma main en cachette et l'étreint.

— Le doyen s'est pointé à l'entraînement ce matin : il nous a mis en garde contre la came présente sur le campus et nous a annoncé qu'il serait sans pitié avec les coupables. S'il voit un gars de l'équipe dealer ou consommer de la drogue, il est foutu. Cet enfoiré m'a défié du regard pendant tout son putain de discours, Clochette. Il sait que je suis au courant de quelque chose : je l'ai lu dans ses yeux de fouine.

Soudain saisie par un accès d'angoisse, je prends sa main et la serre.

— Austin, il faut que tu arrêtes ton frère et que tu protèges ton avenir à l'université. C'est déjà allé trop loin. Tu es à deux doigts de te faire épingler : si ça t'arrive, c'est ton futur qui sera menacé !

Austin retire sa main de la mienne et son visage se ferme.

— Oublie ça, Clochette. Cette merde, c'est pas tes affaires.

Je prends sa remarque comme une gifle en plein visage.

— Ah, désolée de m'intéresser à toi…, rétorqué-je, cinglante.

Je m'apprête à repartir, mais il m'attrape par la main.

— Merde, Clochette, désolé… C'est pas ce que je voulais dire. C'est juste que… C'est juste…

Je soupire, puis me tourne de nouveau vers lui.

— Je tiens à toi, Austin, c'est tout…

Il noie dans le mien son regard ténébreux, et je vois ses yeux s'embraser sous l'effet de ma déclaration.

— OK, je reformule, Clochette : je veux tout faire pour que tu sois préservée de cette partie de ma vie. Des Imperatori. Ces gars sont pas des enfants de chœur, et ils n'acceptent pas que qui que ce soit d'autre qu'un membre de la famille sache quoi que ce soit de leur business. Si Ax' et Gio apprennent un jour ce qui se passe entre nous…

Je déglutis, anxieuse, et commence à reculer : je ne veux pas entendre la suite de sa phrase ici, en public.

— Rendez-vous ce soir au pavillon d'été. Au crépuscule, ajoute-t-il.

Mon cœur se serre : le colossal receveur de l'illustre Crimson Tide, menaçant et tatoué des pieds à la tête, est en train de me supplier de son regard ténébreux.

J'acquiesce, et Austin semble s'apaiser.

— Pourquoi est-ce que tu ne voltiges pas, Clochette ? Je t'ai vu dire à Shelly que tu arrêtais.

Mon sang se fige. Austin se rapproche.

— Si t'en chies pour quoi que ce soit, murmure-t-il, que t'as un problème ou des idées noires, tu m'en parles. Je ne te jugerai pas.

Mon cœur se met à battre plus vite entre mes côtes.

— D'accord, murmuré-je en réponse avant que mes yeux se chargent de larmes.

Je n'en ferai rien, cependant : Austin ne comprendrait pas.

Il lâche un soupir et, d'une main, coiffe mes cheveux en arrière. Je ne cille pas, mais m'interroge : depuis quand est-ce que je laisse Austin toucher sans la moindre gêne mes « zones sûres » comme les appelle le Dr Lund ? Quand, exactement, a-t-il fait tomber mes défenses ? J'accueille sans rébellion sa caresse sur mon front et lève les yeux vers lui.

— Et ça vaut pour toi aussi : quand c'est la… merde, tu me le dis. Ne laisse pas tes soucis te ronger de l'intérieur.

Ma proposition semble sincèrement le surprendre, comme si personne avant moi ne lui avait jamais offert son soutien. Il n'en dit rien, mais je vois à la crispation de sa mâchoire carrée que mes mots l'ont touché.

— Carillo ! Muscu ! Go ! crie quelqu'un derrière Austin.

Je jette un regard par-dessus son épaule et aperçois Rome, qui nous observe, les bras croisés. Austin se retourne et lui adresse un geste agacé.

— Lex, me lance Rome avec un bref hochement de tête.

— Salut, Rome ! m'enthousiasmé-je faussement en le saluant de la main, le sourire jusqu'aux oreilles.

— Putain, Clochette…, lâche Austin à voix basse en me souriant.

— Quoi donc ?

— Faut que t'arrêtes le sourire *ultra bright* : c'est flippant, venant de toi.

J'ouvre grand la bouche, vexée, mais il se retourne et rejoint au pas de course Rome, JD et Reece, et ils partent ensemble en direction de la salle de muscu. Subitement de meilleure humeur, je regarde s'éloigner les quatre amis, si différents les uns des autres. Austin, plus particulièrement. C'est comme s'il menait une double vie : idole des terrains de foot avec ses potes blancs de la classe moyenne d'un côté, et, de l'autre, voyou de banlieue dont le frère chapeaute le gang notoire des Imperatori. Tout le monde craint les Imperatori à Tuscaloosa… Moi, en revanche, je ne crains plus Austin.

C'est même tout le contraire.

— Lexi ! m'interpelle-t-on depuis les tribunes.

Ally me fait signe depuis le bas des gradins. Tandis que je me dirige vers elle, je ne peux réprimer un rire en voyant les derniers joueurs encore sur le terrain la regarder avec la bave aux lèvres. J'envie la beauté d'Ally, mais certainement pas l'attention qu'elle suscite. Je ne supporterais pas de vivre ainsi sous les projecteurs.

Ally Prince est parfaite, en plus d'être l'une des personnes les plus adorables et prévenantes que j'ai jamais rencontrées. Elle a tout pour elle et, pourtant, n'a jamais eu de petit ami sérieux. D'après elle, c'est juste parce qu'elle n'a pas de chance avec les hommes. Ça n'a aucun sens à mes yeux : c'est un authentique top model. Je prie pour qu'un jour, elle trouve son prince charmant. Elle mérite d'être traitée comme une reine.

— Salut, copine ! lui lancé-je en m'approchant des tribunes. Qu'est-ce que tu fais ici ? Tu réintègres l'escouade pour les phases finales ?

Ally écarquille les yeux et singe une moue horrifiée.

— Argh, jamais de la vie ! Je ne remettrai cette tenue pour rien au monde !

Je m'esclaffe.

— Pourquoi tu es venue, alors ?

— Cass vient de m'appeler, elle a eu la directrice de mémoire de Molly au téléphone, et notre petite Anglaise est super malade… Cass est partie la chercher. Je me suis dit que… enfin, comme elle n'a pas de famille, je me suis dit qu'on pourrait toutes se réunir et la pouponner un peu.

— Oh, pauvre Molly !

— Tu viens alors, ma chérie ?

— Bien sûr !

Quelques instants plus tard, j'ai récupéré mon sac de sport dans les vestiaires et rejoint Ally à l'extérieur. Elle me dévisage, l'air préoccupé.

— Ça va, Ally ? lui demandé-je, tandis que nous cheminons côte à côte en direction du foyer de la sororité. Tu es inquiète à ce point pour Molly ?

— Oui… Enfin, non… En fait… (Elle me toise des pieds à la tête, nerveuse.) Tu as perdu du poids, non, ma chérie ? Si mon commentaire est déplacé, je te présente mes excuses, mais… tu as vraiment l'air très mince dans ce short… Tout va bien en ce moment ? Les gens de l'escouade ne te poussent pas trop à perdre de poids, hein ? Shelly peut être affreuse concernant la minceur et la légèreté de ses voltigeuses…

Je manque de tressaillir à son commentaire : est-ce qu'elle soupçonne quelque chose ? Je me reprends aussitôt.

— Non, Ally, ça va super. Ce sont juste les entraînements intenses avec l'escouade, associés à tout le stress des études… Mon cours de commerce me sort par les yeux !

Je ponctue ma phrase d'un rire forcé pour ajouter du crédit à mon mensonge.

Ally me dévisage quelques secondes, sûrement suspicieuse, mais un grand sourire illumine bientôt son visage. Je soupire comme si j'avais retenu ma respiration pendant des siècles.

—Je te comprends, copine : mon prof d'histoire est un vrai tyran ! Il me rabâche que, si je veux décrocher mon doctorat et devenir conservatrice de musée, il faut que mes notes soient irréprochables et que je m'implique plus en cours. Je te le dis, ma fille : ce type, c'est Satan planqué sous une veste en tweed.

Je force un nouveau rire, et je sais que j'ai réussi à dissiper son inquiétude lorsqu'elle se met à papoter avec enthousiasme à propos des stages bénévoles qu'elle doit accomplir dans les musées locaux pour valider son diplôme.

C'est ce moment que choisit la voix pour se rappeler à moi.

TU ENTENDS ÇA, LEXINGTON ? ALLY A REMARQUÉ QUE TU AVAIS PERDU DU POIDS. BIEN JOUÉ… QUANT À SHELLY, ELLE DEMANDE À SES VOLTIGEUSES DE PERDRE DU POIDS, MAIS PAS À TOI, CE QUI VEUT DIRE QU'ELLE TE TROUVE MINCE. TU ES SUR LA BONNE VOIE, LEXINGTON. CONTINUE COMME ÇA : LA VICTOIRE EST À PORTÉE DE MAIN.

Cette fois, je n'ai pas besoin de feindre l'entrain que mes amies me connaissent : le fait de me savoir plus mince – de savoir que Shelly elle-même me trouve assez fine – emplit chacun de mes pas d'un enthousiasme débordant.

Chapitre 17

Austin

— Toute possession de drogue par un joueur de la Tide aura pour conséquence son expulsion immédiate, à la fois de l'équipe et de l'université. Nous avons mis en place une politique de tolérance zéro concernant les stupéfiants, et nous n'y ferons aucune exception. Aucune. Il semble y avoir de plus en plus de drogue sur le campus, et vous, les garçons, êtes des modèles pour notre communauté et les autres étudiants de l'établissement : je ne tolérerai aucun scandale de ce type tant que je serai en fonction. Nous sommes une université respectable, et je ne laisserai personne salir notre réputation en usant de substances illégales et possiblement mortelles. Suis-je clair ?

Tout du long, l'enfoiré m'a défié du regard.

Rome est affalé sur un banc du vestiaire, à côté de moi : aux yeux du doyen et de n'importe qui d'autre, il doit avoir l'air relax, mais, moi, je sais qu'il est vénère comme pas possible. À ses regards en coin, je comprends que ça lui fout les boules qu'Axel continue de dealer sur le campus au risque que j'y perde ma place en NFL. Jimmy-Don aussi secoue la tête, saoulé… Ils ne comprennent pas : si *mamma* peut rester dans un hôpital de riches, c'est grâce au blé d'Axel et de Levi.

Une fois que le doyen a quitté les vestiaires, Rome se tourne vers moi, mais, avant même qu'il ait pu l'ouvrir et vomir sur mon frangin, je le fais taire d'un regard sombre. Comme d'habitude, Rome se vexe et va se venger sur la fonte. Quelques minutes plus tard, il se barre retrouver Molly qui, visiblement, a chopé un sale virus.

Je suis assis sur le canapé en face de la cheminée éteinte, quand je perçois le cliquetis de la poignée de la porte d'entrée : Lexi entre, vêtue d'une longue robe noire sous un lourd pull en maille. Elle flotte dans ses vêtements, mais c'est surtout son visage qui m'interpelle, m'inquiète même. Je me lève d'un bond et me retiens de ne pas sprinter jusqu'à elle. Elle est blême, lasse, préoccupée.

— Clochette ? Qu'est-ce qu'il y a ? (Elle ouvre la bouche, mais n'arrive pas à parler.) Tu as un souci ?

Elle secoue la tête doucement, et je la guide jusque sur le canapé en prenant garde de ne pas toucher ni même effleurer son dos. Elle lève sur moi ses grands yeux verts.

— Je suis censée n'en parler à personne…

Je lui souris.

— Un nouveau secret ?

Elle esquisse un sourire crispé.

— Oui, mais pas le mien, cette fois…

Je me rassois et réfléchis à ce qui a pu se passer. Tandis que je la regarde triturer les manches de son pull noir, les sourcils froncés, le départ précipité de Rome lors de l'entraînement me revient à l'esprit.

— Molly est en galère, c'est ça ? dis-je.

C'est moins une question qu'une affirmation. Lorsque j'entends Lexi soupirer, je comprends que j'ai vu juste.

— Qu'est-ce qui lui arrive ? insisté-je.

Lexi ferme les yeux une poignée de secondes, puis lâche un long soupir.

— Elle est enceinte.

Putain de merde…

Je me suis attendu à tout, sauf à ça… Et ça veut dire que Rome va… devenir papa ?

Bordel.

— Tu promets que tu ne diras rien ? Attends que Rome t'en parle quand il se sentira de le faire, d'accord ? Molly est en pleine panique, et quand on les a laissés, tous les deux, Rome était complètement paumé…

— Promis, la rassuré-je en portant sa main à ma bouche pour déposer un baiser sur sa paume.

Elle se met à rougir… Elle me fait totalement craquer. C'est dingue qu'une fille de vingt et un ans puisse encore rougir à un baiser dans le creux de la main.

— Je suis sûr qu'ils vont gérer, Clochette, t'inquiète. Et moi, tout ce que je demande, c'est d'oublier toutes nos emmerdes pendant quelques heures, et on n'a pas vraiment besoin d'ajouter aux nôtres les galères des autres. On en a une chiée, déjà…

Comme s'il avait patiemment attendu que je termine ma phrase, mon téléphone se met à beugler dans ma poche. Je jette la tête en arrière et lâche un râle de frustration.

— Tu ne décroches pas ? me demande Lexi.

Je fais « non » de la tête.

— Le monde peut tourner sans nous quelques heures.

Sitôt que mon téléphone se tait, il se remet à sonner. Cette fois, je le tire de ma poche : Axel n'appelle deux fois de suite que s'il y a un problème…

— Ax' ? lancé-je en décrochant.

— C'est la merde ici, gamin, et *mamma* en chie grave. Il lui faut ses médocs.

— Comment ça, la merde ? T'es où, là ? aboyé-je.

Lexi se fige. Je lâche sa main, me relève subitement et commence à faire les cent pas devant la cheminée.

— Au quartier. Les Kings viennent de passer en caisse : on a perdu deux gars, annonce Axel comme si de rien n'était.

La mort, c'est notre quotidien à Westside Heights. Le sang bout dans mes veines.

— Et Levi ? Il est où, putain ?

J'ai l'impression que la réponse d'Axel met des années à arriver.

— Il s'est taillé en cinq-cinq, le gosse : il est à la maison avec *mamma*. Je lui ai dit de pas bouger tant que tu seras pas rentré.

J'acquiesce, comme si Axel pouvait me voir.

— Elle va pas bien aujourd'hui, gamin… Lui faut ses médocs : j'ai géré pour l'ordo, mais faut les récupérer.

— Je m'en occupe. J'arrive au plus vite.

Je raccroche d'un pouce rageur.

— Putain de merde !

Je sens une main délicate dans mon dos et, quand je me retourne, découvre le visage apeuré de Clochette.

— Qu'est-ce qui se passe, Austin ? Ta maman va bien ? me demande-t-elle d'une voix chevrotante.

Je me penche et l'embrasse avidement : une surprise pour elle comme pour moi, mais j'en avais terriblement besoin.

— Faut que j'apporte ses médocs à ma mère. Elle fait l'une de ses crises.

— D'accord…, se contente de dire Lexi, mais ses yeux réclament plus d'explications.

Je serre le poing avant de répondre.

— Fusillade à Westside. Je vais m'assurer que tout le monde est en sécurité.

Lexi claque sa main minuscule sur mon biceps, et je sens ses ongles s'enfoncer dans ma chair.

— Non, ne fais pas ça !

Je soustrais mon bras à sa prise.

— Il le faut, Clochette. Ma famille est là-bas, dans la ligne de mire des Kings !

Elle ne trouve rien à répondre, et je file vers la porte, devant laquelle je m'arrête aussitôt.

— Merde ! craché-je.

— Qu'est-ce qu'il y a encore ? s'inquiète Lexi derrière moi.

— J'ai besoin du pick-up de Rome. Faut que je me pointe à la maison en speed, pas le temps de prendre trois bus à la con !

Lexi se rapproche et, fouillant dans son sac, en tire les clés de sa Prius. Je lâche un soupir de soulagement, mais, quand je m'apprête à m'en emparer, elle recule la main.

— Non, c'est moi qui conduis, dit-elle d'un ton décidé.

J'éclate de rire, mais reprends aussitôt mon sérieux.

— Jamais de la vie, Clochette.

— Tu dois récupérer les médicaments pour ta mère et, à ce que je sache, je suis la seule qui puisse t'emmener là-bas sans que tu aies à expliquer la situation à quelqu'un d'autre. Et puis, Molly et Rome ont leur problème à gérer, donc tu ne peux pas aller voir ton meilleur copain. En résumé : il ne te reste plus que moi !

Têtue comme une putain de mule !

Je m'approche d'un pas, domine de toute ma taille la minuscule Clochette et la regarde droit dans les yeux. Va falloir qu'elle finisse par comprendre ce que sont les Heights…

— T'as capté que c'était pas un centre de vacances là-bas, Clochette ? Je sais pas si t'as saisi, mais deux gangs sont en train de se canarder à vue pour le contrôle du territoire : tu pourrais te prendre une putain de balle ! Crever, bordel ! Les fusillades en caisse, ce sont pas des putain de scènes de film avec des balles à blanc : ça tire, ça crève ! Tu comprends ce que je te dis ?

Elle déglutit mais lève le menton avec un air de défi, décidée, sans jamais me quitter des yeux.

— Je sais ce qui se passe dans ton quartier, tu me l'as expliqué plus d'une fois, rétorque-t-elle entre ses dents. Mais je veux aider ta maman. Je l'aime bien, et si une personne peut t'accompagner là-bas, c'est moi. Alors, on y va.

Là-dessus, elle ouvre la porte et sort du pavillon pendant que je reste planté là, comme un con.

Je serre les poings et manque de peu de balancer un direct dans la baie vitrée : j'ai toujours voulu préserver Lexi de cette partie de ma vie, et voilà que l'agneau obstiné me prive de tout recours et se jette sciemment en plein cœur du territoire des loups…

Je dois rentrer chez moi, et elle est la seule à pouvoir m'y conduire.

Putain… de bordel… de merde !

Cette journée n'en finit plus de partir en couille…

Nous roulons au pas près du panneau délabré de Westside Heights, qui pendouille au bout de sa dernière attache, sous un ciel noir de nuages inquiétants. Quelques gouttes tombent parfois sur le pare-brise de la Prius, balayées par le va-et-vient automatique et grinçant des essuie-glaces.

Le sachet blanc contenant les médocs de ma mère prisonnier de mes mains, je jette un regard en coin à Lexi : elle balaie d'un regard horrifié le taudis accablant qui m'a vu grandir.

Un éclair déchire le ciel au-dessus de nous, et c'est comme si une bombe venait d'exploser à quelques mètres. Lexi sursaute, haletante, et serre le volant de toutes ses forces, les phalanges blanchies par l'effort.

Un sentiment de honte intense m'envahit au seul spectacle que j'ai à lui offrir : des rangées de mobile homes rouillés, des légions de camions défoncés, de vieilles *muscle cars* des années 1960 perchées, sans roues, sur des moellons ; et, pour parachever cette superbe fresque dystopique, un sol gravillonné jonché d'aiguilles, de seringues et de canettes de bière, certaines flottant dans les ruisseaux boueux creusés par la pluie. Cet endroit est un putain de trou à rats, un dépotoir humain, et je me maudis d'avoir laissé Lexi s'en approcher.

— Prends à droite, dis-je en m'éclaircissant la gorge. C'est le mobile home crème tout au bout, le 23.

Elle me jette un regard nerveux, et je scrute les alentours, guettant les gars du gang : je veux que Lexi se barre avant qu'Axel ou Gio ramènent leurs sales gueules et la voient ici. Ce serait la promesse d'emmerdements monstres. Il ne fait aucun doute qu'Axel a déjà parlé à Gio de la petite goth qui l'a vu dealer sur le campus, la petite balance que le doyen a interrogée dans son bureau… Il ne cache jamais bien longtemps à Gio des infos aussi capitales.

Le secteur est, d'ordinaire grouillant d'activité, est désert… Enfin, à l'extérieur, en tout cas : les rideaux sont tirés un peu partout sur les vitres pétées des mobile homes, dans lesquels angoissent les locaux. Ça guette au-dehors. Bref : le mode opératoire habituel des résidents après une fusillade des Kings. Le cœur battant entre mes côtes, nous approchons de la baraque de mon enfance qui, comme toutes les autres, baigne dans un silence de mort.

— Arrête-toi ici, indiqué-je à Lexi.

Je ne vois pas la caisse d'Axel.

Grazie a Dio…

Lexi coupe le moteur, les essuie-glaces s'arrêtent, et la pluie se met à canarder dru le métal de la voiture. Des souvenirs de mon enfance déferlent soudain dans mon crâne : quand j'étais gosse, j'adorais me trouver dans une caisse quand il pleuvait à verse. À six ans, on m'avait dit que l'endroit le plus sûr lors d'un orage, c'était une voiture : apparemment, les pneus ne sont pas conducteurs, donc, si la foudre frappe la caisse, on est peinard.

Du coup, quand j'étais petit, dès que j'avais un coup de flippe – à cause d'un deal foireux des Imperatori, d'ivrognes qui réglaient leurs histoires en hurlant des insanités à pleins poumons ou d'une fusillade d'un gang rival –, je me planquais dans la vieille Chevrolet sans moteur de mon père et j'attendais là en écoutant la pluie cingler le toit de métal, les yeux fermés, tâchant d'oublier la douleur de cette vie de misère.

Ça me trouble de me retrouver ici en plein orage, du coup, et avec Lexington Hart en prime, ma petite Clochette gothique.

Qu'est-ce que je viens de... « Ma petite Clochette gothique » ?

— On y va, ou tu comptes passer la nuit ici ? me demande soudain Lexi, m'arrachant à mes souvenirs autant qu'à ma surprise de me montrer si possessif avec elle.

Elle a essayé de parler sur le ton de la plaisanterie, en vain, et sa voix chevrotante ne fait qu'attiser mon instinct protecteur.

— Ouais, on y va, dis-je en me tournant vers elle. (Sa tête touche presque la vitre de la portière, et, les manches dans les mains, elle se ronge l'ongle d'un pouce.) File, Clochette. Je me démerderai pour rentrer.

Lexi se retourne aussitôt vers moi et grimace.

— Non, je t'attends ici. Je ne sais pas si tu as vu, mais c'est le déluge.

Je soupire, dépité, puis j'ouvre la portière, sors et me penche vers elle.

— Descends, Clochette. Tu seras plus en sécurité à l'intérieur..., l'invité-je d'une voix traînante.

Je désigne d'un geste du menton le reste du quartier, la laissant tirer ses propres conclusions.

Je me tourne ensuite vers la porte du mobile home, et souris en entendant bientôt derrière moi les pas pressés de Lexi qui me rejoint : elle devait moins faire la maligne, seule dans la voiture...

Je pose une main sur la poignée, mais la porte s'ouvre subitement sur Levi, les yeux écarquillés, qui scrute le quartier et me presse d'un geste de rentrer à l'abri. Le petit est terrifié, putain, et ça me fout les boules...

— Lev, lâché-je, la mâchoire serrée en passant la porte.

Je pose les yeux sur son visage... et me fige.

— C'est une putain de blague ? craché-je d'une voix qui aurait ébranlé l'enfer.

Sur sa joue gauche s'affiche une *stidda* fraîchement tatouée, la petite étoile noire des Imperatori. Tous les gars du gang sont d'ascendance sicilienne, et cette étoile est un hommage à la *Stidda*, une branche de la Mafia.

J'attrape Levi par la chemise et le tire vers moi d'un geste abrupt.

— Le type est mort ou pas ?

Levi vacille, manque de tomber.

— Il... il est en vie, bredouille-t-il. Je l'ai touché à l'épaule.

Je le lâche et plaque violemment la paume contre le mur derrière lui.

— Putain de merde !

— Cette étoile, vous vous la faites tatouer après avoir tué ou blessé quelqu'un par balle ?

C'est la voix tremblante de Lexi... Je dois me retenir pour ne pas jurer une fois de plus. Je me rappelle soudain que j'avais omis de lui expliquer ce détail. C'était une telle évidence pour moi, mais j'avais sous-estimé son ignorance de notre vie ici...

Je la regarde droit dans les yeux. Elle est figée par la peur et la surprise.

— On te la tatoue après que tu as touché un King par balle pour la première fois, confessé-je. Qu'il y ait survécu ou non. L'idée, c'est de shooter au nom du gang, de prouver que tu te lies pour la vie aux Imperatori.

Les manches dans les paumes, elle porte une main à sa bouche, les yeux ronds comme des soucoupes.

— Est-ce que… tu… tu as tué quelqu'un ? me demande-t-elle en dévisageant ma *stidda* comme si elle allait lui hurler la réponse.

Je ferme les yeux et tente de me calmer en respirant lentement par le nez.

— J'ai touché un type en pleine poitrine. Je ne saurai jamais si ça l'a tué ou non.

— Tu n'as pas pris le temps de t'en assurer ? murmure-t-elle, nerveuse.

J'aperçois Levi du coin de l'œil : lui aussi attend ma réponse.

— Inutile, dis-je dans un haussement d'épaules. Axel l'a plombé entre les deux yeux avant que j'aie pu vérifier. C'était l'un des pontes du gang, alors il fallait absolument l'éliminer.

Lexi me regarde, les yeux mouillés de larmes, et Levi se prend la tête à deux mains. Est-ce qu'il a honte ? Est-ce qu'il est déçu ? Je n'ai même pas envie de le savoir.

— Bonjour, tu dois être Levi, lance Lexi à mon frère, souhaitant probablement faire oublier ma révélation.

Elle lui sourit, et c'est comme si elle venait de le serrer dans ses bras. Levi rougit et acquiesce. Tandis que Clochette lui serre la main, Lev se met à mordiller sa lèvre inférieure comme chaque fois qu'il est nerveux. Je me penche vers Lexi et dépose un baiser reconnaissant sur le haut de son crâne. Je suis touché qu'elle se montre si gentille envers mon frère, mais, plus encore, je suis soulagé qu'elle n'ait pas encore mis les voiles, même après avoir découvert un autre pan obscur de mon passé…

— Oui, c'est moi. Vous, vous êtes… qui ? lui demande Levi d'une voix timide.

Je les abandonne deux secondes pour refermer la porte du mobile home de façon à nous préserver des regards trop curieux. Quand je me retourne et regarde Levi faire connaissance avec Lexi en bégayant, mon cœur se charge de regrets : ce gamin, ce gosse de quatorze piges, vend de la coke. Ce petit mec encore maladroit et nerveux traîne dans les rues, où il fourgue de la poudre aux camés pour préserver sa mère malade de la douleur. Rien ne va dans cette vie : c'est une putain d'injustice, et je n'ai pas la moindre idée de comment arranger les choses.

— Lexi, répond Clochette en lui lâchant la main.

Levi me regarde par-dessus la tête de Lexi, puis rive de nouveau le regard sur elle, les pommettes encore roses. Le gosse n'a rien à voir avec Axel : il n'a pas son assurance inébranlable, son arrogance, son agressivité, cette conviction qu'il peut allonger n'importe qui, quel que soit son gabarit. Il n'est pas non plus comme moi, blasé et aigri contre le monde entier, pessimiste à l'extrême. Levi, c'est un gamin réfléchi, calme, qui ne l'ouvre que quand on le lui demande ou presque. Il a toujours préféré écouter et en tirer des leçons plutôt qu'être le centre de toutes les attentions. Pourtant, jamais je n'ai vu quelqu'un avec de telles capacités athlétiques, et il est d'une intelligence dingue. C'est un putain de génie, même. Mais le voilà, à dealer dans les rues en mettant sa vie en jeu pour permettre à sa mère de finir sa vie sans trop souffrir.

— T'es… la copine d'Austin ?

Surpris par la question de Levi, je retiens mon souffle en attendant la réponse de Clochette. Comme elle reste silencieuse, une cruelle déception m'écorche la poitrine.

Levi tourne les yeux vers moi.

— Austin ? C'est ta copine ?

Je m'approche d'eux et place les mains sur les épaules de Levi.

— C'est ma bonne fée. Ma… Clochette. Pas besoin d'en savoir plus.

Levi fronce les sourcils, troublé par ma réponse. Derrière moi, j'entends le hoquet de surprise de Lexi, et, quand je me retourne, c'est pour lui découvrir un air aussi étonné que comblé.

Ce mince rayon de bonheur donne un sens à ma putain de vie… Il me transperce la poitrine pour me toucher en plein cœur, et je me sens pousser des ailes.

— Austin ?

C'est la voix de ma mère, à peine audible, qui s'élève de sa chambre et, comme chaque fois, elle me dévaste. Quand je l'entends, je n'ai plus rien du voyou de vingt et un ans ni du futur joueur pro de NFL : je ne suis plus qu'un gosse démuni dont la mère agonise à petit feu… Son état qui ne cesse de se dégrader, ça me ronge… Ça me tue.

— *Si, mamma. Sono qui.* Je t'apporte tes médocs dans une minute, lancé-je, avant de me retourner vers Levi et de baisser d'un ton. Il s'est passé quoi, ce soir, Lev ? T'as vu dans quel état tu es, merde ?

Pour la première fois depuis notre arrivée, je prends le temps d'examiner le visage de mon petit frère. Les dents serrées, je place la main sous son menton et lui relève la tête : sa joue droite tout entière est rouge vif, écorchée et couverte de sang séché.

Une fureur soudaine s'empare de moi.

— Ils t'ont pris pour cible, ces connards ?

Question rhétorique : à voir sa tronche niquée par la caillasse, il a dû plonger au sol pour esquiver les balles.

— Au moins, je me suis pas fait toucher, Aust'. Seba et Carlo, par contre… Carlo, c'est juste dans le bras, mais Seba… il s'en est mangé une en plein torse. C'est pour ça qu'Ax' est pas là : il est à son chevet à l'hosto avec Gio. C'est pour ça que c'est si calme ici. (Les yeux de Levi se chargent de larmes.) Je pense pas qu'il va s'en sortir, Aust'… Y avait du sang partout, et, quand ils sont partis avec lui, il respirait plus.

Levi baisse la tête et, en suivant son regard, je découvre ses baskets, autrefois blanches, à présent maculées de sang.

Je serre les poings si fort que mes doigts me lancent. Je me retourne vers le salon : il faut que je souffle un peu. Je dois… je…

Une main se pose délicatement sur mon épaule et me tire de ma colère. Je lâche un long soupir. Je sais que c'est Lexi : j'ai appris à reconnaître ses caresses douces et légères, et le calme qui m'envahit quand elle est proche de moi ; cette paix intérieure qui n'est possible qu'en présence de quelqu'un en qui vous avez entièrement confiance.

— Ça va aller, Austin ? me demande-t-elle d'une voix prévenante.

Je me laisse tomber sur le canapé au tissu frappé de roses rouges décolorées, me passe les mains sur le visage, puis lève le regard vers Lexi : elle n'aurait pu jurer davantage avec la boîte de conserve défoncée qui nous sert de piaule.

— Mon petit frère – le gosse trop timide pour articuler trois mots sans bégayer quand il s'est présenté – est passé à, quoi… un mètre de se faire descendre… (Je grince des dents à m'en faire mal.) Se faire descendre, Clochette, putain… Se faire descendre…, répété-je, de plus en plus atterré.

Lexi m'adresse un regard compatissant, vient s'asseoir à côté de moi et m'enveloppe la main de ses doigts minuscules.

— Je ne sais vraiment pas quoi dire, Austin. J'avoue que tout ça me dépasse : je savais que le quotidien des gangs n'était pas rose, bien sûr, mais je m'étais toujours dit que ce devait être moins terrible que ce qu'en dépeignaient les chaînes d'actualité… Honnêtement, maintenant que j'ai vu Levi et que j'en ai appris plus sur… ton passé… Putain, Austin, je me rends compte qu'en réalité, c'est encore pire que tout ce à quoi je m'attendais.

Étrangement, son aveu me redonne le sourire. Lexi est bien plus forte qu'elle le pense. Elle affronte ce merdier en petite soldate de plomb…

Elle fronce les sourcils, décontenancée par ma réaction.

— Qu'est-ce qui te fait sourire ?

— Toi, Clochette. C'est toi qui me fais sourire.

Elle baisse la tête, et un éclair dingue embrase le ciel au-dehors, illuminant l'arrière du mobile home : ces deux secondes m'offrent d'une vision inattendue, celle des joues d'albâtre de Clochette rougies par l'émotion… Je n'arrive plus à détacher le regard de son magnifique visage et, pour la première fois, j'aurais aimé qu'elle ne porte pas autant de maquillage. Je ne l'ai vue qu'une fois sans ses yeux chargés de khôl, ses lèvres écarlates et son fond de teint blanc : c'était lors de notre rencontre dans les vestiaires, quand elle m'avait trouvé en pleine détresse. Elle était superbe, avec ses joues roses et ses taches de rousseur, et ça me tue qu'elle n'arrive pas à voir en elle cette beauté saisissante que je lui trouve.

Comme elle sent que je la regarde, elle lève les yeux vers moi. Mon cœur bondit hors de ma poitrine quand je croise ses iris verts encadrés de longs cils noirs. Je crois que c'est de cet instant-là que les gens parlent… Ce moment où, le regard plongé dans des yeux déjà vus mille fois, tu leur trouves tout à coup quelque chose de plus. Tu peux alors les sonder plus loin que tu l'as jamais fait, admirer l'âme elle-même à travers eux, et la sentir se mêler à la tienne.

— Aust' ? *Mamma* t'appelle, me prévient Levi d'une voix discrète, m'arrachant à la contemplation de Lexi.

Je lève vers lui un regard frustré, et il a la décence d'avoir l'air confus.

— Elle a vraiment mal, là…, marmonne-t-il. (Mon agacement se dissipe aussitôt, et je ne ressens plus qu'une tristesse abyssale.) Tu pourrais… lui donner ses médocs, cette fois, Austin ? Je sature un peu, aujourd'hui… La journée a été tendue pour *mamma*, pour le gang… pour moi.

Comme Lexi sent mon petit frère sur le point de craquer, elle lui tend sa main minuscule, et il la regarde comme si c'était une putain de soucoupe volante. Il dévisage Lexi de ses yeux cendrés, et elle lui sourit, l'encourageant à accepter ce témoignage de soutien.

En voyant la réaction de mon frère devant ce geste inhabituel de réconfort, j'ai l'impression d'être le pire frangin de la planète : le gosse n'a pas la moindre idée de ce qu'est un geste d'affection. Il n'avait que sept piges quand les médecins ont diagnostiqué à notre mère sa maladie, et il n'a pas vraiment connu cette période où elle chantait et dansait avec nous pendant des heures pour nous faire oublier le chaos infernal qui sévissait derrière la porte du mobile home. Lorsqu'il a enfin été en âge de comprendre un peu la vie, *mamma* ne pouvait déjà plus tenir debout sans aide, et elle avait perdu trop de son enthousiasme : Chiara Carillo, l'ancienne soprano italienne, ne chantait plus ni ne dansait pour nous rappeler qu'il existait du beau dans l'existence.

La réalité de Levi, elle, est brutale, cruelle : il ne sait pas ce que c'est que de vivre avec une mère en pleine santé. Alors, pour lui, en apparaissant ainsi, Lexi a quelque chose de la Vierge Marie. C'est comme une incarnation de l'espoir. À cet instant précis, ce n'est pas un ado de quatorze piges membre des Imperatori que je vois devant moi, mais un petit garçon paumé qui a dû lutter toute sa vie pour survivre aux douleurs du cœur, du corps et de l'âme. Un gosse qui n'a pas la moindre idée de comment réagir face à un signe d'affection aussi désintéressé.

Levi déglutit et, la main tremblante, tend à peine les doigts, juste assez pour les offrir à Lexi. Ma vue se trouble, et je me rends compte que cette vision de mon petit frère trouvant un peu de réconfort au contact d'une inconnue m'émeut énormément.

Soudain, j'entends derrière moi un reniflement presque imperceptible et tourne la tête : mon cœur se serre en découvrant ma mère dans l'encadrement de la porte, assise, presque éteinte, dans son nouveau fauteuil roulant. Le visage blême, elle observe Levi qui tient la main de ma Clochette, l'air aussi terrifié qu'admiratif. Elle ne fait rien pour essuyer les larmes qui coulent sur ses joues, mais j'ignore si c'est par manque d'énergie ou si elle est simplement trop émue pour se rendre compte qu'elle pleure. Elle pose bientôt sur moi ses yeux presque noirs quand je m'approche en silence. Elle porte sa longue robe de chambre blanche sans manches, et ses mains tremblent, agitées sous l'effet de ses sanglots.

Tandis que je balaie une mèche humide de son front suant, ma mère reporte son regard par-dessus mon épaule sur Lexi et Levi.

— Tu veux que je te prépare un petit thé, dis-moi ? propose Lexi à mon frère. Ou quelque chose à manger, peut-être ?

— Je veux bien, madame, répond Levi d'une voix émue, et une vague de fierté intense me réchauffe le cœur.

Lexi prend soin de mon frère, rayonnante de prévenance, m'ôtant ce poids pendant que je gère mes emmerdes…

Je prends ma mère dans mes bras et récupère de ma main libre son sachet de médicaments posé sur la table. Je la porte jusqu'à son lit, écarte le drap et la dépose sur le matelas. Ni l'un ni l'autre, nous ne prononçons le moindre mot. Tandis que je récupère le verre d'eau sur la table de chevet, je me risque à étudier son visage : elle a toujours le regard fixé en direction du salon, comme si elle pouvait voir à travers les murs fins de la baraque.

— *Mamma* ? Tiens, prends ça, lui dis-je en lui tendant les antalgiques solubles orange clair.

À cause du SLA, elle peine à avaler et risque l'étouffement à chaque déglutition. Maintenant, soit elle prend son traitement par intraveineuse, soit en médocs qui fondent sous la langue. Bientôt, elle ne pourra plus bouffer que des trucs liquides…

Elle n'ouvre pas la bouche, mais lève les yeux vers moi.

— Tu as amené… ton… *piccolo folletto*… à la maison ?

Je soupire et m'assois sur le lit à côté d'elle, souriant au souvenir de l'entêtement de Lexi.

— J'avais besoin d'une voiture pour récupérer tes médicaments : elle en a une, mais elle a refusé de me laisser venir seul.

Elle m'offre un sourire amusé, mais déformé par la souffrance.

— Ah… *mia caro*… Elle a… conquis ton cœur…

Je m'apprête à protester – non sans avoir l'étrange impression de trahir Clochette en faisant cela –, mais *mamma* ferme les yeux et tente vainement de faire « non » de la tête.

— Je… n'ai pas besoin d'ent… endre ta réponse pour savoir… que c'est vrai… (Elle rouvre péniblement les yeux, et, quand je les vois briller de bonheur, des frissons parcourent mon corps tout entier.) Tu es mon fils, la… chair de ma chair… Une partie de ton âme… niche dans la mienne…, poursuit-elle en levant une main à grand-peine pour la poser sur son cœur. Je sens… comme tu as changé… Tu es moins… sévère en sa présence… (Elle prend une respiration interminable.) Et cela remplit mon… cœur… de joie.

— *Mamma*…

Elle m'interrompt en posant une main sur la mienne.

— *Tesoro, Austin… Lei è un… tesoro.* Un précieux présent… des cieux… pour toi, mon fils…

Je jette un regard en direction du salon par la porte entrouverte, puis me tourne de nouveau vers ma mère.

— Elle a ses démons, *mamma*, murmuré-je. Elle peine à s'accepter, c'est… maladif. Je l'aime… beaucoup, j'avoue, mais je n'ai aucune idée de quoi faire de tout ça… De comment l'aider. Tu veux savoir la vérité ? Ses problèmes me foutent les jetons à mort : ça la bouffe, c'est dingue.

Mamma soupire et regarde par la fenêtre, perdue dans ses pensées. C'est de plus en plus courant, ces derniers temps. C'est comme si elle voulait embrasser le monde pour tenter de l'immortaliser dans ses souvenirs.

— Je vois bien ce… qui la fait souffrir, Austin. Je suis une femme… Je… vois ce qui t'est… invisible… Elle ne se trouve aucune… beauté…

Je laisse retomber la tête, secoué à cette seule idée : comment peut-elle avoir des problèmes avec son physique ? Elle est magnifique.

Mamma s'éclaircit la gorge, puis se penche en avant à grand-peine.

— Nous avons tous nos… secrets, Austin… Des secrets bien… enfouis. Jusqu'à ce que… l'on trouve l'âme qui nous aide à… supporter plus facilement… le poids qu'ils font peser sur… nos épaules…

Elle respire de plus en plus mal, alors je lui tends de nouveau ses médicaments et l'implore d'un regard d'ouvrir la bouche.

— Si tu… es pour elle un homme bon et… aimant…, murmure-t-elle, alors, cet amour… la guérira… mais si… *mio caro*… si tu lui retires cet amour, alors, elle… ne s'en… remettra… jamais…

Une larme coule le long de sa joue, et mon cœur se serre si fort que j'ai l'impression qu'il va céder : elle fait référence à mon père. Luca Carillo… Il a beau l'avoir détruite, et malgré les années, elle l'aime encore de toute son âme. Elle ne veut pas que je devienne pour Lexi ce qu'il est devenu pour elle. Elle veut que je soigne ma Clochette, que je ne la laisse jamais se briser…

Ma mère finit par se plier à ma demande : elle ouvre la bouche pour me permettre de placer les comprimés sous sa langue et les laisse fondre, ses yeux noirs toujours rivés sur moi.

— Ax' ! explose une voix au-dehors. Tu sais ce que ça veut dire, mec, on a besoin de lui. On a besoin de tous les gars ! C'est la guerre, *fratello* ! Faut qu'on protège notre territoire, ou on peut dire adieu à notre blé ! Et je sais ce que ça représente pour vous, les Carillo !

— *Capisco, Gio.*

— Hé, Ax', tu t'es remis à taper des caisses ? Elle vient d'où, cette Prius de merde ?

Les voix tonnent à l'extérieur et, tandis que je borde ma mère, elle m'attrape par le poignet.

— Vas-y… Ne laisse… pas Levi… se mêler à eux…

J'acquiesce et me lève pour partir, mais elle m'interpelle encore.

— Dis à… ton amie… de venir me voir… J'aimerais parler à ton… *folletto*…

Je me raidis, désarçonné, puis lance un coup d'œil dans le salon, où Levi parle timidement à Lexi. Le gosse l'adore déjà, je le vois à son petit sourire gêné.

— *Perché* ? demandé-je à ma mère, toujours tourné vers cette fille magnifique qui, en plus d'avoir conquis mon cœur, donne à mon petit frère le sentiment d'être aimé.

— Austin, *mio caro*… dis-lui… de venir… C'est entre moi… et ton *tesoro*…

Un peu nerveux à l'idée de ce qu'elles pourraient se dire en mon absence, je m'en retourne dans le salon, où Lexi semble aider Levi à faire un… exo de math, je crois. Lorsque j'arrive près de la table basse autour de laquelle ils se sont agenouillés, je l'invite à me rejoindre d'un geste de la tête.

— Tu fais les questions trois et quatre, et je les vérifie dès que je reviens, OK ?

Lexi se lève et s'avance vers moi. Devant mon air entendu, Levi rougit et se concentre aussitôt sur ses exercices d'algèbre.

Je prends Lexi par la main et l'attire dans la cuisine, loin des regards. Avant qu'elle ait pu me poser la moindre question, je prends son visage à deux mains, l'attire contre moi et dépose un baiser sur ses lèvres. Elle lâche un gémissement discret et empoigne ma chemise de ses mains minuscules. Dès que sa langue franchit mes lèvres et enlace la mienne, je perds tout contrôle : je la pousse contre le plan de travail et grogne de plaisir lorsqu'elle m'étreint, attirant mes hanches contre les siennes. La chaleur entre ses cuisses me file une gaule dingue.

Chaque seconde, le corps inexpérimenté de Lexi se détend un peu plus sous mes caresses. Lorsque, soudain, elle laisse glisser ses mains jusque dans mes cheveux, balayant ma raison, je passe les bras dans son dos, la soulève et la plaque contre mon torse…

Alors qu'un éclair démentiel déchire le ciel et fait trembler le mobile home tout entier, Lexi se raidit comme si elle venait de se prendre une balle entre les omoplates. Ses lèvres se figent contre les miennes, et elle retire les mains de mes cheveux. Sa respiration se fait de plus en plus haletante et, grisé par ce désir qui voile ma raison, je prends ça pour une réaction de plaisir… jusqu'à ce que je sente ses joues humides…

Je me redresse pour me rendre compte qu'elle verse des larmes silencieuses. Ses yeux vert pastel sont perdus dans le vague… Mon sang se fige. Elle vient de basculer dans ce monde de ténèbres qui tente de l'engloutir, et elle s'éloigne de plus en plus de moi.

Je m'apprête à rompre notre étreinte quand je comprends, enfin, ce qui se passe : j'ai touché son dos. Mes mains y sont plaquées, bien à plat, et je caresse des pouces sa colonne…

Bordel de merde !

Je retire brusquement mes mains et les lève bien haut.

— Clochette ? Clochette ! Reste avec moi, OK ? Je ne te touche plus, reste avec moi !

Je comprends qu'elle m'a enfin entendu, arrachée à sa transe, quand elle se met à battre des cils, pantelante : je viens de la tirer des griffes du démon qui la harcèle et tente sans repos de la corrompre.

— Clochette, je…

Elle porte subitement à sa bouche ses mains gantées des manches de son pull noir, et m'interrompt.

— Tu m'as touché le dos, murmure-t-elle. Il ne faut pas me toucher le dos. Pourquoi est-ce que tu m'as touché le dos ? On devrait en compter dix, mais on n'en sent que sept. C'est trop peu, il a raison. C'est trop peu…

Sa voix hystérique se fait de plus en plus aiguë et paniquée.

Elle recule, trébuche et manque de se cogner contre le plan de travail, sans jamais cesser sa complainte inintelligible.

Je me tourne vers la porte : les voix se rapprochent, et je préférerais crever plutôt que de laisser Axel apprendre que Lexi est ici… D'autant plus dans l'état où elle se trouve. Il ne comprendrait pas… Et jamais il n'approuverait notre relation.

Je me rapproche d'elle avec précaution, la prends dans mes bras et plaque mon front contre le sien.

— Respire, Clochette… Un… deux… trois… quatre… (Je continue et la sens bientôt revenir à elle, sa poitrine luttant pour suivre le rythme de mon décompte.) Cinq… six… sept… huit…

— Ax', va chercher le gosse : faut qu'on bouge.

La voix de Gio m'arrache à ma concentration. Je me tourne vers la porte : elle va s'ouvrir d'une seconde à l'autre, et j'ignore comment planquer Lexi à la vue d'Axel.

— Je suis calme… Je suis calme…

La voix discrète de Lexi attire de nouveau mon attention.

— Putain, je suis désolé, Clochette…, m'excusé-je dans un murmure en calant le front au creux de son épaule, humant son parfum.

Je sens qu'elle lève une main, et elle me caresse bientôt le dos, tremblant comme une feuille. Elle me déroute plus encore en la plaçant sur ma nuque, et je lâche un soupir… Je n'avais même pas remarqué que je retenais mon souffle.

— Ça va aller… Ça va aller… J'ai paniqué, c'est tout, me rassure Lexi d'une voix lente.

Je sens qu'elle essaie de nous convaincre tous les deux…

Je relève doucement la tête et, avec une grande douceur, dépose un baiser sur ses lèvres.

— Ça m'est sorti de la tête, Clochette…, murmuré-je contre sa bouche. Je sais que c'est la pire excuse au monde, mais c'est la stricte vérité. Ça m'est sorti de la tête, sur le coup…

Lexi ferme les yeux et prend une inspiration interminable. Lorsqu'elle les rouvre, je la trouve plus apaisée.

— Austin ?

C'est la voix fragile de ma mère, qui se mêle dans le mobile home au hurlement de la tempête et aux bruissements des branches contre les parois de métal. Si la météo avait eu le don de dépeindre l'ambiance d'une situation en cet instant précis, elle n'aurait pu le faire avec plus de justesse.

— *Si, mamma ?* dis-je sans quitter Clochette du regard.

Elle aussi garde les yeux rivés aux miens.

— Je veux que… Lexi vienne… me voir…, me rappelle-t-elle, avant de succomber à une quinte de toux.

Lexi fronce les sourcils, surprise, mais elle relève la tête et me contourne. Je l'attrape par le poignet, inquiet, mais elle me rassure en posant une main encore tremblante sur ma joue.

Mais quel trou du cul..., pensé-je, rongé par la culpabilité.

Alors que j'observe Lexi qui avance d'un pas fragile en direction de la chambre de ma mère, les mains croisées sur le ventre, la poignée de la porte du mobile home cliquète. Je me rue vers l'entrée et ouvre le battant en grand, aidé par une bourrasque : Axel, Carlo et Gio me dévisagent, pris de court. Carlo se tient le biceps, et je me rappelle qu'il s'est pris une balle. Ce n'est qu'une égratignure, mais ça veut dire qu'un membre de plus des Imperatori a frôlé la mort...

— Austin ! lâche Axel, son visage s'illuminant à ma vue.

Je les rejoins sur le parterre de gravillons, referme la porte derrière moi et me mêle, dans l'orage violent et turbulent, aux membres tout aussi violents et turbulents du gang de Westside.

— Ax', Gio, Carlo..., les salué-je.

Je m'assure d'un coup d'œil que la porte du mobile home est bien fermée, puis fourre les mains dans mes poches. Le vent hurle, nous fouette en tous sens comme une putain de mini-tornade.

Axel trotte jusqu'à moi et pose une main sur mon épaule.

— T'as ramené ses médocs à la *mamma*, gamin ?

— Ouais, je viens de les lui filer.

Gio m'adresse un regard suffisant et désigne la Prius d'un doigt.

— T'as tapé la caisse d'un petit richard du campus ?

Je fais comme si je n'avais rien entendu et me retiens de le plaquer au sol.

— On me l'a prêtée.

Axel se détache de moi et me toise d'un regard suspicieux.

— Parce que tu connais quelqu'un qui roule en Prius, toi ?

— J'parie que c'est une groupie de la Tide que tu défonces, nan ? lance Carlo, le sourire jusqu'aux oreilles.

— Perspicace, Carlo…, lâché-je, avant de me tourner de nouveau vers Axel. Comment va Seba ? Lev m'a dit qu'il s'était pris une bastos en pleine poitrine.

Le visage d'Axel s'assombrit, sa tristesse est manifeste. Puis, il secoue la tête.

— Quand on est arrivé aux urgences, il était déjà mort. Encore un frère tombé pour la cause…

Axel se signe, et je vois Gio faire de même.

Je me frotte le front en soupirant.

— Faut qu'on cause, Aust', m'interpelle Gio, l'air solennel. (Je lève les yeux vers lui.) On a besoin que tu rempiles avec le gang, le temps qu'on en finisse avec les Kings. Ils nous ont déjà pris cinq putain de bornes de territoire, et ils comptent se payer le campus bientôt. (Il me dévisage quelques secondes.) Ces enfoirés savent que t'es là-bas, et ils veulent te dessouder…

— Putain de merde ! sifflé-je entre les dents.

Gio s'avance et fait un signe de tête à Axel. Mon frère fouille dans l'une de ses poches et en sort un 9 mm… Non, c'est pire que ça : c'est *mon* 9 mm, mon ancien flingue, qu'il me tend.

— Ta *famiglia* a besoin de toi, gamin. Sans territoire, pas de blé, et les médocs de la *mamma* vont coûter de plus en plus cher. Les frères Carillo doivent gérer cette merde ensemble.

Je vois du coin de l'œil s'agiter les rideaux de la chambre de ma mère, et mon cœur se serre quand je me rends compte que la fenêtre est entrouverte : elle a dû tout entendre.

— Écoute, Ax', on va se démerder autrement : je vais ravaler ma putain de fierté, toi aussi, et je vais demander à Rome de nous aider à payer les frais médicaux de *mamma*.

— Mon cul, putain ! Je tendrai pas la main devant cette merde de cul gâté ! Je peux pas le blairer, ce connard ! On gère ça façon Carillo, à l'italienne : c'est la rue qui va parler, mec !

Je serre les dents et me rapproche d'Axel, menaçant.

— C'est la dernière fois que je t'entends chier sur Rome : c'est comme un putain de frère pour moi.

Le début de ma phrase l'a fait sourire, mais il me regarde bientôt les yeux brûlant de rage.

— Attends, j'te la refais, gamin : ce fils de pute de Rome Prince est pas ton frère, pigé ? C'est juste un joueur de foot pété de fric qui a croisé ta putain de route : un footeux blindé qui se sert d'un clodo aux jambes de gazelle pour lui ouvrir les portes de la NFL. Il sait rien de notre vie ici, ce connard. Il a pas la moindre idée de ce que c'est que de devoir survivre tous les jours à Westside. À partir d'aujourd'hui, gamin, tu deales sur le campus avec moi, et tu ramènes ton petit cul d'étudiant de mes deux au quartier dès que je te siffle. Ton ballon, tu peux te le foutre au cul, compris ? C'est notre putain de futur qui se joue, là. Le futur de notre *famiglia*. (Il plaque mon 9 mm contre mon torse sans rien dissimuler de sa force de colosse.) Alors, maintenant, ramasse tes couilles et arrête de chialer : on a du boulot.

Je m'empare du flingue, dont je reconnais au premier contact le métal éraflé, et je ressens une brusque nausée lorsque je vois Axel se tourner vers la porte du mobile home.

— Je vais chercher Lev, puis on va rendre visite aux Kings. Ce soir, mon petit gars va mériter la *stidda* qu'il a sur la joue. (Axel se tourne vers moi.) Pareil pour toi, gamin. Tu viens avec nous.

J'ai l'impression que le temps défile au ralenti, et deux pensées naissent soudain dans mon esprit : la première, c'est que Clochette est à l'intérieur et que, si Axel la voit, il va le lui faire payer sans la moindre pitié ; la seconde, c'est qu'il est hors de question que Levi monte dans cette putain de caisse. Il a déjà frôlé la mort ce soir, et ça ne se reproduira pas.

Mon instinct protecteur me pousse alors à prononcer des mots que je m'étais juré de taire à jamais… Alors qu'Axel commence à ouvrir la porte, j'avance d'un pas et l'interpelle.

— Je viens avec vous, et je recommencerai à dealer avec toi, mais à une condition.

Axel balance un regard à Gio, et, lorsqu'il baisse de nouveau la tête vers moi, je le regarde droit dans les yeux : ce que je vais lui dire, c'est entre lui et moi, entre frangins du même sang. C'est une histoire de famille.

— Lev arrête de dealer. Il ne part plus en expédition punitive avec vous, et plus jamais il ne portera de flingue. Tu me fais cette promesse, et le gang me récupère.

— On te récupère ? Genre, t'es avec nous à cent pour cent ? me demande Axel, les yeux scintillants d'excitation.

— À cent pour cent, acquiescé-je.

Les mots lacèrent mes rêves comme autant de lames perfides. Axel et Gio me tendent leur main pour sceller le deal, et je manque de défaillir. Et puis, je repense à Levi qui a accepté avec nervosité la main tendue de Lexi, à *mamma* qui a versé des larmes de joie en lisant le réconfort sur son visage, et toute hésitation me quitte.

Deux poignées de main plus tard, fouetté par la pluie sauvage, je sens quelque chose mourir à l'intérieur de moi. Je sais que je viens de prendre la pire décision de toute ma vie, mais je me réjouis aussi à l'idée que je viens d'offrir à mon petit frère une chance d'espérer, de devenir quelqu'un de bien. De quitter cet enfer.

— Carlo, dans la voiture, ordonne Gio. On part en expédition…

Carlo, une main toujours pressée contre sa blessure, se barre en direction du mobile home de Gio pour y récupérer sa vieille Challenger. Axel me pose une main sur l'épaule tandis que Gio tremble presque d'excitation à l'idée de se venger bientôt des Kings.

— OK, j'annonce le plan…

Tout à coup, la porte du mobile home s'ouvre dans un fracas métallique déchirant, et je me retourne, interdit : Lexi se tient sur la marche la plus haute du perron, pantelante, ses immenses yeux verts écarquillés par la peur.

Elle plonge son regard dans le mien comme si nous étions seuls au monde et m'interpelle d'une voix vibrante d'angoisse.

— Austin, non, ne fais pas ça, s'il te plaît ! Arrête !

Gio fait un pas en avant, les mâchoires serrées.

— C'est qui, cette putain de sorcière ?

Je vois rouge.

Sans crier gare, je me jette sur Gio, lui envoie une patate droit dans la mâchoire, et il s'étale dans la boue devant moi. Je l'enjambe pour aller rejoindre Clochette, mais Axel me chope par le col et me balance contre le capot de la Prius.

— Qu'est-ce qu'elle fout là, cette pute ! crache-t-il, fou de rage, le visage presque collé au mien.

Je tente de le virer de quelques coups de pied hasardeux, mais sans succès : il s'est assuré de me coincer dans une position qui m'empêche de bouger. J'entends Lexi lui hurler de me lâcher, et mon cœur saigne.

— La touche pas, fils de pute ! beuglé-je.

Axel hausse les sourcils, désarçonné par ma réaction.

— Tu baises cette salope ? La putain de salope qui nous a vus dealer ? La pute qui a dû tout cafter à l'autre enfoiré de doyen ?

Je prends autant d'élan que possible et jette le front en avant, le fracassant sur le nez d'Axel : il recule, le visage dans les mains, et j'en profite pour me relever d'un bond. Mes bottes touchent à peine le sol que je glisse dans une putain de flaque et me retrouve les mains dans la boue. Lorsque je relève la tête, je vois Gio se diriger vers Lexi, paralysée par la peur dans l'encadrement de la porte.

— Non ! hurlé-je en me lançant au pas de course, mais Axel me tacle, nous envoyant rouler dans la boue. Gio ! Si tu la touches, je te bute ! menacé-je aussi fort que possible, étouffé par le poids d'Axel.

Gio me jette un bref regard par-dessus son épaule et sort de sa poche un couteau, dont la lame scintille, illuminée par un éclair lointain.

— Non ! m'égosillé-je en essayant de tourner la tête vers Axel, mais il m'en empêche d'un coude surpuissant. Bouge, Ax', merde ! Il va crever Clochette !

— Clochette ? C'est quoi, ton putain de délire, là ? me crache-t-il à l'oreille.

— C'est ma meuf, connard ! On est ensemble ! Il lui arrive quoi que ce soit et je t'enterre, frangin ou pas ! menacé-je.

Axel se raidit, et j'entends son souffle rauque se mêler au martèlement de la pluie sur le sol… Et soudain, le hurlement de Lexi déchire la nuit.

Je trouve la force de tourner la tête vers elle et pousse un rugissement sauvage quand je vois Gio l'attraper par les cheveux et la traîner jusque sur le sol boueux, où il la force à se tourner dans ma direction. Ses joues sont mouillées de larmes, mais ces dernières cessent sitôt que Gio déchire le dos de son pull bouffant et se plaque tout contre elle, me fusillant d'un sourire malveillant.

— C'est ta meuf, Austin ? La pute qui nous a vus dealer sur le campus ?

Je me fige et serre les dents.

— Tu lui as parlé d'elle, Ax' ? Je t'ai dit que je gérais, merde ! Je pensais que, pour une fois, t'irais pas jouer la suceuse auprès de Gio, mais il a fallu que tu lui dises !

Axel reste silencieux. Gio, qui vient d'apprendre que mon frère avait dealé avec moi en secret, n'en semble que plus furieux.

— Ouais, Aust', Ax' m'a tout raconté. Je t'avais dit que, si tu me touchais encore, tu me le paierais, et visiblement, ton laideron, c'est ton talon d'Achille.

Gio balance le pull déchiré de Lexi dans la boue et laisse courir son index le long de sa colonne mise à nue sans jamais se départir de ce putain de sourire vicelard. Le visage de Lexi se ferme, son regard se perd dans le vague, et mon cœur se brise : elle vient de basculer une fois de plus dans les ténèbres. Tout ça parce que ce fils de pute touche son putain de dos…

Je ferme les yeux, le temps de prévenir Axel.

— T'as cinq secondes pour me lâcher, Ax', ou c'est fini entre nous. Je déconne pas.

Il semble touché par la menace. On ne partage pas les mêmes principes moraux, c'est clair, mais je l'aime : c'est mon frère, mon sang, alors ma mise en garde lui fait aussitôt comprendre la gravité de la situation.

— Lâche-la, merde ! tonne alors une voix brouillée par la panique.

Lorsque j'ouvre les yeux, c'est pour découvrir Levi, les bras tendus en direction de Gio. Je ne remarque le flingue dans ses mains que quand Gio lève les siennes, le visage figé par la rage. Levi vient se placer devant Lexi, les bras tremblants, tandis que Clochette a les yeux rivés sur le sol, perdue dans un autre monde. Elle marmonne je ne sais quoi… La voix : elle lui répond, putain…

— Bordel ! siffle Axel en se relevant pour se jeter en direction de Levi.

En le voyant arriver, Levi les vise à tour de rôle, Gio et lui. Je me relève, ma chemise et mon pantalon noirs maculés de boue, et approche doucement de Levi.

— Du calme, Lev…, le rassuré-je d'une voix apaisante.

L'adrénaline dilate ses pupilles sur ses iris cendrés, et, d'un geste nerveux du menton, il m'indique de les rejoindre, Clochette et lui. J'approche et prends Lexi dans mes bras avec soulagement. L'eau de pluie brunâtre dégouline sur sa peau froide et nue.

Dans un hoquet effrayé, elle rive sur moi des yeux écarquillés.

— Austin…, murmure-t-elle, avant de se mettre à gigoter dans mes bras, comme si elle venait de se rendre compte que je la porte. Austin, non, je… je suis trop lourde…, ajoute-t-elle, honteuse.

Son inquiétude m'accable, et je la soulève jusqu'à ce que son visage soit tout près du mien.

— Tu ne seras jamais un poids pour moi, Clochette, murmuré-je. Tu es la légèreté même, et tu es en sécurité dans mes bras, tout contre mon cœur.

Ses lèvres tremblotent et ses yeux se chargent de larmes.

— Ax', va falloir que tu dresses tes frères ou ils risquent d'oublier à qui ils cherchent la merde.

Gio défie Axel du regard, mais, pour la première fois de ma vie, je crois distinguer de la peur dans ses yeux : il sait que, sans Axel, son gang s'effriterait. Ax' est le mortier du gang, le type qui empêche que les gars partent en couilles. Or, mon frère a beau ne jurer que par les Imperatori, je sais – enfin, j'espère – qu'il ne les aime pas plus que nous…

— Ta gueule, Gio, bordel ! crache Axel, cinglant, avant de s'approcher de Levi à pas lents. Baisse ton flingue, Lev. Je toucherai pas la pute d'Aust'. C'est à lui de gérer sa merde.

Levi se raidit.

— Elle s'appelle Lexi, putain !

Axel serre les dents.

— OK, Lev… Je toucherai pas… Lexi.

Levi me lance un regard, et je lui fais signe d'un hochement de tête de baisser son arme. Lentement, il range le flingue à la ceinture de son jean. Axel lâche un soupir de soulagement…

Gio se barre d'un pas rageur vers la Challenger, dont les phares se rapprochent de nous.

— Mate tes frangins, Ax', où je leur donnerai le fouet moi-même.

Gio monte dans sa caisse, ivre de rage, et les pneus de la Challenger font pleuvoir sur notre mobile home crème une pluie de boue. Nous nous retrouvons tous les trois sous la pluie battante, immobiles, les frangins Carillo, auréolés de la lumière électrique d'un éclair. Axel et Levi se fusillent du regard tandis que je serre Clochette contre mon torse.

Axel grimace en me voyant déposer un baiser sur le front de Lexi. Il lâche un rire amer.

— Tu baises la meuf qui nous a vus dealer, putain… Pour de vrai… La seule connasse à pouvoir témoigner de ce qu'on fout sur le campus…

Je serre les dents, et Lexi commence à trembler dans mes bras, transie de froid… À moins qu'elle ait peur d'Axel ? Les deux, peut-être…

— Occupe-toi de ton cul, putain ! Tout ce que t'as à savoir, c'est que c'est mon *tesoro* : t'as intérêt à t'en souvenir.

Cette fois, Axel me rit carrément à la gueule.

— Putain, gamin, tu pars en couille pour une chatte ? Tu débloques…

Lexi a un sursaut nerveux dans mes bras, et je me tourne vers Levi.

— Va chercher son sac à l'intérieur. J'ai besoin de ses clés : je la raccompagne chez elle.

Levi se rue sans sourciller dans le mobile home, et, une poignée de secondes plus tard, je dépose Lexi sur le siège passager, place la clé dans le démarreur et fous le chauffage à fond. Lexi se recroqueville sur le siège, jetant sur le voisinage un regard horrifié.

Je ne me pardonnerai jamais de l'avoir amenée ici.

Je verrouille la voiture et me tourne vers Levi.

— Comment va *mamma* ?

— Elle dort, répond-il, les yeux rivés au sol.

— *Vieni qua*, lui dis-je, et il approche doucement, jusqu'à ce qu'il ne se trouve plus qu'à quelques pas de moi. (Je pose une main sur sa nuque et l'attire contre moi.) *Grazie, fratello.*

Levi m'enlace et murmure à mon oreille.

— Je l'aime bien. Ne la laisse pas partir… Je ne veux pas qu'elle nous quitte…

Ma gorge se serre, et j'acquiesce, le menton calé contre sa tempe.

— Rentre et verrouille la baraque jusqu'à la dernière serrure. Tu n'ouvres à personne, tu entends ? Personne. J'ai mon tel, alors tu m'appelles au besoin. Qu'importe l'heure, c'est compris ? J'aimerais rester, mais je dois raccompagner Lexi à la fac : elle n'a rien à faire ici, et elle ne mérite pas de souffrir des conneries de Gio et Axel. Je la dépose et je reviens, OK ?

Levi se redresse et salue Lexi d'un geste de la main avant de filer se réfugier dans le mobile home. Je l'entends refermer les cinq verrous : *mamma* et lui sont en sécurité.

— Tu déconnes à bloc, gamin…, lâche Axel à quelques pas de moi, une fois que nous sommes seuls.

Je me tourne vers lui : il essuie d'un revers de la main le sang qui pisse encore de son nez. Je m'approche et lui frappe violemment le torse.

— Non, c'est toi qui déconnes ! C'est ça, le frère qu'on doit se taper, Lev et moi ? Un type qui a attendu avec impatience qu'on soit assez vieux pour rejoindre un putain de gang ? (Je plante un index sur son cœur.) Nan, Ax', c'est toi qui déconnes à putain de bloc ! Toi !

— J'en ai rien à foutre de ce que tu penses de moi, Austin, ajoute-t-il quand je m'apprête à partir. Quand notre daron s'est barré et que *mamma* est tombée malade, j'ai fait le nécessaire pour qu'on survive, tous les quatre. Je m'attends pas que tu me comprennes, superstar…

J'ai jamais supporté qu'il m'appelle comme ça.

Je lui fais face et, la gueule presque collée à la sienne, soutiens son regard brun inflexible.

—Le gang, c'est fini pour Lev, compris ? Il a ni les tripes ni l'âme d'un tueur. Il mérite mieux que cette vie de merde… Mieux que des frangins comme toi et moi.

Axel secoue la tête, mais, à sa pâleur soudaine, je sais que mes mots ont fait mouche.

—Lev reste dans le gang, et je suis navré, frangin, mais tu vas revenir, toi aussi. On s'est rentré dans le lard, toi et moi, mais ça changera rien au fait que, demain, on aura toujours les Kings et les factures médicales de *mamma* sur le dos.

Je le dévisage sans un mot, puis tourne les talons et m'éloigne de lui.

—Aust' ?

Je m'arrête.

—Quoi, Ax' ? lâché-je d'un ton agacé.

—Je reste avec *mamma* et le gosse, ce soir. Je vais les protéger, c'est promis. Pas la peine de revenir.

Je soupire et repars en direction de la voiture.

—Tant mieux. J'aimerais autant ne pas enterrer ma mère et mon petit frère la même année…

Levi laisse Axel entrer et referme les cinq verrous derrière lui. Je monte dans la Prius et, quelques secondes plus tard, j'ai déjà le pied au plancher, fuyant Westside pour fuser sur l'autoroute en direction de la fac.

Quand la pluie commence à se calmer, je me tourne vers Lexi : elle me regarde, son maquillage quasi entièrement lavé par la pluie. J'adore ses taches de rousseur sur son nez… Mais la vérité, c'est que je commence à tout adorer chez elle.

—Clochette… Je suis désolé, m'excusé-je en malmenant le volant.

Elle ne me répond pas et, quand je la regarde de nouveau, son expression n'a pas changé d'un cil.

— Je sais que tu souffres, Clochette, mais je t'en prie, j'aimerais juste te dire que…

— On rentre au pavillon, Austin…

J'écarquille les yeux, totalement décontenancé.

— Je te raccompagne au foyer de ta soror…

— Conduis-nous au pavillon…, répète-t-elle d'une voix égale.

— Pourquoi tu veux aller là-bas, Clochette ? lui demandé-je, attendant sa réponse en retenant mon souffle.

Fébrile, Lex tend sa main minuscule et la pose sur ma cuisse.

— Parce que je ne me suis jamais sentie autant en sécurité qu'avec toi. Je veux qu'on se retrouve à l'endroit où tu m'as montré ton vrai visage pour la première fois. Parce que je ne suis pas encore prête à être sans toi.

Je pose une main sur la sienne.

— Parce que j'ai besoin de toi, Austin, poursuit-elle. C'est aussi simple que ça. J'ai besoin de toi. Je pense que c'est une raison amplement suffisante…

J'ai beau être trempé des pieds à la tête et sentir le tissu glacial de mes vêtements me coller à la peau, c'est comme si les mots de Lexi caressaient mon corps entier d'une chaleur envoûtante.

— Bordel, Clochette…, lâché-je d'une voix rauque en serrant sa main.

— Ça va ?

— Mieux que jamais, confessé-je avec un rire maladroit.

— Pourquoi ça ? me demande-t-elle timidement.

Je porte sa main à ma bouche pour y dépose un baiser, soudain en paix.

— Parce que moi aussi, Clochette, j'ai besoin de toi. Bien trop pour continuer à lutter contre mes sentiments…

Chapitre 18

Lexi

L'ambiance est étrange, dehors, après l'orage ; comme si mère Nature avait eu besoin de souffler un peu, après avoir ravagé le monde… Le vent tombe d'un coup, stoppant la course du ciel gris, qui pèse désormais sur nos têtes, immobile, irréel.

Austin et moi marchons en direction du pavillon en évitant autant que possible les regards des curieux. Tout est calme : les criquets se sont tus, les hiboux aussi… La nature entière est perdue dans ses pensées. Même la voix dans ma tête semble m'épargner momentanément sa torture perpétuelle.

Je lève les yeux vers le ciel crépusculaire, où les nuages voguent avec mollesse, épuisés par le chaos de la tempête… Moi aussi, je suis exténuée. Je ne cesse de revivre la colère de Gio et d'Axel… Mais, plus encore, je suis habitée par une fierté nouvelle et un respect profond pour Austin. Il m'a protégée. Il a veillé sur moi. Il a choisi de me défendre plutôt que de prendre le parti de son frère.

Je risque un coup d'œil dans sa direction, et l'émotion m'étreint, m'empêchant presque de respirer : son regard incrédule est rivé sur nos doigts entrelacés, comme s'il… comme s'il peinait à croire que nous soyons ensemble.

Sans se rendre compte que je le regarde, il lève nos mains jointes et dépose un baiser sur la mienne. Des frissons parcourent mon corps tout entier, et la caresse froide de la brise sur ma peau mouillée n'y est pour rien : ce qui me fait frémir, c'est cette sensation qu'il me chérit, qu'il m'estime assez pour m'avoir offert sa protection.

Heureuse, je pose doucement la tête sur son biceps musculeux.

Je me sens en sécurité avec lui.

Quand nous arrivons devant le pavillon d'été, Austin s'assure d'un regard que personne ne nous voit, puis, lâchant ma main, il récupère les clés dans la poche de son jean mouillé et boueux avant d'ouvrir le battant en silence.

À peine sommes-nous entrés qu'Austin me fait signe de rester à la porte, puis s'en va tirer les rideaux de la baie vitrée, qui court sur toute la largeur de la pièce.

J'ai les yeux rivés sur lui lorsqu'il se retourne : il a toujours sur le visage cet air incrédule, mais illuminé désormais par le ciel étoilé qui éclaire le pavillon à travers la verrière.

Sa chemise humide redessine les muscles marqués de son torse, et son pantalon détrempé offre du bas de son corps un spectacle identique. Ses cheveux bruns en bataille ont séché en désordre, ce qui le rend plus séduisant encore que d'habitude, accentuant son côté sauvage et brut de décoffrage. Ses tatouages se tordent, se contorsionnent à chaque pas qu'il fait dans ma direction, au point que, sur l'un d'eux, je jurerais voir Jésus respirer sur sa croix.

Mon cœur papillonne entre mes côtes, et mon pouls est si rapide et puissant que je le sens des pieds à la tête battre sous ma peau. Les yeux ténébreux d'Austin scintillent d'une tension sexuelle affolante, si bien que je porte instinctivement mes bras à mes épaules pour couvrir ma poitrine. Jamais je n'ai ressenti cette… chaleur sous le regard d'un garçon.

Austin s'arrête devant moi, et je sens son souffle chaud caresser mon visage. J'observe la colombe tatouée sur son cou et, pour calmer mon pouls affolé, me concentre sur les plumes détaillées des ailes ouvertes de l'oiseau.

D'un doigt, Austin dégage une mèche de cheveux de mon front, me caresse la joue, puis le nez. Je tourne les yeux vers son visage et vois ses lèvres s'arquer en un sourire timide.

— La pluie a révélé tes taches de rousseur, Clochette, dit-il d'une voix râpeuse.

Je suis soudain prise de nausée à l'idée que mon maquillage a été sapé par les éléments déchaînés, et panique d'être ainsi exposée à la vue d'Austin.

— Je…

J'ai à peine le temps de prononcer un mot qu'il se penche vers moi et dépose un baiser délicat sur le bout de mon nez : surprise, je m'immobilise. Il laisse courir ses lèvres le long de ma joue, puis se penche à mon oreille.

— Elles sont magnifiques. J'adore te voir sans tes peintures de guerre… J'adore voir la vraie Lexi. Te voir, toi, sans ton armure.

Au diable la poésie. Au diable les répliques à l'eau de rose, les cœurs, les fleurs et les hommes au verbe séducteur : tout ce que je viens d'entendre, moi, c'est que je plais à Austin. Moi ; la véritable moi, Lexington, la fille anorexique et dépressive qui se cache sous une couche de maquillage… Et cela me grise plus que jamais.

— Austin…, murmuré-je.

Il me prend la main, m'attire tout contre lui et ferme la porte derrière nous. Notre proximité me trouble, et je crois qu'il le sent : il me serre tendrement la main et murmure à mon oreille.

— Viens. On va se sécher un peu.

Il me tire doucement, et je lui emboîte le pas tandis qu'il me mène vers la grande cheminée au fond du pavillon : c'est notre oasis de sérénité, protégée par les rideaux tirés et la porte close. Arrivé près du canapé, Austin en récupère les coussins et le plaid rouges, et les dépose sur la peau de mouton qui tapisse le plancher. Il se retourne ensuite vers moi et pose les paumes sur mes joues.

— Assieds-toi, Clochette. Je m'occupe du feu.

J'avale ma salive, pleine d'appréhension, et m'installe sur l'un des coussins tandis qu'Austin empile des bûches une à une dans l'âtre. Il récupère ensuite une longue allumette, la frotte contre la pierre de la cheminée et allume le bois de chauffe.

Lorsqu'il a terminé, il pivote, s'agenouille devant moi et rive son regard au mien.

— Tu as soif ? Faim ? Je crois qu'il y a de l'eau au frigo.

De l'eau… Une vague d'émotion me réchauffe le cœur à sa proposition : il se rappelle que je ne bois que de l'eau. Jamais de soda. Il essaie de me mettre le plus à l'aise possible, comme toujours…

Je pose une main tremblotante sur sa joue mal rasée.

— Je n'ai besoin de rien, Austin, ça va. J'aimerais juste… que tu sois avec moi.

Cette fois, c'est lui qui avale sa salive, et sa nervosité palpable me rassure et me touche. Il s'assoit à côté de moi sur la peau de mouton et passe ses bras autour de ses genoux. Là, il lève les yeux vers le foyer et, perdu dans ses pensées, regarde danser les flammes naissantes. Les bûches crépitent, et l'odeur unique et envoûtante du bois flambé baigne bientôt la pièce entière.

— J'aurais jamais dû t'emmener là-bas, Clochette. T'imagines pas comme je suis désolé…, finit par dire Austin.

La gravité de son timbre suffit à me prouver combien il est sincère. En tout cas, ses excuses me déconcertent : les événements de tout à l'heure l'ont malmené. Je lève une main et caresse ses cheveux désordonnés pour le réconforter. L'air épuisé, il ferme les yeux à mon contact et s'allonge doucement, la tête sur mes jambes. Il lâche un soupir de lassitude et de contentement mêlés. La scène me rappelle notre rencontre dans le jardin de l'hôpital, de longues semaines auparavant.

Sitôt que sa tête touche ma cuisse, je me mets à paniquer, et les pensées anxieuses habituelles assaillent mon esprit : *Est-ce que mes cuisses sont trop grosses ? Est-ce qu'Austin est dégoûté par ce qu'il sent sous ma robe ? Est-ce que je le répugne ? Est-ce que…*

Austin me regarde, levant sur moi ses yeux sombres aux reflets opalescents presque bleu nuit, comme les élytres d'un scarabée : il me regarde lutter contre mes démons. J'ignore pourquoi, mais le fait qu'il ne réagisse pas à mon accès de stress aide à le faire passer plus rapidement. Austin ne me prend pas en pitié et ne me surprotège pas comme il a pu le faire par le passé : il reste là, immobile, et me laisse le temps d'évacuer, de vaincre ce contre quoi je me bats, m'offrant juste un soutien tacite, patient et affectueux.

À cet instant précis, je me rends compte que jamais dans ma vie je n'ai été aussi à l'aise avec quelqu'un. Cela fait des années que je ne me suis pas sentie aussi… normale, et mon cœur se pare d'un fin voile d'espoir : l'espoir qu'Austin parviendra à briser les remparts de titane qui asphyxient mon âme, l'espoir que ce trouble qui me hante ne me privera pas de me sentir aimée… L'espoir qu'un jour, je pourrais me retrouver avec quelqu'un sans que mon dégoût de moi et mon désespoir viennent gâcher l'instant.

L'espoir qu'ouvrir mon cœur ne le fera pas voler en éclats.

Noyée dans mes pensées, je prends conscience qu'Austin me caresse le visage lorsque je sens le bout calleux de ses doigts effleurer délicatement mes lèvres. Je tourne aussitôt le regard vers lui, et lis dans ses yeux une étincelle de… désir ? D'excitation ? Est-ce que ce garçon… Austin… me trouve attirante ? Non, c'est impossible…

— Je te trouve tellement belle, Clochette, susurre-t-il, me ramenant à la réalité.

Je sens ses mots se répandre jusque dans les recoins les plus sombres de mon âme, fissurant sur leur passage d'anciennes menaces, d'anciennes piques perfides de la voix…

Le regard posé sur le garçon tatoué devant moi, je sens un désir chaud naître entre mes cuisses ; ma respiration s'accélère, et c'est comme si quelque chose luttait en moi pour s'échapper d'une prison trop ancienne…

Austin caresse d'un doigt mon cou, remonte lentement, redescend, et mes seins se tendent sous le tissu mouillé de mon soutien-gorge. Il laisse son index reposer sur la peau battante juste sous mon oreille, et son regard se fait plus ténébreux…

— Putain, Clochette…, lâche-t-il dans un murmure.

Alors, il se tourne jusqu'à ce que sa bouche se retrouve contre mon ventre. Je sens son souffle chaud s'immiscer entre mes cuisses, et je ne peux réprimer un discret gémissement de plaisir…

J'agrippe les cheveux d'Austin avec une violence qui trahit celle de mon désir : je l'attire vers moi, et il caresse mon ventre du bout du nez, embrassant mon nombril, encore et encore, à travers le fin tissu noir de ma robe. Je sens mon corps s'embraser, et sais pertinemment que le foyer qui brûle tout proche n'y est pour rien. C'est Austin qui fait naître en moi cette chaleur nouvelle, un Austin patient, qui m'accepte comme je suis, un Austin balafré par la vie… mais si superbe.

— Bordel, je tiens plus, Clochette… Je crève d'envie de te toucher, de me sentir tout contre toi… en toi…, murmure-t-il en saisissant d'une main son jean à l'entrejambe.

Mes joues s'empourprent et je ferme les yeux.

Est-ce que j'en suis capable ? Est-ce qu'avec lui, je peux me laisser aller à mes désirs ? Est-ce que j'arriverai à me dénuder ? Non… Non, je ne pourrai pas aller jusque-là… Et puis, il ne faut pas qu'il me touche le dos, surtout pas… Mais il va peut-être trouver ça bizarre, non ? Et puis, il va sûrement me trouver trop grosse… Comment je pourrais rester assez couverte pour pouvoir aller jusqu'au bout ? Com…

Toutes ces questions me hantent, me prouvant une fois de plus que le sexe est pour moi une épreuve impossible : je ne suis pas une fille normale, une fille capable d'embrasser celui qui l'a séduite, de se déshabiller, puis de se glisser sous ses draps pour une nuit d'amour passionnée et sauvage. Ce n'est pas aussi simple pour moi… Pour y parvenir, il me faudrait rassembler un courage que je ne suis même pas sûre d'avoir, doublé d'une assurance dont je n'ai tout simplement jamais fait preuve.

LEXINGTON, TU NE PEUX PAS FAIRE ÇA. IL FAUDRAIT QUE TU PERDES ENCORE CINQ KILOS AU MOINS. ET PUIS, SI CE GARÇON TE VOIT NUE, IMAGINE UN PEU : IL VA TE RIRE AU NEZ ! IL TE QUITTERA ET T'OUBLIERA IMMÉDIATEMENT. IL…

— Ne l'écoute pas, Clochette. Ne la laisse pas te dire que je n'ai pas envie de toi.

La voix se dissipe aussitôt, et la noirceur dans mon esprit avec elle : les mots d'Austin sont aussi apaisants qu'une berceuse. Lentement, ils me calment, m'envoûtent, et mon cœur serein respire de nouveau.

Je prends une grande inspiration, ouvre les yeux et lève la tête vers Austin et son regard bienveillant.

— Parce que j'ai envie de toi, Clochette… Terriblement. Jamais je n'ai rencontré quelqu'un d'aussi beau, à l'intérieur comme à l'extérieur. Cette voix dans ta tête, elle ignore tout de ce qui se passe entre nous. Tout ce qu'elle sait faire, c'est t'empêcher de manger et te priver de libre arbitre.

Je soupire, fébrile, saisie par la clairvoyance avec laquelle il a perçu ce que je me donne tant de mal à dissimuler, puis pose la main sur la sienne tandis qu'il caresse ma joue.

Je trouve alors, profondément enfouie, la force qui m'avait si longtemps manqué…

— J'ai… besoin de toi… près de moi…

Austin se fige. Il semble même avoir cessé de respirer, mais il finit par murmurer :

— Moi aussi, j'ai besoin de toi, besoin… d'être avec toi.

D'un geste lent, je saisis ses doigts tatoués et les guide plus bas… jusque sur mes seins, sans jamais le quitter du regard et en m'efforçant de refouler les grondements menaçants de la voix… Lorsque je sens Austin prendre mon sein gauche dans le creux de sa paume, par-dessus mon soutien-gorge, je ferme les yeux et plaque mon front contre le sien.

Je laisse courir mes mains tremblantes le long de sa chemise détrempée et les glisse sous le tissu noir pour caresser sa peau brûlante et couturée.

— Austin… Je ne sais pas si j'ai été claire… J'ai besoin de… besoin de toi…

Sa pomme d'Adam s'anime au rythme de ses déglutitions nerveuses et, implorante, je mets dans mon regard toute l'intensité de mon désir.

— Envie de toi…

Cette fois, le désir dans ses yeux sombres me désarçonne. Il se redresse, me saisit délicatement par les hanches, m'allonge sur les coussins posés près de nous, puis se penche sur mon corps consentant. Il plaque tendrement le torse contre ma poitrine, puis me caresse la joue de ses lèvres, avant de les laisser planer près de ma bouche… Et il reste ainsi, sans m'embrasser.

— Moi aussi, j'ai envie de toi, Clochette… T'imagines même pas, putain…

Une vague de soulagement déferle en moi tel un courant d'eau pure. C'est comme un nouveau baptême ; j'ai la sensation de renaître, d'avoir brisé ces chaînes de doute et de dégoût de moi qui m'empêchaient d'enlacer sans retenue le garçon à qui j'ai décidé d'offrir mon cœur.

Austin pose enfin les lèvres sur les miennes, et le baiser tendre et sensuel qu'il m'offre achève de dissiper mes craintes. Sa bouche caresse la mienne, sa douceur soyeuse contrastant de façon irrésistible avec son look et sa carrure menaçante. Je sens sa langue s'aventurer à l'entrée de ma bouche et l'accueille sans retenue, lui offrant la mienne.

Soudain plus assurée, j'enserre les muscles saillants de son dos et, lorsque son sexe imposant et dur se cale entre mes cuisses brûlantes, il lâche un gémissement de plaisir grave et rocailleux. Plus notre baiser dure et s'intensifie, plus nos mouvements s'affolent : le foyer proche réchauffant sa peau humide, Austin me plaque au sol et agrippe mes cheveux. Saisissant le bord de sa chemise, je commence à la lui retirer.

Tout à coup, Austin abandonne mes lèvres, le souffle court, et rive dans le mien son regard ténébreux : il veut s'assurer que je me sens à l'aise. Lorsqu'il voit que c'est le cas, il s'assoit et passe sa chemise par-dessus sa tête, offrant à mes yeux avides son torse nu et fabuleux, couvert de ses innombrables tatouages colorés.

D'une main, je caresse les ailes de la colombe sur son cou, descends jusque sur son sternum, sur l'immense croix italienne dessinée sur son torse, puis sur les mots à la calligraphie complexe tatoués sur ses abdominaux marqués et son bas-ventre… Les flammes dansantes sur sa peau hâlée auréolent d'ambre son corps musculeux… Il est magnifique.

— Tu vas me tuer, là, Clochette…, lâche Austin d'une voix rauque lorsque je laisse glisser un doigt le long de la ceinture de son jean.

Ses muscles se contractent, et il dévore mon corps du regard : mais, cette fois, à ma grande surprise, je ne ressens plus la moindre gêne. Au contraire, plus hardie, j'aventure ma main sur le bouton qui scelle sa fermeture Éclair… et le défais d'un geste assuré.

Lorsque mon doigt effleure son sexe dur à travers son jean, il jette la tête en arrière, gémit entre ses dents, puis m'embrasse de nouveau, se servant de ses cuisses puissantes pour écarter mes jambes. Là, il commence à se frotter contre moi… à l'endroit fatidique.

— Austin…, soufflé-je en me cambrant contre lui.

— Putain, Clochette…, lâche-t-il entre ses dents. J'ai tellement envie de te prendre… D'être en toi…

Et, tout à coup, les mots d'Austin prennent tout leur sens, et c'est comme si mon sang se figeait dans mes veines. Comme il remarque mon changement d'attitude, il se dresse sur ses bras et m'observe, l'air inquiet.

— Clochette, ça va ? me demande-t-il, pantelant, sa peau méditerranéenne rosie par l'excitation. (Il vient placer son visage près du mien et me caresse la joue.) Qu'est-ce qui ne va pas ? murmure-t-il. Dis-le-moi, Clochette. Je suis pas sûr de comprendre…

Trop gênée pour le regarder dans les yeux, je rive le regard sur la fleur de lys aux contours apaisants dessinée sur son cou.

— J'ai peur de réagir bizarrement, quand tu vas… me toucher…, confessé-je, mal à l'aise.

Austin soupire et ferme les yeux, et des frissons d'embarras parcourent mon corps tout entier… Mais il me surprend en prenant de nouveau mon visage à deux mains et en me forçant à soutenir son regard.

— Je sais que c'est ta première fois, Clochette. Avec moi, tu as connu ton premier baiser et… bref, toutes tes premières fois avec un mec. Et franchement, j'ai vraiment l'impression de pas mériter tout ça…

Du pouce, il me caresse la joue avec cette tendresse inouïe que je lui connais… mais qu'on n'aurait jamais prêtée à un colosse comme lui.

— Mais, si tu veux autant de moi que j'ai envie de toi, murmure-t-il, si tu en as vraiment envie, alors tu n'as rien à craindre : jamais je ne te ferai souffrir. Je ne te demanderai pas de retirer tes vêtements, si c'est quelque chose dont tu ne te sens pas encore capable. (Il plaque le front contre le mien.) Si tu n'es pas prête à coucher avec moi, ni à faire quoi que ce soit d'autre d'ailleurs, je ne le prendrai pas mal. Tout ce que je te demande, c'est de me dire comment tu te sens, là, tout de suite, parce que, si on ne va pas au bout, eh bien... Autant arrêter maintenant, parce que... comment dire... C'est légèrement douloureux, là, pour moi.

Il niche la tête au creux de mon épaule, la respiration hachée par les efforts qu'il fait pour se retenir. Je multiplie les caresses dans son dos, tentant de balayer au mieux mon manque d'assurance : j'en ai tellement envie ! J'ai tellement envie d'Austin... Pour ce soir, au moins, j'aimerais ne pas être Lexington Hart, la bête de foire anorexique. Je voudrais être une jeune femme courageuse, vivre sans retenue la vie de cette fille qui tombe éperdument amoureuse de celui à qui elle a révélé son plus grand secret, ce garçon tout aussi brisé qu'elle, ce garçon qui dit la vouloir tout autant qu'elle a envie de lui... Je voudrais être normale, en somme... et que l'on m'aime ainsi.

— Austin, murmuré-je, les yeux perdus dans le reflet des flammes dansant sur le plafond lambrissé. (Il acquiesce contre mon cou pour me faire savoir qu'il m'écoute, et je passe une main dans ses cheveux.) Fais-moi l'amour.

Il se crispe aussitôt.

— Lexi..., lâche-t-il d'une voix traînante.

— Austin, fais-moi l'amour, insisté-je en empoignant ses cheveux. Vas-y... doucement, simplement... J'ai peur de faire une crise...

Il dépose un chapelet de baisers le long de mon cou, et je vibre tout entière. Lorsque sa bouche se pose sur ma joue, je place les mains sur ses omoplates nues.

— Tu es sûre ? susurre-t-il en passant près de mon oreille.

J'acquiesce, rendue muette par l'intensité de l'instant, et je l'entends soupirer de soulagement. Il relève la tête et plonge dans mes yeux. Je ne lis dans son regard que de l'adoration… Une adoration absolue et inconditionnelle.

— Si je fais quoi que ce soit de travers, tu me le dis, OK ? On va faire ça comme ça te conviendra…

Je prends une profonde inspiration et invoque tout mon courage.

— Ne touche pas mon dos, s'il te plaît, d'accord ? murmuré-je. Je n'y arriverai pas si tu me touches le dos. C'est toujours… enfin, c'est impossible pour moi pour l'instant.

Il dépose un baiser dans mon cou en balayant une mèche de mon visage.

— Je ne l'aurais pas fait, de toute façon. Je me souviens de tout ce que tu m'as dit depuis qu'on se connaît.

Austin laisse courir sa main non loin de mes seins, et je sens mes orteils se recroqueviller tandis qu'une chaleur inconnue irradie entre mes cuisses.

— Et, je ne peux pas non plus retirer ma robe… Si tu peux… essayer de te débrouiller sans qu'on l'enlève, s'il te plaît, je… je ne suis pas encore prête à me mettre totalement nue devant toi.

Austin commence à se redresser.

— Lexi, si tu ne…

Je prends son visage à deux mains pour l'interrompre.

— Non, reste là ! S'il te plaît, j'en ai tellement envie ! Il faut juste… qu'on procède autrement que comme tu l'as fait avec les autres filles.

Il m'étudie quelques secondes, troublé, mais finit par accepter en soupirant.

— OK.

Il se met en équilibre sur une main et commence à caresser ma poitrine, puis tète mes seins encore cachés sous ma robe. Son visage toujours entre les mains, je ne peux réprimer des gémissements de plaisir.

— Je veux les goûter, me murmure Austin, avant de lever une main et de glisser deux doigts sous l'une des bretelles de ma robe.

Il lève le regard vers moi et hausse les sourcils, attendant ma permission.

Mon cœur bat à tout rompre, mais l'idée de lui révéler ma poitrine ne me terrifie pas autant que je le craignais. Finalement, mon bonnet B des plus standard ne m'a jamais vraiment complexée, et cela me plaît même assez de pouvoir le lui montrer…

— S'il te plaît, oui…, supplié-je. Enlève-la doucement… Mais, laisse-moi rester sur le dos… Je n'y arriverai pas si tu vois mon dos…

Il grogne et, obéissant, baisse lentement les bretelles de ma robe jusqu'à révéler mon soutien-gorge noir sans armatures. Ses yeux en amande s'embrasent aussitôt qu'il commence à défaire l'agrafe entre les deux bonnets ornés… Le tissu glisse sur mes seins blancs, les offrant à sa vue, et mes mamelons se tendent comme pour implorer sa bouche de les rejoindre.

— Putain, ils sont parfaits…, murmure Austin.

Sans retirer ni ma robe ni mon soutien-gorge, il approche son visage de cette partie de moi qui n'a jamais été embrassée et la taquine du bout du nez.

Je plaque instinctivement les mains autour de son cou et noue les jambes à sa taille, me frottant lentement contre la raideur qui déforme son jean. Mon souffle résonne à mes propres oreilles tandis que je sens une chaleur impossible réchauffer mes cuisses et mon sexe enfin prêt. Lorsque Austin dépose un baiser sur mon sein gauche et me lèche le mamelon de sa langue chaude, je dois me retenir pour ne pas hurler, mon corps inexpérimenté ravagé par les sensations intenses qui m'assaillent.

— Bordel, Clochette, tu es délicieuse…, s'extasie-t-il, les lèvres contre mon sein.

Sa caresse se fait de plus en plus avide entre mes jambes.

Je suis transportée par l'euphorie grisante de ce plaisir irrésistible.

— Austin ! crié-je d'une voix suraiguë amplifiée par l'extase.

Je me laisse faire, perdant mon souffle dans sa chevelure brune, et sens entre mes cuisses mon sexe de plus en plus humide. Austin lèche mon sein une dernière fois avant de relever la tête, et je rougis autant d'embarras que de plaisir : il ne fait aucun commentaire, et, tandis qu'il me savoure du regard, son visage se pare d'un masque de désir incontrôlable. Il laisse courir les mains le long de mes jambes et commence à relever en silence le bas de ma robe. Il est là, à genoux devant moi, et je vois sous son ventre, là où sa fermeture Éclair a cédé, son sexe dur tendre le tissu de son boxer noir.

Austin m'observe comme un faucon savoure déjà sa proie : je sais qu'il guette en fait chez moi le moindre signe de panique que pourraient susciter ses gestes, alors je soutiens son regard et hoche la tête, l'invitant à continuer…

Lorsque ma robe atteint mes genoux, découvrant mes mollets, un frisson d'inconfort me trouble l'estomac, mais j'acquiesce de nouveau : je veux qu'il continue. Austin remonte encore le fin tissu noir, jusqu'en haut de mes cuisses, mais l'intensité de ma gêne et de mes craintes devient tout à coup insoutenable.

— Attends ! lâché-je dans un accès de panique, si bien qu'Austin s'arrête, l'air inquiet.

Je relève la tête vers la verrière au plafond et me concentre sur la lune, tâchant de me calmer : je veux oublier les pensées anxiogènes qui m'assaillent… J'ai tellement peur de ce qu'Austin va penser de mes cuisses ! Verra-t-il ma cellulite ? Les trouvera-t-il trop grosses ? Est-ce que…

Coupant court à mes doutes, il dépose un baiser tendre sur mes lèvres.

— On peut s'arrêter là, tu sais ? Il suffit que tu me le dises, et c'est terminé, Clochette.

Je caresse d'un doigt sa joue mal rasée, suis le contour de son oreille, puis effleure le mince tunnel noir qui orne son lobe…

— T'es magnifique, Clochette, c'est dingue… Chaque fois que je pose les yeux sur toi, j'en ai le souffle coupé…

Mon pouls accélère, sauf que, cette fois, ce n'est pas ma crainte qui bat la mesure, mais une sensation d'adoration et de désir absolu. Je tends la main vers celle d'Austin et la guide lentement jusqu'à mes seins, le long de mon ventre, puis… jusqu'à mes cuisses.

Austin lâche un grognement de plaisir.

— Clochette…

— Continue, Austin… J'en ai envie. Touche-moi… Je veux sentir… ce que ça fait…

Il se penche, pose le front sur mon épaule, et je sens son corps s'agiter presque nerveusement.

— Je ne sais pas si c'est une bonne idée, Clochette. J'ai peur de perdre tout contrôle et de te faire fuir…

Les larmes me montent aux yeux et je tourne la tête : mes lèvres effleurent sa joue, et nos respirations se mêlent.

— Je sais que je suis compliquée, Austin, mais j'ai vraiment envie que tu me fasses l'amour… Ne m'oblige pas à te supplier, s'il te plaît…

Austin me regarde droit dans les yeux et cale les bras de chaque côté de ma tête sur le coussin.

— Clochette, ce que je ressens pour toi me fait flipper… La première fois que je t'ai vue, seule dans le stade désert comme une fée gothique échappée d'un rêve, je t'ai immédiatement trouvée magnifique. Et puis, ma posture à ton égard est vite partie en couilles : j'avais peur. Pendant des semaines, j'ai craint que tu me détruises, que tu détruises ma famille, que tu compromettes le business de mes frères… (Il prend une profonde inspiration, et les flammes qui dansent dans l'âtre viennent se refléter dans ses pupilles d'encre.) Et tu m'as détruit, Clochette… mais pas comme je l'avais craint. Ce que tu as brisé, c'est le rempart que j'avais érigé toutes ces années pour tenir les autres à l'écart. Tu as détruit cette armure qui me donne l'air d'un putain de dur à cuire au quotidien. Mais, plus précieux que tout, tu as fait voler en éclats ma réserve… Celle qui m'empêchait de trouver du réconfort auprès de quelqu'un. Tu as chamboulé mon univers, Clochette. Toi, ma Clochette, ma petite fée gothique, tu as réduit en cendres jusqu'à la dernière de mes défenses…

Et, comme un point final, il plaque sur mes lèvres un baiser fiévreux : je ne peux rien faire d'autre que l'emprisonner contre ma bouche, la flamme de notre désir trop douloureuse désormais pour être contenue… Pourtant, Austin trouve encore la force de se redresser et me regarde, l'air plus sérieux que jamais.

— Il y a quelque chose que j'aimerais te dire, Clochette : deux mots qui me brûlent la poitrine et bataillent pour sortir. Deux mots que je n'ai jamais dits à personne. Mais, je ne les prononcerai que lorsque je serai tien et que tu seras mienne sans la moindre réserve, que nous n'aurons plus aucun secret l'un pour l'autre et que nous aurons jeté à terre jusqu'à la dernière de nos pièces d'armure. En revanche, je veux que tu saches que, prononcés ou non, ils t'attendent, là, dans mon cœur…

Son honnêteté fait naître en moi une émotion enivrante, puissante, et je m'efforce de deviner ce que sont ces deux mots. Parle-t-il d'amour ? Est-ce qu'il m'aime ? Est-ce que, moi, je l'aime ? En suis-je seulement capable ? Ne sommes-nous pas trop brisés, tous les deux, pour offrir à l'autre ce bonheur dont nous avons si longtemps été privés ?

Austin commence à caresser l'intérieur de ma cuisse, et je frissonne d'excitation : plus il approche de mes lèvres, plus je peine à respirer.

— Alors, dis-moi jusqu'où tu veux aller, Clochette, parce que j'ai envie de toi… Je te veux tout entière. C'est à toi de voir…

Il baisse les yeux vers la main qu'il a posée sur ma cuisse à la peau presque blanche, et je vois dans ses yeux toute l'envie et la passion qui l'animent. Le regard rivé sur mes jambes nues, il entrouvre les lèvres… C'est d'abord une surprise intense qui me saisit lorsque je me rends compte que je ne le révulse pas. C'est même tout le contraire : sa peau a pris les couleurs du désir, et il semble excité… Il…

Il a envie de moi.

En toute honnêteté, sa réaction dépasse mon entendement.

— Austin…, lui murmuré-je, et il détache à grand-peine son regard de mes cuisses pour le river à mes yeux. Prends-moi tout entière… Je suis à toi.

Son visage crispé se détend, et il se penche vers moi pour déposer un nouveau baiser sur mes lèvres. Des doigts, il agrippe ma culotte et commence à la baisser le long de mes jambes… jusqu'à ce que je m'offre entièrement à sa vue. Il jette ma lingerie sur le sol près de lui, m'embrasse tendrement, et je sens bientôt ses doigts glisser délicatement le long de mes lèvres…

— Austin… hmm…, susurré-je, en commençant à rouler des hanches pour épouser le mouvement de sa main.

Jamais on ne m'avait touchée… ici, mais je n'en suis pas moins avide de ce qu'Austin a à m'offrir. Je viens de lui succomber tout entière.

— Putain, ce que tu es prête, Clochette…, murmure-t-il.

Au même instant, je sens qu'il glisse un doigt en moi et écarquille les yeux, interdite.

— Ça va aller, Clochette… Je vais te préparer… Ça va faire un peu mal au début, mais je te promets que tu l'oublieras vite : je vais te faire du bien, je vais te faire jouir… C'est une promesse.

— Et… et toi ?

Soudain, je pousse un cri de plaisir : Austin vient d'effleurer quelque chose en moi qui… m'a fait un bien fou… indescriptible.

— Ne t'inquiète pas pour moi, Clochette. Ce soir, c'est ta soirée…

— J'ai envie de toi, confessé-je en l'agrippant par les cheveux. Là, tout de suite… C'est trop douloureux d'attendre.

Austin retire délicatement ses doigts d'entre mes lèvres, se lève et se dirige vers une commode de l'autre côté de la pièce. J'admire son dos tandis qu'il ouvre un tiroir et en sort un préservatif. Il se retourne vers moi, embarrassé, et hausse les épaules.

— Rome utilisait souvent le pavillon, avant l'arrivée de Molly…

Je respire lentement pour tenter de mater la nervosité et l'excitation qui m'assaillent à la vue de celui qui s'apprête à prendre ma virginité. Puis, je souris… Austin est une authentique incarnation de la perfection : le chef-d'œuvre d'un maître. Lorsqu'il se regarde dans le miroir, il ne voit qu'un ex-membre de gang sans rien à offrir à quiconque. Mais une telle personne aurait-elle pu réussir le tour de force de m'aider à m'accepter à ce point ? Comment pourrait-il jouer pour l'une des meilleures équipes de foot du pays s'il n'avait rien à offrir ? Comment pourrait-il exhiber cette fresque de tatouages qui lui est si chère, cette œuvre d'une esthétique si inspirée, sans une sensibilité hors-norme ?

Austin Carillo est un gamin des rues au cœur d'or.

— Tu es prête, Clochette ? me demande-t-il, et je hoche lentement la tête.

Il cale le sachet doré du préservatif entre ses lèvres et commence à baisser son jean, me révélant son boxer noir.

Tandis que j'admire sa silhouette charpentée aux muscles ciselés à la perfection, ses cheveux bruns ébouriffés par mes caresses et la bosse proéminente qui déforme son boxer, je me sens brûlante de désir.

Austin avale sa salive, passe les doigts sous l'élastique de son boxer et le baisse lentement. Je l'observe, hypnotisée, se révéler à moi, et perçois l'inquiétude dans son regard lorsqu'il lève ses yeux aux longs cils noirs.

Puis, il s'approche de moi, et j'observe le mouvement du tatouage qui court tout le long de l'une de ses cuisses : deux mains jointes en prière, un rosaire d'une grande finesse suspendu aux doigts entremêlés. Jamais je ne me suis sentie aussi nerveuse…

Austin s'agenouille devant moi, le préservatif dans la main et le visage brûlant de désir. Il se mord la lèvre, les sourcils froncés, avide de plaisir.

Je dégage une mèche de cheveux de son front et me rends compte que ma main tremble… Austin s'en aperçoit, lui aussi, alors il la prend dans la sienne et la porte à sa bouche.

— Prête, Clochette ? me demande-t-il, la voix tendue par l'envie.

Je sens contre ma cuisse nue toute la longueur de son érection.

Incapable de prononcer le moindre mot, j'acquiesce : Austin s'agenouille, déchire le sachet doré avec les dents, puis déroule le latex sur son sexe excité. Il prend ensuite mes mains et plaque nos doigts entremêlés au-dessus de ma tête, tout en calant ses cuisses puissantes entre les miennes. Je sens son sexe dur caresser mes lèvres, et mon cœur marteler mes côtes. Et puis, tout à coup, Austin dépose un doux baiser sur ma bouche et entame un lent mouvement des hanches. Il serre mes doigts plus fort et appuie son baiser, comme pour me faire oublier la sensation de son sexe glissant entre mes lèvres et s'enfonçant en moi. Sans prononcer le moindre mot, il s'arrête, respire lentement contre ma bouche, puis, lâchant mes mains, plaque ses coudes sur le tapis de chaque côté de ma tête, comme pour me protéger de ce qui m'attend… Soudain, il serre les dents et glisse un peu plus en avant : une douleur aiguë m'incise le ventre, et je grimace. Austin se raidit, entièrement en moi, et je me concentre sur les battements rapides de son cœur contre ma poitrine nue, sur son souffle intense à mon oreille… et mes jambes crispées commencent à se détendre.

De la main droite, Austin vient saisir ma cuisse et la cale sur son bras tendu. Le visage toujours niché au creux de mon épaule, il se lance dans une série de va-et-vient lents et réguliers. Assez vite, la douleur s'estompe et, tandis qu'il accélère petit à petit, je sens naître entre mes cuisses un plaisir nouveau. Mes fesses quittent le sol et je m'agrippe au dos d'Austin, luisant de sueur.

Des gémissements d'abord discrets échappent à mes lèvres, en écho aux grognements d'Austin. Envoûtée, j'enfonce les ongles dans les muscles de son dos, et il relève vers moi son visage, devant lequel ses cheveux tombent en mèches irrésistibles. Son regard intense se noie dans le mien.

— Austin…, murmuré-je en me cambrant, saisie par une déferlante de plaisir.

Le torse d'Austin vibre, agité par un râle grave, tandis qu'il accélère et me prend de plus en plus fort. Bientôt, j'ouvre grand la bouche, envahie par une sensation si indescriptible qu'elle annihile aussitôt toute trace de raison.

J'ai l'impression de voler en éclats minuscules.

Je ne pèse plus rien.

Je m'agrippe à Austin comme je peux et, alors même que je lève le regard vers lui, ses yeux sombres se ferment et il lâche un râle puissant : son corps se raidit, ses muscles se tendent, et ses lèvres charnues laissent échapper une expiration sifflante.

Les bras fébriles, il s'écroule sur moi, la main toujours sur ma cuisse, nos corps unis dans la sueur de l'extase. Je lève les yeux au plafond et, par la vitre, aperçois la pleine lune, lumineuse. Les crépitements des bûches dans l'âtre renaissent doucement à mes oreilles.

Quelques instants plus tard, Austin relève la tête et me regarde pendant d'interminables minutes…

— C'est pour quoi, les peintures de guerre, Clochette ? me demande-t-il d'une voix douce, les yeux scintillants.

D'un pouce, il me caresse la joue… et je me rends compte que je suis en train de pleurer.

Je détourne le regard, troublée par cette impression qu'il vient de s'adresser à mon âme mise à nue.

— Parce que j'aimerais être quelqu'un d'autre. Quelqu'un d'autre que moi.

Austin vacille, comme si je l'avais frappé.

— Il n'y a pas que ça. Tu me caches encore quelque chose, je le sens. Quelque chose de plus important que ça.

Mon cœur tressaille : j'aimerais lui confesser la vérité, mais je ne m'en sens pas capable. Moi-même, je peine à l'assumer.

— Oui… mais c'est tout ce que je peux te dire pour l'instant, me contenté-je de répondre.

Austin se penche et m'embrasse tendrement… Je me redresse.

— Et toi, les tatouages ?

Il serre les dents, s'éclaircit la gorge, puis son regard se perd dans les flammes durant d'interminables secondes. Tout à coup, il soupire.

— On m'a toujours considéré comme une racaille italienne… Après des années à essayer de les faire changer d'avis, je me suis dit que, le mieux, c'était peut-être de leur donner raison et de ressembler à… une racaille italienne…

Je fronce les sourcils, touchée, mais…

— Il n'y a pas que ça. Toi aussi, tu me caches encore quelque chose.

Austin soupire et vient placer sa joue contre la mienne.

— Oui, mais c'est tout ce que je peux te dire pour l'instant.

Nos réponses évasives me font rire, et je me demande si nous parviendrons un jour à nous sentir assez bien ensemble pour partager jusqu'au dernier de nos secrets. Mais je laisse rapidement mes questionnements de côté, ne voulant rien rater de la plénitude de l'instant.

Je prends la tête d'Austin dans les bras et dépose un baiser sur le haut de son crâne.

— Merci, Austin. Merci de me faire sentir si précieuse à tes yeux…

Je pleure sans retenue, cette fois, et Austin lève la tête, plein de gratitude.

— Non, merci à toi, Clochette. Merci d'être incroyable au point d'accepter de sortir avec un type aussi détruit que moi… Je ne sais pas ce qui m'a valu de te voir débarquer dans ma vie, mais j'en remercie le ciel chaque jour…

Vingt minutes plus tard, enveloppés dans un fin plaid devant un feu crépitant, un jeune homme et une jeune femme meurtris par la vie s'endorment sous les étoiles, dans les bras l'un de l'autre. Et, pour la première fois de leur existence tourmentée, ils se sentent enfin compris, leur armure abandonnée à leurs pieds…

Chapitre 19

Austin

Je m'éveille à l'aube aux chants des oiseaux qui, à l'extérieur du pavillon, annoncent le nouveau jour. La respiration chaude et hypnotique de Lexi contre mon cou manque de peu de me rendormir.

Je ferme fort les yeux pour chasser le sommeil et me rapproche instinctivement de Clochette… Un souffle d'air glacial s'immisce alors sous un pli du plaid et, en tournant la tête, je m'aperçois que le feu, qui avait rugi toute la nuit dans l'âtre, s'est mué en un tas de cendres froides et qu'une couche de givre recouvre désormais la baie vitrée au plafond ; elle est si épaisse que les rayons du soleil donnent l'impression de passer à travers la lentille fractionnée d'un kaléidoscope.

Je suis des yeux le halo lumineux et diffus d'un rayon de soleil, et découvre qu'il illumine le visage apaisé et satisfait de Clochette, nichée contre moi. Je ne peux plus détacher mon regard d'elle…

Elle est tellement magnifique…

Il ne reste rien de son maquillage. Elle a passé un bras sur mon ventre, sa peau laiteuse jurant avec les lignes sombres qui parcourent mes abdos. Moi, en revanche, je ne l'enlace pas : c'est comme si, même égaré en plein rêve, j'avais su respecter ses limites. Les bretelles de sa robe sont de nouveau en place, le tissu noir dissimulant sa poitrine, et j'avoue me sentir triste pour elle en comprenant qu'elle a dû se rhabiller pendant la nuit. Qu'elle se déprécie ainsi m'est insupportable. Ça me fout la haine qu'elle ait dû lutter contre ses démons la première fois que nous avons fait l'amour… Sa première fois, merde ! Et j'ai les boules, aussi, de ne pas avoir réussi à la mettre assez à l'aise pour qu'elle ose se déshabiller entièrement devant moi…

Soudain, Clochette lâche un soupir : je l'attrape par les bras et l'attire tout contre moi, savourant son parfum enivrant. Nous ne pouvons pas rester ici toute la journée, je le sais bien : j'ai entraînement, et elle aussi, d'ailleurs… La finale du SEC en Géorgie contre les Florida Gators approche à grands pas. Fais chier… Tout ce que je voudrais, moi, c'est la serrer comme ça de longues minutes encore, avant que nous devions de nouveau faire face aux emmerdes qui nous attendent derrière la porte du pavillon.

Quoi qu'il en soit, une chose est sûre, ce matin : j'ai changé. En quoi, je ne sais pas vraiment, mais c'est une certitude… J'ai même l'impression d'être un meilleur type qu'hier soir…

— Austin ?

La voix douce de Lexi m'invite à baisser les yeux, et je découvre qu'elle me toise d'un regard fatigué… Inquiet aussi. Pas besoin de sortir de Harvard pour comprendre qu'elle flippe que je la jette…

— Salut, Clochette, lui dis-je, tout sourire, en déposant un baiser sur son front.

— Salut…, répond-elle en caressant d'une joue mon torse nu.

Je laisse courir un doigt le long de son bras.

— Comment tu te sens, ce matin ?

Elle lève la tête, et son visage se pare d'un rose timide et touchant.

— Je me sens… plein de choses… Heureuse, chanceuse, pleine de courage… Aimée, même…

Je souris jusqu'aux oreilles et lui prends le visage à deux mains pour attirer sa bouche contre la mienne.

— Bien… Génial, même, bordel…, murmuré-je, après que j'ai dévoré ses lèvres de façon possessive, presque obsessionnelle.

Elle pose la joue contre mon épaule, soupire, et je sais qu'elle a compris que nous allons devoir nous séparer, quitter cet espace vide de tout problème.

— T'es prête à partir ?

Lexi acquiesce, s'assoit lentement et s'étire, dos à moi. Je distingue sa silhouette fine sous le tissu de sa robe et… ce que je vois me laisse le souffle court et me paralyse.

Ses côtes… Je les vois toutes ou presque, merde… Clochette… Elles ressortent, invoquant dans mon esprit des images morbides, et sa colonne se découpe sous le vêtement de façon presque irréelle.

Comme si elle sentait le regard inquiet que je pose sur elle, Lexi se retourne subitement et se relève aussitôt d'un bond. Je m'assois à mon tour, et la peur envahit ses yeux.

— Clochette…, susurré-je presque, redoutant la réponse qu'elle apportera à ma question. Tu manges, rassure-moi ? (Je m'éclaircis la gorge.) Tu… ne recommences pas à t'affamer ? Parce que t'as vraiment l'air maigre, là. Je n'avais jamais remarqué avec tes vêtements super larges, mais…

Je distingue chez elle les premiers signes d'une crise de panique : elle grimace, ses lèvres tremblent et sa respiration s'accélère, donnant la cadence à sa poitrine affolée.

— Je vais bien, lâche-t-elle sur un ton sec, avant de placer ses bras comme un bouclier pour se protéger de mon regard. Je suis stressée en ce moment, c'est tout.

Je hoche doucement la tête et me relève lentement. Quand je m'approche, je remarque ses mains tremblantes. Je tends les miennes et les pose sur ses joues, mais elle refuse de me regarder.

— Clochette.

Lexi ferme les yeux quelques secondes, puis les rouvre pour soutenir enfin mon regard en silence, attendant ce que j'ai à lui dire. J'en ai des tonnes, en vérité, des trucs à lui dire, mais, quand je lis sur son visage sa peur de les entendre, je me ravise.

— Tu peux tout me dire, tu sais, la rassuré-je d'une voix apaisante.

Ses yeux se mettent à scintiller et, quelques secondes plus tard, elle hoche à peine la tête entre mes mains, sans prononcer le moindre mot. Je serre les dents, frustré, mais fais mine de passer à autre chose le plus naturellement du monde.

Je l'embrasse avec conviction et me redresse.

— J'aurais envie de te voir, ce soir. Tous les soirs, en fait. Toutes les nuits, on pieutera ici, maintenant, OK ?

Elle se raidit, un peu anxieuse, mais lève timidement les yeux vers moi et hoche la tête.

— D'accord.

Sa beauté dingue m'arrache un sourire, et je passe les bras à son cou pour l'attirer contre moi.

— On va prendre notre temps, toi et moi, Clochette. Mais on va le faire…

— Je… C'est fou, tout ça, Austin. Je comprends à peine ce qui nous arrive et comment on en est arrivés là. Je n'arrête pas de me demander comment je vais réussir à dominer suffisamment mes peurs pour te garder dans ma vie.

— Pareil, Clochette… (Je me redresse.) Par contre, c'est nos oignons et ceux de personne d'autre, OK ?

— Et nos amis ?

Je hausse les épaules.

— Je pense que c'est encore trop risqué d'en parler. Mieux vaut attendre que les Imperatori se soient un peu calmés. D'ici là, on va tâcher de trouver un moyen de se voir au maximum et de consolider tout ça, parce que, Clochette, il est hors de question que je te perde… Encore moins après cette nuit… (Elle lâche un petit gloussement de joie.) Bon… En attendant, faut qu'on aille s'entraîner tous les deux, et je suis encore nu comme un putain de ver. Si j'enfile pas des sapes rapido, je vais me faire coffrer pour attentat à la pudeur. Le doyen kifferait ça : Carillo, le dealer exhibo.

Lexi tente en vain de contenir un rire, lève la tête et pose une main sur ma joue en essayant de reprendre son sérieux.

— Merci, Austin.

Je sais qu'elle me remercie de ne pas avoir insisté au sujet de la nourriture. Par contre, ça ne m'empêchera pas de garder un œil sur elle. Je préférerais crever plutôt que de la laisser faire… Hors de question qu'elle retombe dans l'enfer de son anorexie maintenant que je veille sur elle.

— Tu sors la première : il est encore tôt, du coup, y a presque personne dehors. T'échapperas à la marche de la honte.

Lexi hoche la tête, ramasse son sac à main et, après un dernier regard inquiet par-dessus son épaule, franchit la porte. Sitôt qu'elle la referme derrière elle, je pousse un long soupir… J'ai beau essayer de penser à autre chose, l'image de ses côtes et de sa colonne saillantes me hante l'esprit.

Quelle merde !

Est-ce que c'est moi qui la stresse ? C'est à cause des Imperatori qu'elle menace de rechuter ? Qu'elle perd du poids à ce point ?

Je me retourne vers l'âtre pour m'assurer que le feu est bien éteint, puis me rhabille et range coussins et plaid en un temps record. Puis, je marque un temps d'arrêt : j'ignore depuis combien de temps je ne me suis pas senti aussi bien. Moi, Austin Carillo, je me sens même putain de bien dans mes baskets, ce matin. Et tout ça grâce à une fille qui a su me séduire corps et âme…

Pourtant, je n'arrive pas à m'enlever de la tête cette sensation étrange que tout va partir en couille… et, très vite, ce sourire apaisé s'efface de mon visage.

Chapitre 20

Austin

Axel : Sur le parking. TOUT DE SUITE.

J'ai posé les yeux sur l'écran de mon portable en sortant de la douche, et j'ai senti mon visage blêmir dans la seconde : j'ai seize SMS et appels manqués d'Axel, reçus pendant mon entraînement. Un seul mot me vient à l'esprit : *mamma*.

— Ça va, mec ? me demande Jimmy-Don, qui me voit figé au milieu du vestiaire, les yeux collés à l'écran de mon iPhone.

Un air inquiet assombrit son visage rondouillard, et j'acquiesce de façon mécanique. Heureusement que Rome n'est pas là pour me voir dans cet état : il aurait su à la seconde qu'un truc était parti en vrille.

J'enfile mon jean, ma chemise et quitte Bryant-Denny au pas de course pour rejoindre le parking. C'est Axel qui me repère en premier : il est déjà en train de foncer dans ma direction. Arrivé à mon niveau, il m'ouvre la portière du côté passager.

— Monte ! aboie-t-il.

J'aperçois soudain un fourgon de flics du campus. Le doyen est assis devant, en place centrale.

— Putain !

Je bondis à l'intérieur, et Axel met le pied au plancher avant de fuser dans les rues comme un pilote de rallye, cramant ses pneus sur le bitume. Bientôt, nous nous retrouvons sur l'autoroute, loin du campus, filant droit vers Westside.

Le cœur battant, je me tourne vers mon frère, et son air grave me fait paniquer.

— Bordel de merde, Ax', c'est quoi ces conneries ? Explique-moi, putain !

Il meurtrit le volant plus fort encore et serre les dents.

— Tu le sauras dès qu'on y sera. Mieux vaut que tu le voies de tes propres yeux…

Je me penche un peu pour étudier son visage et remarque une nouvelle balafre sur sa joue : la suture est ignoble, soudant à peine la chair, comme s'il avait eu affaire à un charlatan pinté à la gnôle. Son œil gauche est cerné d'un violet presque noir, et le blanc de ses yeux zébré de veinules rouges éclatées. L'état de ses phalanges à vif ne laisse aucun doute : il s'est battu.

Je comprends soudain.

Bordel de merde… L'expédition punitive…

Je m'affale sur mon siège, et une boule de rage pure m'enserre la gorge. Incapable de contenir ma fureur, je lève un pied et l'écrase avec violence sur le tableau de bord : Axel sursaute et tourne la tête vers moi.

— Putain, tu me fais quoi, là, gamin ! hurle-t-il, et je me tourne vivement vers lui.

— Je te fais quoi ? Je pète un plomb, putain, voilà ce que je fais ! Il a fallu que tu lances l'expédition contre les

Kings quand même, espèce d'enfoiré ! T'as pas pu t'en empêcher, hein ? Même après tout ce qui s'est passé, t'as pas pu t'en empêcher… (J'inspire longuement pour tenter de me calmer.) Tu m'as promis que tu le ferais pas, merde ! Tu m'as promis que tu resterais avec *mamma* et Lev pour que j'aie pas à revenir ! T'étais censé les protéger, putain !

Axel grimace et accélère encore, projetant le véhicule si vite que nous planons presque sur le bitume.

— C'est ce que j'ai fait, bordel ! Sauf que, pendant que tu baisais ta meuf, j'ai dû gérer le plus urgent, comme d'hab' !

— Une fusillade en caisse, c'est pas un putain de truc urgent, Ax' !

— Ça l'est quand t'apprends que les Kings s'apprêtent à revenir à Westside pour finir ce qu'ils ont commencé !

— Bordel de merde ! hurlé-je en me tournant vers mon frère. T'as pensé une putain de seconde à la douleur de *mamma* si tu crèves avant elle ? Fais en sorte qu'elle puisse vivre ses derniers mois en paix, bordel, au lieu d'angoisser à mort avec tes conneries !

— C'était impératif, gamin, les Kings allaient cibler notre mobile home ! Ils veulent nous crever, Lev et moi. Faut qu'on gagne cette guerre, ou on est tous morts, Aust' : si on perd le territoire, on perd de la thune, et sans thune, *mamma* n'a plus de mé… (Il s'interrompt et frappe le volant d'une main furieuse.) Putain, mais pourquoi faut que je te recrache chaque fois ce putain de couplet ? Tu sais ce qu'on vit, alors tes délires de paladin de mes deux couilles, tu peux te les foutre au cul !

— Va te faire foutre, connard ! craché-je, les poings serrés.

Axel remarque mon geste d'énervement et lâche un rire amer.

— Garde un peu de rage pour tout à l'heure, gamin. Tu vas en avoir besoin dans vingt minutes.

La fureur m'empêche de parler, je n'essaie même pas de trouver la force de lui demander ce qu'il veut dire. Je tourne la tête vers la vitre et regarde le reste du monde défiler au-dehors, maudissant l'univers de ne pas vivre dans la peau de quelqu'un d'autre…

— Rentre, superstar, me lance Axel sitôt que nous sommes garés devant le mobile home.

Une poignée d'Imperatori attendent devant chez nous, avachis sur des chaises, flingue à la main, et il me prend l'envie soudaine de tous leur cracher à la gueule.

Je sors du camion, me rue chez nous… et me fige aussitôt : l'évier est rempli de serviettes ensanglantées et l'odeur de désinfectant, trop forte, me monte à la gorge. Je fonce dans la chambre de ma mère.

Dès que j'entre, *mamma* me regarde, mais ne trouve pas la force de tourner la tête. Elle ne peut plus bouger…

Elle a l'air de souffrir le martyre, merde…

En panique, je l'étudie des pieds à la tête, mais ne vois de sang nulle part. Je me rue à ses côtés, soulève sa main anémique, et son peu de résistance manque de me faire vaciller. Je l'ai quittée la veille seulement, mais, vu son état, j'ai l'impression d'avoir été absent des mois.

C'est pour ça qu'Axel est venu me chercher ? Pour lui dire adieu ?

— *Mamma, stai bene ?* lui demandé-je d'une voix douce, tétanisé.

Des larmes noient ses yeux bruns, et sa respiration fantomatique donne l'impression qu'un putain de sifflet lui obstrue les bronches.

— Réponds-moi, *mamma*…, insisté-je, faisant mon possible pour réprimer une crise d'angoisse.

Elle ferme les yeux et essaie de se calmer, elle aussi : elle déglutit, mais le geste anodin est devenu pour elle aussi difficile qu'une ascension de l'Everest.

Je l'encourage à parler d'un geste du menton.

— Ils l'ont… pris… hier soir… démoli…

Je fronce les sourcils, tâchant de me concentrer pour bien entendre sa voix spectrale, mais le peu que j'en perçois me trouble : elle a l'air de délirer.

— Mal… passé… Je ne peux pas… Je ne peux… pas…

Un sanglot déchiré échappe soudain à sa gorge, et son corps se met à s'agiter, à trembloter plutôt, tandis qu'elle tente de sortir de son lit. Seuls ses doigts bougent. Je lis toute la douleur sur son visage, la souffrance dès qu'elle essaie de lever un bras, une jambe. Elle sanglote de nouveau, frustrée, vaincue, rageuse que son cerveau soit désormais incapable de commander à ses muscles. Elle pleure bientôt si fort que son corps, épuisé, retombe sur le matelas, en sueur.

Moi aussi, je chiale, en silence. Mais le spectacle de ma mère incapable de bouger de plus de quelques millimètres me dévaste. Tous ces efforts pour ne réussir qu'à faire trembler ses doigts…

— Ça… me rend folle… *mio caro*… Je veux… bouger… Je ne peux… pas… Je… ne peux pas…

Elle sanglote sans pouvoir s'arrêter. Je prends dans mes bras son corps léger comme une plume, le tiens contre mon cœur et le berce comme un nouveau-né.

— Chuuut, *mamma*… Ça va, ça va… Ne pleure pas. Sois forte, lui murmuré-je.

— Mais… faible… mal… Prisonnière… Comme… en cage…

Alors que je tente de ravaler ma peine, effondré de l'entendre lutter pour parler, elle pose une main sur la mienne.

—Je suis prête…, m'annonce-t-elle de sa voix à l'accent marqué. Je veux… rejoindre Dieu… mais, je ne peux pas… Mes fils vont mal… Inquiète… Vous… pas… en sécurité…

Ses mots me lacèrent le cœur. En pleine agonie, elle pense toujours à nous, ses fils… Je ne veux pas qu'elle nous quitte, mais je ne supporte pas de la voir si brisée, si faible…

—Je vais arranger ça, *mamma*, je te le promets. *Lo giuro…*

—Il faut… qu'il les quitte… *Ti prego…*

—Qui, *mamma* ?

Je grimace, essayant de comprendre ce qu'elle essaie de me dire. Elle lutte pour garder les yeux ouverts, trop lasse pour pleurer, pour se battre, pour s'inquiéter, même… Et puis, une poignée de secondes plus tard, sa respiration hachée s'apaise un peu, se fait plus régulière… Elle s'est endormie.

Après m'être assuré qu'elle est installée au mieux, je me relève et vois Axel dans l'encadrement de la porte, un rosaire à la main, ses doigts manipulant les perles une à une tandis qu'il récite une prière silencieuse. Sans rien dire, il se dirige vers l'armoire de notre mère, en tire un masque médical flippant et le lui place sur le visage. Je l'observe tout du long sans prononcer un mot.

Il actionne un interrupteur et, dans un vrombissement grave, de l'oxygène vient alimenter le système respiratoire de la *mamma*. Axel dépose un baiser sur sa main endormie, et il se relève pour me faire face.

—On vient de le recevoir. Ça aide ses poumons, ils sont trop niqués pour fonctionner sans. (Il lâche un soupir grimaçant.) Rien que ça, ça nous a coûté deux briques. On est à la dèche, gamin… On a presque plus assez pour bouffer.

Je lève les yeux au plafond.

— C'est quoi, tout le sang dans l'évier ? Et pourquoi elle est dans cet état ? Elle parle de crever, merde… Il se passe quoi, bordel ?

Axel désigne d'un pouce la chambre de Levi et baisse aussitôt les yeux, son regard lourd de tristesse… et de culpabilité.

Une peur panique monte en moi.

— Putain, Ax', qu'est-ce que t'as foutu ?

Je me rue dans la chambre de Levi sans attendre de réponse et défonce presque la porte.

— Lev ! crié-je en me jetant à son chevet.

Mon petit frère gît sur son lit. Quatorze ans, et il est là, livide, brisé, la tête défoncée : une croûte carmin ferme ses yeux pochés, et un mélange de sueur et de boue plaque ses cheveux sur son front. Mais, ce qui attire le plus mon attention, c'est le large bandage qui lui panse le ventre. Maculé de sang.

Putain, ils l'ont planté…

— Lev…

Je m'agenouille et lui prends la main. Il gémit de douleur dans son sommeil, s'éveille quelques secondes, essaie de bouger, puis se rendort.

— Nous fallait de l'effectif pour l'expédition, hier. On savait que, si on se bougeait pas vite, ils viendraient nous tirer comme des putain de piafs. Quand t'es parti raccompagner ta meuf, on a décidé de faire deux caisses pour prendre ces fils de putes en tenaille. On avait besoin de Lev, gamin. Tu sais ce que c'est : chaque 9 mm compte.

Je serre les dents à en avoir mal aux gencives. Je préfère ne rien répondre, de peur de péter un plomb et de déboulonner mon propre frère, mon propre sang.

— Quand on est arrivés sur le territoire des Kings, ces enfoirés nous attendaient… Six d'entre eux, en tout cas. Nous, on était cinq. Un putain de coup monté… On nous a filé de fausses infos. Dès qu'ils nous ont vus, ils ont commencé à canarder comme des malades les pneus arrière d'une des caisses jusqu'à ce qu'elle percute le trottoir : ils ont chopé les gars à l'intérieur et les ont traînés au milieu de la rue. Lev était dans la caisse avec Alberto. Barton, le boss des Kings, a sorti sa lame… Je suis pas arrivé assez vite. Il l'a planté en plein ventre pendant que les autres le défonçaient : coups de pied, coups de poing… (Axel lâche un long soupir.) Je l'ai tiré dans la caisse aussi vite que possible, l'ai amené aux urgences, et ils l'ont recousu. On a filé avant que l'hosto appelle les flics. L'opération m'a coûté le reste de la thune qui devait servir aux médocs de *mamma*.

— Et ta joue, qui l'a recousue ? Un putain d'ivrogne ?

— Le vieux Brown, au 21. Un peu de crack, et il a fait le taf.

Je baisse les yeux vers ma main agrippée à celle de Levi et imagine que c'est Lexi qui tente de le réconforter, qui s'occupe de lui. Pendant ce temps, *mamma* aimerait crever dans la pièce d'à côté, se maudissant de ne pas avoir pu lui offrir assez d'affection.

— Ax', je suis à deux doigts de t'égorger, enfoiré. Il a fallu que tu le traînes dans cette merde, hein ? Heureusement pour toi, je vois bien que tu l'aimes, aussi, sinon tu l'aurais pas trimballé aux urgences pour qu'ils le recousent…

Axel acquiesce sans s'emporter. J'avoue que ça me désarçonne de voir mon grand frère de vingt-cinq piges souffrir à ce point. Je crois que c'est la première fois de ma vie dans cet enfer que je le vois sans sa putain d'armure.

— Je me répète, Ax', mais faut que Lev quitte ce putain de gang. Il a quatorze ans, merde ! Quatorze piges ! Et vu comme ça tourne avec cette guerre de territoire, on va l'enterrer avant qu'il en ait quinze ! Il est doué, Ax' : il a de l'or brut à offrir à ce putain de monde ! On lui pourrit ses chances. On pourrit sa putain de vie !

Axel avance vers moi, ses yeux noirs rivés sur notre petit frère allongé sur son lit, et il pose une main sur mon épaule.

— Je vais être direct avec toi, gamin : *mamma* en a plus que pour quelques mois. Je voulais pas te le dire avant la fin de ton championnat, mais le doc lui donne huit semaines, douze au max. Son système respiratoire est flingué : bientôt, elle ne pourra même plus respirer. Tu sais tout, gamin. C'est la dernière ligne droite pour elle…

— Et tu me dis ça que maintenant ?

Je sais immédiatement ce que ça implique. Ce que je vais devoir accomplir.

Axel s'assoit près de moi sur le lit, et nous regardons notre petit frère. Ainsi, nous avons l'air de deux anges déchus veillant sur leur protégé.

— Tu sais ce qu'il te reste à faire, gamin. C'est qu'une question de mois. Après, on gérera le bordel autrement.

— Putain, Ax' ! hurlé-je, avant de baisser la tête, vaincu. J'ai juré de ne jamais plus rouler pour les Imperatori ! Je veux pas, compris ? Y a trop en jeu, trop à perdre ! Trop !

Axel m'ébouriffe les cheveux.

— Je sais, gamin. Mais parfois, la vie en a juste rien à foutre. Pour la *famiglia*, Austin. Pas le choix.

Si c'était possible, j'aurais voulu gerber ma haine de ce monde, de toute cette injustice.

— Et Clochette, hein ? Je fais quoi, pour elle ? Je l'aime, Axel ! Je l'aime à en devenir dingue, même, et elle a besoin de moi. T'imagines pas comme elle a besoin de moi... Comment je peux l'aider si je m'implique dans ce merdier ? Je peux pas prendre le risque de la mettre en danger...

Le visage d'Axel se fige, en colère, mais, comme je soutiens son regard, il finit par s'apaiser.

— Je vais te la faire courte, gamin : ta meuf est pas faite pour cette vie-là. Elle comprendra jamais ce qu'on est obligés de faire pour la *famiglia*, pour le gang.

— Je pourrai jamais la quitter, Ax'. Je le ferai pas !

— Dans ce cas, laisse-moi juste te poser une ou deux questions : tu vas le vivre comment, quand les Kings vont comprendre que vous êtes ensemble et l'utiliser comme appât pour te baiser la gueule ? Quand ils vont lui défoncer le cul pour te faire plier le genou ? Tu veux vraiment lui imposer les fusillades et l'inquiétude de te savoir dans la rue ? Tu vas la laisser devenir la nouvelle cible de Gio ? Parce que, te leurre pas, gamin, il va te tenir par les couilles en menaçant de lui faire du mal dès que tu chieras pas droit.

Je ferme les yeux, le cœur déchiré par une douleur impossible.

— Tu me demandes de la virer...

Axel acquiesce.

— Vous êtes pas taillés dans le même bois, gamin. Laisse-la partir, ça lui évitera de s'en prendre plein la gueule. Barre-toi. Oublie-la. *Capisci* ?

Je pense à Clochette, à sa beauté enivrante quand j'ai joui en elle ; à son visage quand elle m'a confessé son trouble, ses peurs. Et puis, je pense à ma vie dans les mois à venir, au danger auquel je serai exposé... auquel elle aussi sera exposée. Tout ce stress, ça pourrait la pousser à s'affamer de nouveau… Ça lui fait déjà perdre du poids. Je ne peux pas lui imposer ça. Je refuse d'être la cause de sa rechute. Ce qui nous attend, ce sera pire, bien pire que ce qui s'est passé ces derniers jours… Il faut que je la préserve.

Ce sera trop pour Lexi, car, pour protéger le gang, je vais devoir franchir des limites impensables pour elle…

Finalement, tout ça rend ma décision plus facile : je lui épargnerai cet enfer. Je vais la quitter… M'éloigner de la seule lumière qui ait jamais illuminé ma vie.

J'ai pas la moindre idée de comment je vais y arriver, putain, mais faut que je me démerde.

Je me tourne vers Axel et acquiesce.

— *Capisco.*

Je ferme les yeux et vois défiler, comme dans un film, toutes les merdes qui ont jalonné ma vie ; *mamma*, surtout, en train de chialer dans mes bras, à l'agonie… Et puis, je les rouvre et observe Levi, là, devant moi, la gueule démontée et en sang, et le dernier de mes doutes part en fumée. À peine ai-je pris la décision qui, je le sais, scelle mon destin à tout jamais, que je sens la *stidda* sur ma joue s'embraser. Je viens de vendre, une fois de plus, mon âme aux Imperatori.

Je suis officiellement de retour en enfer.

Mais, au moins, Levi et Lexi y ont gagné le droit de vivre.

Chapitre 21

Lexi

Dîner de célébration des vainqueurs du SEC
Plantation des Prince

— Ça va, Molly ? lui demandé-je, tandis qu'elle scrute la foule des convives à la recherche de Rome, la main plaquée sur son ventre à la courbure discrète.

Le dîner a beau avoir lieu chez les parents de son amoureux, elle rayonne de bonheur.

Des mécènes de l'université ont embarqué le *quarterback* pour papoter football et, cinq minutes plus tard, Austin a disparu lui aussi. La Tide a remporté la finale du SEC en Géorgie et participera à celle du championnat national en Californie. Nous sommes censés célébrer la victoire de l'équipe, mais j'ai envie de tout, sauf de faire la fête, ce soir.

Comment faire semblant d'être heureuse quand votre monde s'écroule ?

J'enfile à grand-peine le masque de la joyeuse Lexi et caresse en souriant la main de Molly. Elle soupire, alors Ally et Cass se penchent à leur tour pour entendre ce qu'elle a à nous dire.

— J'ai tellement hâte que ce dîner se termine… Rome est en pleine panique à l'idée que ses psychopathes de parents viennent me parler… Nous parler, même. Mais bon, ils ont visiblement préféré m'ignorer plutôt que me torturer en public, c'est déjà ça.

Les parents de Rome n'approuvent pas du tout sa relation avec Molly. Ils ne savent même pas qu'elle est enceinte. Ils sont puissants et sans pitié : quand ils veulent vous rayer de l'équation, vous n'en avez plus pour longtemps…

— Ils te touchent, et je les bute, ces raclures de chiottes, la rassure Cass, presque menaçante. C'est une promesse, Molly ! Reste près de moi et t'es peinarde.

Molly rigole, mais Ally peine à en rire. Rome est son cousin, et elle sait mieux que personne ce dont ses parents sont capables. Elle ne lâche Molly des yeux que pour surveiller son oncle et sa tante.

Tout notre petit groupe sait qu'elle est enceinte, maintenant. Ce qui m'étonne, c'est à quel point la nouvelle n'a pas semblé perturber Austin. Il a l'air ailleurs. Je ne le vois sur le campus que pour ses entraînements et, pire que tout, il garde ses distances. Depuis que nous avons couché ensemble, il m'évite, ne m'appelle plus et ne m'envoie presque plus de messages, et pas une fois nous ne nous sommes retrouvés au pavillon comme il me l'avait promis.

Je n'arrive pas à comprendre ce que j'ai fait de mal.

C'EST PARCE QUE TU LE DÉGOÛTES, LEXINGTON. TU CROYAIS VRAIMENT QU'APRÈS T'AVOIR BAISÉE, IL NE TE FERAIT PAS PAYER LA LAIDEUR DE TON CORPS ? CROYAIS-TU QU'IL VOUDRAIT ENCORE D'UNE FILLE QUI N'EST PAS ASSEZ BELLE POUR OSER SE DÉSHABILLER DEVANT LUI ?

Ses mots perfides me retournent l'estomac, alors je me lève et décide d'aller marcher un peu. Mais Molly m'attrape par le bras.

— Ça va, Lex ? T'as pas l'air dans ton assiette… Tu m'inquiètes, copine.

Je me penche vers elle, lui embrasse le haut du crâne et pose tendrement la main sur son petit ventre.

— Ça va. J'ai juste besoin d'un truc à boire et d'une bouffée d'air frais.

Molly reprend sa discussion avec Cass et Ally, et je disparais dans les jardins superbement entretenus de la vaste plantation. Bientôt, je me retrouve totalement seule. Tandis que j'arrive près d'une immense fontaine, j'entends des voix qui se veulent discrètes. Curieuse, j'avance dans leur direction en longeant une haute haie. Arrivée à un coude, je penche discrètement la tête et… mon cœur se glace : Austin est là, à quelques mètres, la main dans la poche intérieure de sa veste de smoking, dont il sort de petits sachets en plastique… remplis de poudre blanche.

Non… non… non…

— Merci, mec, lâche un étudiant que je ne connais pas, avant de disparaître dans une ouverture de la haie.

Austin compte des billets, les range dans sa poche, puis s'adosse à une statue de pierre en se passant une main sur le visage.

Je me dirige vers lui sans même y réfléchir.

— Tu deales ? murmuré-je, dévastée.

Austin tourne subitement la tête vers moi, et la culpabilité cède vite sur son visage la place à une indifférence feinte.

— Mieux vaut que tu te tires d'ici, Clochette… Tout de suite.

Il s'adresse à moi sur un ton froid et clairement agressif, comme lors de notre rencontre, il y a des mois, sur le campus… Je ne me laisse pas intimider et croise fermement les bras.

— Non, je reste ici ! lâché-je en tirant d'un geste frustré sur les manches de ma longue robe noire. Tu deales de la came, pas vrai ? C'est pour ça que tu ne donnes plus signe de vie…

Austin balaie les lieux du regard, m'attrape par le bras et m'attire dans le passage taillé dans la haie. Ici, personne ne peut nous voir.

— Baisse d'un ton, merde, Clochette ! souffle-t-il, la colère tordant son si beau visage.

Je recule d'un pas : je ne reconnais plus la personne qui se tient devant moi.

— Ne me reparle jamais sur ce ton ! rétorqué-je sèchement. (Un éclair de culpabilité zèbre son visage, alors je me rapproche de lui et capte son parfum d'orage si singulier…) Depuis quand est-ce que tu fais ça ? Pourquoi tu ne m'en as pas parlé ? Pourquoi est-ce que tu ne me parles plus, d'ailleurs ?

— Parce que ma mère est en train de crever, Clochette ! Elle n'en a plus que pour quelques semaines, et on a besoin de blé pour payer ses frais médicaux ! Ça… (il tapote sa veste, là où il planque les sachets de poudre), c'est ce qui lui permet de prendre les médocs qui l'empêchent de s'étouffer avec sa putain de salive. On ne peut compter sur aucune assurance maladie, tu te rappelles ? Voilà pourquoi je fais ça. Et si y a un truc dont j'ai pas besoin, c'est que tu rajoutes ta couche de merde sur tout ce bordel ! (Les larmes me montent aux yeux.) Je ne t'ai pas appelée, parce que j'essaie de te protéger ! J'essaie de protéger… tout le monde ! Tout le monde, bordel de merde !

—Austin…

Je pose une main sur sa joue, et il ferme les yeux, trouvant aussitôt du réconfort à mon contact.

—Clochette, je t'en prie, tu dois me croire… J'essaie de te protéger. Ça ne se voit peut-être pas, mais c'est vrai.

Il rouvre les yeux.

—Tu as pensé au foot ? À ce que tu mets en péril ?

Il me regarde d'un air absent, et je me mets à paniquer. Je ne vois plus sur son visage ni émotion ni détermination, rien qu'un détachement total.

—Austin ! Je parle de ta carrière !

Il lâche un soupir agacé.

—Le foot, j'en ai plus grand-chose à battre. Je vais aider la Tide à gagner le titre, mais franchement, le seul truc qui m'importe, c'est *mamma* et ses médocs. Rien à foutre de cette putain de NFL !

—Mais justement, ta mère veut que tu t'en sortes grâce au foot ! Et Levi…

Austin se tourne vers moi, se dresse de toute sa taille et pose les mains sur mes épaules.

—À l'heure qu'il est, Levi est cloué au lit, la gueule en sang parce que je te raccompagnais sur le campus et qu'Axel en a profité pour l'emmener en expédition punitive contre les Kings. Mon petit frère de quatorze piges s'est pris un coup de couteau dans le bide parce que je t'ai choisie – toi ! – plutôt que de rester auprès de ma famille pour la protéger !

Je suis pris d'une nausée soudaine. Levi s'est fait poignarder ? Et… et…

— Tu regrettes… d'avoir couché avec moi…, murmuré-je, et Austin, le regard perdu sur l'allée de briques, se retourne brusquement vers moi à ces mots.

Le visage grimaçant, il place les mains sur mes joues.

— Clochette, c'est quoi ces conneries ? Non… Bien sûr que non. Comment je pourrais regretter d'avoir couché avec toi ? C'est juste… que je comprends plus rien à ce qui m'arrive. Tout part en couille, et j'ai pas la moindre idée de comment je vais réussir à gérer… J'essaie de faire au mieux pour sauver le cul de tout le monde, putain…

J'en reste muette… et la voix dans ma tête revient me tourmenter.

BIEN SÛR QU'IL REGRETTE, LEXINGTON. IL N'OSE PAS TE LE DIRE EN FACE, C'EST TOUT. TU CONNAIS LA VÉRITÉ : TU LE DÉGOÛTES.

— Clochette ! crie Austin, et j'essaie d'accrocher son regard.

La panique est si forte qu'elle me donne le vertige, et je peine à respirer.

QUATRE CENTS CALORIES PAR JOUR ET DE L'EXERCICE QUOTIDIEN, LEXINGTON, C'EST PARFAIT, ET C'EST CE QUI LE DÉRANGE : TA RÉUSSITE. IL CHERCHE À SAPER TES EFFORTS : OUBLIE-LE. FAIS-MOI CONFIANCE, LA PERFECTION EST À PORTÉE DE MAIN.

— Clochette, regarde-moi, merde ! Reviens ! L'écoute pas ! Je t'interdis de l'écouter, bordel ! Rajoute pas ça à tout ce merdier, pitié… J'essaie de te protéger, d'éloigner de toi tout danger.

— Je te dégoûte, susurré-je, convaincue, les yeux baignés de larmes, sans prêter attention à ses excuses. C'est pour ça que tu ne me parles plus… Même pendant la finale du SEC, cette semaine, tu m'as à peine regardée.

— Non, non ! J'essayais juste de gérer toute cette merde ! Le match était retransmis, et je savais que les Imperatori le regardaient. Je ne voulais pas qu'on me voie avec toi. Je ne veux pas qu'on te prenne pour cible, que mes deals te causent des emmerdes, Lex !

— Carillo ! Carillo, t'es là ? chuchote une voix proche.

Les mains d'Austin se figent sur mes joues, et je vois sa mâchoire se contracter. Quelqu'un approche. Austin se penche à mon oreille.

— Reste là. Je reviens tout de suite.

Je me cache du mieux que je peux, et Austin quitte la haie. Il me tourne le dos, me soustrayant à la vue de l'inconnu.

— Carillo, je te cherchais, chuchote de nouveau la voix.

— Qu'est-ce que tu veux, Porter ?

Chris Porter ? L'autre receveur de la Tide ?

— De la coke. Paraît que c'est à toi qu'il faut s'adresser pour ça.

— Tu te plantes, Porter, rétorque froidement Austin. Et puis, pourquoi tu veux de la coke ? Si tu te fais contrôler avant la finale, tu peux dire adieu à la *draft*.

— Fais pas chier, Carillo. Je suis pas con non plus. C'est pour la teuf d'après *draft*.

— Je peux rien pour toi, Porter.

J'entends un fouillis de pas dans l'allée, puis les mains rageuses de Porter qui frappent le torse d'Austin.

— Va te faire mettre, Carillo ! Va… te faire… mettre !

Dans le silence de mort qui suit cet échange houleux, Austin revient près de moi : à la lumière de la vieille lampe qui éclaire les lieux, je lis la fatigue et le stress qui pétrissent son visage. Prise d'un soudain élan de compassion, je m'approche de lui.

— Austin…

— Lexi… Cette histoire… Enfin, nous : il faut que ça cesse.

J'ai l'impression d'avoir reçu un coup si puissant dans le dos qu'il a réussi à me briser les côtes et à m'arracher le cœur… Austin pose sur moi un regard vitreux et se passe une main dans les cheveux.

— Si tu savais comme j'aimerais que les choses se passent autrement… Ma vie est un putain de merdier, et, maintenant que j'ai rejoint le gang, j'y suis jusqu'à la mort. Tu peux pas rester avec un type comme moi, Clochette, ta vie serait un enfer. T'es peut-être prête à tenter le coup, mais je te laisserai pas faire cette connerie. Hors de question de la jouer comme mon père et de ruiner la vie de la femme que j'aime en la traînant dans la misère.

Je le dévisage, sonnée, et il se retourne pour s'essuyer les yeux. C'est étrange, je le sais, mais… je ne ressens plus rien. C'est comme si mon cœur brisé se protégeait du coup de grâce qu'est le rejet ferme et définitif d'Austin. Comme si on m'avait anesthésié les sentiments, m'empêchant d'éprouver quoi que ce soit…

Lentement, je me retourne et reprends le chemin de notre table. Une intuition lointaine me souffle qu'Austin m'emboîte le pas. Dès que je vois nos amis, je m'assois et leur sers au plus vite un sourire feint. J'acquiesce quand il le faut, ris aux blagues des uns et des autres… Je sens peser sur moi le regard intense d'Austin, mais ne peux me résoudre à lever les yeux vers lui.

Rome revient bientôt vers nous et cherche Molly du regard, mais je ne prête vraiment attention à lui que lorsque la voix déchirée d'une femme se met à crier dans la nuit :

— Rome ! Rome !

Les cris venus de la maison se mêlent à la brise hivernale, et la réalité reprend ses droits. Les gens tout autour se mettent à murmurer, puis à se ruer vers la maison : soudain, Austin me prend par la main et me guide au pas de course à l'intérieur.

Lorsque nous arrivons au niveau de l'entrée secondaire, j'aperçois des convives éplorés, la main sur la bouche. Austin me regarde, l'air de n'y rien comprendre… Et puis, tout à coup, nous apercevons Cass, Jimmy-Don, Ally et Reece, le visage blême…

Si quelqu'un s'est donné la peine de prévenir Rome, c'est parce qu'il est arrivé quelque chose à…

Molly !

Je tire sur la main d'Austin avec nervosité et me rue vers les marches du perron, tandis qu'il écarte la foule sur notre passage. Une fois à l'intérieur, nous entrons dans la bibliothèque… et mon cœur se fige tandis qu'autour de nous, tout s'accélère : Shelly Blair est adossée à une étagère, la main sur la bouche, en larmes ; Ally et Reece se consolent dans les bras l'un de l'autre ; et Jimmy-Don cajole Cass, qui a détourné le regard de ce qui gît au sol…

— Bordel, non…, murmure Austin, et je me fais une place parmi les joueurs de la Tide pour voir ce qui se passe.

Du sang… Il y a du sang partout, et Molly dans les bras de Rome, et il la berce, et elle pleure, et elle hurle… Je ne comprends pas ce qu'elle dit, médusée par tout ce sang devant moi.

Le bébé…, songé-je soudain.

Je sens Austin me serrer dans ses bras. Il ne se soucie plus une seconde de qui pourrait nous voir ainsi. Il en a oublié qu'il vient de m'annoncer qu'entre nous, tout était fini. Qu'importe : personne ne nous regarde. La pièce entière commence à tourner autour de moi, et je peine à respirer. Pourquoi faut-il que tous les gens que j'aime souffrent les uns après les autres ?

Tout à coup, il y a comme un déclic en moi et je me sens de nouveau insensible, distante, déconnectée.

Pourquoi ce monde est-il si plein de tristesse et de souffrance ?

Chapitre 22

Lexi

« Chère Daisy,

Poids : 37,60 kg
Calories : 250

J'aimerais tant que tu sois là… J'ai besoin de toi. Ces derniers jours ont été si difficiles. J'ai l'impression que tout m'échappe : la réalité, la nourriture… Tout.

Molly a perdu son bébé. L'une de mes meilleures amies a failli mourir, Daisy. Et, comme si ça ne suffisait pas, elle nous a quittés. Sans prévenir, comme ça, elle est partie. On a appris qu'elle s'était envolée pour Oxford, mais elle ne nous a même pas dit au revoir. Rome est dévasté. Nous sommes tous dévastés. On ne sait même pas si elle reviendra un jour.

Quant à Austin… eh bien, il deale de la coke et il est retourné chez les Imperatori. Je ne le vois presque plus. Il ne veut plus de moi et, chaque jour, j'ai l'impression que mon cœur se brise un peu plus. C'est une vraie torture…

Je n'étais pas assez bien pour lui. C'était ma plus grande frayeur, et c'est exactement ce qui est arrivé.

Je perds pied, Daisy. La voix est devenue mon seul réconfort et, chaque jour, je m'abandonne un peu plus à elle. Je n'ai plus la moindre énergie, la moindre détermination. Je n'arrive même plus à me regarder dans la glace : je hais la fille grasse et laide que j'y vois, et ça me donne envie de briser ce foutu miroir d'un coup de poing.

Je cours plusieurs kilomètres tous les jours, mais ça ne suffit pas.
Je ne mange presque rien, mais ça ne suffit pas.

Je dépéris, Daisy.
Je meurs à petit feu.

Tu me manques.
Pourquoi est-ce que tu m'as laissée seule ? »

Une larme goutte de ma joue jusque sur mon carnet ouvert et roule sur la page en un filet d'encre diluée. Je tourne la tête et regarde par la fenêtre en soupirant. Nous sommes en plein hiver. Les étoiles flamboient dans la lumière rouge du crépuscule. Demain, les vacances de Noël commencent, et je rentrerai à la maison où personne ne m'attend : mes parents ont dû quitter l'État à contrecœur pour le travail de mon père. Ils reviendront dans six semaines, lorsqu'il aura mis en place un nouveau service d'oncologie à Mobile. Ils étaient effondrés à l'idée de me laisser pour les vacances, mais je les ai rassurés en leur disant que je passerais Noël avec Cass, chez elle, au Texas.

J'ai menti. Je vais rester seule dans la maison de mes parents. Et c'est mieux comme ça. J'ai besoin de solitude ; surtout, j'ai besoin d'être loin de quiconque pourrait m'obliger à manger.

C'est le cœur plein d'un mélange de soulagement et de tristesse que j'observe le ciel nocturne. Austin adorait regarder les étoiles. Il m'en parlait tout le temps en me prenant la main pour la couvrir de baisers. Chaque fois, je ressentais ce plaisir fou d'être aimée comme personne…

Je baisse les yeux vers ma main entrouverte, sens presque les doigts tatoués d'Austin se mêler aux miens… Mais, c'est du passé, maintenant. C'est terminé entre nous. Voilà au moins une chose dont je suis sûre.

Depuis la nuit où nous avons couché ensemble, c'est comme si nous ne nous connaissions plus. Je suis un poids pour lui. Je savais depuis le début que ça se passerait comme ça. Cela dit, sa vie entière est un enfer, et il surnage à peine. Austin est un garçon brisé, condamné à porter le monde sur ses épaules…

Cet amour que nous aurions voulu partager, nous sommes tous les deux trop dévastés pour nous l'offrir l'un l'autre. Je nous imagine comme deux étoiles filantes, trop éphémères dans l'immensité pour parvenir à se rejoindre…

Je reste là pendant des heures, assise à ma fenêtre à observer les nuages gris rouler dans le ciel nocturne, jusqu'à ce qu'il se mette à pleuvoir contre la vitre, les gouttes nimbant de flou le paysage hivernal. Le silence baigne le foyer de la sororité. Mes colocataires sont presque toutes parties pour les vacances. Je suis seule.

Seule avec la voix.

Trouvant soudain ma chambre étouffante, je décide de sortir faire un tour. J'enfile mon jean coupe *boyfriend*, ma chemise Nightwish dix fois trop grande et ma veste à capuche, sors du foyer et erre au hasard sur le campus.

Ma capuche bien serrée, je me rends compte que mes pas m'ont guidée jusqu'au pavillon d'été. Je balaie les environs du regard : pas le moindre mouvement dans le foyer de la fraternité. J'essaie de tourner la poignée… C'est ouvert.

J'entre d'un pas prudent, agite les bras pour me débarrasser au mieux de l'eau de pluie qui ruisselle sur ma veste, relève la tête… et sursaute si vivement que les battements de mon cœur me déchirent les tympans : devant le feu qui rugit dans l'âtre se tient Austin, les mains plaquées contre la cheminée, la tête basse et les yeux rivés sur les flammes.

J'observe, nerveuse, ses muscles impressionnants sous sa chemise et son pantalon noirs, ses cheveux bruns en pagaille et les superbes tatouages qu'il affiche avec fierté. Il est d'une perfection irréelle, et une douleur lancinante au creux de mon ventre me rappelle combien il me manque, combien j'ai besoin de sa présence à mes côtés… Mais il m'a privée de lui.

Je ne savais même pas qu'il était sur le campus : selon les nouvelles que j'ai de lui ces derniers jours, il passe presque tout son temps avec sa mère à Westside. Même niveau foot, il fait le strict minimum : quelques sprints, et il disparaît. Il ne me regarde jamais, mais moi, je le contemple tout le temps… Je l'observe, de loin. Trop loin.

Je baisse la tête et m'apprête à ressortir, mais marche par inadvertance sur une latte grinçante, dont le crissement résonne dans la pièce entière.

Austin tourne subitement la tête vers moi et, sitôt qu'il m'aperçoit, son visage s'apaise.

— Clochette ? murmure-t-il d'une voix râpeuse. (J'hésite un instant, les yeux tournés vers la porte, puis décide de partir.) Clochette, reste… S'il te plaît.

Je me retourne en soupirant, et déjà il est là, devant moi. Son parfum m'enveloppe telle une brise bienvenue un jour de canicule tandis qu'il laisse courir un doigt le long de ma joue. C'est son geste à lui… Je ne sais pas trop pourquoi il a ce réflexe, mais c'est son truc… et ça me manque, ça aussi.

— Je pensais à toi, justement… Je passe mes putain de journées à penser à toi, de toute façon, Clochette.

Il a bu. Je sens la puissante odeur du whisky saturer son haleine.

Je lève la tête et croise son regard ténébreux profondément cerné. Je pose une main sur son visage et m'approche de lui…

— Austin…, murmuré-je.

Je manque de tressaillir lorsqu'il niche son visage dans ma paume, cherchant mon contact. Sa joue rugueuse use presque ma peau délicate.

— J'ai besoin d'évacuer, Clochette… Trop de souffrance, trop d'emmerdes…, confesse-t-il d'une voix presque inaudible.

D'une main sous son menton, je l'oblige à me regarder. Ses yeux hagards sont mouillés de larmes.

— Ne pleure pas, Austin…, dis-je, anéantie par sa tristesse.

Il prend une inspiration saccadée et, lorsqu'il se met à pleurer, j'enlace de mes bras frêles le *bad boy* tatoué et son mètre quatre-vingt-quinze. Il pose son visage dans le creux de mon cou et je sens ses larmes couler sur ma peau nue.

Même brisé, il se souvient qu'il ne doit pas me toucher le dos et garde les mains plaquées sur ma nuque.

— Ça va aller, mon ange, ça va aller…, le rassuré-je d'une voix apaisante.

Il secoue la tête, et je manque de basculer, emportée par sa carrure colossale.

— Non, Clochette… Rien n'ira jamais. Tout part en couille, tout… J'étais bien obligé de te laisser… Tu comprends ?

Sa souffrance m'est insupportable, et je me mets à pleurer avec lui, accablée de ne savoir comment l'aider.

— Approche, Austin.

Je le prends par la main et le guide jusqu'au canapé. Il se laisse tomber sur les coussins, puis me fait asseoir sur ses genoux. Je sens la panique m'envahir, mais Austin perçoit mon trouble et me tourne aussitôt face à lui.

Son visage mouillé luit à la lueur des flammes. D'une main sur ma nuque, il m'attire vers lui et plaque les lèvres contre les miennes. Nous nous offrons un baiser lent et émouvant : je sens le sel de ses larmes sur ses lèvres, la sensation brûlante du whisky sur sa langue, et me laisse griser par ses caresses qui m'ont tant manqué.

Sans lâcher ma nuque, Austin se redresse et réprime un sanglot.

— Je suis tellement navré…, murmure-t-il.

— Non, Austin, le rassuré-je, tu n'as pas à t'excuser… La vie a décidé pour toi. Qu'est-ce que tu pouvais y faire ?

Son rictus se change bientôt en un masque poignant.

— Qu'y a-t-il ? l'invité-je à parler, effondrée de le voir si triste. Explique-moi. C'est ta mère ? Son état a empiré ?

Une ombre voile son regard et il se mord la lèvre inférieure. Je le connais, je sais que j'ai vu juste.

— Il ne lui reste plus que quelques semaines, Clochette. T'imagines pas son état… Elle peut à peine parler. Levi est dévasté, lui aussi : il passe ses journées près d'elle.

Mon cœur se brise, et je lui caresse la main en un geste de soutien désespéré.

— Et toi, où est-ce que tu les passes, tes journées ? Je ne te vois presque plus à la fac, lui demandé-je avec nervosité.

Austin lève subitement les yeux vers moi et avale sa salive.

— J'étais là, Clochette. Je suis toujours dans le coin… Toujours. Jamais bien loin.

— Mais plus jamais avec moi…

Ma remarque n'appelle aucune réponse. Je crois que c'est juste la réalité qui parle, douloureuse.

J'ai à peine le temps de comprendre ce qui se passe qu'Austin m'agrippe les bras et roule sur le côté : quand je me retrouve sous lui, il me regarde de longues secondes, puis plaque subitement sa bouche contre la mienne. Son baiser est brûlant de désir et il me consume instantanément. Mon corps tout entier s'embrase, et je ne pense plus qu'à le combler…

J'empoigne ses cheveux, et nous nous dévorons les lèvres…

— Austin…, soufflé-je.

La fermeture Éclair de ma veste à capuche cède dans la seconde, et elle finit bien vite sur le sol. D'un seul geste fluide, Austin se débarrasse ensuite de mon jean et de ma culotte : je grimace dès que je prends conscience qu'il va voir mes jambes chétives, mais quelque chose au fond de moi me chuchote que ce qui se passe entre nous est trop important pour que je cède à mes peurs… Alors, je m'abandonne à l'instant.

Austin place un genou de chaque côté de mes jambes, puis arrache sa chemise et la jette sur le sol, exhibant sa musculature impressionnante. Il sort un préservatif de sa poche, et ce n'est qu'à ce moment que je me rends compte qu'il n'a pas essayé de retirer ma chemise : il respecte mes peurs, et cela ne l'en rend que plus irrésistible à mes yeux. Il me connaît si bien… Pourtant, jamais ni lui ni moi n'avons réussi à passer outre nos blocages les plus intimes…

La tension sexuelle entre nous est palpable. Les flammes crépitent dans l'âtre, les hiboux perchés dans les arbres au-dehors ululent sous la lune, mais deux sons viennent les bâillonner tous : celui de la fermeture Éclair du jean d'Austin, puis celui du préservatif qu'il ouvre entre ses dents.

Dès qu'il est prêt, Austin me couvre de son torse puissant, m'écarte les cuisses, cale les hanches contre les miennes, puis me pénètre d'un seul assaut, s'invitant entièrement en moi : pas de préliminaires, pas de retenue, juste l'assouvissement d'un désir sauvage et partagé.

Je ne fais pas le moindre bruit, et lui non plus : tout dans ce moment est différent de notre première fois et nous nous accrochons désespérément l'un à l'autre, nos respirations folles fouettant la peau de nos cous tendus.

Je sens monter en moi le désir renaissant et passe les jambes autour de la taille d'Austin, qui accélère ses va-et-vient entre mes cuisses. Soudain, il relève la tête et me regarde droit dans les yeux : les siens sont baignés de larmes, et je me fige en découvrant ses longs cils humides. Ce ne sont des larmes ni de douleur ni de joie… Non, elles me font plutôt penser à une sorte d'adieu.

Je lâche les épaules d'Austin pour prendre son visage à deux mains…

Des adieux.

Ce sont nos adieux…

Mon corps, pris entre deux extrêmes, s'empresse de courir vers l'orgasme, et mon cœur bat comme jamais, éperonné par la jouissance… Le trouble émotionnel et sensoriel est trop fort, et je vacille, hurle le plaisir qui me déchire, m'électrifie, me dévaste tout entière, mes convulsions se mêlant à la tristesse vertigineuse qui me noie, tandis que je prends conscience que l'homme dont je suis tombée si follement amoureuse est en train de me dire au revoir.

Austin se raidit soudain, sans jamais détacher son regard du mien : ses muscles se tendent et son cou se crispe tandis qu'il savoure son orgasme. Et puis, il s'effondre sur moi en haletant.

J'observe le ciel à travers la vitre au plafond, perdue dans mes pensées. Le cœur d'Austin bat rapidement contre ma poitrine. Je me sens à la fois comblée et abattue par le poids de nos adieux. Je ferme les yeux pour mieux survivre à la douleur, m'accordant une ultime caresse dans ses cheveux et le long de son dos.

Lorsque ma main glisse au creux de son bassin, il lève la tête, les yeux scintillants de larmes.

— Je ne t'ai jamais méritée, Clochette. Je ne suis qu'une merde, et toi, une perle rare. Je laisserai pas l'enfer dans lequel je vis te déchirer en lambeaux… Tu mérites mieux que moi. La vie a mieux à t'offrir. Mille fois mieux. Je ne te vaudrai que des ennuis…

Je ne réponds rien. Alors, Austin se glisse à côté de moi puis tire sur nous la couverture. Nous nous embrassons, nous serrons fort dans les bras l'un de l'autre, et je ne saurais dire à quel moment exactement je finis par sombrer dans le sommeil. Ce dont je me souviendrai longtemps, en revanche, c'est de mon réveil dans le pavillon vide, privée de la présence d'Austin.

Alors que je rive le regard sur les braises mourantes, je sens sur mes épaules des caresses spectrales et rassurantes, et le calme envahit mon esprit.

ABANDONNE-TOI À MOI, LEXINGTON. LAISSE-MOI PRENDRE LES CHOSES EN MAIN. TOUT IRA MIEUX, BIENTÔT, SI TU ME LAISSES T'AIDER. TU AS PERDU TOUT CONTRÔLE SUR TA VIE : LAISSE-MOI TE LE RENDRE. LA PERFECTION EST SI PROCHE, LEXINGTON. UNE FOIS POUR TOUTES, LAISSE-MOI PRENDRE LES COMMANDES, ET JE TE GUIDERAI VERS TON OBJECTIF. JE T'OFFRIRAI… LA PERFECTION…

Je ferme les yeux et laisse les promesses de la voix imprégner mon esprit. Elle a toujours été là pour moi : chaque jour, chaque minute… Elle ne m'a jamais délaissée, elle, et m'a toujours offert un but dans cette vie.

Soudain, c'est comme si une brise salvatrice venait emporter avec elle toutes mes peurs, toutes mes tensions, et je me détends, seule, dans la pièce silencieuse.

— Je te cède les rênes, murmuré-je. Rends-moi parfaite. Je ne te résisterai plus. Je n'ai plus la force de lutter…

Chapitre 23

Austin

Finale nationale
Californie, Pasadena, Rose Bowl Stadium

— Putain, Carillo, on a réussi ! me hurle Rome en sprintant vers moi, après avoir marqué le *touchdown* de la victoire contre Notre Dame.

— Grâce à toi, merde, Flash ! T'as gagné ton ticket pour le premier tour de la *draft*, mec ! lui lancé-je, sincèrement heureux pour mon meilleur ami.

Avec ce que sa copine et lui ont souffert ces derniers mois, mon frangin de cœur le mérite amplement. Une fois près de moi, il plaque son front contre le mien.

— Non, on l'a fait tous les deux, et tous les deux, on lâche nos vies de merde et on repart de zéro.

Je hoche la tête, mais reste silencieux. Rome me donne une tape fraternelle sur la joue, puis focalise son entière attention sur Molly, qui l'attend dans les tribunes : elle est revenue juste avant le début du match. Elle est rentrée pour lui, et je crois que jamais de ma vie je n'ai vu mon pote jouer aussi bien.

Soudain, j'ai la sensation obsédante qu'on m'observe. Je me retourne et, de l'autre côté du terrain, à travers la foule, j'aperçois Clochette, les yeux rivés sur moi.

Un piccolo folletto oscuro…, songé-je.

Ma petite fée gothique…

La douleur extrême que je lis dans son regard brillant me déchire, et je suis pris d'une violente nausée. Elle a l'air si petite dans sa tenue de la Tide, ses pompons blancs dans les mains, ses cheveux soigneusement bouclés, ses yeux cernés de khôl et le visage arborant comme à l'accoutumée son rouge à lèvres écarlate. Je remarque d'emblée la maigreur de ses membres… Elle croise les bras pour se soustraire à mon examen, puis rive un regard désincarné sur la pelouse.

Bordel de merde…

Je commence à avancer dans sa direction, mais elle relève subitement les yeux vers moi et secoue la tête. Je me fige sur-le-champ, comme giflé par une bourrasque, et, une seconde plus tard, je vois Lyle la rejoindre : telle une actrice qui vient de recevoir un Oscar, la fausse Lexi adopte l'attitude attendue, celle que tout le monde ici lui connaît. Elle éclate de joie, pétillante… Et ça me tue, moi qui ai admiré la véritable beauté qu'elle s'évertue tant à dissimuler.

Je l'observe embrasser la joue de Lyle et se ruer en direction des tribunes, vers Molly, qui la prend aussitôt dans ses bras. Personne ne s'en rend compte, mais moi, je vois bien qu'elle se raidit à son contact.

Comment peuvent-ils être aussi aveugles, tous ? Leur meilleure amie est au bord du gouffre et… Ah, Cass la contemple d'un air inquiet. Très inquiet. Enfin quelqu'un qui se soucie d'elle, bordel ! D'ailleurs, je comprends, aux regards entendus qu'elle adresse à Ally, qu'elles ont bien vu que quelque chose ne tournait pas rond.

Quand le commentateur de la rencontre se présente au micro, il est l'heure de la remise du trophée. Je prends une profonde inspiration et monte sur l'estrade, singeant au mieux une fierté débordante.

Un autre imposteur sévit dans ce putain de stade…

Gala de célébration des vainqueurs
Alabama, Tuscaloosa

La fête bat son plein partout en ville et, après une journée à parader dans les rues pour présenter fièrement le trophée à nos supporters, nous voici de retour au foyer de la fraternité pour célébrer la victoire. L'endroit grouille d'étudiants déchirés à l'alcool… ou à autre chose.

Je balaie la foule du regard en descendant une gorgée de Peroni, m'assurant que ni les flics du campus ni le doyen ne traînent dans les parages.

Personne.

Parfait.

On tousse dans mon dos, et je me retourne sur un gosse de première année nerveux comme un ver qui jette des regards affolés dans tous les sens.

— Quoi ? craché-je.

— On m'a dit que fallait venir te voir si on avait besoin d'un petit truc pour s'éclater…

Je vérifie alentour que personne ne nous regarde.

— Tu cherches quoi ?

— De l'ecsta, de la coke, je m'en fous…, répond-il de manière évasive.

— Près du pavillon, là-bas, derrière les arbres, lui indiqué-je en désignant d'un mouvement de menton le lieu où je veux qu'il me retrouve.

Il écarquille les yeux, fou de joie, et, quand il s'apprête à partir, je l'attrape par le bras.

— Balance à personne qui t'a fourgué ta merde, le menacé-je en tapotant la *stidda* sur ma joue.

Le gamin avale sa salive avec nervosité.

— Les Imperatori ? murmure-t-il, et son visage se décompose devant moi. (J'acquiesce lentement, et il baisse les yeux.) J-je dirai rien, Carillo. Rien…

Je le regarde disparaître au loin en me disant qu'Axel va jubiler : on se fait un blé démentiel, ce soir, assez pour que *mamma* finisse ses jours au mieux… Mais il n'empêche que j'ai la haine de devoir dealer sur mon putain de campus, au milieu de tous mes coéquipiers…

— Carillo, ramène ton cul, merde !

Je me retourne et vois Rome, Molly sur ses genoux, affalé sur un canapé avec tous nos potes. Enfin, tous sauf Lexi… Où elle peut bien être, bordel ?

Je m'approche, et Rome, un sourire idiot sur le visage, me fait signe de m'asseoir.

— T'arrêtes de t'éclipser deux minutes, là ? Pose-toi et bouge plus, merde !

Je hausse les épaules.

— Nan, mais je bouge pas, moi, c'est juste que t'es trop absorbé par madame pour faire attention à ton pote, plaisanté-je.

Rome esquisse un rictus préoccupé, presque imperceptible : je le connais assez pour savoir qu'il a compris qu'un truc couve. Molly, elle, ne remarque rien et l'entraîne dans un long baiser, tandis que Cass et Jimmy-Don se noient dans un silence inhabituel. À dire vrai, tout le groupe semble étrangement discret.

Molly donne un petit coup de coude dans les côtes de Rome, et il acquiesce.

— On emménage ensemble, nous annonce-t-il le visage rayonnant de fierté, et on ouvre tous des yeux ronds. C'est quoi, ces réactions ? On a vécu des emmerdes pas possibles, Molly et moi, et un simple emménagement, ça vous étonne ?

Il a raison : vu la vitesse à laquelle se développe leur relation, ce n'est pas si étonnant qu'ils s'installent déjà ensemble. Pour tout dire, je suis même surpris qu'il l'ait pas encore demandée en mariage.

Cass se prend une gorgée de l'alcool indéterminé dont elle a rempli sa flasque, puis se penche vers moi, armé du regard de la meuf qu'il vaut mieux ne pas faire chier.

— Alors, Carillo… (Jimmy-Don lui pose une main sur le bras comme pour l'empêcher de parler, mais elle le repousse, plus sérieuse que jamais.) Il se passe quoi entre toi et ma petite Lex ?

Mon cœur s'effondre. Tous les regards se posent sur moi.

— Rien du tout, maugréé-je.

— Ouais, bon, on s'en fout au final ! Ce qui compte, c'est qu'elle nous cache un truc, et quelque chose me dit que t'en sais plus que ce que tu veux bien nous dire.

— Elle est où, là ? demandé-je.

Ally s'agite sur son siège, mal à l'aise : je tourne la tête vers elle et attends qu'elle parle. Elle soupire et se lance :

— On ne la voit presque plus. Elle passe son temps à courir, quand elle n'est pas avec Lyle… Enfin, c'est ce qu'elle nous dit…

Elle s'arrête, l'air préoccupé, et je commence à paniquer. Je me redresse et soutiens le regard d'Ally pour l'inviter à poursuivre. Elle a autre chose à me dire, quelque chose qui la dérange. Cass aussi semble avoir son mot à rajouter, et la tension devient vite étouffante.

— Carillo ! Il est là ! tonne une voix derrière nous.

Rome, Reece et Jimmy-Don se renfrognent, Ally ne dit plus rien et se met à se ronger les ongles avec nervosité, et Molly la dévisage, elle-même impatiente de découvrir ce qu'elle a à dévoiler.

— T'as un problème, Porter ? lâche Rome d'un ton cinglant.

Porter sautille presque d'un pied sur l'autre, beaucoup trop guilleret pour être dans son état normal.

Putain… Il est plein de coke, cet enfoiré…

Je me relève d'un bond et lui fais signe de la boucler.

— Suis-moi, lui ordonné-je en le poussant avec violence.

Porter écarte grand les bras.

— Carillo ! Finalement, j'ai même pas eu besoin de toi ! Ton putain de jumeau m'en a vendu, de la poudre.

Un silence de mort s'abat aussitôt sur le groupe, et Rome se lève d'un bond.

— De la coke ? C'est une putain de blague ? rugit Rome en m'attrapant par le bras pour me tourner sans ménagement face à lui.

Le regard vitreux, Porter retrousse les lèvres. Il est cramé à la blanche. Dès que je vois Axel, je le saigne… Je lui ai dit et redit : pas de came aux gars de la Tide !

— Porter, putain ! l'interpelle soudain Jimmy-Don en se jetant sur lui pour lui attraper les deux bras.

— Bordel de merde ! crache Rome.

Du sang lui pisse du nez.

Non, non, non !

— Ça va ? Réponds-moi, putain ! panique Jimmy-Don lorsque les yeux de Porter se révulsent et qu'il se met à convulser, de la mousse à la commissure des lèvres.

— Appelez les urgences ! hurle Reece, et des étudiants commencent à dégainer leur téléphone.

— Police du campus ! Écartez-vous ! crie un type à la voix grave, juste avant que des agents en uniforme fendent la foule de fêtards, le doyen sur les talons.

Ce fils de pute me regarde droit dans les yeux, et je vois comme un putain d'éclair de triomphe zébrer son regard.

— Qu'est-ce qu'il a pris ? demande-t-il.

— De la coke. Il a sniffé de la coke, répond Cooper, un pote de Porter.

Les agents continuent d'affluer.

— Fouillez les lieux ! aboie le doyen. Trouvez les dealers ! Ils tombent ce soir, ces fumiers !

L'angoisse me tord les entrailles, et Rome vient se planter près de moi.

— Dégage, Carillo, vite.

— Et Ax', il v…

Rome me chope par le col de ma chemise et m'attire loin des regards. Dès que nous sommes planqués, j'attrape son poignet et lui dégage la main avec tant de violence qu'il percute un mur derrière lui.

— Lâche-moi, putain ! grogné-je.

Il me repousse.

— Putain, Austin, sors-toi la tête du cul : oublie Ax', il est cramé. Et il a chié à mort, cette fois ! Un type vient de faire une overdose avec sa putain de came ! Il va finir en taule, Austin. Qu'est-ce que tu panes pas, là-dedans, bordel ?

Il va finir en taule… Non… Merde !

Je recule d'un pas, le cœur martelant mes côtes.

— Tu piges rien, Rome. Rien du tout, putain…

Sur ces mots, je file au pas de course, abandonnant mon meilleur pote rongé par l'inquiétude. Je cavale jusqu'au bus qui vient de stopper à l'arrêt et y monte de justesse. Il me faut quarante minutes pour arriver à Westside. Quand je passe à pied près du panneau du quartier, la caisse de Gio pile près de moi et la portière s'ouvre dans la foulée.

— Où est Ax' ? lancé-je, paniqué.

— Les flics l'ont chopé, mais il a réussi à se barrer. Il est en cavale, je lui ai dit de pas nous contacter pendant un moment. Faut qu'il fasse profil bas.

En cavale ? Putain, non, bordel !

Je lève vers les étoiles un regard dévasté et me passe les mains sur le visage.

C'est Ax' qui avait l'argent.

Tout le blé pour les médocs de *mamma*…

Je sens une main sur mon épaule. Gio.

— Il avait toute notre thune, révélé-je à voix haute.

Gio acquiesce, feignant la compassion, mais je lis dans son regard tout le plaisir qu'il semble tirer de la situation.

— Dans ce cas, on va t'en trouver encore plus…, se contente-t-il de répondre.

Je me tourne vers le mobile home : Levi me jette un regard suppliant depuis sa fenêtre. Son visage défoncé a viré au jaunâtre. Je regarde la fenêtre de la chambre de *mamma* pendant de longues secondes. Je sais ce qu'il me reste à faire.

Un sourire illumine le visage sicilien de Gio.

— Il est l'heure de se faire un peu de blé, Austin. Va falloir qu'on rattrape les conneries de ton frangin.

La question qui me hante depuis des années me vient soudain à l'esprit.

— Gio ?

— Quoi ?

— Quand j'avais dix-sept piges, comment Ax' a réussi à me faire quitter le gang ? Qu'est-ce qu'il t'a promis ?

Gio désigne Levi, et mon cœur se brise.

— Lui. Ax' m'a promis qu'il nous rejoindrait dès ses quatorze piges.

Une rage brûlante me consume soudain tout entier : pourquoi a-t-il toujours fallu qu'Axel nous foute dans la merde ? Pourquoi a-t-il toujours fait passer ce putain de gang avant tout le reste ?

— Allez, gamin, on y va. On a du boulot, me lance Gio en me faisant signe de le suivre.

Il passe un bras autour de mes épaules, et je le laisse me guider vers son mobile home sans la moindre résistance.

Je viens de devenir le numéro deux des Imperatori.

Putain de merde…

Chapitre 24

Lexi

Un mois plus tard…

— Alors, on te voit à notre crémaillère, ce soir ? me demande Molly au téléphone.

Elle a l'air si heureuse que mon cœur brûle de joie pour elle. De joie, et de jalousie aussi, peut-être…

— Je… je ne sais pas, Molly. Je dois all…

Son soupir abattu m'interrompt.

— On ne te voit plus, Lexi… Quand tu n'es pas chez tes parents, tu es occupée avec ton escouade. C'est dingue, mais c'est comme si Austin et toi aviez disparu de nos vies…

Entendre le prénom d'Austin me fait l'effet d'un coup de poignard en plein cœur. Nous ne nous sommes pas parlé ni vus depuis des semaines. Quant à mes séjours avec mes parents, c'est ce qu'ils croient tous : la vérité, c'est qu'ils ne sont pas encore rentrés. Je reste seule toute la journée, dans leur maison, sur la tombe de Daisy ou à la salle de sport. Je ne vais même plus en cours. Maintenant que la saison est terminée pour l'escouade et la Tide, il faut bien que je continue l'exercice physique et que je trouve des endroits où je peux me réfugier à l'abri des regards.

Je pèse 31,75 kilos. Bientôt, je serai parfaite.

— Lexi, tu es toujours là, ma chérie ? me demande Molly.

— Oui, oui, je suis là.

— Alors, tu viendras ? On aimerait vraiment te voir. Tu nous manques. Tu manques à tout le monde ici. Depuis que j'ai emménagé avec Rome, j'ai l'impression de voir tous les copains sauf toi. Ton sourire pétillant me manque, Lexi...

Sa phrase s'est presque achevée dans un murmure, et j'ai soudain l'impression d'être la pire des amies...

— D'accord, je viendrai, Molly. C'est à quelle heure ?

— Dix-neuf heures, ça t'ira ? dit-elle, le soulagement et la joie perceptibles dans sa voix.

— Parfait, compte sur moi. J'ai hâte de voir votre nouveau nid douillet.

Sitôt que Molly a raccroché, je commence à réfléchir à ce que je pourrais porter. Il faut que je trouve quelque chose qui dissimulera ma perte de poids pour qu'ils ne se doutent de rien. Je vais peut-être mettre deux jeans et deux chemises, j'aurai l'air un peu plus grasse... Oui, avec deux couches de vêtements, ils ne se rendront pas compte que j'ai maigri.

« MAIGRI », LEXINGTON ? TU N'AS PAS PERDU ASSEZ DE POIDS POUR QU'ILS LE REMARQUENT.

La voix a raison. J'ai perdu si peu qu'ils ne le verront même pas... Je ne fais pas assez d'efforts pour mincir.

Paniquée, je me passe une main nerveuse dans les cheveux. Quand je regarde ma paume, j'y découvre quelques mèches fines... La première fois que j'ai perdu des cheveux, ça m'a terrifiée. Aujourd'hui, ça me rend heureuse : c'est que la perfection est proche.

Je lève vers le complexe d'appartements d'un blanc impeccable un regard médusé : cet endroit sort tout droit d'un rêve. Je sais que Rome a beaucoup d'argent, mais là, c'en est presque irréel.

J'avance vers l'interphone, sonne au numéro 4 et, bientôt, un signal sonore retentit et le portail s'ouvre.

Une fois les portes de l'immeuble franchies, je décide d'opter pour les escaliers plutôt que pour l'ascenseur : quatre volées de marches devraient me faire perdre une vingtaine de calories. Quand j'arrive au premier, je commence à y voir flou et dois m'agripper à la rampe pour ne pas tomber. C'est comme si un colosse enserrait d'une main mes poumons : je peine à respirer et à alimenter mes muscles en oxygène.

— Lexi ? Tu es là ?

Je lève la tête, surprise par la voix de Molly, et me raidis. Après une longue inspiration et puisant au plus profond de moi une énergie inespérée, je reprends mon ascension.

Une fois en haut, je suis accueillie par le visage rayonnant de Molly : elle est superbe dans sa robe rose ajustée, les cheveux bruns lâchés. Mais, quand nos regards se croisent, son sourire se crispe. Une fois près d'elle, je lui tends un paquet pour esquiver son câlin de retrouvailles.

— Pour votre emménagement, dis-je, et Molly prend le paquet sans l'ouvrir.

— Merci, copine, c'est adorable.

Sans me quitter des yeux, elle me fait signe d'entrer.

L'endroit est magnifique avec ses murs d'une blancheur immaculée et son mobilier design. J'entends des voix étouffées dans une pièce proche, le salon sûrement, et, quand j'entre, j'y découvre Rome, Cass, Reece, Jimmy-Don et Ally.

Austin n'est pas là, et j'avoue ne pas savoir si j'en suis déçue ou soulagée.

— Salut, tout le monde, lancé-je de la voix la plus enjouée possible quand je me rends compte que personne ne m'a vue entrer.

Tous tournent le regard vers moi, et un silence envahit soudain la pièce.

Je me tiens là, les jambes flageolantes, épuisée par la montée des marches et prise d'un léger vertige. Mes amis me dévisagent d'interminables secondes… et puis, soudain, Ally tapote le canapé à côté d'elle, m'invitant à la rejoindre.

— Viens t'asseoir, chérie.

Pourquoi elle prend cet air bizarre ?

Je passe une mèche de cheveux récalcitrante derrière mon oreille, tire sur mes paumes les manches de mon pull trop large, puis m'assois sur le canapé en plaquant mes genoux contre moi pour dissimuler ma graisse.

Tandis que je gigote pour trouver ma position, mes amis échangent des regards étranges.

— Comment ça va, Lex ? finit par me demander Rome en se redressant.

— Ça va. Je bosse pas mal sur mes cours en ce moment, dis-je, le regard rivé sur le plancher. (Leurs regards insistants, toute cette attention… c'est insupportable.) C'est vraiment magnifique chez vous, Rome. Vous devez être super contents.

— Ouaip, l'appart est juste parfait.

Le silence emplit de nouveau la pièce.

— Eh voilà, tout le monde ! lance Molly, attirant notre attention, tandis qu'elle sort de la cuisine les bras chargés d'un énorme gâteau au chocolat.

Mes mains se mettent à trembler, mes paumes sont moites, et, comme attiré par l'odeur alléchante du chocolat, mon estomac se met à gronder.

NE CÈDE PAS, LEXINGTON. SORS D'ICI. NE LES LAISSE PAS SABOTER TA COURSE VERS LA PERFECTION.

Une vague de panique déferle en moi, et je commence à jeter des regards en tous sens, cherchant désespérément une excuse pour partir… Quand je croise le regard de Molly, ses yeux scintillent de larmes.

J'entends Cass s'éclaircir la gorge.

— En fait… Ce n'est pas une pendaison de crémaillère, Lexi.

Ma vision se trouble, mouchetée de points noirs, et l'angoisse qui me ronge devient intenable.

— Co… comment ça ?

Elle prend une inspiration profonde.

— On pense que tu as un problème avec la nourriture, Lex.

Je secoue frénétiquement la tête.

— Non, pas du tout ! C'est juste que…

— Prends une part de gâteau, alors, me lance Cass, avec son air de Texane à qui on ne la fait pas.

Non, non… Non, je ne peux pas…

Mes amis me dévisagent, immobiles, et la tension dans la pièce se fait de plus en plus étouffante.

— On aimerait juste t'aider, ma chérie, intervient Ally. On t'aime, tu sais… Tu as perdu tellement de poids que ça en devient vraiment flippant. Et puis, tu t'isoles, tu ne passes plus de temps avec nous… Je pense que tu devrais voir un médecin, Lexi.

Elle pose une main dans mon dos dans un geste délicat.

Je sursaute, me relève d'un bond et, par mégarde, bouscule Molly, dont le gâteau bascule et vient s'écraser sur le sol.

— Lexi…, murmure Ally en se levant, une main tendue vers moi.

Je l'esquive, contourne la table basse et me retrouve bientôt devant mes amis aux regards lourds de panique.

— Ne me touche pas ! crié-je. Je ne veux pas qu'on me touche !

Je les regarde tour à tour : tous ont l'air inquiets, mais c'est le visage de Cass, ma plus vieille copine, qui me terrifie le plus. Elle fait un pas vers moi.

— Lex, ça va aller, chérie. Qu'est-ce qui se passe ? Dis-le-moi. Tu te prives, c'est ça ?

Ma vision vacille, j'ai l'impression d'étouffer, alors je porte une main à ma poitrine et, quand je fais un pas en arrière, manque de tomber à la renverse.

— Lexi ! s'écrie Molly.

Je lève les mains pour empêcher mes amis d'avancer. Mais Cass arrive à m'attraper le poignet… Soudain, le monde se fige autour de moi. Je tente de me délivrer de sa puissante prise. En vain.

— Cass, lâche-la, elle a besoin de calme ! lance Ally derrière nous, mais je vois à l'air déterminé de Cass qu'elle ne s'arrêtera pas là.

Les lèvres pincées, elle remonte ma manche le long de mon bras. Je hoquette, saisie par l'angoisse, mais ce n'est rien face à la réaction d'horreur de Cass… Non, de tous mes amis, en fait.

— Lâche-moi ! hurlé-je, mais, d'une main, Cass soulève mon pull et mes chemises, exposant ma peau nue à leurs regards.

— Bordel, Lex, tes côtes ! Tes saloperies de côtes !

Je lui arrache mes vêtements des mains, trébuche et percute le mur derrière moi. Tous me regardent, bouleversés. Ally avance d'un pas dans ma direction tandis que les autres n'ont pas la moindre idée de comment réagir.

— Tu ne manges plus…, murmure-t-elle d'une voix brisée.

Des larmes roulent aussitôt sur mes joues, mes jambes cèdent et je me laisse glisser contre le mur. Les bras croisés sur le ventre, je lâche un long gémissement de détresse et de souffrance mêlées.

— Il ne faut pas que je mange ! Il ne faut plus que je mange ! Je suis trop grosse, alors il m'empêche de manger !

— Qui t'empêche de manger ? me demande Cass, troublée, en se penchant au-dessus de moi. Qui t'interdit de te nourrir ?

— Celui qui parle dans ma tête ! lâché-je d'une voix stridente. Il m'empêche de manger pour m'aider à devenir parfaite ! (Je pleure tant que ma vision se trouble.) Il m'a privé de Daisy et… Austin aussi, il me l'a pris. Je le dégoûtais avec toute cette graisse !

— Daisy ? s'étonne Cass. C'est qui, Daisy, ma chérie ?

— Et c'est d'Austin que tu parles ? Carillo ? Mon meilleur pote ?

Le regard brouillé, je vois que Rome s'est approché de moi, l'air préoccupé.

— Je l'aime, Rome… Je l'aime tellement… Mais il m'a quittée. Il a couché avec moi, et il m'a quittée ! Je le dégoûte. Il rendait tout ça plus facile. Je me sentais même jolie, parfois… Il m'a quittée parce que je suis trop grosse. Je suis laide… affreuse à vomir ! Comment je pourrais lui en vouloir ?

— Lex, tu déraisonnes…, dit Molly d'une voix douce en s'accroupissant près de moi. Austin et toi, vous êtes ensemble ? Depuis combien de temps ?

Elle tente de m'apaiser d'une caresse délicate sur la tête, mais elle sursaute, effrayée, lorsqu'elle voit dans sa paume quelques mèches de cheveux.

— Lexi, qu'est-ce que…, s'exclame-t-elle, horrifiée.

— Je suis à deux doigts de la perfection, Molly… J'y serai bientôt…, lui dis-je en essayant de sourire.

Elle tend une main vers moi, mais je fuis son geste, rampant jusque dans un coin proche, et elle porte la main à sa poitrine.

— Tu me fais peur, Lexi… Je suis tellement inquiète pour toi.

— Pourquoi il a fallu que je le dégoûte à ce point ? J'aurais aimé le rencontrer avant… Il y a des années. Pourquoi est-ce que je l'ai rencontré si tard ? Il aurait pu me sauver. Il aurait pu faire taire la voix dans ma tête.

— Austin, petite Lex ? Tu parles d'Austin Carillo, alors ? Notre pote ? demande Jimmy-Don.

Je le dévisage d'un regard dévasté.

— Je n'y arrive plus, JD… Je suis épuisée… J'en peux plus… de vivre comme ça…

Ma voix se fait de plus en plus fragile, et le monde chavire autour de moi.

— Lex ? Lexi ! hurle Cass, totalement paniquée, mais un tunnel noir cerne peu à peu ma vision, et mes muscles me semblent si lourds… trop lourds.

— Pardon… Je suis tellement désolée, Daisy… Je n'ai pas… tenu ma promesse…, murmuré-je.

Je sombre dans les ténèbres.

Chapitre 25

Austin

— T'as fini tes devoirs, gamin ?

Levi lève les yeux de ses bouquins d'histoire et acquiesce.

— Des nouvelles d'Ax' ? me demande-t-il en mâchouillant son stylo.

J'ébouriffe ses cheveux clairs dans un soupir.

— Aucune, gamin. Pas encore.

Ça fait plus d'un mois que je lui sers la même putain de réponse. Axel s'est enfui la nuit de son arrestation, et on ne sait pas où il se trouve.

Quelle merde…

Des phares éclairent le mobile home et, par la fenêtre, je vois approcher un pick-up, un Dodge mastoc : un étudiant plein aux as qui débarque pour un fix, comme d'hab'. Depuis l'overdose de Porter, on est obligés de dealer sur notre territoire. Ce con est toujours dans le coma, et jusqu'à son réveil, pour les flics, le suspect numéro un pour les deals sur le campus, c'est Ax'. Axel, le fugitif.

— Lev, j'ai du taf. Tu vas voir *mamma* dans un quart d'heure, OK ? Faudra lui filer ses médocs.

Il acquiesce et me suit d'un regard triste tandis que je quitte le mobile home. Il hait que je deale et que j'aie remplacé Axel comme bras droit de Gio.

Sitôt que j'ai bondi au bas des marches, la portière du pick-up s'ouvre et Rome Prince met pied à terre, me laissant planté là, figé, comme un con. Derrière moi, la porte s'ouvre et Levi déboule à toutes jambes.

— Rome ! crie-t-il, et mon meilleur pote sourit à son accueil enthousiaste.

Il lui tend la main, puis l'attire dans ses bras.

— Lev, mon petit gars à moi. Comment tu vas ?

— Ça peut aller, on va dire, répond Levi en hochant la tête. Ax' est pas là, mais je vois plus Austin, c'est cool. *Mamma*, par contre, ça va pas trop, quoi…

— Je sais, mon grand… Tu tiens le coup, OK ?

— OK, lui répond Levi, le visage soudain rayonnant. T'as tout démonté pendant la finale, Rome ! Le *touchdown* de la victoire, c'était un truc de dingue !

Rome se marre et balance un petit coup de poing joueur dans le bras de Levi.

— Merci, grand. On va dire que c'était pas trop pourri comme action, ouais.

— Lev ? lancé-je en les regardant tous les deux. Rentre, tu veux ? Faut que je parle avec Rome seul à seul.

— Mais…

— Rentre, allez, dis-je sur un ton sans réplique.

Après un dernier regard à Rome, Levi retourne dans le mobile home.

— Qu'est-ce que tu viens foutre dans cette putain de décharge, merde ? lancé-je en m'approchant de Rome, scrutant alentour pour m'assurer que Gio n'est pas dans le coin.

Je n'ai aucune envie que mon meilleur pote ait des emmerdes.

Rome avance vers moi d'un pas déterminé et, sans que je voie rien venir, m'envoie un crochet en pleine gueule. Je trébuche, mais retrouve assez vite l'équilibre et le plaque contre le plateau de son putain de pick-up.

— Oh, il t'arrive quoi, là, bordel ! craché-je, lui ruinant le visage de postillons ensanglantés.

Rome dégage mes mains de sa chemise et se plante à quelques millimètres de moi.

— Tu branles quoi, 83 ? lâche-t-il sans se démonter en me regardant droit dans les yeux. C'est ça, ta vie, maintenant ? C'est ça, ton putain de choix ?

— Va te faire foutre, Rome ! T'as pas idée de la merde dans laquelle je suis !

— Ce que je sais, c'est que mon meilleur pote, un type que je considère comme mon propre putain de frère, est en train de creuser sa tombe comme un gros connard. Ça fait des semaines que je te vois plus, comment tu veux que je sache ce qui se passe dans ta putain de vie !

Je baisse la tête, recule d'un pas et cale les mains sur mes hanches.

— J'ai pas le choix, vieux. Me faut du blé pour ma famille. Ax' s'est mis au vert je sais pas où, et l'état de notre mère empire…

Rome relève la tête, le visage fermé.

— Tu sais que le doyen est convaincu que t'as quelque chose à voir avec l'overdose de Porter ? Il harcèle tous les étudiants du campus pour trouver un connard capable de t'associer au deal de came. Le fait que tu sois là à trafiquer pour les Imperatori, je doute que ça t'aide à t'en tirer…

— Je le sais bien, putain, mais qu'est-ce que…

Rome m'attrape par le bras, et je hausse les sourcils, surpris.

— Écoute, 83, je suis pas là pour te percer un nouveau trou du cul à cause de la came ou du gang. J'ai bien compris la situation. Je suis venu te dire que Le…

— Austin ! Austin !

Mon sang se fige en entendant les hurlements de Levi déchirer la nuit, interrompant Rome en pleine phrase. Je me retourne et vois mon petit frère sortir en trombe du mobile home, blanc comme un linge et les joues pleines de larmes.

Je cours le rejoindre. Il tremble comme une feuille sous la tempête.

— *Mamma*, Aust' ! J'arrive pas à la réveiller ! Elle se réveille pas, Aust' !

J'entends Rome jurer juste derrière moi, mais je sprinte déjà à l'intérieur, puis jusque dans la chambre de ma mère : *mamma* a l'air de dormir, mais son immobilité a quelque chose d'inquiétant et sa poitrine ne bouge presque plus.

Ses poumons, putain…

La porte grince, et je vois derrière moi Rome dévisager ma mère, un bras protecteur autour des épaules d'un Levi en larmes.

— Elle se réveille pas, Rome ! Je fais quoi, merde ?

Rome déglutit et entre dans la chambre.

— Sors-la du lit, on file aux urgences.

— Mais j'ai pas le blé, Rome ! J'ai pas rentré assez pour les soins ! Ax' s'est barré avec toute la thune, et j'ai pas encore rattrapé le coup !

Rome me foudroie du regard.

— Putain, arrête de me faire chier avec la thune et monte dans ma putain de caisse ! On y va !

Je n'en ai pas besoin de plus pour céder : je prends ma mère dans mes bras, file m'installer à l'arrière du pick-up avec elle, Levi à nos côtés, et Rome quitte le parking pied au plancher.

Mamma sans connaissance sur les genoux, je prends la main tremblante de Levi. Quand je vois ses yeux larmoyants, je passe un bras à son cou, l'attire tout contre moi, et il fond en larmes.

— C'est fini, Aust' ? Elle va mourir ?

Je n'en ai pas la moindre putain d'idée. Je n'ai même pas le courage de me poser la question.

— Aust' ? m'interpelle-t-il de nouveau.

— J'en sais rien, grand… Mais mieux vaut qu'on se prépare au pire.

Levi renifle, le visage niché dans ma chemise.

— Je veux pas qu'elle meure… Je veux pas me retrouver seul…

La gorge nouée, je dépose un baiser sur son front.

— Tu seras jamais seul, Lev. Je serai toujours là, moi.

Je croise dans le rétroviseur le regard inquiet de Rome. Puis, les yeux rivés sur ma mère, je serre fort Levi de mon bras.

— *Resisti, mamma. Resisti… ti prego.*

« Tiens bon, maman… Tiens bon, je t'en supplie… »

Ils ont embarqué ma mère dans une piaule du troisième : il a suffi que le doc pose le regard sur elle pour qu'il accepte de l'hospitaliser sur-le-champ. Je sors de la zone de triage et me raidis en arrivant dans la salle d'attente : tous mes amis sont là. Levi, derrière moi, penche la tête pour savoir ce qui se passe, puis va s'installer un peu plus loin d'un pas hésitant.

Je les regarde… Ils sont tous silencieux, tristes. Quand Rome me voit, il adresse un regard préoccupé à Molly et se lève pour me rejoindre.

— Tu les as fait venir pour *mamma* ?

Rome secoue la tête d'un air désolé. Au fond de la pièce, Cass me foudroie du regard.

— Qu'est-ce qui se passe, merde ?

— C'est Lexi, Austin, m'annonce Rome d'une voix posée.

Mon cœur défaille aussitôt et mes mains se mettent à trembler. Rome est blême, et je vois Ally et Molly s'essuyer les yeux.

— Qu… qu'est-ce qu'elle a ? demande Levi, maintenant à mes côtés, d'une voix troublée par la panique.

Pour lui, Lexi est la bonté incarnée, et leur rencontre est gravée à jamais dans sa mémoire. Rome se passe une main sur le visage et prend Levi par le bras.

— Qu'est-ce qu'elle a ? répète mon petit frère.

— Elle était avec nous en début de soirée et elle s'est évanouie. Elle… Putain, Carillo, elle est pire que gravement anorexique. Elle a été hospitalisée en service psy.

La nouvelle me fait l'effet d'une balle en plein cœur. Elle a rechuté…

Bordel, non !

J'ai bien vu qu'elle en prenait le chemin, en plus, mais comme un con, je pensais que, sans le stress des emmerdes avec les Imperatori, elle finirait par aller mieux…

Merde ! Merde !

— Elle est où ?

Rome désigne le couloir d'un geste du menton.

— Chambre 15. Juste… Elle est dans un sale état, Austin. Je te jure, elle fait flipper à voir.

— Ça veut dire quoi, anorexique, Aust' ? s'inquiète Levi, pétrifié.

— Ça veut dire qu'elle s'affame, Lev. Elle ne mange plus..., lui expliqué-je en soupirant.

Il grimace, confus.

— Mais pou... pourquoi elle se prive de manger ?

— Elle est malade, dis-je en passant un bras à ses épaules. Depuis longtemps. Elle ne se voit pas comme nous, on la voit : magnifique... parfaite.

Cass se lève d'un bond et vient se planter devant moi.

— Depuis longtemps ?

Je me renfrogne.

— Elle est anorexique depuis ses seize ans, confessé-je. Elle a surmonté ça avec assez de courage pour s'inscrire à la fac, mais cette année, le trouble est revenu en force.

— Et comment tu sais tout ça ? crache-t-elle, folle de rage, comme si elle était la seule à avoir été tenue à l'écart.

— Parce qu'on est sortis ensemble et qu'elle me l'a dit. Parce qu'on se disait tout. Bordel, Cass, si je l'ai quittée, c'est parce qu'elle méritait mieux qu'un gars comme moi. Je voulais la protéger de l'enfer que je suis obligé d'affronter pour que ma famille survive ! Mais je l'aime plus que tout, Cass... Ça te va comme réponse ? Je l'ai quittée parce que je suis fou d'elle ! Parce que je l'aime !

Ses lèvres se mettent à trembloter et ses yeux se remplissent de larmes.

— Tu es amoureux d'elle ?

— Plus que ça : je suis dingue d'elle. Elle est tout pour moi ! Mais ma vie n'est qu'un putain d'océan d'emmerdes, et je voulais pas qu'elle se noie à mes côtés ! (J'attire Levi tout contre moi.) Tu restes avec Rome, OK ? Il faut que j'aille voir Clochette.

Rome prend doucement Levi par le bras.

— Reste avec nous, grand.

Molly se lève et passe un bras autour des épaules de Lev.

— *Mamma* et Lexi sont toutes les deux ici, Austin…, dit-il en baissant la tête. Et si… si on les perd toutes les deux ?

Je le rejoins et le regarde droit dans les yeux.

— Je ne vais pas te mentir, gamin : y a peut-être plus grand-chose à espérer pour *mamma*. On savait que ça finirait par arriver. Mais pour Clochette… (Je prends une inspiration profonde et parviens de justesse à réprimer mes larmes.) Je vais tout faire, tout, pour réussir à la remettre sur pied.

— Promis ? dit-il, les lèvres tremblantes.

Je soutiens son regard.

— *Lo giuro.*

Je quitte la salle et me rue le long du couloir jusqu'à la chambre 15. J'arrive, pantelant, devant la porte fermée.

Trois pas.

Je fais trois pas, et je serai dans la chambre.

Trois pas, et je me retrouverai devant Clochette, la fille que j'aime.

Ma petite fée gothique brisée par l'anorexie.

J'essaie d'imaginer ce qui m'attend derrière cette porte, mais je finis par me décider à entrer. Après une courte inspiration, je pousse le battant qui me sépare de Lexi, et mon cœur vole en éclats : rien n'aurait pu me préparer à un spectacle aussi morbide.

Je ravale un sanglot, pétrifié dans l'encadrement de la porte, le regard rivé sur la fille qui gît sur le lit. Cette… fille qui n'est rien de plus qu'un squelette en habits de peau, une poupée d'os aux cheveux noirs épars et fins, et aux lèvres bleuâtres… sans vie.

Des machines bipent autour d'elle et des poches de solution médicale l'alimentent çà et là. Je doute de pouvoir me remettre un jour de cette vision, mais, invoquant tout mon courage, je pousse mes jambes gourdes à avancer, lentement, un pas après l'autre.

Un… deux… trois… quatre…

Ma vision se trouble un peu plus tandis que j'observe, en larmes, Lexi allongée sur le lit. *Il mio piccolo folletto rotto…* Ma petite fée gothique… brisée.

Le regard de Clochette se perd à l'autre bout de la pièce, et je me laisse glisser sur la chaise posée près du lit, sans quitter des yeux son corps minuscule. Lentement, je laisse courir un doigt le long de sa main. Elle ne réagit pas. Ne me regarde même pas.

— Clochette…, chuchoté-je.

J'ai beau tenter de me contenir, ma voix déchire le silence de la chambre stérile comme un coup de tonnerre.

Cette fois, je prends sa main entière dans ma paume et tremble de la trouver si froide. Je sens ses phalanges, ses os, comme si je ne tenais qu'eux. Je ne comprends pas comment elle a pu perdre autant de poids en quelques semaines seulement. Elle n'a rien dû avaler… Rien du tout.

— Clochette, regarde-moi, je t'en prie…, la supplié-je.

Après d'interminables secondes, Lexi tourne la tête vers moi, et je dois réprimer un mouvement de recul. Ses yeux vert pastel sont plus ternes que d'habitude et semblent presque trop gros pour son visage émacié. Des taches marquent ses joues creuses, si creuses, même, qu'on les croirait rehaussées au fond de teint noir… Ses tendons lui cisèlent le cou, et ses clavicules saillent, anguleuses, effrayantes…

— Clochette… ma Clochette, bordel…, lâché-je, pleurant sans plus de retenue.

Mais je ne lis plus rien dans son regard : plus d'émotions, rien que le vide, au point que je ne sais même pas si elle me reconnaît.

— Dis quelque chose, Clochette…

Rien. Rien d'autre que le bruit des machines… et elle finit par détourner le regard. Pris de panique, je me relève subitement et tourne délicatement sa tête vers moi.

— Parle-moi, Clochette, je t'en prie. Je suis désolé… Si tu savais comme je suis désolé ! Je t'ai quittée parce que je pensais que ce serait mieux pour toi : je savais pas que ça finirait comme ça ! J'essayais justement de tout faire pour que ça n'arrive pas, merde !

La porte s'ouvre, et je recule d'un pas : un homme en blouse blanche entre dans la chambre. Lorsqu'il me voit près du lit, il hausse les sourcils.

— Mes excuses, mon garçon. J'ignorais que Lexi avait de la visite. Seule sa famille est autorisée à venir la voir.

— Vous êtes son médecin ? demandé-je, dévasté.

Il me tend la main et je la saisis machinalement.

— Dr Lund. Je suis le psychiatre de Lexi.

— Elle va s'en sortir ? Pitié, dites-moi qu'elle va s'en sortir…

Il incline légèrement la tête et m'étudie d'un air circonspect. Après un regard en coin à Lexi, toujours immobile sur le lit, il me fait signe de l'accompagner dans le couloir.

Je reste planté là, hésitant : je ne veux pas quitter Lexi, je veux la soutenir… mais le Dr Lund me pose une main amicale dans le dos.

— Ne t'inquiète pas, mon garçon : quelques minutes ne feront pas grande différence.

Une fois hors de la chambre, j'aperçois mes amis qui attendent en silence. Rome me regarde, l'air inquiet.

— Puis-je te demander quels rapports tu entretiens avec Lexi, mon garçon ? me demande le Dr Lund.

Je ne sais pas exactement quoi lui répondre : Lexi et moi n'avons jamais vraiment mis de mots sur notre… relation. Mais ça ne m'empêche pas de savoir jusque dans mes tripes ce qu'elle représente pour moi : tout. Absolument tout.

— C'est ma fée gothique, ma fée brisée… et je suis son rat de banlieue.

Le Dr Lund m'adresse un regard intrigué, et je vois du coin de l'œil un autre médecin se précipiter dans notre direction : c'est le type qui m'a annoncé il y a quelques mois que ma mère n'en avait plus pour longtemps. Une dame blonde s'accroche à son bras.

Le père de Lexi… et sa mère, de toute évidence.

— Nigel ? On a fait le plus vite possible, annonce le Dr Hart une fois à notre niveau.

Son regard se pose sur moi, et je vois qu'il me reconnaît.

— Austin Carillo, lâche-t-il d'une voix tendue.

— Bonjour, monsieur, dis-je en baissant la tête.

— Le Dr Small vient de m'apprendre que ta mère a été admise à l'hôpital. Tu m'en vois navré. Tout cela doit être fort difficile pour toi.

— Merci, monsieur, soufflé-je, la voix chevrotante, sans lever les yeux du sol carrelé.

Le Dr Lund laisse échapper une toux gênée, puis se tourne vers les parents de Clochette.

— Austin m'expliquait que Lexi et lui… se fréquentaient.

M. et Mme Hart se renfrognent, leur inquiétude manifeste.

— Lexi est gravement anorexique, Austin. Tu es au courant ? lâche le Dr Hart, glacial.

— Oui, monsieur. Elle m'a tout raconté il y a quelques semaines.

Il hoche la tête, et sa femme et lui échangent un regard interloqué.

— Sais-tu qu'elle a fait une rechute ? me demande sa mère d'une voix à peine audible. Saurais-tu pourquoi ?

Je fais signe que « non » et, devant les larmes de sa mère, je me sens comme le pire connard de ce monde de merde.

— Je suis arrivé il y a quelques minutes, dès qu'on m'a averti de son état. Je ne l'avais pas vue depuis un moment. Je suis… je…, balbutié-je, incapable de trouver mes mots.

Le Dr Hart me pose une main compatissante sur l'épaule… Ce simple geste suffit à me faire baisser les yeux, et je dois redoubler d'efforts pour ne pas m'effondrer : jamais personne n'avait fait preuve d'un tel soutien affectif à mon égard. Personne, à part Clochette. Mon appartenance aux Imperatori inspire une peur trop grande pour qu'on m'approche ainsi et se permette un geste aussi intime.

Le père de Lexi se tourne vers Lund.

— Comment va-t-elle ?

— Elle ne réagit à rien ou presque. Elle s'est murée dans le silence, Maxwell. Elle ne coopère plus. Elle ne parle même plus. Le mois dernier, elle a menti à ses amis et s'est cachée d'eux, de façon que personne ne sache qu'elle se privait de nourriture.

Je souffre coup après coup, le cœur au ralenti : « ne réagit à rien », « murée dans le silence », « ne parle même plus », « a menti à ses amis », « s'est cachée », « se privait de nourriture ».

— On se sent totalement démunis, Nigel… Je n'arrive pas à croire que ça recommence.

Le père de Lexi a l'air dévasté.

— Nous savions tous les deux que perdre Daisy pouvait provoquer ce genre de rechute.

— D-Daisy ? balbutié-je. Qui est Daisy ?

Le Dr Hart se retourne immédiatement vers moi.

— C'était la meilleure amie de Lexi, Austin. Elles ont été diagnostiquées anorexiques à peu près au même moment et ont été hospitalisées ensemble. Elles étaient inséparables.

La panique me saisit.

— Vous… vous dites que vous l'avez… perdue, cette Daisy ? Vous voulez dire qu-qu'elle est…

Je me retrouve incapable de prononcer le mot.

— Daisy est morte l'été dernier. Elle a fait une rechute, l'a caché à tout le monde… Exactement ce que Lexi est en train de f… (Les sanglots de Mme Hart interrompent son mari, alors il l'attire contre lui et dépose un baiser aimant sur son front.) Le corps de Daisy n'a pas résisté à son anorexie : son cœur a lâché. Elle était trop maigre, et son corps n'a pas tenu le coup. (Il pose de nouveau la main sur mon épaule.) Austin… Lexi était avec elle lorsqu'elle est morte. Elle lui a tenu la main jusqu'à la dernière seconde, et je crains qu'aujourd'hui… Lexi soit elle-même en très grand danger.

Bordel, non ! Clochette ! Ce que tu as dû endurer… Pourquoi tu ne m'as rien dit ?

Rome apparaît soudain près de moi.

— Austin ? Le médecin de ta mère est venu nous demander ses infos sécu pour le règlement.

Je me prends la tête à deux mains.

— Putain, Rome, j'ai pas les moyens de payer pour tout ça... Et puis, je peux pas laisser Clochette dans cet état. Je suis censé faire quoi, bordel ? Je suis paumé, merde...

Il s'approche encore et se penche à mon oreille.

— J'ai fait le nécessaire, OK ? Je savais que ça te foutrait en rogne, mais t'as besoin d'un coup de main. Concentre-toi sur ta famille et la fille que tu aimes, c'est tout ce qui compte. Et crois-moi, je sais à quel point tu en chies... (Je relève soudain la tête, brûlant de refuser son aide, mais il pose une main sur ma nuque et me garde tout près de lui.) Le moment est mal choisi pour un accès de fierté, Carillo : laisse tes potes t'aider. Laisse-moi t'aider. Là, tout ce dont tu dois te soucier, c'est de dire au revoir à la femme qui t'a donné la vie, et de redonner espoir à celle avec qui tu veux passer le restant de tes jours.

Cette fois, mes larmes naissent trop vives pour que je puisse les retenir, et je m'accroche à Rome comme à un rondin de bois en pleine tempête, déversant un chagrin trop longtemps contenu.

Après quelques minutes, mes pleurs s'assèchent. Rome me donne quelques tapes affectueuses dans le dos, et je me retourne vers M. et Mme Hart.

— Il faut que j'aille voir ma mère, mais je reviens vite, d'accord ? Dites à Clochette que je reviens...

Ils acquiescent tous deux, et Rome me guide jusqu'à l'aile où ma mère est hospitalisée. Tous mes amis attendent devant sa chambre : Cass, Jimmy-Don, Ally, Reece et Molly, qui serre fort mon petit frère. Levi lève son regard terrifié vers moi, et je lui fais signe de me rejoindre.

— Faut qu'on aille voir *mamma*, mon grand, lui annoncé-je d'une voix rauque.

Levi se lève et, fort d'un courage admirable que je ne lui connaissais pas, vient se placer près de moi. Alors, ensemble, nous entrons dans la pièce. Le Dr Small nous adresse un sourire compatissant.

Voir ma mère reliée à toutes ces machines me dévaste, et il n'est pas difficile de comprendre que c'est la fin : dans peu de temps, Chiara Carillo quittera enfin sa cage, la prison de son corps ravagé.

— Austin, Levi ? Je suis navré de vous l'annoncer, les garçons, mais nous ne pourrons bientôt plus rien faire pour l'aider. Elle ne survivra probablement pas à la semaine. Il est l'heure de lui dire au revoir.

Un sanglot déchire la poitrine de Levi, et nous avançons comme un seul homme. Alors que je serre fort Lev' dans mes bras, j'entends derrière nous plusieurs personnes entrer dans la chambre : mes amis, nous voyant terrassés, nous ont rejoints pour nous soutenir. Anéanti, je contemple ma mère et imagine ce qu'elle aimerait sûrement nous dire : « *La famiglia*, ce n'est pas toujours les liens du sang, *mio caro. La famiglia,* c'est un ensemble d'îles reliées entre elles par des ponts d'amour pur. *La famiglia*, c'est ceux qui sont là pour toi de façon inconditionnelle, ceux qui te soutiennent et te tendent la main pour te tirer des ténèbres. »

Levi et moi ne serons jamais seuls. Elle est là, notre *famiglia*… à une exception colossale, et je m'en voudrai à vie si ma Clochette n'a pas elle aussi la chance de ressentir ce lien d'amour unique qui nous unit tous. Quoi qu'il en coûte, je vais devoir trouver un moyen de la sauver…

De la sauver d'elle-même.

Chapitre 26

Austin

Trois jours que je suis ici, à l'hôpital, à naviguer d'une chambre à l'autre, et rien n'a vraiment changé : ma mère est toujours dans le coma et Lexi ne semble pas vouloir sortir de sa léthargie. J'approche de l'iPhone qu'a apporté son père, lance d'une pression sur l'écran sa chanson favorite, *Sleeping Sun* de Nightwish, et les paroles envoûtantes envahissent la pièce. Mais ma Clochette ne réagit pas : elle reste là, imperméable à toute stimulation, tandis que son regard inhabité se perd à l'autre bout de la pièce.

La porte s'ouvre derrière moi et je vois le Dr Hart à l'entrée de la chambre, un carnet à la couverture sombre dans la main. Après un regard attristé à sa fille, il me fait signe de le rejoindre dans le couloir.

J'ai à peine fermé la porte qu'il agite devant moi le vieux carnet à la couverture marron.

— Quand j'ai trouvé ça dans la chambre de Lexi, ce matin, je me suis demandé si j'allais t'étreindre pour te remercier ou te faire arrêter pour tes activités illégales. Dès notre première rencontre, à l'hôpital, j'ai su que tu faisais partie des Imperatori. Une étoile notoire t'a trahi…

(Il désigne d'un doigt la *stidda* sur ma joue.) Ce que je ne savais pas, c'était que tu dealais de la cocaïne. Quand je l'ai découvert, je n'ai eu qu'une envie : venir ici et t'interdire d'approcher ma fille à tout jamais.

Je digère ses mots amers en silence : je suis bien l'ordure qu'il est en train de décrire et je me hais pour ça.

— Et puis, j'ai poursuivi ma lecture, et j'ai découvert que la fragilité de ma fille, sa haine d'elle-même et sa solitude… tout cela a semblé changer lorsque tu es entré dans sa vie. S'est désagrégé, même. (Il pose une main sur mon épaule, et des larmes font scintiller ses yeux verts… de ce même ton pastel que ceux de Lexi.) Elle t'aime, mon garçon. Elle t'aime d'un amour si fou qu'il en est inespéré. Elle se trouve belle auprès de toi… Tu ne peux pas savoir quel cadeau tu nous as offert, à sa mère et à moi, en la faisant se sentir ainsi. Auprès de toi, elle a l'impression de valoir quelque chose… Et pour cela, mon garçon, je t'offrirais le monde si je le pouvais.

Le Dr Hart cède alors et se met à sangloter, s'aidant de mon épaule pour ne pas flancher.

— Mais j'ai déconné, monsieur. Je l'ai quittée…

Le père de Lexi lève la tête et me place le cahier dans les mains.

— C'est son journal. Lis-le, il le faut. J'aimerais que tu le fasses, s'il te plaît. J'ai placé un repère pour te signaler la partie qui te concerne.

Je regarde le carnet comme s'il s'agissait d'une grenade dégoupillée tandis que le Dr Hart commence à s'éloigner.

— Si elle s'en sort, tu devras quitter ce gang. Hors de question que ma fille continue de vivre dans un monde de souffrance.

— C'est déjà fait. J'ai pris ma décision à la seconde où j'ai vu mon âme sœur gisant sur un lit d'hôpital. Si elle s'en sort, monsieur, je ferai tout ce qui est en mon pouvoir pour regagner sa confiance… et la vôtre.

Il soupire.

— Tu sais, Austin… Tu es un bon garçon. Paumé, mais un bon garçon. Je ne doute pas une seconde que tu feras les bons choix.

Et sur ces mots, il s'en va.

Je me rends à pas troublés dans la salle d'attente privée, ferme la porte et ouvre ces pages sur lesquelles Lexi a consigné ses états d'âme.

« Chère Daisy… C'est la première lettre que je t'écris… »

« Chère Daisy… Je suis morte de peur. Je ne mange pas, je ne dors pas. »

« Chère Daisy… Hier soir, j'ai vécu le moment le plus… irréel de ma vie. »

« Chère Daisy… J'aimerais tant que tu sois là… Quant à Austin, je ne le vois presque plus… J'ai l'impression que mon cœur vole en éclats… »

Je serre le journal dans mes mains, le déchirant presque. Ses mots aiguisés comme des lames me terrifient, et les lire m'est presque impossible. Après une profonde inspiration, je cherche le passage me concernant. Elle l'a rédigé le jour où nous avons parlé pour la dernière fois, après que nous avons fait l'amour dans le pavillon. Juste avant que je la quitte pour de bon…

Je suis les lignes manuscrites, hypnotisé.

« Cher… toi…

Par où commencer ? Il y a tant de choses que j'aimerais t'avoir dites, tant de choses que j'aimerais te dire, sans trouver le courage de le faire… Je serais bien incapable d'articuler ces mots que je brûle pourtant de prononcer, craignant trop que tu… me repousses. Alors, je les dépose ici, sur ces pages si précieuses à mes yeux. Je suis bien trop lâche pour te le dire en face, mais…
Je t'aime.
Je t'aime du plus profond de mon cœur, sans le moindre doute ni la moindre retenue.
Je suis tombée amoureuse de toi, le garçon brisé qui n'a jamais connu de la vie que les ennuis et la lutte… Mais aussi du garçon qui a su remettre sur pied cette fille aux chevilles fragiles qui s'était effondrée. Pour un temps, en tout cas…

Je n'ai pas toujours été aussi brisée. Enfant, j'avais une vie des plus heureuse, une vie de printemps et d'été éternels. Et puis, l'un de ces jours de plein soleil, alors que je dansais parmi les fleurs, redoublant d'insouciance, une brise glaciale et cruelle a arraché à ce monde de plaisirs toute sa lumière. Jusqu'au jour où l'hiver s'en est allé, où les feuilles mortes ont accouché de nouveaux bourgeons. Mais le soleil, pourtant, se refusait à éclairer pleinement les cieux : des jours et des jours durant, je n'ai connu qu'un ciel gris, jusqu'à… jusqu'à ce que des rais de lumière puissants et déterminés percent la chape de cendres et me réchauffent enfin la peau…

Cette lumière salvatrice, Austin, c'était toi.

Pendant quelque temps, je n'ai connu qu'un été aveuglant. Les oiseaux chantaient, le temps s'écoulait sous une lumière chaude, et je coulais des jours envoûtants sous sa caresse.

Et puis, il a fallu que l'hiver revienne, me noyant dans les ténèbres d'une nuit infinie, qui a étouffé en moi tout espoir : pour moi, plus jamais il n'y aurait de soleil et, sans lui, tout finirait par se flétrir et mourir, jusqu'à ce qu'il ne reste plus rien en ce monde, rien d'autre qu'un immense désert de souffrance.

Nous avons échoué, le ciel pour triste témoin… Nous nous sommes effondrés lorsque le poids de la vie a été trop lourd et, sous cette charge impossible, mon cœur a volé en éclats. Alors, je suis tombée dans un puits sans fond, sans espoir de revoir un jour la lumière.

Pendant un temps, auprès de toi, je me suis sentie normale. Pendant un temps, auprès de toi, je me suis sentie belle. Mais ces beaux jours sont terminés. Le soleil s'est couché. La chute du dernier grain du sablier a annoncé ma défaite finale face à la voix dans ma tête, et j'ai déposé les armes.

C'est arrivé de façon si progressive que je ne me suis rendu compte que j'avais sombré dans l'obscurité que lorsque j'y ai été totalement égarée, sans plus de phare pour me sauver : sans toi, Austin. J'étais seule.

Je pensais être guérie, avoir enfin vaincu la maladie, mais je me fourvoyais. Je sais que le jour viendra bientôt où tu te blâmeras pour tout cela, mais tu es surtout celui qui m'a offert un sursis merveilleux. Tu m'as permis, dans cette guerre perdue d'avance, de remporter une poignée de victoires inespérées. Un temps seulement, malheureusement…
Ce que j'aurais aimé te rencontrer plus tôt !
Si je t'avais connu quand j'étais plus solide, j'aurais affronté la voix avec bien plus de détermination, et peut-être que les choses n'auraient pas dégénéré ainsi.
Parce que je t'aurais eu près de moi.
Il n'y a qu'auprès de toi que je me sens forte.
Si je t'avais rencontré plus tôt, peut-être que ta lumière m'aurait entraînée loin des ténèbres. Peut-être que nous aurions pu nous guider l'un l'autre, bravant ensemble l'ouragan de nos vies.

Mais tu es arrivé trop tard. J'étais déjà trop faible. Trop faible pour continuer à lutter pour cette coque vide qu'est la vie… ce désert fade que tu étais le seul à savoir peupler.

Si je pouvais remonter dans le temps, je viendrais te trouver. Je parcourrais le monde pour cela et je ferais tout pour te séduire afin qu'une fois de plus, tu tombes amoureux de moi. J'aurais besoin de toi, toi de moi, et tous nos maux, tous ces démons qui gangrènent nos entrailles partiraient en fumée sitôt émergés des ténèbres. Toutes ces blessures dont nous avons souffert – et que nous avons dissimulées comme des balafres honteuses – ne sauraient plus nous faire ployer.

Mais je suis perdue sans toi.
Je ne respire plus sans toi.
Sans toi, je ne sais rien faire d'autre que tomber… »

Les mains tremblantes, je lis et relis ces pages du journal, chaque mot me déchiquetant le cœur comme une dague acérée. Je ne savais pas… J'ignorais qu'elle ressentait notre relation… comme ça, je…

Comment est-ce que j'ai pu la quitter ? J'ai merdé… J'ai merdé comme jamais, putain, et ça l'a… détruite. Je l'ai détruite, comme la vermine que je suis.

Je me lève, m'en retourne d'un pas désincarné vers la chambre de Lexi et ouvre doucement la porte. Les haut-parleurs baignent la pièce d'*All I Need* de Within Temptation. Elle adore cette chanson. Je la regarde tandis que le refrain s'élève et nous enveloppe : une larme coule le long de sa joue cave et livide.

Mon cœur manque un battement. C'est la première réaction que je lui découvre depuis des jours que je suis assis à ses côtés.

Le carnet contre mon torse, je sors en silence de la chambre, récupère un stylo sur le comptoir des infirmières et me rends dans la salle d'attente privée où, ouvrant le journal sur une page vierge, je commence à écrire…

Chapitre 27

Lexi

Je n'arrive pas à croire que je suis de nouveau dans cette chambre… Les souvenirs me reviennent de mon dernier séjour ici… Je n'avais que seize ans…

Je jette un coup d'œil aux aiguilles imperturbables de l'horloge accrochée au mur de la petite salle aseptisée. Trois paires d'yeux me dévisagent.

Tic… tac… tic… tac… tic… tac…

Je ne les regarde pas. À quoi bon ? Ils ne comprennent pas. Personne n'y comprend rien.

Tic… tac… tic… tac… tic… tac…

— Lexi ? Tu écoutes le Dr Lund ? me demande ma mère d'une voix… sèche ou dévastée ?

Je ne sais même plus… Je ne pourrais moins m'en soucier, à dire vrai.

INSPIRE… EXPIRE… GARDE TON CALME… ILS NE PEUVENT CHANGER EN TOI CE QUE TU NE VEUX PAS VOIR CHANGER, me rassure la voix.

Je me détends aussitôt.

SOIS FORTE. TU SAIS MIEUX QU'EUX CE QUI EST BON POUR TOI : QUELQUES KILOS DE MOINS.

SI TU LES ÉCOUTES, ILS TE MÈNERONT DROIT À L'ÉCHEC. C'EST LEUR UNIQUE OBJECTIF. TU DOIS Y ARRIVER, LEXINGTON. TU ES SI PRÈS DU BUT. RESSENS PLEINEMENT MA PRÉSENCE : SOUMETS-TOI À MOI SANS RETENUE. TU SAIS COMME JE TE RENDS BELLE. MOI SEUL CONNAIS LE CHEMIN QUI TE MÈNERA À LA PERFECTION…

— Lexi ! lâche ma mère d'un ton sec.

Je détourne le regard de la danse hypnotique de la trotteuse noire sur le rond de plastique blanc rivé au mur laiteux.

— Lexi, tu dois quitter le lycée ! À seize ans ! Plus d'escouade, plus de gym, plus de danse : on t'a même supprimé la bourse que tu avais obtenue pour rentrer chez les pom-poms de l'université d'Oklahoma. Ils l'ont donnée à quelqu'un d'autre ! Tu m'entends ? Tous tes rêves, tout ce pour quoi tu as travaillé si dur pendant des années, tout ça vient de partir en fumée !

Je grimace face à son hystérie, mais reste silencieuse. Ma mère, elle, écarquille les yeux comme jamais, le regard brillant de larmes. Mon père, toujours aussi stoïque, lui presse la main.

— Lexington ? Tu vas être hospitalisée. Malgré tous nos efforts, ton état ne s'améliore pas.

Je vois bien les lèvres crispées du Dr Lund s'animer, mais, étrangement, sitôt prononcés, les mots semblent fuir par la fenêtre de son bureau : je les regarde en souriant tandis que leurs lettres bleues, rouges et jaunes dansent et s'échappent vers le superbe ciel d'été, portées loin par la brise.

— Bon sang, Lexi, par pitié ! crie soudain mon père, me faisant sursauter.

Il vient subitement s'accroupir devant moi pour enserrer mes mains. Il caresse tendrement le moindre millimètre de mes doigts d'une maigreur maladive, les contemplant avec des yeux luisants de détresse. Une larme unique éclate contre le carrelage blanc à mes pieds. Un bref instant, je culpabilise de voir mon père dans cet état, mais la voix dans mon crâne noie bientôt en moi tout accès de compassion.

AAAH, LEXINGTON… NE LAISSE PAS TES ÉMOTIONS PRENDRE LE DESSUS : ELLES TE RENDENT FAIBLE. N'OUBLIE PAS QUE CET HOMME NE VEUT QUE TON ÉCHEC. COMME TOUS LES AUTRES, D'AILLEURS. NE LES LAISSE PAS FAIRE. REGARDE COMME TU ES PROCHE DU BUT… RESTE FORTE. QUELQUES KILOS DE MOINS, ET TU SERAS PARFAITE. ENSEMBLE, NOUS ALLONS TE RENDRE PARFAITE… PARFAITE.

Je sens mes épaules se crisper et, sur la défensive, arrache mes mains à celles de mon père, qui tombe à genoux, vaincu par ce nouvel échec.

La voix a raison : ils tentent tous de me faire obstacle. Ils ne veulent pas que j'y arrive.

— Nous sommes en train de te perdre, Lexington, tu t'en rends compte ? murmure-t-il, retournant s'asseoir près de ma mère, dont il reprend la main. S'il te plaît, ma chérie… reste avec nous. Nous t'aimons plus que tout : tu es notre monde, notre univers entier. Ce… cette… maladie t'a mise à genoux, mais tu dois lutter, ma chérie. Lutter de toute ton âme…

Il baisse la tête, totalement démuni.

Le Dr Lund s'éclaircit la gorge.

— Lexington Hart, l'anorexie mentale te tuera. Tu es dans un état de malnutrition avancé depuis bien trop longtemps. Comme tu refuses toute intervention et fais fi des inquiétudes de tes médecins et parents, je vais t'exposer sans détour la situation…

Je regarde au-dehors : une colombe plane, s'approche et se pose sur le rebord de la grande fenêtre du bureau. Elle balaie la pièce de ses yeux noirs, puis elle pose son regard sur moi. Alors, elle incline la tête, comme si elle voulait me demander ce qui ne va pas.

— Si tu ne prends pas les choses en main rapidement, et c'est une question de mois, ton corps cessera purement et simplement de fonctionner, poursuit le Dr Lund.

Je ne l'entends pas, je reste concentrée sur la colombe. Blanche, pure… Magnifique. L'espace d'une seconde, je m'imagine être cet oiseau et m'envoler loin, loin de tout ça, de l'angoisse et de cette pression constante de devenir… parfaite.

— Tu en es arrivée au stade où tes cheveux commencent à chuter, tes reins à lâcher, tes dents à se carier – les vomissements que tu provoques ont eu raison de leur émail –, et ton cœur est trop faible pour supporter tout cela bien longtemps.

Il soupire, mais ma colombe et moi ne nous quittons pas du regard. Je n'ai aucune envie d'écouter le Dr Lund. Je sais qu'il essaie de m'effrayer… Après quelques secondes de silence, il me prend la main, m'enjoignant de soutenir son regard grave.

— Tu sais tout, Lexi. C'est ce qui t'attend, ni plus ni moins. Aujourd'hui, dans ce bureau, tu fais le choix de vivre ou de mourir. Ton trouble t'a menée jusqu'ici, jusqu'à cette minute fatidique, et je te demande de lutter et de vaincre la maladie une bonne fois pour toutes. Pour ta famille… Pour toi.

Je regarde de nouveau la trotteuse cavaler sur l'horloge – tic… tac… tic… – et sens une larme couler le long de ma joue, puis s'échouer sur le dos de la main avec laquelle j'agrippe nerveusement ma cuisse. Je la regarde luire un instant, puis, relevant la tête, je vois ma colombe se redresser tout à coup, comme si mon accès de tristesse l'avait choquée.

Soudain, je comprends… Je les ai laissés me manipuler : ils ont exploité mes faiblesses. Je les ai laissés me détourner de mon objectif. Cette larme, c'est la détermination qu'ils tentent de chasser de mon esprit… Mais je suis forte, plus forte qu'eux, et je ne pleurerai plus. Je dois réussir… et je réussirai.

Je secoue frénétiquement la tête et m'essuie la joue. Ma colombe, le poitrail gonflé, replie les pattes et s'installe sur le rebord de la fenêtre : je l'ai déçue… Une âme de plus à ajouter à la liste toujours plus longue de celles dont je ne remplis pas les attentes.

Je sursaute lorsque des mains spectrales commencent à masser mes épaules… puis je me détends. Une fois de plus, je m'abandonne à lui.

NE RENONCE PAS, LEXINGTON. NE LES LAISSONS PAS GAGNER : NOUS SOMMES SI PRÈS DU BUT, me murmure la voix à l'oreille, m'enveloppant de sa présence protectrice.

Celui qui me parle… Il est tout à la fois mon meilleur ami, et le plus perfide et haï de mes ennemis… Il me protège. Il s'assure que j'atteindrai mon objectif. M'empêche de trébucher…

Je ne dois pas déposer les armes.

La perfection n'est plus qu'à quelques kilos…

Les remparts de ma détermination se reconstruisent brique après brique, me protègent de la culpabilité et de l'inquiétude des gêneurs.

FÉLICITATIONS, LEXINGTON… TU AS FAIT LE BON CHOIX. JE SERAI TOUJOURS À TES CÔTÉS, MOI, EN ROUTE VERS LA PERFECTION. NOUS FORMONS UNE ÉQUIPE, TOI ET MOI, UNE ÉQUIPE SOUDÉE. JAMAIS JE NE T'ABANDONNERAI. ENSEMBLE, RIEN NE POURRA JAMAIS NOUS ARRÊTER.

Un roucoulement attire mon attention, et je tourne les yeux vers la fenêtre. Mon visage est aussitôt caressé par la douce brise d'été. Ma colombe étend les ailes et se retourne vers le monde extérieur, ne s'attardant là que pour m'adresser un dernier regard préoccupé. Lentement, elle se détourne de moi, prend son envol et s'élève haut dans le ciel bleu, dansant jusqu'au soleil, libre, puis disparaît bientôt, me laissant seule ici, avec la voix, cette voix qui ferait tout pour que jamais je n'échoue…

Don't tear it down, what's left of me.
Make my heart a better place.

Alors que j'écoute les paroles envoûtantes de l'une des chansons de la playlist choisie par Austin, je ne peux m'empêcher de ressentir, au fond de moi, une émotion que je ne saurais définir. J'ai vécu ces derniers jours égarée dans un présent brumeux… La seule chose dont je sois vraiment sûre, c'est qu'Austin est à mes côtés. Parfois, dans le néant vertigineux de ma dépression, j'ai ressenti le contact éthéré de sa main sur la mienne, d'un doigt calleux qui caresse ma joue…

Je n'arrive pas à comprendre ce qu'il fait ici.

Can you still see the heart of me?
All my agony fades away,
When you hold me in your embrace.

Les paroles s'immiscent en mon esprit tel un message subliminal… Je n'ai pas le temps de m'en rendre compte qu'une larme roule le long de ma pommette. Je pleure. Il n'y a que les pensées concernant Austin qui soient capables de franchir les remparts vertigineux érigés par la voix.

Les yeux rivés au-dehors, je distingue, sous l'intense soleil d'hiver, une tache blanche et diffuse qui s'agite : une colombe vient de se percher sur l'une des branches de l'arbre qui jouxte ma chambre.

Elle est magnifique.

Elle me rappelle le tatouage qu'Austin a sur le cou et l'oiseau blanc que j'ai vu il y a des années, avant ma première hospitalisation. La vue d'une colombe, ce symbole de paix et d'amour, m'a toujours apaisée.

J'entends grincer la porte de ma chambre et, même sans me retourner, je sens le parfum si singulier d'Austin, cette douce et vivifiante odeur de pluie d'été. Chaque fois, il vient s'asseoir à côté de moi, me tient la main et caresse mon visage. Il ne dit rien. Il reste là, tout près, et prend soin de moi… Mais, cette fois, je perçois quelque chose de différent. Un son qui me déroute. Celui de quelque chose que l'on pose sur le plateau-repas. Puis, après un profond soupir, Austin s'en va, me laissant seule dans la chambre.

Je contemple toujours la colombe, mais celle-ci incline la tête comme pour m'encourager à baisser les yeux. Je lève une main cruellement affaiblie, parviens à me tourner légèrement sur le côté… et là, sur le plateau, je découvre mon journal : il est ouvert, mais je tique en remarquant que l'écriture sur la page n'est pas la mienne.

Je jette un regard en coin en direction de la porte fermée, m'autorise à tendre un bras vers le plateau que je rapproche de moi d'un geste lent, puis commence à lire le message intrusif couché sur mon bien le plus précieux…

« Chère Lexi,
Chère Clochette,

Par où commencer ?
Par des excuses, probablement.
Je t'ai fait du mal. Tellement de mal…

Je suis parti au moment où tu avais le plus besoin de moi. Je t'ai laissée seule avec la voix alors que je savais que chaque jour était pour toi une épreuve plus difficile. Je pensais qu'en t'éloignant de ma vie foireuse, qu'en te coupant de son emprise, je te préserverais de la souffrance… Mais, tout ce que j'ai réussi à faire, c'est te briser, te donner l'impression qu'on ne pouvait pas vouloir de toi, qu'on ne pouvait pas désirer vivre près de toi… Alors que rien n'est plus éloigné de la vérité.
Les mois que nous avons passés ensemble ont été les plus merveilleux de toute ma vie. Après une existence entière à avoir honte de qui j'étais et de mes origines, je t'ai trouvée, toi, et tu m'as accepté sans jugement, sans a priori. Moi… pour moi. Je rêve de toi, tu sais ? Je rêve de toi toutes les nuits, et

m'émerveille de ces songes qu'avant toi, je n'aurais jamais cru possibles.

Et aujourd'hui, tu es là, prisonnière d'un enfer duquel je ne sais pas comment te tirer. Je n'arrive même pas à te faire parler… Je t'en prie, Clochette, dis quelque chose, n'importe quoi, que je sache que tu n'as pas renoncé à la vie, à nos amis… à nous deux.

J'ai tant besoin de toi que ton absence m'étouffe. Sans toi, mon existence entière est pleine d'amertume. Parle-moi. Reviens-moi. Affronte la voix… Pour moi. Je refuse de te dire adieu à toi aussi.

C'est dingue : j'avais cette habitude de regarder les étoiles et de me sentir minuscule et insignifiant. Tu m'as fait comprendre qu'à l'inverse, la seule chose qui peut vraiment nous donner le sentiment d'être vivants et précieux, c'est la présence près de soi d'une personne capable de nous aimer sans retenue, de nous aimer pour qui nous sommes.

Un jour, tu m'as dit que tu te demandais si les étoiles nous regardent depuis les cieux. Si elles plaignent les gosses perdus que nous sommes. La réponse à cette question, je l'ai aujourd'hui. En fait, c'est moi qui plains les étoiles, parce que, même si nous, les humains, nous subissons de sacrées emmerdes à l'occasion, nous avons aussi cette chance de pouvoir tomber amoureux. Cette chance de retrouver cette partie qui a toujours manqué à notre âme et nous permet, enfin, d'être entier. Tout ce que les étoiles peuvent faire, c'est nous observer depuis les cieux,

brûlant d'envie d'être à notre place pour pouvoir jouir de ce sentiment aussi destructeur que salvateur.
J'ai besoin de toi, Clochette.
J'ai tant besoin que tu reviennes vers moi... Et, sache que, le jour où tu décideras de le faire, il y a toujours ces deux mots qui couvent en moi et que je te réserve. Ce jour où tu décideras de revenir ici, lève les yeux, et tu verras que je suis là et que je t'attends, ma chérie.

Je serai toujours là, toujours, à guetter ton retour. »

Les yeux scintillants de larmes, je détache le regard de mon journal et tourne la tête en direction de la porte : en appui contre le chambranle, les bras croisés... Austin est là, ses yeux ténébreux braqués sur moi.

Incapable de trouver la force de lever une main pour m'essuyer les joues, je laisse les larmes cascader sur mon visage et observe, sans un mot, ce garçon désespéré que j'aime éperdument. Il déglutit péniblement.

— C'est pour quoi, les peintures de guerre, Clochette ? murmure-t-il d'une voix brisée par l'émotion.

Mon cœur épuisé se met à battre à une vitesse presque effrayante et, fermant les yeux, je fais taire la voix qui me contrôle depuis de trop longs mois et me confesse.

— Parce que je suis anorexique. Je suis gravement malade et j'essaie de le cacher au monde entier.

Austin redresse la tête et se mord la lèvre. Il pleure, lui aussi.

— Et toi, les tatouages, Austin ?

Il me regarde droit dans les yeux.

— Parce qu'ils donnent l'illusion que le petit gamin des rues, dévasté et terrifié, est un dur à cuire. Parce qu'ils lui permettent de trouver la force de survivre à ce tourbillon de merde qu'est sa putain de vie.

Je prends une grande inspiration qui se termine en sanglot, et Austin accourt vers mon lit.

— Clochette ! murmure-t-il en prenant ma main dans la sienne. Clochette, je suis terrifié, merde… J'ai tellement peur de te perdre…

J'ouvre les yeux et noie mon regard dans le sien.

— J'ai tellement peur, moi aussi… Je ne veux pas mourir. Je ne veux pas abandonner… Mais je ne sais pas comment vaincre la maladie…

Prenant garde à ne pas toucher mon dos, Austin m'enveloppe de ses bras et vient s'installer près de moi, sa chemise et son pantalon noir fripés d'avoir été portés plusieurs jours à la suite. L'un en face de l'autre sur le lit, nous fondons en larmes, exorcisant nos démons respectifs en dévoilant nos vrais visages pour la première fois de nos vies.

— Nous n'avons… plus de secrets l'un pour l'autre, dis-je en parvenant tout juste à esquisser un sourire.

Austin balaie une mèche de cheveux qui tombe sur mon visage.

— Si, encore un, Clochette. Il y a une dernière chose que j'ai à te dire.

J'ignore si c'est à cause du ton de sa voix ou de la solennité de son visage, mais je retiens ma respiration, perdue dans une attente fébrile.

Austin baisse la tête et ses lèvres caressent presque les miennes.

— *Ti amo*, Clochette. *Ti amo tantissimo.*

— Tu… m'aimes ? lui demandé-je, submergée par l'émotion et le doute.

Il acquiesce.

— Plus que toutes les étoiles accrochées dans le ciel.

J'ai l'impression soudaine et intense qu'un feu d'artifice vient ranimer mon cœur mourant, et pose une main tremblante sur sa joue mal rasée.

— Moi aussi, Austin. Moi aussi, je t'aime…

Austin pose les lèvres sur les miennes.

— J'ai besoin que tu guérisses, Clochette. J'ai besoin de toi, tout court. Ces derniers jours, je n'ai jamais été aussi terrifié de toute ma putain de vie… (Saisie par l'émotion, je ne peux rien faire d'autre que continuer à le regarder.) Tu es magnifique, Clochette, et je crois que notre couple aussi sera magnifique. Je sais que j'ai merdé, mais j'arrête les deals. La décision est si simple à prendre, aujourd'hui : Axel a mis les voiles, et je promets de libérer Levi des Imperatori coûte que coûte.

Je lui caresse la joue et murmure à son oreille.

— C'est ta chance de te racheter, Austin… Ta chance de quitter ton enfer… Et moi, je te veux plus encore que je veux vivre, déclaré-je, des larmes plein les yeux.

— Il va falloir que tu recommences à manger, Clochette. (Je reste silencieuse, car j'ignore si je vais pouvoir tenir une telle promesse.) Parce que, tu vois, je n'arrête pas de faire ce rêve… un rêve qui me paraît trop réel pour n'être qu'une illusion.

Mon cœur tambourine entre mes côtes.

— Que… que se passe-t-il dans ce rêve ?

Austin couvre ma main de baisers.

— Nous sommes ensemble… ensemble sur une plage, je ne sais où. On vit tout près de la mer, et tu ris à gorge déployée, libérée de tout complexe. Tu es… en pleine santé, forte. Et on a trois enfants, Clochette, trois. Ils ont les cheveux noirs, les yeux bruns, et ils courent partout dans l'eau, s'éclaboussent, et je te tiens dans mes bras pendant que tu ris aux éclats contre mon torse. Et ce n'est pas ce rire de façade que tu sers à nos amis, non : c'est un vrai rire de joie, un rire qui vient du cœur.

— Austin…, dis-je d'une voix traînante, visualisant si clairement ce rêve en esprit qu'une vague de joie nouvelle me réchauffe tout entière.

— Clochette… Je ne m'étais jamais autorisé à m'imaginer ce genre d'avenir. Pour tout dire, je ne pensais même pas survivre à mon adolescence. (Austin embrasse ma paume, me suppliant du regard de continuer à l'écouter et de faire mien son rêve.) Mais tu m'as donné envie… d'attendre davantage de la vie, d'un Dieu qui, je le pensais, m'avait abandonné. D'attendre davantage de moi-même. Tu m'as fait comprendre qu'une vie était possible au-delà du deal de came et des fusillades. C'est pour ça, Clochette, que tu ne peux pas mourir : je veux que ce putain de rêve devienne réalité. J'ai vraiment besoin… que ce rêve se réalise.

J'aimerais lui promettre que tout va s'arranger, mais je ne peux embrasser mon avenir sans avoir au préalable vaincu les démons de mon passé.

— Ma chérie ? me murmure Austin. Je t'aime.

— Austin… mon sac est ici ?

La question saugrenue le fait grimacer, mais il fouille la chambre du regard. Il se lève pour le récupérer sur la coiffeuse et vient le poser sur le lit.

— Ouvre-le, lui demandé-je. (Il s'exécute.) Regarde dans la petite poche intérieure, celle avec la fermeture Éclair.

Il fait ce que je lui demande, et je sais à son haussement de sourcils surpris qu'il a vu la vieille photo… Il s'assoit au bord du lit et la sort de la pochette. Petit à petit, son visage s'éclaire : il a compris.

— C'est toi…

— J'ai seize ans sur cette photo, acquiescé-je en tentant de calmer mes lèvres tremblotantes. Elle a été prise au camp d'entraînement des pom-poms, un mois avant que je tombe malade, avant que l'anorexie débarque dans ma vie et me dévaste totalement. (Je prends une grande inspiration.) C'était… avant les peintures de guerre. Avant que je cache mon visage au monde entier.

Austin caresse du doigt la vieille photo froissée.

— Tu es blonde…

— Oui. La pom-pom typique : blonde, bronzée et pétillante. Maquillage impeccable, bulletin de notes irréprochable… Un vrai cliché.

Austin se penche et passe une main dans mes cheveux.

— Tu étais très jolie en blonde, Clochette, mais je préfère tes cheveux noirs. Le côté un peu subversif, ça me parle, tu sais bien…

— Je suppose que… tu trouves la fille que tu vois sur la photo plus jolie que celle qui est en face de toi aujourd'hui…, m'inquiété-je, le cœur battant à m'en faire mal.

Austin replace la photo dans mon sac, éloignant de nous mon passé, puis me prend par la main.

— C'est là que tu te trompes : tu ne cesses jamais d'être belle à mes yeux, Clochette, et quoi que tu fasses, ça n'y changera jamais rien. Petite, grande, potelée, maigre, blonde, brune… Tant que c'est toi, tant que rien ne filtre ta lumière, je te trouve magnifique.

La poitrine gonflée par un bonheur soudain, je me mets à sangloter de joie : je sens, non, je sais qu'il pense sincèrement chacun de ces mots. Pleurant lui aussi à chaudes larmes, il vient poser son front contre le mien.

— Il faut que tu recommences à manger, Clochette… Je t'en prie. Tu veux bien essayer ? Pour moi ? Par pitié…

— Je… je vais essayer…

— Je ne t'en demande pas plus.

Austin vient alors déposer sur mes lèvres le baiser le plus délicat qu'on m'ait jamais offert…

Et la voix dans ma tête s'éteint sur-le-champ.

Chapitre 28

Lexi

— Pourquoi est-ce que tu ne nous en as jamais parlé, Lex ? me demande Cass, mais ses airs habituels de soldat de première ligne ont cédé la place à une mine de fillette intimidée.

— J'ai lutté si longtemps contre cette maladie que, quand je suis arrivée ici, c'était important pour moi de me faire des amis qui ne sachent rien de mon passé.

— On comprend très bien, ma douce, acquiesce Molly en déposant un baiser sur le dos de ma main. Et pour Daisy ? Ta tristesse d'avoir perdu ta meilleure amie… Tu sais, tu peux nous parler de ce genre de choses.

Je baisse les yeux en haussant les épaules.

— Daisy et moi nous sommes rencontrées à l'hôpital. Nous avions toutes les deux seize ans, et je la considérais comme ma propre sœur. Et encore, c'est un euphémisme : pendant plusieurs années, elle a été mon univers entier, ni plus ni moins. Elle savait ce que c'était que de vivre avec ce trouble… elle me comprenait. On se remontait le moral… quand on ne se tirait pas vers le fond… On s'encourageait parfois à moins manger, à nous affamer volontairement, même. Lorsqu'elle est morte, j'ai paniqué : j'ignorais comment affronter seule cette maladie… et je ne voulais pas vous faire porter le poids de mes souffrances. Je me suis dit qu'intégrer de nouveau une escouade m'aiderait à aller de l'avant… M'aiderait tout court. J'ai eu tort.

— Tu sais qu'on sera toujours là pour toi, n'importe quand, de manière indéfectible, pas vrai ? me rassure Cass, la gorge nouée par l'émotion.

Émue, je m'éclaircis la voix.

— Maintenant, oui… Maintenant, oui.

— Et comment c'est arrivé, alors ? me demande Ally. Qu'est-ce qui a provoqué… ça ?

Je ferme les yeux et invoque le souvenir de ce jour fatidique.

— Je dansais dans l'escouade du lycée. Après un match, un garçon de l'équipe de foot qui me plaisait beaucoup est venu me voir. Devant tout le monde, il m'a lancé : « Hé, va falloir y aller mollo sur le chocolat, Lex : tu commences à avoir un petit dos potelé, là ! » (Je rouvre les yeux et respire un grand coup.) C'est aussi bête que ça : un commentaire lâché sans y penser a chamboulé ma vie. Ce soir-là, quand je suis rentrée chez moi, mortifiée, j'ai dit à ma mère que je ne me sentais pas très bien, et j'ai sauté le repas. Cinq mois plus tard, on m'hospitalisait pour cause d'anorexie mentale et j'ai arrêté la danse… jusqu'à cette année.

Je soupire et secoue la tête.

— J'ai présumé de mes forces…, commenté-je encore sous les regards de soutien de mes meilleures amies. Ce n'est pas parce que je faisais semblant d'être une fille toujours pétillante et heureuse que je ne vous faisais pas confiance, vous savez… Cette fausse personnalité et le maquillage gothique, ça n'avait de rapport qu'avec mon incapacité à affronter mon trouble. C'était un masque, une armure…

Ça ne veut pas dire que je ne vous aime pas ou que je ne chéris pas votre amitié plus que tout.

— Les larmes du clown…, murmure Molly pour toute réponse.

Je ferme les yeux. Elle a parfaitement compris mon message.

— C'est quoi, ton délire, Molly ? lâche Cass avec cette délicatesse proverbiale que lui aurait enviée un bulldozer.

— Les clowns peignent des émotions sur leur visage, non ? Et nous savons tous qu'elles n'ont rien de réel. Leurs larmes, par exemple. Nous savons que ce ne sont pas de véritables larmes et que le clown ne pleure pas pour de vrai. Personne ne sait ce que ressent vraiment le clown sous son maquillage. Il joue ce que son masque lui impose : la tristesse, la joie, la drôlerie… Il cache au monde sa véritable personnalité. Son maquillage dissimule qui il est vraiment… C'est ça, les larmes du clown.

Les yeux chargés de pleurs, Cass se retourne vers moi.

— Et, dans ce cas… Si tu n'es pas la Lexi toujours joyeuse qu'on connaît tous, si c'est ton masque de clown… Qui es-tu ?

— J… je ne sais pas. Ça fait si longtemps que je fais semblant… J'ai trop changé pour être la Lexi de mes jeunes années, et mon trouble m'a définie pendant tellement de temps que je n'ai pas la moindre idée de qui je suis sans lui.

— Dans ce cas, Sexy-Lexi, annonce Cass en m'adressant un clin d'œil joueur, on a de beaux jours devant nous pour creuser le maquillage et déterrer le trésor !

Pour la première fois depuis une éternité, un gloussement sincère quitte mes lèvres sans la moindre retenue.

— Qu'importe, en tout cas : tu vas mieux, et c'est tout ce qui compte pour nous, annonce Ally, une main sur la mienne, en secouant la tête de dépit après le commentaire de Cass.

— Oui, et ça va aller de mieux en mieux, attends ! lâche Cass dans un rire mouillé de larmes. Elle a mis le grappin sur Carillo, et ce gode sur pattes est dingue d'elle à s'en tirer un plomb ! Ça va ramoner sec !

Nous nous taisons soudain toutes les quatre, nous regardons… et éclatons de rire.

C'est bon de rire… Bon de goûter de nouveau à la vie.

Cela fait deux jours qu'Austin m'a sauvée des ténèbres et ramenée auprès de lui, et je me sens déjà un peu plus forte. J'ai repris mes séances avec le Dr Lund et, Dieu merci, j'ai pu les réinvestir lentement mais sûrement. Chaque soir, je prie de trouver la force de m'en sortir… Je murmure que je ne veux pas mourir. Je veux que le rêve d'Austin se réalise.

— Tu nous as tellement manqué, Lex…, me dit Molly dans un sanglot à peine contenu.

— Promets-nous que tu nous le diras si ça ne va pas : et je veux une promesse sur papier, paraphée et signée !

Je croise les doigts en espérant vraiment pouvoir accéder à cette demande, les yeux rivés dans ceux de Cass. Puis, durant de longues secondes, nous profitons en silence d'être si proches, toutes les quatre.

On toque à la porte, et Rome entre dans la chambre : l'air grave, il se tourne vers moi.

— Maintenant.

Ma bonne humeur se fane instantanément et je tente de me redresser, mais retombe aussitôt sur le lit.

— Hé, tout doux, ma fille ! Où tu crois aller comme ça ? lâche Cass, paniquée, tandis que les deux autres se jettent sur moi pour me rallonger.

Je lève une main pour les en dissuader.

— Arrêtez ! Austin a besoin de moi : je ne peux pas le laisser affronter ça tout seul.

Molly se tourne vers Rome, perdue, et il hoche la tête.

— Attendez, je reviens tout de suite, dit-il, avant de sortir dans le couloir pour revenir quelques minutes plus tard avec un fauteuil roulant.

L'infirmière qui l'accompagne commence à retirer mes perfusions et à placer une poche de solution à l'arrière du fauteuil.

Rome s'approche et se penche vers moi.

— Tu permets que je te soulève pour t'installer dans le fauteuil ?

Je bâillonne la panique qui m'envahit chaque fois qu'on s'apprête à poser une main sur moi – surtout sur mon dos –, acquiesce d'un bref hochement de tête. Puis, je retiens mon souffle et ferme les yeux tandis que Rome me prend dans ses bras.

Je dois le faire.

Pour Austin.

Pour Levi.

Pour Chiara.

Il faut que je rejoigne Austin.

— Tu es sûre que tu tiendras le coup, ma chérie ? me demande Ally, alors que Cass commence à me pousser dans le couloir en direction de la chambre de la mère d'Austin.

J'acquiesce, et nous arrivons bientôt devant la porte. D'un bref mouvement de tête, j'invite Rome à ouvrir. Cass pousse mon fauteuil à l'intérieur, et je vois aussitôt Austin et Levi assis de chaque côté du lit, bouleversés. Ils tiennent chacun une main inanimée de leur mère tandis que le médecin veille près d'eux.

Austin tourne les yeux vers moi, le visage tordu par la douleur. Il se rue à ma rencontre, vacillant sur ses jambes, et s'agenouille devant mon fauteuil avant de plonger le visage sur mes cuisses. Je lève une main épuisée et la passe dans ses cheveux bruns en bataille.

— C'est trop, Clochette, j'ai peur de pas y arriver…, sanglote-t-il, la voix brisée.

— Bien sûr que tu vas y arriver, mon chéri, lui dis-je, retenant mes propres larmes.

En relevant les yeux, j'aperçois Levi qui semble complètement perdu et dépassé, assis seul sur l'étroit lit de sa mère.

Je lui tends la main et lui offre un sourire.

— Viens là, petit amour…

Il avale sa salive, se lève, fait un pas hésitant avant de s'arrêter.

— Est-ce… que ça va mieux, Lex ? Tu t'affames encore ? T'es tellement maigre…

Je réprime un rire, amusée par sa totale absence de tact.

— Ça va aller, mon grand, murmuré-je. De mieux en mieux…

Levi me prend alors la main, comme s'il espérait y puiser une énergie nouvelle, les doigts tremblants.

Le médecin s'éclaircit la gorge, et Austin lève les yeux vers lui.

— Austin ? Levi ? Le pouls de votre mère ralentit. Il est l'heure de lui dire au revoir.

Austin me regarde, et je lâche la main de Levi pour la céder à son grand frère, qui le mène jusqu'au lit. De sa main libre, il me cherche à ses côtés, alors Rome pousse mon fauteuil jusqu'à lui, tandis que nos amis patientent contre le mur dans un silence respectueux.

— Attendez ! lâche Austin, avant de récupérer son iPhone dans sa poche.

Je le regarde sans comprendre : il tapote l'écran du téléphone, le pose près de la tête de sa mère… et l'*Ave Maria* s'élève doucement dans la pièce. Austin observe le visage serein de Chiara.

— Elle dort mal sans cette chanson. Elle lui donne chaque fois le sourire… et le marchand de sable gâte davantage les enfants souriants…

Je menace de fondre en larmes devant ce geste poignant.

— Lev ? Dis au revoir à *mamma*, mon grand…, lui indique Austin d'une voix éraillée, tâchant de paraître aussi fort que possible.

Levi s'approche de leur mère et dépose un baiser sur sa joue.

— *Dio ti benedica, mamma. Ti voglio bene.*

Austin s'avance à son tour. Levi pleure maintenant, alors je lui prends la main et l'invite à venir près de moi.

— *Mamma…*, sanglote Austin, et le médecin fait un pas en avant et lui pose une main dans le dos.

— Tu as une petite minute, mon garçon.

Austin acquiesce et rapproche son iPhone de l'oreille de sa mère.

— Ax' n'est pas là, *mamma*, mais je sais qu'il voudrait que je te dise qu'il t'aime. Je le comprends, maintenant : tout ce qu'il a fait, ça n'a jamais été que pour nous tous, même s'il nous a prouvé son amour d'une façon bien étrange. J'espère qu'un jour, tu trouveras la force d'être fière de lui. (Le moniteur cardiaque commence à décélérer de façon terrifiante, compte à rebours déchirant des dernières secondes de vie de Chiara Carillo, et il prend une inspiration difficile.) Tu étais trop pure pour ce monde, *mamma*. Tu rejoins enfin ta place là-haut, au paradis, près des autres anges… loin de cette vie de merde.

Austin craque, lâche un sanglot déchirant, et je serre fort sa main sans parvenir à retenir mes propres larmes.

Andrea Bocelli chante crescendo alors qu'Austin chasse d'une main aimante les cheveux bruns du visage de sa mère… et le moniteur cardiaque perce nos oreilles et nos cœurs d'un long « bip » continu.

Chiara Carillo est morte.

Le médecin éteint le moniteur, et le silence emplit la pièce. Austin se penche pour déposer un baiser sur le front de sa mère et, pour la dernière fois, lui murmure à l'oreille.

— *Buonanotte, e dormi bene, mia cara. Ti voglio bene.*

« Bonne nuit, mon cœur, et dors bien. Je t'aime. »

Chapitre 29

Austin

Elle est morte.

Mamma est morte.

Je me redresse, détourne le regard de son corps et balaie la chambre des yeux sans la moindre idée de ce que je suis censé faire à présent. Et puis, mon regard croise celui de ma Clochette, et la douleur me semble tout à coup un peu plus supportable. Je me baisse et dépose un baiser sur son front.

— *Ti amo.*

— Moi aussi, je t'aime.

— Si vous voulez bien attendre dans la salle d'attente de l'autre côté du couloir… Elle vous est réservée, nous informe le Dr Small.

J'acquiesce, perdu, et pousse le fauteuil de Lexi dans le corridor… où m'attend un authentique cauchemar : à peine ai-je mis le pied hors de la pièce que deux flics s'approchent de moi, accompagnés du doyen.

— C'est lui, annonce ce dernier en me désignant du doigt.

L'un des flics sort une paire de menottes.

— Austin Carillo, vous êtes en état d'arrestation pour trafic de stupéfiants et distribution de drogue de classe A dans l'enceinte d'un établissement universitaire, commence-t-il, avant de me réciter mes droits.

Ils me plaquent sans ménagement contre un mur et me passent les menottes.

— Austin ! crie Lexi, et je la vois tenter de se lever de son fauteuil, mais ses bras sont bien trop faibles pour la soutenir.

Je tourne les yeux vers Rome.

— Prends soin d'elle et de Lev !

Il acquiesce, et Molly va aussitôt s'occuper de Levi pour le calmer. Quand les flics m'embarquent, j'entends encore Rome m'interpeller à pleins poumons :

— J'appelle mon avocat tout de suite ! Il te retrouvera au poste !

Tandis que nous progressons le long du couloir, le doyen vient se placer à côté de moi.

— Ça te pendait au nez, Carillo. Un étudiant de première année nous a dit que tu lui avais vendu de la cocaïne. Porter vient de se réveiller et il devrait témoigner d'une minute à l'autre. Tu peux dire adieu à tes rêves de NFL. Tu aurais été le pire des modèles pour les gosses, de toute façon. Ta place, c'est derrière des barreaux.

Son sourire fier et condescendant me fait péter un plomb.

— Fils de pute ! aboyé-je. Ma mère vient de mourir, et vous venez me coffrer à la sortie de sa piaule !

Il se retourne vers moi, son regard trahissant une authentique sincérité.

— Mes condoléances, mon garçon, mais il faut que justice soit faite. Je suis sûr que ta mère aurait voulu que tu sois puni pour tes actes. Les pécheurs doivent payer pour leur faute et prier pour leur pardon.

— J'ai rien fait, merde ! J'ai rien fourgué à personne !

Il accélère le pas jusqu'à la porte.

— Ça, ce sera aux jurés d'en décider.

Ils me laissent rouiller près de douze heures en cellule. L'avocat de Rome s'est pointé une heure après mon arrivée et j'attends seul comme un con depuis, la gorge serrée en repensant à ma mère, à Clochette, à Levi accroché à la main de Lex…

Putain, putain, putain!

Et s'ils m'inculpent ? Que va devenir Levi ? Et si Lexi fait une nouvelle rechute ? Que…

— Carillo ? Tu peux partir.

Un flic rapplique devant la lourde porte d'acier de la cellule, ses clés cliquetant contre la serrure, et il me fait signe de sortir.

Je me lève et m'approche de lui.

— C'est quoi, l'histoire ? Vous m'inculpez pas au final ?

Il hausse les épaules.

— Un type est venu tout avouer : il s'est accusé de tout ce qu'on te reproche. On n'a plus la moindre charge contre toi.

Je me renfrogne, perplexe, et je suis le flic jusque dans la salle principale du poste, où m'attendent Rome, son avocat, JD et Reece. Mes amis se lèvent comme un seul homme et se hâtent à ma rencontre. Je dévisage l'avocat.

— Qui s'est balancé, merde ?

Le type en costard baisse les yeux vers sa paperasse, puis les relève vers moi.

— Un certain… M. Axel Carillo.

Je me fige.

Ax' ? Il est revenu ? Qu'est-ce que…

Rome fait un pas vers moi.

— Lev l'a appelé depuis l'hosto : il lui a laissé un message pour lui raconter tout ce qui s'était passé. Il a des couilles, le frangin, 83… Il a commencé à pourrir Axel au tel, à lui dire que tout était sa faute et que c'était pas juste que tu trinques à sa place. On l'a laissé là-bas avec les filles et on est venus tout de suite au poste. Quand on est arrivés, Axel a débarqué, honteux comme jamais, et il a tout avoué. Il a dit qu'il fourguait seul la came sur le campus depuis le début de l'année, qu'il en avait filé à Porter et au gars de première année. Ils ont confirmé ses dires tous les deux. (Rome me donne une tape dans le dos.) Tu gardes ta bourse et ton casier bougera pas d'un poil… Et, bien sûr : tu peux te présenter à la *draft*.

Bordel de merde…

— Je peux le voir ? demandé-je à l'avocat d'une voix rauque.

— Ils ne vous laisseront pas entrer, malheureusement. Je peux toujours demander si…

— Gamin ?

C'est la voix d'Axel. Je fais volte-face et vois des flics le sortir d'une pièce, pieds et poings liés. Le doyen leur emboîte le pas, honteux, la tête basse lorsqu'il passe près de moi.

— Ax' ! crié-je sans prêter attention au directeur.

Je me rue vers mon frère et le prends dans mes bras.

Les flics tendent de la paperasse à l'employé au comptoir.

— Hé, gamin, me dit Axel dès que je le lâche.

Il essaie de sourire, mais il a l'air dévasté et épuisé.

— *Mamma* est morte, alors ? demande-t-il de son habituelle voix bourrue de chef de meute.

— Ouais, confirmé-je, retenant mes larmes. Putain, Ax', tout part en couille…

Il secoue la tête.

— Nan, gamin, tout se passe exactement comme c'était censé se passer.

— Comment ça ? m'étonné-je.

— C'est ta chance, *fratello*. Tu quittes le gang, tu quittes l'Alabama, tu prends Levi sous ton aile et tu recommences une nouvelle vie grâce au foot. Le petit m'a appelé pour me dire combien j'étais une merde, et comme toi et ta meuf étiez des putain de saints.

Mon cœur se serre en imaginant Levi en train de plaider ma cause.

— Et toi, hein ?

— C'est mon destin de finir ici, gamin. En taule. Depuis le début. Ma vie n'a jamais tourné qu'autour de ça… Pas la tienne : toi, tu as une chance de t'en sortir. De recommencer à zéro… Et c'est ce dont *mamma* a toujours rêvé. Elle a toujours su que tu irais loin, superstar… si tu ne t'embourbais pas avec moi chez les Imperatori. Réalise son rêve, qu'elle ne se soit pas battue toutes ces années à tenter de faire de nous des types bien pour rien.

— Gio ne nous laissera pas quitter le gang, Lev et moi. Surtout maintenant que tu n'es plus là. Va falloir qu'on quitte l'État, qu'on fasse profil bas…

— Vous n'aurez pas à vous soucier de Gio. Je m'en suis assuré.

Je tressaille, et un frisson me parcourt la nuque.

— T'as fait quoi, merde ?

Il hausse les épaules.

— J'ai fait jouer deux, trois contacts… (Je le fusille du regard, et il soupire, s'approche et s'assure que personne ne peut nous entendre.) Gio ne vous aurait jamais laissé quitter le gang : il aurait voulu vous refroidir. Vous auriez été plus en danger que jamais… Alors, j'ai pris les devants.

— Putain, Ax', non…

— À minuit, ce soir, vous n'aurez plus à vous soucier de lui : les Kings prendront le territoire des Imperatori, et le gang devra se refaire avec un nouveau leader. D'ici là, tu joueras en NFL, loin d'ici.

— Bordel, Ax'…, juré-je d'une voix éraillée, ému que notre grand frère ait enfin choisi sa famille plutôt que son gang de criminels. (Contre toute attente, ce con a fini par trahir son frère des rues, son meilleur pote, pour nous sauver les miches…) Ça risque pas de te retomber dessus en cabane ?

Nouveau haussement d'épaules.

— Le trou, je gère.

Je réprime des larmes de tristesse.

— Et après, hein ? Tu feras quoi ?

Il pouffe.

— Ah, mais dès que j'ai purgé ma peine, je viens vivre dans ton salon, superstar : t'auras une putain de baraque à mille étages d'ici là, *capisci* ?

— *Capisco*, pouffé-je à mon tour.

— Carillo, on y va, lance un flic en passant près de moi.

Axel se penche à mon oreille.

— Je sais que j'ai été un frangin de merde, gamin, que j'ai merdé bien plus de fois que j'ai assuré, en particulier avec Lev, mais je n'ai jamais pensé qu'à *la famiglia*. Je veux que tu saches combien je suis fier de vous. Je suis fier d'être du même sang que Lev et toi. Promets-moi que je n'aurai pas à m'inquiéter pour vous deux.

Je lui donne une tape sur la joue, l'attire contre moi et dépose un baiser sur son front.

— Tu te fais discret, pas d'emmerdes, et, dès que tu sors, je me pointe et je te ramène à la maison.

Il sourit à pleines dents.

— C'est une promesse ? Parce que je vais t'attendre, gamin.

— C'est une promesse, acquiescé-je avec un sourire.

D'un geste de menton autoritaire, le flic intime l'ordre à Axel d'avancer et, quelques pas plus loin, Ax' se retourne, les larmes aux yeux.

— Elle est partie en paix ?

Mon cœur se brise de l'entendre évoquer notre mère, et je dois croiser les bras pour dissimuler mes mains tremblantes. La gorge serrée, je me contente d'acquiescer.

— Putain, merci, gamin… Elle est enfin libre, pas vrai ?

Le flic embarque Axel, et je me retourne vers mes amis. Jimmy-Don passe un bras massif à mon cou.

— Prêt à rejoindre ta Clochette et ton petit frangin, et à vivre une belle petite vie bien rangée, mec ?

Je soupire longuement et hoche la tête. Vivre… C'est ce que je vais faire, oui : quitter les Imperatori et commencer à vivre, pour de bon.

Plus tard, ce même soir, Giovanni « Gio » Marino est abattu à Westside Heights lors d'une fusillade. Il n'y a pas de témoins, et les Kings s'approprient le territoire des Imperatori dans la foulée.

Chapitre 30

Lexi

Draft NFL, deuxième tour
New York, Radio City Music Hall
Deux mois plus tard…

— Et pour les 49ers de San Francisco… Austin Carillo de la Crimson Tide d'Alabama !

Austin accroche aussitôt mon regard. Nous sommes tous assis dans les coulisses du Radio City Hall. Il prend ma main et l'embrasse… Il tremble.

— Clochette… Bordel, Clochette…, murmure-t-il, et tandis qu'il ferme les yeux pour prier en silence, je me réfugie contre son épaule.

— Austin ! Les 49ers ! hurle Levi en bondissant de son siège.

Austin lâche ma main et se lève pour prendre son frère dans ses bras : ils restent enlacés de longues secondes, savourant cet instant d'une intensité irréelle.

Austin finit par se détacher de lui et, abasourdi, suit l'un des organisateurs jusqu'à l'estrade pour recevoir son maillot. Un sourire greffé sur le visage, je l'observe sur l'écran de télé en face de nous.

— Comme ça va, ma chérie ? me demande Ally d'un ton prévenant.

— Bien. Je suis un peu fatiguée, mais ça va.

Ma rechute, c'était il y a deux mois, et j'ai déjà regagné neuf kilos. C'est long et difficile, mais je vais un peu mieux chaque jour… grâce à Austin. Et lui aussi va mieux. Il a trouvé un appartement loin de Westside Heights, et Levi et lui n'ont plus jamais eu affaire au gang.

Je sens le canapé s'affaisser à mes côtés : c'est Levi, tout sourire.

— T'y crois, Lexi ? On part vivre à San Francisco ! lâche-t-il en se frappant la cuisse.

— Exactement, petit amour. Vous allez pouvoir recommencer à zéro en Californie, et je suis sûre que tu vas faire de grandes choses, là-bas.

Il perd son sourire et incline la tête sur le côté.

— Tu viens, toi aussi, hein ? Tu pars avec nous ?

Je baisse la tête, puis regarde mes amis un à un : ils sont tous venus à New York. Hier, Rome a été désigné premier choix de la *draft* et jouera la saison prochaine pour les Seahawks de Seattle. On a célébré ça toute la soirée, mais aujourd'hui, c'est la journée d'Austin…

Tous mes amis m'observent, compréhensifs, tandis que je bataille avec la question de Levi. La vérité, c'est que je ne suis pas sûre d'être encore assez solide pour quitter Tuscaloosa. D'ailleurs, il a fallu que je supplie longuement le Dr Lund pour qu'il m'autorise à passer quelques jours ici. Qui plus est, Austin n'a jamais parlé de m'emmener. Huit semaines qu'il a une vie normale, après des années et des années de galères… Pas sûr qu'il ait envie que sa petite copine anorexique fasse partie du voyage. Ce serait trop de pression à gérer pour lui…

— Profitons de la journée, mon grand : on verra plus tard quelle décision sera la meilleure.

Le regard de Levi se remplit d'inquiétude, mais Austin me sauve la mise en faisant son entrée, son maillot des 49ers dans la main.

Il semble ne pas encore comprendre ce qui lui arrive, mais moi, j'ai toujours su qu'il y parviendrait, comme je suis sûre que sa maman le regarde depuis là-haut en dansant de joie, souriant fièrement devant l'homme qu'est devenu son fils.

Rome se lève, Molly lovée contre lui.

— On va fêter ça ?

Austin me regarde, et je sais qu'il essaie de savoir si je serai assez d'aplomb pour les suivre. Je hoche la tête.

— Je peux tenir quelques heures de plus, oui.

Le sourire soudain d'Austin m'aveugle presque : mon garçon des rues brisé recolle un à un les fragments de son âme et m'a réservé une place de choix dans son cœur.

— Tu tiens le coup, Clochette ? me demande Austin en me prenant la main, lorsque nous entrons dans notre chambre d'hôtel un peu plus tard dans la soirée.

J'acquiesce en lui décochant un sourire et déglutis nerveusement : Austin et moi ne nous sommes pas quittés une seule journée depuis deux mois, mais nous n'avons pas refait l'amour depuis ma rechute. Il m'a accompagnée à chaque rendez-vous médical, a attendu avec Levi qu'on m'autorise à retourner chez mes parents, puis est venu me voir chaque jour, restant près de moi jusqu'au soir à me veiller et à m'aimer…

Il y a deux semaines, j'ai demandé à mes parents la permission de retourner au foyer de ma sororité, mais ce soir, c'est la première fois où nous avons enfin la chance d'être seuls.

Austin dépose un baiser sur le dos de ma main, puis se rend dans la salle de bains en se débarrassant de sa veste. Il est tellement magnifique ce soir, avec son costume noir, ses cheveux bruns et ses tatouages colorés jurant effrontément avec l'élégance sobre de sa tenue.

Il jette un regard par-dessus son épaule. La *stidda* sur sa joue me semble tout à coup moins menaçante.

— Je prends juste une douche vite fait. Je reviens tout de suite.

Sitôt la porte de la salle de bains refermée, j'approche lentement du miroir, les yeux clos, puis compte jusqu'à trois.

Un… deux… trois…

Je rouvre subitement les yeux, toise du regard la fille en face de moi et expire longuement. J'observe ses cheveux noirs, ceux qu'elle a perdus par touffes entières pendant sa rechute, mais qui se font un peu plus épais chaque jour désormais. Elle a des yeux verts cernés de noir et des lèvres rehaussées de rouge sombre.

TU NE LE MÉRITES PAS, LEXINGTON, ET TU NE LE MÉRITERAS JAMAIS. TU NE SERAS JAMAIS ASSEZ BIEN POUR LUI, JAMAIS ASSEZ BELLE.

Je ferme les yeux, laisse la voix m'asséner sa tirade, puis les rouvre et regarde le reflet sans faiblir.

— Si, tu l'es. Tu es belle à ses yeux. Il ne te rejettera pas. Tu es belle tout court, même.

La voix se perd dans les tréfonds de mon inconscient, et je perçois soudain derrière moi une chaleur envoûtante, ainsi qu'un doux parfum de pluie… Dans la glace, je vois Austin : il ne porte que son boxer. Auréolé d'un nimbe de perfection ténébreuse, il me dévore d'un regard admiratif, et toutes mes peurs s'évanouissent.

Il caresse d'un doigt ma joue, niche son visage au creux de mon cou et couvre de baisers ma peau brûlante.

Je ferme les yeux, place une main derrière sa cuisse, l'attire plus près et sens bientôt son sexe dur contre moi…

— Austin…, murmuré-je, sentant un désir chaud naître entre mes cuisses.

— Clochette…, lâche-t-il d'une voix éraillée, et je me retourne contre lui.

Une paume sur son torse, je me mets sur la pointe des pieds et dépose un baiser sur la colombe tatouée au bas de son cou.

Il place une main sur ma nuque, joue des hanches et grogne doucement.

— Putain, Clochette… J'ai envie de toi…

Je fais un pas en arrière, prends Austin par la main, puis le mène jusqu'au lit immense. Il baisse vers moi un regard confus, et je lui fais signe de s'asseoir sur le bord du matelas. Je passe une main dans ses cheveux, lui tirant un râle de plaisir… Sa réaction nourrit ma détermination.

Lorsqu'il tend la main pour enserrer ma taille, j'ai un mouvement de recul.

— Clochette ? Tout va bien ?

Ce que je m'apprête à faire me crispe tant que je n'arrive même pas à lui répondre. J'acquiesce, puis attrape la fermeture Éclair dorsale de ma robe sous ses yeux écarquillés. Je soutiens son regard.

Je baisse la fermeture, ferme les yeux et laisse retomber ma robe noire sur le sol en expirant longuement. J'entends Austin déglutir. Lorsque je rouvre les yeux, je repère ses mains agrippées aux draps et son regard qui me dévore tandis que je me tiens devant lui en culotte et soutien-gorge : il peine à se contenir, et son sexe dur éprouve sans ménagement le tissu de son boxer.

Je lève les mains entre mes seins, jusqu'à l'agrafe de mon soutien-gorge, le cœur battant la chamade, et expose lentement ma poitrine à sa vue, abandonnant le sous-vêtement sur le sol. Je me sens si frêle, si petite face à lui, que je manque de défaillir… Mais, bien vite, j'entends Austin lâcher un râle rauque et avide devant mon corps presque nu.

Je retiens mon souffle, désarçonnée : je ne le dégoûte pas… Je… je l'excite…

Mes mains tremblent devant l'enjeu du moment : je laisse glisser mes pouces sous l'élastique de ma culotte noire et la fais descendre le long de mes cuisses. Lorsque je me redresse, je regarde Austin droit dans les yeux…

Son regard ténébreux est mouillé de larmes.

— Clochette…, murmure-t-il. (Il me prend par la main, m'attire contre lui et laisse glisser ses doigts entre mes seins, puis jusque sur mon ventre.) C'est dingue, ce que tu es belle…, me complimente-t-il, la voix râpeuse. Te voir comme ça, devant moi… Tu es… parfaite.

Parfaite…

La perfection, ce but que je me suis toujours donné tant de mal à atteindre.

— Je me sens belle, oui… avec toi…, confessé-je, émue par la sincérité de sa déclaration.

Et puis, soudain, je me rends compte que… je n'ai plus peur. Avec lui, je ne crains plus d'exposer mes démons, mes secrets… mon âme. De tomber à la fois masque et armure.

D'un geste subit, Austin m'attrape par la nuque, m'attire près de lui et plaque la bouche contre la mienne.

Son contact m'enivre aussitôt.

J'empoigne quelques mèches de ses cheveux bruns en désordre, et sa langue s'invite entre mes lèvres, luttant avec la mienne, comme si elle voulait me savourer tout entière. Puis, je me détache de lui et me baisse lentement, frôlant son torse nu et brûlant en le couvrant jusqu'au bas-ventre de baisers sulfureux… Ses muscles se tendent, se crispent…

— Putain, Clochette, c'est trop bon…, murmure-t-il en agrippant mes cheveux.

Je glisse les doigts sous l'élastique de son boxer, le baisse le long de ses jambes et l'abandonne sur le sol.

Nous sommes là, peau contre peau… et nous nous figeons une seconde, le temps de prendre la pleine mesure de ce que cela signifie : j'ai vaincu ma plus grande peur. Je suis nue devant Austin. Avec lui, enfin, j'assume pleinement qui je suis.

Je me sens… parfaite.

Austin me fait rouler sur le dos, écarte mes jambes des siennes et plaque les hanches contre mon ventre, son sexe tout près du mien. Il lèche la peau brûlante de mon cou, caresse ma poitrine et laisse courir les doigts plus bas, plus bas encore, jusqu'à mes lèvres… Il embrasse mes seins, mon ventre, mes hanches, et des frissons incontrôlables parcourent mon corps entier. Il m'écarte les cuisses et, levant les yeux vers moi, s'agenouille au pied du lit jusqu'à ce que sa bouche frôle mon clitoris…

— Je crève d'envie de te lécher… J'en rêve depuis bien trop longtemps.

Je tente de contrôler au mieux ma respiration tandis qu'Austin passe lentement la langue entre mes lèvres : je jette la tête en arrière, lâche un long gémissement et profite de sa langue brûlante qui me goûte, me savoure, me couvre de caresses expertes.

Abandonnant toute retenue, je lance les hanches à l'assaut de sa bouche : grisée par ce plaisir que je n'avais encore jamais connu, j'ai l'impression de ne plus rien peser, de m'envoler presque.

— Tu es délicieuse, Clochette… Un vrai régal…, murmure-t-il, la bouche plaquée contre mon sexe.

Je m'embrase aussitôt.

— Austin ! lâché-je lorsqu'il glisse un doigt entre mes lèvres et commence à stimuler ce qui s'y cache de plus sensible…

Je suis prise d'un soudain vertige. La langue d'Austin se faisant de plus en plus vive, je jouis bientôt contre sa bouche tandis qu'il grogne de plaisir en empoignant son sexe.

Il se relève, le regard déterminé, dominant de toute sa hauteur mon corps encore secoué de tremblements de plaisir. Il laisse glisser son sexe à l'entrée du mien et je me raidis. Il s'arrête aussitôt.

— Clochette ? me demande-t-il d'une voix tendue, préoccupé.

Je prends son visage dans mes mains.

— J'aimerais… (J'invoque tout mon courage en inspirant profondément.) J'aimerais être dessus… J'ai besoin d'un peu plus de contrôle, ce soir…

Il ouvre grand les yeux.

— Tu es sûre ?

J'acquiesce, et Austin s'allonge et m'installe de façon que je me retrouve à califourchon sur ses cuisses.

— Tu as un préservatif ? demandé-je, redoublant de courage, quand bien même je sens mon visage rouge de gêne.

— Dans le tiroir du haut, répond-il.

J'en tire un sachet doré et le déchire entre mes dents. Austin me prend le préservatif des mains, et je le regarde le dérouler sur son sexe dur. Il me caresse ensuite les mollets, puis pose les mains sur mes cuisses.

— Tu es prête, Clochette ? me demande-t-il, le regard plus prévenant que jamais, presque inquiet.

Je me penche en avant pour l'embrasser, prends son sexe dans une main et le guide en moi : je l'invite lentement à y pénétrer tout entier, et il abandonne ma bouche, haletant, ses doigts s'enfonçant presque douloureusement dans mes cuisses.

Je m'assois sur ses hanches, et vacille lorsqu'il joue du bassin et disparaît entièrement en moi. Mais ça ne me suffit pas. Je veux qu'il me possède tout entière, qu'il me consume, et, lorsque je baisse les yeux sur lui, je lis dans son regard le même désir brûlant.

Je brise notre élan quelques secondes et me raidis alors, les muscles du cou tendus. Austin lève les yeux vers moi en me caressant délicatement la cuisse.

— Ça ne va pas, ma chérie ?

Je lâche une expiration tremblante, prends ses mains dans les miennes et les relève.

— J'aimerais que tu me touches.

Il fronce les sourcils.

— Où ça, Clochette ? Où est-ce que tu veux que je te touche ? Suffit… suffit que tu me le dises.

Austin se mordille la lèvre tandis que mes mains tremblantes guident lentement les siennes dans mon dos. Il se fige aussitôt et tente de les retirer.

—Clochette, non… Pas ici. Je n'ai pas besoin de te toucher ici, tu sais ? Te bile pas. Et puis, c'est l'un de tes… déclencheurs… Je ne voudrais pas te…

Je fonds à ces mots.

—J'aimerais que tu me touches le dos. Je veux être tienne et que, toi, tu sois mien, sans la moindre barrière entre nous. (Je ferme lentement les yeux…) C'est le dernier des remparts que j'aimerais voir tomber et… et…

Il mêle ses doigts aux miens.

—Quoi donc, Clochette ?

—Et… j'aimerais que ce soit toi qui le brises. L'histoire de mon trouble a commencé lorsqu'un garçon qui me plaisait m'a repoussée… J'aimerais qu'elle s'achève sous les mains de l'homme que j'aime.

Il ouvre grand les yeux, puis finit par acquiescer. Le regard rivé au sien, je guide ses mains vers mon dos et, fermant les yeux, je les pose sur ma peau nue. Aussitôt, ses paumes me brûlent comme deux fers chauffés à blanc, et je peine à respirer, je… Non… Non ! Ça recommence ! Je…

—Ça va aller, Clochette… Hé…, me rassure Austin d'une voix apaisante, tout en caressant lentement, tendrement mon dos de haut en bas.

Je me concentre sur le mouvement rythmé de ses mains et, quelques minutes plus tard, la respiration apaisée, je rouvre les yeux.

Il me touche le dos… Il me touche le dos.

—Austin…, murmuré-je, des larmes roulant sur mes joues.

Tandis que ma poitrine et son torse s'unissent, Austin m'embrasse passionnément… et je commence à tanguer contre ses hanches. Plus notre danse s'accélère, plus nos corps s'embrasent. À chaque nouvelle caresse dans mon dos, je tombe un peu plus amoureuse de lui et savoure, à mesure que notre plaisir s'amplifie, la confiance sans limites érigée entre nous.

J'empoigne ses cheveux bruns en bataille, et il jette soudain la tête en arrière en lâchant un long râle rocailleux.

— Clochette… Je vais jouir… Je vais jouir fort, ma chérie !

Pantelante, j'agrippe ses cheveux et plaque le front contre le sien.

— Moi aussi… Je vais… Ah… Austin… Je vais jouir… Je…

Je ferme les yeux. Les ténèbres s'illuminent, et je sens Austin se figer, ses ongles s'enfonçant dans mon dos tandis qu'il gémit, la bouche nichée au creux de mon cou.

Toujours l'un contre l'autre, nos corps luisants de sueur, nous nous remettons doucement de cet orgasme partagé, de ce moment qui vient de changer notre vie… de l'union de nos âmes…

De la destruction de mon dernier déclencheur.

Je sens le souffle chaud d'Austin dans mon cou et, lorsque je plonge le regard dans le sien, je n'y vois qu'un amour pur et aveuglant.

— *Ti amo*, murmure-t-il, ses longs cils noirs mouillés de larmes. *Ti amo*, Clochette.

Je lui caresse la joue.

— *Ti amo. Ti amo tantissimo.*

Le sourire que m'adresse Austin en réponse aurait sans mal éclipsé le soleil de midi.

— *Puoi parlare italiano*, Clochette ?

« Tu parles italien ? », m'a-t-il demandé, ponctuant sa phrase de baisers dans mon cou.

— *Ci sto provando*, dis-je.

« J'essaie. »

Il pouffe, amusé, et, tout en embrassant mes seins, il se retire et me prend par la main.

— Viens avec moi à San Francisco. Viens avec Lev et moi. Tu fais partie de notre famille.

Je me plaque une main sur la poitrine et secoue la tête.

— Ce serait trop compliqué pour toi, Austin : je suis encore en convalescence et je ne voudrais pas gâcher tes chances de profiter d'une vie heureuse.

— J'ai besoin de toi, lâche-t-il sur un ton plus déterminé que jamais. Tu n'imagines pas à quel point. Et puis, comme ça, je pourrai être là pour toi… T'aider.

— Et… et si je fais une rechute, hein ? Ce serait trop pour…

— Je serai là pour t'aider à te relever, à vaincre. Qu'importent le foot et la Californie si tu n'es pas avec moi. C'est de toi que j'ai besoin… Si tu savais. Tu m'as sauvé de… moi-même. Et Levi aussi, tu l'as sauvé.

Soudain, un souvenir me revient et je souris.

— Quoi donc ? me demande Austin, souriant à son tour.

— Tu te souviens du soir, à Westside, où ta mère m'a demandé de la rejoindre ? Elle m'a dit quasiment la même chose…

À la mention de sa mère, il déglutit péniblement, la gorge nouée par l'émotion.

— Ah oui ?

J'acquiesce et pose une main sur sa joue.

— Elle m'a dit qu'elle savait que c'était toi qui, un jour, sauverais ta famille grâce au foot. Mais, après m'avoir rencontrée, elle a vu qu'avant ça, c'est moi qui te sauverais. (Il cligne des yeux, tâchant de retenir ses larmes, mais l'une d'elles lui échappe et glisse le long de sa joue.) Elle m'a dit que j'étais ton âme sœur…

— Et elle avait raison, Clochette, acquiesce-t-il, avant de lever les yeux au ciel en une prière silencieuse. (Puis, il les baisse de nouveau sur moi.) Alors, qu'est-ce que tu en dis ? Viens vivre avec moi. Je te fais la promesse de ne jamais laisser la maladie te mettre à terre.

— OK, accepté-je avec un rire comblé. Je veux bien venir vivre avec toi.

Austin plaque son front contre le mien dans un soupir.

— Oh, bordel, Clochette… Bordel…

Chapitre 31

Austin

Italie, Florence
Un an plus tard…

— È tua moglie quella ?

Je viens de me présenter au comptoir de la *pasticceria* pour régler, et la vieille tenancière me demande si Lexi est ma femme. Je me retourne : Clochette, tout sourires, observe la foule qui anime la *piazza della Signoria* de *Firenze*.

Une vague de joie me réchauffe la poitrine à la vue de son visage si doux tanné par l'intense soleil hivernal de Toscane, de sa bouche que le baume hors de prix – dont elle se pare toujours les lèvres – habille d'un léger voile rosé, de ses magnifiques yeux vert pastel hypnotisés par ce spectacle encore récent pour elle. Elle aime l'Italie. Elle aime de nouveau la vie, bordel…

Ma petite fée gothique n'est plus si gothique, désormais. Ses cheveux noir de jais lui tombent toujours au menton – ça, elle y tient –, mais elle s'est débarrassée de son armure de vêtements noirs, a cessé de se dissimuler derrière son fond de teint blanc et son khôl, qu'elle utilisait quand elle souhaitait cacher au monde ce qu'elle haïssait le plus : elle-même.

L'un après l'autre, des types passent près de sa table et, en ritals typiques, savourent du regard la petite Américaine à la silhouette svelte et athlétique vêtue de sa robe rouge. C'est étrange, mais ça ne me dérange pas tant que ça : je crois que c'est parce que j'adore la voir ainsi, libérée un temps de ses démons, reprenant un peu plus chaque jour le contrôle de sa vie. Il lui arrive encore de trébucher à l'occasion, d'avoir des moments de doute, mais je suis toujours là pour la remettre sur pied, autant qu'elle est là pour me tirer de ces instants de blues durant lesquels mon passé déglingué revient à l'assaut.

La vieille dame s'éclaircit la gorge, un sourire chaleureux sur le visage. Je baisse la tête, gêné autant qu'amusé qu'elle m'ait vu admirer ainsi ma petite fée, puis lui souris à mon tour.

— *No, è la mia fidanzata.*

« Ma fiancée. »

Elle sourit jusqu'aux oreilles et pose une main sur son cœur, observant Lexi par-dessus mon épaule.

— *Ah, giovane amore.*

« Un amour naissant. »

Elle pose une main affectueuse sur mon bras.

— *È preziosa, tesoro. Proteggi il suo cuore.*

« Elle est magnifique, mon chéri. Comble son cœur. »

— *Sempre*, acquiescé-je, chérissant son conseil. *Sempre. È l'amore della mia vita.*

« Toujours, toujours. C'est l'amour de ma vie. »

Je traverse la terrasse grouillante de monde pour m'en retourner auprès de Lexi et place la paume sur sa nuque :

elle lève ses grands yeux magnifiques vers moi et me sourit. Je ne me lasserai jamais de sa beauté à couper le souffle.

— Prête, Clochette ? lui demandé-je en lui tendant la main.

Elle la prend, et je me penche pour déposer un baiser sur sa bague de fiançailles, une bague en or noir de dix-huit carats sertie d'un diamant noir de quatre carats : ma petite fée gothique ne méritait rien de moins. Ni trop grosse ni trop voyante, elle est le symbole ciselé de tout ce qu'est Lexi.

Les pommettes roses, elle se lève et passe les bras autour de mon cou. Soudain, son visage se fait plus sérieux.

— Je suis prête, mon chéri. Et toi ? Tu es sûr ?

Je prends une inspiration profonde, l'embrasse tendrement, puis me redresse.

— Oui.

Nous retournons à notre villa privée au sommet d'une colline saisissante de beauté. Sur le trajet, je prends Lexi par la main pour y puiser du courage. Elle reste silencieuse : elle sait que cette journée sera difficile pour Levi et moi, mais elle est là, discrète, soutien indéfectible… Comme depuis le début, en fait, depuis ces premiers jours où nous nous sommes désignés gardiens des secrets de l'autre.

Lexi a emménagé avec moi à San Francisco et, l'année passée, nous avons ouvert un centre d'accueil pour les jeunes atteints de trouble de l'alimentation. Elle l'a baptisé Au Sourire de Daisy, et jamais je ne me suis senti aussi fier d'elle : elle était encore en convalescence, mais tendait déjà la main à ceux qui en avaient cruellement besoin.

J'ai tellement hâte de l'épouser ! Je veux qu'elle devienne ma femme, mais nous nous sommes mis d'accord : nous ne nous marierons que lorsqu'elle se sentira totalement à l'aise, avec elle-même et avec la vie. Le processus de guérison sera long, et j'aimerais lui offrir le mariage de ses rêves plutôt qu'un simple jour heureux terni pour elle par son manque d'assurance. Attendre m'importe peu. Elle est mon âme sœur, toute ma vie, avec ou sans papier officialisant notre relation.

Dix minutes de marche plus tard, nous passons la porte de notre villa, Lexi un peu haletante d'avoir fait tant d'efforts. Elle est encore faible, mais regagne un peu plus de force chaque jour. Levi nous accueille dès notre arrivée, pressé de partir. Il a l'air d'aller bien, ces derniers temps. Plus ça va, plus il a une belle gueule de surcroît, si bien que toutes les Californiennes mouillent leur culotte devant ses cheveux courts, ses yeux gris et son accent typique du Sud. On a fait retirer sa *stidda*, aussi… Le gosse vient de renaître : il n'a pas besoin d'un tel souvenir de son passé de merde pour lui pourrir la vie.

Dès notre arrivée à San Francisco, j'ai inscrit Levi dans une bonne école – privée et avec une belle équipe de foot –, et il assure niveau notes. Il est à fond dans ce sport, et toutes les universités du pays lui collent au cul pour qu'il intègre leur équipe dans quelques années. C'est le meilleur receveur que j'ai jamais vu de ma vie, bordel…

Levi aurait préféré jouer pour la Tide, bien sûr – l'équipe de ses racines –, mais jamais il ne refoutra un pied à Tuscaloosa. Je m'en assurerai. Il a quitté le gang, et jamais plus il n'approchera le territoire des Imperatori à moins de cent putain de bornes.

Je suis tellement fier de lui, merde… *Mamma* aussi serait fière de l'homme qu'il est devenu.

— C'est bon, on peut y aller ? me demande-t-il, impatient, et Lexi me lâche la main pour le serrer contre elle.

Levi passe ses bras mastoc de voyou de banlieue dans son dos : je la vois se raidir un peu, mais c'est Levi… Il l'idolâtre et elle le sait. Elle est devenue une sorte de seconde maman pour lui, et il profite autant que possible du plaisir d'avoir une nouvelle figure parentale dans sa vie.

Clochette a un cœur en or…

— Ça va aller, mon grand. On est avec toi, OK ? dit-elle en se détachant de lui, couvrant son bras de caresses rassurantes.

— Je sais, Lex… C'est juste que ça va être… chelou, tu vois ? répond Levi.

J'avance d'un pas, le serre quelques secondes dans mes bras, puis prends son visage à deux mains.

— *Andrà tutto bene, fratellino mio. Te lo giuro.*

« Tout va bien se passer, petit frère. Je te le jure… »

Lexi s'isole dans notre chambre pour nous laisser un moment en privé et, quelques minutes plus tard, revient vers nous, protégeant tout contre elle la petite urne funéraire dorée. Son fin sourire d'encouragement me confirme que le moment est venu…

Quand j'étais gosse, *mamma* m'a confié que le Ponte Vecchio, le pont du XIVe siècle qui enjambe le *fiume Arno* – le fleuve Arno –, était le lieu sur terre qu'elle chérissait le plus. Il symbolisait son foyer, *Firenze*, ses racines, et elle rêvait de pouvoir un jour montrer à ses fils combien il était magnifique.

Elle n'en a jamais eu la chance.

Quand *mamma* est morte, je n'arrivais pas à me résoudre à répandre ses cendres en Alabama : son seul véritable foyer, c'est ici, en Italie. Ce pays, c'était son âme, son cœur, et il était temps pour elle d'y revenir à jamais.

Lexi, Lev et moi avançons le long du Ponte Vecchio, Clochette, notre roc dans la tempête, nous tenant chacun une main. La célèbre attraction touristique est étrangement déserte en ce jour d'hiver pourtant ensoleillé. C'est comme si Dieu savait ce que nous nous apprêtions à faire et voulait lui aussi présenter ses respects à ma mère : il n'y a personne pour troubler la solennité de l'instant.

Nous longeons les petites maisons construites en enfilade le long du Ponte Vecchio, et je me demande laquelle appartient à la famille de ma mère. Sa grand-mère vivait dans l'une de ces minuscules demeures historiques jusqu'à sa mort, l'année passée.

Selon *mamma*, il n'y avait pas plus bel endroit où grandir.

J'observe, émerveillé, les petites maisons et le pont, imaginant ma mère courir ici enfant, jouer avec ses amies, ravir les gens du quartier de sa voix exceptionnelle de soprano et de ses entrechats gracieux, qui se mariaient parfaitement à la brise…

Cette seule pensée m'apaise.

Lorsque nous arrivons au milieu du pont, je me penche par-dessus le vieux muret de pierre et observe le fleuve qui coule en contrebas. Je sens la main de Lexi se poser sur mon dos.

Le moment est venu.

Je me redresse, me tourne vers Levi et passe un bras autour de son cou. Il me contemple de son regard larmoyant, mais, fort comme un lion, il contient ses sanglots.

Je retire mon bras de sa nuque, prends la petite urne à deux mains, prêtant à peine attention aux locaux qui sortent des maisons pour nous regarder faire nos derniers adieux à notre mère.

Je m'approche du muret et, tandis que j'observe la ville médiévale alentour, je sens une vague d'apaisement m'envahir : cette ville, grâce à ma mère, fait aussi partie de moi. *Il Duomo di Firenze, il Palazzo Medici-Riccardi*, tout... Je ne suis pas un pur produit de l'Alabama : j'ai aussi, coulant dans mes veines, du sang vert, blanc et rouge.

— Mon chéri ? murmure Lexi en posant la tête contre mon épaule. Tu aimerais dire quelques mots pour l'occasion ?

Les mains serrées autour de l'urne, je ne peux détacher le regard de l'or qui scintille sous le soleil. Je tourne la tête et embrasse ma fiancée sur le haut du crâne, puisant dans son doux parfum le courage dont j'ai besoin. Je prends une profonde respiration, baisse de nouveau les yeux sur l'urne prisonnière de mes phalanges blanchies, et laisse parler mon âme.

— *Mamma*, je savais que ce jour viendrait bientôt... Cela m'a pris un an pour tout organiser, un an, aussi, pour tout faire afin que tu sois fière de moi... (Je me tourne vers Levi, qui a passé un bras dans mon dos et serre fort la main de Clochette.) Fière de nous... Lev a assuré autant que moi.

Je m'éclaircis la gorge, saisi par l'émotion, et trouve miraculeusement la force de poursuivre.

— Il s'en est passé des choses depuis que tu nous as quittés, *mamma*. J'ai réalisé ton rêve : je joue pour les 49ers de San Francisco. Et je me débrouille bien, en plus. Vraiment très bien, même : on a participé au Super Bowl, cette année, à la finale. Et tu sais quoi ? On a perdu contre les Seahawks, l'équipe de Rome, *mamma*. Tu aurais adoré nous voir tous les deux sur le terrain, c'était fou. (Je lâche un petit rire en me remémorant la tape amicale de Rome dans mon dos en fin de match : *« L'année prochaine, vieux ! »*) Lev' est dans une très bonne école, et il s'accroche. Il bosse dur. Quant à Ax'…

Mes mains se mettent à trembler. Ax' est encore en taule : il n'a tiré qu'un des dix ans ferme qu'il a pris pour trafic de drogue de catégorie A. Je suis allé le voir en prison autant que possible et lui ai fait une promesse : dès qu'il sort, il emménage avec nous.

Neuf ans.

Neuf ans avant qu'il puisse démarrer une nouvelle vie.

— Il s'en tire plutôt bien, pour tout dire : il fait profil bas et évite les embrouilles en prison. Et il étudie, *mamma*. Il prépare un diplôme de commerce. Tu y crois, à ça ? Il va s'en sortir et faire quelque chose de sa vie, c'est une certitude. Tu vas être fière de lui aussi, tu verras.

Un souffle de vent chaud nous enveloppe, et c'est comme si notre mère me faisait savoir qu'elle m'avait entendu… Je me demande si je trouverai la force de me séparer d'elle pour de bon.

— Mon chéri ? Tu es très courageux, tu sais… *Ti amo*, me murmure Lexi, et je trouve soudain la force de continuer.

— La vie a été injuste envers toi, *mamma*. Tu avais un cœur en or perdu au milieu des cendres d'une vie de misère. Pourtant, jamais tu ne t'en es plainte. Tu as fait de ton mieux, toujours, avec le peu que tu avais, et tu as offert plus d'amour à tes trois fils que n'importe quel enfant pourrait en rêver. Je sais que tu n'as jamais considéré l'Alabama comme ta véritable maison, *mamma*, que tu n'aspirais qu'à revenir ici courir parmi les cyprès, chanter sous le feu des projecteurs au *Teatro di Verona* et rompre le pain avec ta famille. Mais Dieu voyait cela d'un autre œil : il savait que tu avais, trop jeune, donné tant de ta personne que tu méritais de le rejoindre sans plus tarder au paradis. Fidèle à toi-même, avant de partir, tu nous as garanti un avenir lumineux en me révélant l'ange venu à ma rencontre, trop aveugle que j'étais pour percevoir moi-même sa lumière.

Un sanglot. Je baisse la tête et croise le regard de ma fiancée, belle à en mourir. Elle a le cœur brisé, mais m'adresse tout de même un large sourire pour m'encourager.

Ce que je l'aime…

Je lève la tête vers le vaste ciel bleu et sans nuages, et m'imagine que *mamma* nous regarde, enfin en paix, soulagée de savoir que les frères Carillo s'en sortent tant bien que mal et que Lexi est à mes côtés. Tous, nous sommes à l'abri du danger et œuvrons quotidiennement à notre bonheur.

— Chaque jour que Dieu fait, je m'efforcerai de te rendre fière : tu étais seule, sans partenaire pour prendre soin de toi, mais tu as su m'apprendre à être fort et responsable. Je chérirai Clochette de toute mon âme jusqu'à la fin de mes jours et, si nous avons des enfants, je promets de les aimer autant que tu nous as aimés.

Cette fois, je ne parviens pas à contenir mes larmes, et des perles salées roulent le long de mes joues.

— Je te souhaite un doux repos, *mamma*. Puisses-tu chanter, là-haut, en souriant à jamais.

Levi se met à sangloter, puis vient se caler tout contre moi, déversant sur mon torse les lourdes larmes du deuil.

Lexi récupère l'urne, afin que je puisse prendre mon frère dans les bras.

— Ça va aller, Lev… Ça va aller, mon grand.

Empoignant le dos de ma chemise, il se libère d'une année entière de chagrin.

— Elle me manque, Austin. Elle me manque tellement… Je ne sais pas comment je vais tenir…

— Je sais, Lev. Je sais.

J'attends qu'il ait cessé de pleurer, puis me tourne vers Lexi, elle-même en proie à ses émotions. Je l'invite d'une main à venir nous rejoindre, et nous honorons tous les trois de nos souvenirs la femme la plus incroyable que cette terre ait jamais portée.

Une fois que Levi s'est calmé, je le tiens par les bras et le regarde droit dans les yeux.

— Tu veux dire quelque chose, mon grand ? *Mamma* aurait aimé que tu le fasses, j'en suis certain.

Il puise du courage dans le regard de Lexi, qui lui caresse le bras d'une main aimante.

— Tu peux le faire, petit ange. On est avec toi.

Il acquiesce, baisse ses yeux tristes vers l'urne, mais parvient finalement à se redresser avec courage. Sa détermination me tire presque d'autres larmes.

— Austin ? m'interpelle-t-il.

Je pose une main dans son dos et lève la tête, attentif.

— Oui ?

— Tu penses que je peux dire une prière à la place ? J'en connais une qu'elle… qu'elle aurait aimée, je pense.

Mon cœur se serre et, comme elle l'a perçu, Lexi enserre ma main un peu plus fort.

— Bien sûr, Lev. *Mamma* en sera comblée, c'est certain.

Lev se colle tout contre le muret, y place l'urne et baisse la tête, un air solennel sur le visage. Les yeux écarquillés, Lexi observe les locaux qui nous écoutent, silencieux, autour de nous, honorant cette femme qu'ils n'ont jamais connue.

— « *L'eterno riposo, dona loro, o Signore,*
e splenda ad essi la luce perpetua.
Riposino in pace.
Amen. »

Récitée dans un italien impeccable, la prière a des airs de chanson douce.

— Austin… C'est magnifique…, s'émeut Lexi en se lovant contre mon torse, versant des larmes pour cette femme qu'elle a aimée aussi fort que leur relation a été éphémère.

Après avoir déposé un baiser sur le front de Levi, je ferme un instant les yeux, serrant mon petit frère dans mes bras. Inutile de dire quoi que ce soit : il sait que je suis fier de lui.

Je récupère l'urne dorée, en dévisse le couvercle et, comme un seul homme, nous nous approchons du muret pour rendre enfin à notre mère sa liberté.

— *Ti amo tantissimo*, déclaré-je à Lexi en me tournant vers elle.

Elle dépose un baiser sur mon bras nu.

— Moi aussi, je t'aime, mon chéri.

Je jette un regard en coin à Levi et lui demande d'un signe de tête s'il est prêt. Puisant au fond de lui un courage inouï, du haut de ses quinze ans, mon petit frère hoche la tête. Oui, il est prêt.

Un nouveau souffle de vent balaie le pont couvert. Je ferme les yeux et soupire… Je suis heureux.

Je sais que tu es là, mamma… *Je sens ta présence.*

Je rouvre les yeux, me penche en avant et, comptant jusqu'à trois, laisse les cendres de ma mère planer jusqu'au fleuve. L'urne n'est pas encore vide que je la laisse rejoindre les profondeurs de l'Arno et, retenant mon souffle, regarde Chiara Carillo danser dans la brise, libre.

J'expire doucement, réchauffé par l'amour de Levi et de Lexi, debout à mes côtés.

— *Benvenuta a casa, mamma*, murmuré-je. *Benvenuta a casa…*

« Bienvenue chez toi, maman. Bienvenue chez toi… »

Épilogue

Lexi

Hawaï, Honolulu
Deux ans plus tard…

« Chère Daisy,

Poids : –
Calories : –

Aujourd'hui, je me marie.
Tu y crois, toi ?
Je vais me marier ici, dans ce paradis tropical, et j'aurais plus que tout aimé que tu sois là, à mes côtés, pour partager mon bonheur.
J'ai fait un chemin impensable ces deux dernières années… Je ne ressens ni peur ni inquiétude ici, assise à ma fenêtre à admirer la plage de sable blanc.
Je me sens forte, ressuscitée, mais, plus important encore, je me sens belle. Je ne pensais pas qu'une telle chose serait possible un jour, mais c'est à l'évidence le cas : je me sens vraiment belle. Avec Austin. Je me

sens si belle auprès de lui... à l'intérieur comme à l'extérieur.

La voix est toujours là – je sais que le démon ne me quittera jamais –, mais à présent, je ne perçois rien d'autre qu'un silence apaisant et, au-dehors, superbe et doux, le chant mélodieux des oiseaux.

Jamais je n'avais ressenti une telle paix intérieure.

Notre voyage commun a été dur, long et bien trop lourd de chagrin. Mais à cet instant, entourée de mes amis les plus chers et de ma famille, je suis heureuse que cette vie, passée et présente, soit la mienne.

Je comprends aujourd'hui que celui ou celle qui n'a pas été malmené par l'existence ne peut prendre pleinement conscience de ce qui compte vraiment en ce monde : pour moi, c'est le fait d'accepter jusqu'à mes défauts... et c'est l'amour, aussi. Être désespérément amoureuse de cette personne qui, envers et contre tout, donne l'impression que l'on est la plus belle femme au monde.

Je sais que, sitôt la cérémonie terminée, je ne serai plus jamais seule avec mes peurs. Je sais que mon cœur aura trouvé celui qui le complète, et que je serai liée pour toujours à l'homme qui a su m'aimer comme j'avais besoin d'être aimée.

Il m'a sauvée. Comme je l'ai sauvé.

Et il a fait de moi la femme la plus heureuse qui soit.

J'ai fait un jour la promesse que plus jamais je ne trébucherais, mais aujourd'hui, c'est le sourire aux lèvres que je chute : car c'est dans les bras protecteurs du *bad boy* italien que j'aime, de ce gentil voyou tatoué des pieds à la tête, que je tombe. Et je m'abandonne à lui sans la moindre résistance.

En ce jour, je pose officiellement la première pierre de ma nouvelle vie. Une vie magnifique.
La première pierre d'un rêve parfait, jusque dans ses failles.
Oui, Daisy, ce soir, sous le feu orangé du crépuscule hawaïen, sur une plage de sable blanc et au chant des vagues, je m'abandonnerai à l'ivresse de la plus merveilleuse des chutes…
Avec Austin Carillo.
Mon chez-moi. »

Playlist

Andrea Bocelli —*Ave Maria*
Halestorm —*Beautiful With You*
Maria Mena —*Eyesore*
Linkin Park —*Numb*
Lacuna Coil — *Within Me*
Clare Bowen —*Falling*
Nightwish —*Sleeping Sun*
Within Temptation —*All I need*
Florence and the Machine —*Shake It Out*
Eminem —*Beautiful*
Fears —*Blood On These Walls*
Maria Mena — *Where Were You*
Christina Perri —*Human*
Kate Rusby —*Falling*
Bat For Lashes —*Moon and Moon*
Coldplay —*A Sky Full Of Stars*
Maria Mena —*It Must Have Been Love*
Thirty Seconds to Mars —*Kings and Queens*
Little Big Town —*Night Owl*
Alanis Morissette — *That I Would Be Good*
Maria Mena —*Secrets*
Marianas Trench —*Ever After*
The Band Perry —*If I Die Young*
Silverchair —*Ana's Song (Open Fire)*

Remerciements

Un immense merci à mon mari, Stephen, qui m'a encouragée à écrire sur ce sujet qui m'est si intime. Tu m'aides chaque jour à devenir une meilleure personne, et j'aime que tu m'aimes pour ce que je suis, avec mes défauts. Tu as été présent dans les bons moments, mais plus encore dans les mauvais. Durant les périodes de lutte, lorsque le mal devenait trop intense, trop pesant, tu m'as toujours relevée pour mieux accompagner mes pas. Merci de m'avoir fait découvrir le monde et merci, surtout, pour nos deux années passées en Italie : sans cette fabuleuse expérience, jamais je n'aurais su ce que l'on éprouvait en traversant le Ponte Vecchio, pas plus que j'aurais su décrire l'Arno, ses lignes, ses couleurs, ses senteurs. Et jamais je n'aurais appris le moindre mot d'italien !
Ti amo, tesoro.

Je remercie mes parents, qui ont toujours été là pour moi : je vous en ai fait voir des vertes et des pas mûres, parfois, avec mes soucis, et je sais combien cela vous a bouleversés. Je suis tellement heureuse que vous soyez mes « vieux ». Je n'aurais pu avoir de meilleurs modèles. Vous êtes, sans conteste, mes plus précieux et chers amis.
Un merci particulier à mon père de s'être fait mon indéfectible correcteur et de m'avoir soutenue dans les moments difficiles. Tu es aussi le meilleur psy qui soit !

Merci de m'avoir aidée à cerner et à décrire les ressentis et postures psychologiques d'Austin et de Lexi tout au long du roman.
Merci à mes incroyables bêta-lectrices Kelly, Thessa, Lynn, Becca, Kia et Rachel : vos retours n'ont pas de prix à mes yeux. J'espère que vous reconnaîtrez, dans le texte final, vos remarques et suggestions. Vous m'avez encouragée depuis le début, et je vous en serai éternellement reconnaissante. Prêtes pour la suite ?
Merci à ma fabuleuse correctrice d'Alabama, Cassie : comme toujours, travailler avec toi a été un plaisir sans limites. Ton travail est irréprochable.
Merci à Lysa, ma super webdesigner : je t'aime. Tu me fais mourir de rire.
Merci à Liz, mon agent littéraire. Je suis si heureuse que nous ayons enfin sauté le pas. Tu as été d'une patience et d'une bienveillance incroyables tout au long de cette épopée dans ce monde nouveau pour moi et un peu fou, et j'ai hâte de voir ce que nous réserve l'avenir !
Merci aux fantastiques Tracey-Lee et Kerri de gérer *Tillie's Hot Coles*. Vous êtes chères à mon cœur, et je vous aime à l'infini. J'ai tant d'affection pour vous que je serais incapable de trouver les mots pour le dire ! Vous êtes mes superstars !
Un IMMENSE merci, surtout, à tous les blogueurs et blogueuses qui m'ont si bien soutenue cette année. Vous faites tant pour moi et défendez mes livres avec une telle passion… Je vous aime à la folie !
Merci à Kelly de *Have Book Will Read*, qui, en plus de parler de mes livres, leur fait profiter d'incroyables tournées de promotion. Oh ! et pour avoir été mon assistante de charme avec la fabuleuse Joanne à Édimbourg ! Tu nous aides de façon modeste et désintéressée… Tu es absolument

adorable ! Je t'adore ! Quant à tes commentaires : la grande classe ! Ils sont tellement précis et perspicaces !
Merci à l'adorable Thessa de *Sweet Spot Book Blog*. Que te dire, ma chérie ? Tu es la première à avoir donné une chance à mes livres et, depuis, tu n'as jamais cessé d'être ma pom-pom girl attitrée. En plus d'être une bêta-lectrice extraordinaire, tu es une amie fantastique, un véritable soleil au milieu de la grisaille, et j'ai une chance immense de t'avoir rencontrée. Nos conversations n'échouent jamais à me rendre le sourire et, plus d'une fois, tu as su me venir en aide. J'espère que tu es contente de l'arrivée d'Austin chez les 49ers ! C'est mon cadeau pour toi !
Un immense MERCI à tous les blogueurs et blogueuses qui ont offert de leur temps pour chroniquer mes livres : j'ignore comment vous parvenez à faire un boulot d'une telle qualité, mais je vous en suis infiniment reconnaissante. Plus que cela, même, vous n'imaginez pas à quel point…
Et, enfin, merci à mes lectrices pour votre enthousiasme et votre soutien dévoué… Comment trouver les mots justes pour vous remercier à la mesure de ce que vous m'apportez ? Vous êtes mon tout, mon karma, mes amies…
La vache, ce que je vous aime, toutes et tous !